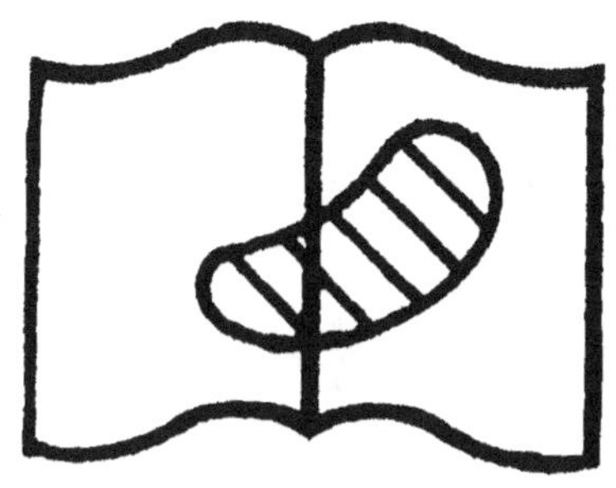

Illisibilité partielle

Début d'une série de documents en couleur

EUGÈNE SÜE

Les Sept Péchés Capitaux

LA PARESSE — L'AVARICE — LA GOURMANDISE

1f 25

Albin MICHEL, Éditeur
59, rue des Mathurins, 59
PARIS

1f 25

OUVRAGES QUI SERONT PUBLIÉS

DANS LA

Nouvelle Collection Eugène SÜE

à 1f 25

Les sept Péchés capitaux.
Les Mystères de Paris.
Mathilde (Mémoires d'une jeune femme).
Le Juif-Errant.
Les Misères des Enfants Trouvés.
La Coucaratcha
La Famille Jouffroy.
La Salamandre.
Latréaumont.
La Vigie de Koat-Ven.
Le Commandeur de Malte.
Le Morne au Diable.
Les Enfants de l'Amour.
Les Mémoires d'un Mari.
Les Fils de Famille.
Deux Histoires (1772-1810).
Arthur, Journal d'un Inconnu.
Miss Mary.
Paula Monti.
Plick et Plock. — Atar-Gull.
Thérèse Dunoyer.

Bordeaux. — Impr. G. Gounouilhou

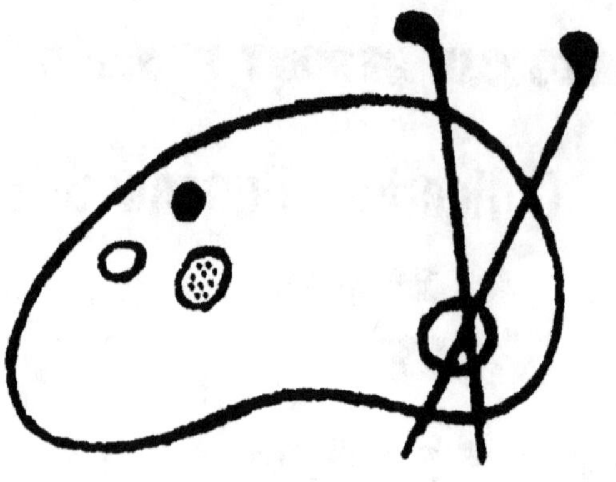

Fin d'une série de documents
en couleur

LES

SEPT PÉCHÉS CAPITAUX

LA PARESSE — L'AVARICE — LA GOURMANDISE

EUGÈNE SUE

— ŒUVRES —

LES

SEPT PÉCHÉS CAPITAUX

LA PARESSE — L'AVARICE — LA GOURMANDISE

NOUVELLE ÉDITION

PARIS

ALBIN MICHEL, ÉDITEUR

59, RUE DES MATHURINS, 59

LES

SEPT PÉCHÉS CAPITAUX

LA PARESSE

LE COUSIN MICHEL

I

Un peintre voudrait-il représenter dans sa plus charmante expression la paresseuse douceur du *far niente?* Nous allons tenter de lui offrir un modèle.

Florence de Lucéval, mariée depuis six mois, n'a pas encore dix-sept ans; elle est blanche et rose, avec de beaux cheveux blonds. Quoique d'une taille svelte et élancée, la jeune femme est un peu grasse; mais ce léger embonpoint est si merveilleusement réparti, qu'il devient un nouvel attrait. La pose de Florence, enveloppée d'un peignoir de mousseline blanche, est pleine de nonchalance et d'abandon; à demi étendue dans un moelleux fauteuil à dossier renversé, où repose indolemment sa tête charmante, elle allonge et croise ses petits pieds, chaussés de mignonnes pantoufles, sur un épais coussin, tandis que, du bout de ses doigts effilés, elle effeuille une rose sur ses genoux.

La jeune femme, ainsi placée auprès d'une fenêtre ouverte donnant sur un jardin, laisse errer ses grands yeux bleus demi-clos à travers des jeux d'ombre et de lumière, que produisent les rayons dorés du soleil perçant çà et là l'obscurité bleuâtre d'une allée ombreuse. A l'extrémité de cette voûte de verdure, deux vasques de marbre blanc épanchent de l'une dans l'autre une eau cristalline; le murmure lointain de cette cascade, le gazouillement des oiseaux, la chaleur de l'atmosphère, la limpidité d'un ciel d'été, la senteur embaumée de plusieurs massifs d'héliotropes et de chèvrefeuilles du Japon, plongent la jeune femme dans l'extase d'une béatitude contemplative. Ainsi mollement étendue, laissant sa pensée s'engourdir à demi comme son corps, il lui semble qu'un fluide énervant l'enveloppe, la pénètre, et elle s'abandonne à ce délicieux anéantissement de tout son être.

Pendant que cette incurable paresseuse cédait ainsi au charme de son indolence habituelle, la scène suivante se passait dans une pièce voisine.

M. Alexandre de Luceval venait d'entrer dans la chambre à coucher de sa femme. C'était un jeune homme de vingt-cinq ans environ, brun, sec, nerveux; l'activité, la pétulance de son caractère, se trahissaient dans ses moindres gestes; il appartenait à cette classe de gens qui, doués ou affligés d'un besoin de locomotion incessant, ont, comme on le dit vulgairement, *du salpêtre dans les veines*, et ne peuvent rester une minute en place, ou sans agir, de-ci, de-là, pour le moindre motif; ce personnage semblait être en dix endroits à la fois, et résoudre à la fois deux problèmes : celui du mouvement perpétuel et celui de l'*ubiquité*.

Deux heures de l'après-midi sonnaient, M. de Luceval, levé dès l'aube (il dormait quatre ou cinq heures au plus), avait déjà parcouru la moitié de Paris à pied ou à cheval. Au moment où il se présentait dans la chambre à coucher de madame de Luceval, une des femmes de celle-ci s'y trouvait.

— Eh bien! lui dit son maître d'une voix brève, précipitée, qui lui était naturelle, madame est-elle rentrée? est-elle habillée? est-elle prête?

— Madame la marquise n'est pas sortie, monsieur, reprit la suivante, mademoiselle Lise.

— Comment! ce matin, madame n'est pas sortie, à onze heures?

— Non, monsieur, puisque madame ne s'est levée qu'à midi et demi.

— Allons, encore cette course remise! dit M. de Luceval en frappant du pied avec impatience.

Puis il reprit :

— Enfin, madame est habillée, au moins?

— Oh! non, monsieur. Madame est encore en peignoir, madame ne m'avait pas dit qu'elle dût sortir.

— Où est-elle? s'écria M. de Luceval en frappant du pied; où est-elle?

— Dans le petit salon du jardin, monsieur.

Quelques secondes après, M. de Luceval entrait bruyamment dans le boudoir où la paresseuse était indolemment étendue dans son fauteuil; elle s'y trouvait si bien, si bien, qu'elle n'eut pas le courage de tourner la tête pour voir qui entrait.

— Vraiment, Florence, lui dit M. de Luceval, c'est insupportable.

— Quoi? mon ami, lui demanda-t-elle languissamment, sans bouger, et les yeux toujours attachés sur le jardin.

— Vous me demandez quoi, comme si vous ignoriez que nous devions sortir ensemble à deux heures.

— Il fait trop chaud.

— Votre voiture est attelée.

— Faites-la dételer; pour un empire, je ne bougerais.

— Voilà autre chose, maintenant! Mais vous savez bien qu'il est indispensable que nous sortions ensemble, d'autant plus indispensable, que vous n'êtes pas sortie ce matin comme vous le deviez.

— Je n'ai pas eu le courage de me lever.

— Vous aurez du moins celui de vous habiller, et sur l'heure.

— Mon ami, n'insistez pas.

— Ah çà! Florence, c'est une plaisanterie!

— Pas du tout.

— Mais encore une fois, les achats que nous avons à faire sont de toute nécessité; il faut que la corbeille de mariage de ma nièce soit enfin complétée, et elle le serait depuis plus d'une semaine, sans votre incroyable apathie.

— Vous avez très-bon goût, mon ami, occupez-vous de cette corbeille ; il me faudrait courir de boutique en boutique, monter, descendre, rester debout pendant des heures ; cela m'épouvante, rien que d'y songer.

— Allez, madame, à dix-sept ans, une paresse pareille, c'est honteux, c'est monstrueux, c'est une véritable maladie. Dès demain je consulterai *le docteur* GASTERINI.

— Ah ! la bonne idée ! dit Florence en riant. Ce cher docteur, il est si spirituel, que ce sera une consultation très-amusante.

— Je parle sérieusement, madame : il doit y avoir quelque chose à faire pour vous guérir de cette inconcevable apathie.

— J'espère bien être incurable ; car, tenez, tout à l'heure, avant votre arrivée, vous n'avez pas idée du bien-être dont je jouissais, là, regardant pour ainsi dire sans voir, écoutant cette cascade, et ne me donnant pas même la peine de penser.

— Et vous osez avouer cela !

— Pourquoi pas ?

— Non, non, je ne crois point que l'on puisse rencontrer dans ce monde une seconde créature d'une apathie comparable à la vôtre.

— Cependant vous m'avez parlé bien des fois de votre cousin *Michel*, qui, selon vous, ne me cède en rien en paresse. C'est peut-être pour cela qu'il n'a pas encore pris la peine de venir vous voir depuis notre mariage.

— Oh ! certes, vous vous valez tous deux, et encore je ne sais si votre indolence ne l'emporte pas sur la sienne. Mais voyons, Florence, ne plaisantons pas ; habillez-vous et sortons, je vous en conjure.

— Et moi, à mon tour, mon cher Alexandre, je vous en conjure, chargez-vous de ces commissions, et je vous promets d'aller ce soir me promener avec vous, en calèche découverte, au bois de Boulogne. Il fera nuit, je n'aurai que la peine de mettre un mantelet et un chapeau.

— Comment ! mais c'est le jour de réception de madame de Saint-Prix ; voilà deux fois qu'elle est venue vous voir, et vous n'avez pas encore mis les pieds chez elle. Vous me ferez donc le plaisir d'y venir ce soir.

— M'habiller, faire une toilette ! ma foi non, c'est trop ennuyeux.

— Madame, il ne s'agit pas de ce qui est ennuyeux ou amusant; il est des devoirs de société à remplir, et vous viendrez chez madame de Saint-Prix.

— La société se passera de moi comme je me passe d'elle. Le monde me fatigue, je n'irai pas chez madame de Saint-Prix.

— Vous irez.

— Non; et quand je dis non, c'est non.

— Morbleu! madame.

— Mon ami, je vous l'ai dit souvent : je me suis mariée pour quitter le couvent, pour dormir ma grasse matinée, pour me lever tous les jours à l'heure qu'il me plairait, pour ne plus prendre de leçons, pour jouir du délice de ne rien faire, pour être, en un mot, ma maîtresse.

— Mais c'est parler et raisonner comme un enfant, comme un enfant gâté.

— Soit.

— Ah! votre tuteur m'avait prévenu. Pourquoi ne l'ai-je pas cru? Mais j'étais à mille lieues de m'imaginer qu'un caractère comme le vôtre pouvait exister. Je me disais : chez une jeune fille de seize ans, cette apathie, cette paresse, n'est autre chose que l'ennui, que le dégoût que cause la vie monotone du couvent. Une fois dans le monde, le devoir et les plaisirs de la société, le soin de sa maison, les voyages triompheront de son indolence, et...

— C'est pourtant vrai, cela, dit madame de Luceval en interrompant son mari avec un ton de reproche, sous le prétexte que vous aviez encore à parcourir les trois quarts du globe, vous avez eu la barbarie de me proposer de voyager, le lendemain de notre mariage.

— Mais, madame, les voyages...

— Ah! monsieur, rien qu'en me parlant, vous m'en donnez le frisson! Un voyage! bon Dieu, un voyage! c'est-à-dire tout ce qu'il y a de plus pénible, de plus fatigant au monde! Des nuits passées en voiture ou dans d'horribles auberges; des promenades, des courses sans fin, pour aller voir les prétendues beautés du pays, ou les curiosités de la route. Tenez, monsieur, je vous en ai déjà supplié, ne me parlez plus de voyages, je les ai en horreur!

— Ah! madame, madame, si j'avais pu prévoir!... — Je comprends, je n'aurais pas le bonheur d'être madame de Luceval.

— Dites que je n'aurais pas le malheur d'être votre mari.

— Après six mois de mariage, c'est gracieux.

— Eh ! morbleu, madame, vous me poussez à bout, aussi. Il n'y a pas sur la terre un être plus malheureux que moi ; car, enfin, il faut bien que j'éclate.

— Allons, éclatez, mais tout doucement, j'abhorre le bruit.

— Eh bien ! madame, je vous dirai, *doucement*, qu'il est du devoir d'une femme de se mêler de sa maison, et que vous ne vous occupez nullement de la vôtre ; sans moi, je ne sais comment elle irait.

— Cela regarde votre intendant. D'ailleurs, vous avez de l'activité pour deux ; il faut bien que vous l'employiez à quelque chose.

— Je vous dirai encore, *tout doucement*, madame, que j'avais rêvé une vie délicieuse. Je m'étais réservé de parcourir, une fois marié, les pays les plus curieux, me disant : « Au lieu de voyager seul, j'aurai une compagne charmante ; fatigues, hasards, périls même, nous partagerons tout avec courage. »

— Ah ! mon Dieu, murmura Florence en levant ses beaux yeux au ciel, oser avouer cela, encore !

— Quel bonheur ! me disais-je, reprit M. de Luceval emporté par l'amertume de ses regrets, quel bonheur de parcourir ainsi les contrées les plus intéressantes, l'Egypte...

— L'Egypte !

— La Turquie.

— Ah ! mon Dieu ! la Turquie !

— Et même, si vous aviez été la femme que j'avais malheureusement rêvée, nous aurions pu pousser jusqu'au Caucase.

— Au Caucase ! s'écria Florence en se levant cette fois tout à fait sur son séant ; car, jusqu'alors, à chacune des énumérations géographiques de son mari, elle s'était progressivement soulevée du fond de son fauteuil. Est-il possible ! ajouta-t-elle en joignant ses jolies mains avec effroi, au Caucase !

— Eh, morbleu ! madame, *lady Stanhope*, madame la duchesse *de Plaisance*, et tant d'autres, n'ont pas reculé devant de pareils voyages.

— Au Caucase ! Voilà donc ce qui m'était réservé ! voilà ce que vous complotiez en sournois, monsieur, lorsque, toute confiante, je vous donnais innocemment ma main, à la chapelle de l'Assomption.

Ah! c'est maintenant que je puis juger du cruel égoïsme de votre caractère.

Et l'indolente retomba dans son fauteuil en répétant :

— Au Caucase!

— Oh! je le sais bien, reprit monsieur de Luceval avec amertume, vous n'êtes pas de ces femmes capables de faire la plus petite concession aux moindres désirs de leurs maris.

—Une petite concession! Mais, monsieur, proposez-moi donc tout de suite un voyage de découvertes à Tombouctou, ou dans la mer Glaciale!

— Madame, la courageuse femme d'un peintre éminent, madame *Biard*, a eu le courage, elle, d'accompagner gaiement son mari au pôle Nord, oui, ajouta monsieur de Luceval d'un ton de récrimination courroucé, entendez-vous, madame, au *pôle Nord?*

— Je n'entends que trop, monsieur. Allez, vous êtes le plus méchant ou le plus fou des hommes.

— Madame!

— Mais, mon Dieu! monsieur, qui vous retient? Vous avez la passion, la monomanie des voyages; le repos vous donne des vertiges, voyagez! allez au Caucase, allez au *pôle Nord*, partez, courez, nous y gagnerons tous deux, je ne vous affligerai plus du spectacle de ma *monstrueuse* indolence, et vous ne m'irriterez plus les nerfs par cette agitation continuelle qui vous empêche de rester un moment en place ou d'y laisser les autres. Vingt fois par jour vous entrez chez moi pour le seul plaisir d'aller et de venir; ou, mieux encore, car c'est à n'y pas croire, vous vous imaginez d'accourir m'éveiller à cinq heures du matin, pour me proposer des promenades à cheval, ou de me conduire à l'école de natation. N'avez-vous pas été jusqu'à m'engager à faire un peu de gymnastique? De la gymnastique! il n'y a que vous au monde pour avoir des idées pareilles! Aussi, monsieur, je vous le répète, vos propositions sauvages, vos allées, vos venues, ce bruit, ce mouvement perpétuel, cette incessante activité dont vous êtes possédé, me causent au moins autant d'ennuis que ma paresse vous en cause; après tout, il ne faut pas croire que seul vous ayez à vous plaindre; et, puisque nous en sommes enfin à nous dire nos vérités, je vous déclare à mon tour, monsieur, qu'une pareille vie m'est insupportable, et que, si cela doit durer ainsi, il me sera impossible d'y résister.

— Qu'entendez-vous par là, madame?

— J'entends par là, monsieur, que nous serions bien sots de nous contraindre et de nous mutuellement gêner; vous avez vos goûts, j'ai les miens; vous avez votre fortune, j'ai la mienne : vivons comme bon nous semblera, et, pour l'amour du ciel, vivons surtout en repos.

— En vérité, madame, je vous admire, c'est exorbitant. Ah! vous croyez que je me suis marié pour ne pas vivre à ma guise?

— Eh! mon Dieu! monsieur, vivez comme il vous plaira, mais laissez-moi vivre comme il me plaît.

— Il me plaît, à moi, madame, de vivre avec vous; c'est pour cela que je vous ai épousée, je pense? c'est donc à vous d'accepter mon genre de vie. Oui, madame, j'ai le droit de l'exiger, et j'aurai l'énergie de l'obtenir.

— Monsieur de Luceval, ce que vous dites là est parfaitement ridicule.

— Ah! ah! dit le mari avec un sourire sardonique, vous croyez?

— Du dernier ridicule, monsieur.

— Alors le Code civil est du dernier ridicule?

— Eh mais! sans le connaître, je ne répondrais pas que non, puisque vous l'invoquez au sujet de cette discussion.

— Apprenez, madame, que le Code civil déclare formellement que la femme est tenue, obligée, *forcée* de suivre son mari.

— Au Caucase?

— Partout où il lui plaît de l'emmener, madame, pourvu qu'il y ait sécurité pour elle.

— Monsieur, je ne suis pas en humeur de plaisanter; sans cela, votre interprétation du Code civil m'amuserait beaucoup.

— Je parle sérieusement, madame, très-sérieusement.

— Voilà justement le comique de la chose.

— Madame! prenez garde; ne me poussez pas à bout.

— Allons, menacez-moi tout de suite du *pôle Nord*, et que cela finisse.

— Je ne vous menacerai pas, madame; mais rappelez-vous bien une chose : c'est que le temps de la faiblesse est passé; aussi, lorsqu'il me conviendra de partir en voyage, et ce moment-là est peut-être plus prochain que vous ne le pensez, je vous avertirai huit jours à l'avance, afin que vous ayez le temps de faire vos préparatifs, et, bon gré, mal gré, lorsque les chevaux de poste seront arrivés, il vous faudra monter en voiture.

— Ou sinon, le commissaire, et un bon *de par la loi, suivez votre mari*, je suppose, monsieur?

— Oui, madame. Vous avez beau rire, vous me suivrez *de par la loi*, car vous sentez bien qu'il faut et qu'il existe des garanties à l'endroit d'une chose aussi sérieuse, aussi sainte, que le mariage. Après tout, les goûts, le bonheur, la tranquillité d'un honnête homme ne peuvent pas être soumis au premier caprice d'une enfant gâtée!

— Un caprice! c'est curieux. J'ai les voyages en horreur, la moindre fatigue m'est insupportable; et, parce qu'il vous plaît de continuer la tradition du *Juif errant*, je serai forcée de vous suivre?

— Oui, madame, et je vous prouverai que....

— Monsieur de Luceval, je hais la discussion: c'est un véritable travail, et des plus fastidieux. Aussi, pour me résumer, je vous déclare que je ne vous accompagnerai dans aucun de vos voyages, ne fût-ce que pour aller d'ici à Saint-Cloud; vous verrez si je manque à ma résolution.

Et Florence se replongea dans son fauteuil, croisa ses petits pieds l'un sur l'autre, laissa retomber languissamment ses mains sur les accoudoirs du siége, renversa sa tête en arrière, et ferma à demi ses yeux, comme si elle avait à se reposer d'une fatigue accablante.

— Madame! s'écria monsieur de Luceval, il n'en sera pas ainsi, je ne supporterai pas ce dédaigneux silence.

Quoi qu'il en dit, quoi qu'il en eût, le mari de Florence parla longtemps sans pouvoir arracher d'elle la moindre parole. Désespérant de vaincre ce silence obstiné, il sortit furieux.

M. de Luceval était parfaitement sincère dans ses prétentions. Egoïste, ingénu, touriste effréné, il n'admettait pas que sa femme n'eût point, ainsi que lui, la passion des voyages, ou que du moins elle n'agît pas comme si elle les eût aimés. Il l'admettait d'autant moins, qu'en épousant Florence il s'était persuadé qu'une enfant de seize ans, orpheline et sortant du couvent, n'aurait aucune volonté, et serait au contraire ravie de voyager, proposition qu'il avait délicatement ménagée à sa femme comme une surprise délicieuse.

Telle fut l'erreur de M. de Luceval : son notaire lui avait parlé d'une orpheline de seize ans, d'une figure charmante, riche de plus d'un million, qui, placé chez son tuteur, banquier renommé, rapportait quatre-vingt mille livres de rente. M. de Luceval remercia son notaire et la Providence, vit la jeune fille, la trouva ravissante, en devint amoureux, bâtit follement sa vie à venir sur le sable mouvant d'un cœur de seize ans, se maria, et, au réveil, il avait la bonhomie de s'étonner de la perte de ses illusions ; il avait la simplicité de croire que le droit, que l'obsession, que les menaces, que la force, que la *loi*, pouvaient quelque chose sur la volonté d'une femme qui se retranche dans une résistance passive.

. . . .

M. de Luceval avait quitté Florence depuis peu de temps, lorsque mademoiselle Lise, la femme de chambre, entra dans le salon d'un air effaré, et dit à sa maîtresse :

— Ah ! mon Dieu ! madame.

— Eh bien, qu'y a-t-il, mademoiselle ?

— Une dame, qui s'appelle madame d'Infreville, est en bas, dans un fiacre.

— Valentine ! dit vivement la jeune femme avec un accent de surprise et de joie, il y a des siècles que je ne l'ai vue : qu'elle monte.

— Oh ! madame, c'est impossible.

— Comment ?

— Cette dame a fait demander par le portier la femme de chambre de madame la marquise ; on est venu me prévenir, je suis descendue ; alors cette dame, qui était toute pâle, m'a dit : « Mademoiselle, priez madame de Luceval de se donner la peine de descendre, j'ai à lui parler pour une chose fort importante ; vous lui direz mon nom, madame d'Infreville, Valentine d'Infreville. »

A peine mademoiselle Lise achevait-elle ces mots, qu'un valet de chambre entra, après avoir frappé, et dit à Florence :

— Madame la marquise peut-elle recevoir madame d'Infreville ?

— Comment ! demanda Florence, fort surprise de ce brusque revirement dans la résolution de son amie, madame d'Infreville est donc là ?

— Oui, madame.

— Priez-la d'entrer, dit madame de Luceval en se levant pour aller au-devant de son amie, qu'elle embrassa avec effusion, et avec qui elle demeura seule.

II

Valentine d'INFREVILLE avait trois ans de plus que madame de Luceval, et formait avec celle-ci un contraste frappant, quoiqu'elle fût aussi fort jolie; grande, très-brune, très-mince, sans être maigre, elle avait de beaux yeux, pleins de feu, aussi noirs que ses longs et épais cheveux; ses lèvres rouges, estompées d'un léger duvet, ses narines roses, dilatées et palpitantes à la moindre émotion, l'excessive mobilité de ses traits, son geste vif, le timbre un peu viril de sa voix de contralto, tout annonçait chez cette jeune femme un caractère ardent et passionné; elle avait connu Florence au couvent du *Sacré-Cœur*, où elles s'étaient liées intimement. Valentine était sortie de cette retraite pour se marier, une année avant sa compagne, qu'elle vint cependant maintes fois visiter au couvent; mais, peu de temps avant son union avec M. de Luceval, Florence, à sa grande surprise, n'avait plus revu son amie, et leurs relations s'étaient dès lors bornées à une correspondance assez rare du côté de madame d'Infreville, absorbée, disait-elle, par des soins de famille; les deux compagnes se retrouvaient donc en suite d'un intervalle de six mois environ.

Madame de Luceval, après avoir tendrement embrassé son amie, remarqua sa pâleur, son agitation, et, s'adressant à elle avec inquiétude :

— Mon Dieu! Valentine, qu'as-tu donc? Ma femme de chambre m'avait dit d'abord que tu désirais me parler, mais que tu ne voulais pas monter chez moi.

— Tiens, Florence, j'ai la tête perdue, je suis folle.

— De grâce, explique-toi, tu m'effrayes.

— Florence, veux-tu me sauver d'un grand malheur?

— Parle, parle. Ne suis-je pas ton amie, quoique tu m'aies bien délaissée depuis six mois ?

— J'ai eu tort, j'ai été oublieuse, ingrate, et pourtant je viens m'adresser à toi.

— C'est la seule manière de te faire pardonner

Florence, Florence, toujours la même!

vite, que puis-je faire?

qu'il faut pour écrire?

— Oui, là, sur cette table.

— Écris ce que je vais te dicter. Je t'en supplie, cela peut me sauver.

— Ce papier est à mon chiffre, est-ce indifférent?

— C'est au contraire à merveille, puisque c'est toi qui m'écris.

— Maintenant, Valentine, dicte, je t'attends.

Madame d'Infreville dicta ce qui suit d'une voix altérée, en s'interrompant de temps à autre, vaincue par l'émotion :

« J'ai été si heureuse de notre bonne et longue journée d'hier, ma chère Valentine, journée qui ne l'a cédé d'ailleurs en rien à celle de mercredi, qu'au risque de te paraître égoïste et importune, je viens encore te demander celle de dimanche. »

— Celle de dimanche, répéta Florence fort intriguée par ce début.

Madame d'Infreville poursuivit sa dictée :

« Notre programme sera le même. »

— Souligne PROGRAMME, ajouta la jeune femme avec un sourire amer, c'est une plaisanterie; puis elle reprit :

« Notre *programme* sera le même : déjeuner à onze heures, promenade dans ton joli jardin, travail de tapisserie, musique et causerie jusqu'à sept heures, puis le dîner, et ensuite quelques tours d'allée au bois de Boulogne, en voiture découverte, si le temps est beau, et tu me ramèneras chez moi à dix heures comme hier.

« Réponds-moi par un oui ou par un nom, tâche surtout que ce soit un oui, et tu rendras bien heureuse ta chère

« FLORENCE. »

— *Et tu rendras bien heureuse ta chère Florence*, répéta madame de Luceval en écrivant; puis elle ajouta, en souriant à demi : — Ce qu'il y a de cruel à toi, Valentine, c'est de me dicter de pareils *programmes*, qui ne me donnent que des désirs et des regrets; enfin, l'heure des reproches ou des explications viendra tout à l'heure, et je me vengerai. Est-ce tout, ma chère Valentine?

— Mets mon adresse sur ce billet, cachète-le, et fais-le porter à l'instant chez moi.

Madame de Luceval s'apprêtait à sonner; une réflexion la retint; elle dit à son amie, avec un certain embarras :

— Valentine, je t'en supplie, ne prends pas ce que je vais te dire pour une indiscrétion.

— Explique-toi.

— Si je ne me trompe, le but de cette lettre est de faire supposer à quelqu'un que nous avons depuis quelque temps passé plusieurs journées ensemble.

— Oui, oui, c'est cela ; ensuite?

— Eh bien! je crois prudent de te prévenir que mon mari est malheureusement doué d'une si prodigieuse activité, que, quoiqu'il soit presque toujours hors de la maison, il trouve encore le moyen d'être presque toujours chez moi, et d'y venir huit à dix fois par jour; de sorte que si, par hasard, son témoignage pouvait être invoqué, il ne manquerait pas de dire qu'il ne t'a jamais vue ici!

— J'avais prévu ce danger; mais de deux dangers il faut choisir le moindre. Envoie, je te prie, cette lettre à l'instant par quelqu'un de tes gens, ou plutôt, non; il pourrait parler. Fais-la mettre à la poste. Elle arrivera chez moi toujours à temps.

Madame de Luceval sonna.

Un valet de chambre entra.

Elle allait lui remettre la lettre; mais elle changea d'idée et lui dit :

— Baptiste est-il là?

— Oui, madame la marquise, il est à l'antichambre.

— Faites-le monter.

Le domestique sortit.

— Florence, pourquoi ce domestique plutôt qu'un autre? — demanda madame d'Infreville.

— Mon valet de chambre sait lire; je le crois passablement curieux, et il pourrait trouver singulier que je t'écrive, toi étant là. Le valet de pied que j'ai fait demander ne sait pas lire; il est assez niais, et il n'y a aucune indiscrétion à craindre de sa part.

— Tu as raison, cent fois raison, Florence. Dans mon trouble, je n'avais pas réfléchi à cela.

— Madame la marquise m'a fait demander? dit Baptiste en entrant dans le salon

— Vous connaissez bien la marchande de fleurs qui a sa boutique aux Bains-Chinois? dit Florence.

— Oui, madame la marquise.

— Allez-y ; vous m'achèterez deux gros bouquets de violettes de Parme...

— Oui, madame.

Et le domestique s'en allait.

— Ah ! j'oubliais, dit madame de Luceval en le rappelant, vous mettrez cette lettre à la poste.

— Madame n'a pas d'autres commissions ?

— Non.

Et Baptiste sortit.

Madame d'Infreville comprit l'intention de son amie, qui avait eu la précaution de donner comme accessoire la commission principale.

— Merci, merci, ma chère Florence, lui dit-elle avec effusion. Ah ! fasse le ciel que ton bon vouloir ne me soit pas inutile !

— Je l'espère, je le désire, mais...

— Florence, écoute-moi. Ma seule manière de te prouver ma reconnaissance du grand service que tu viens de me rendre, est de me mettre à ta discrétion, de ne te rien cacher. J'aurais dû peut-être commencer par là, et d'abord te dire le but de cette lettre, au lieu de surprendre ainsi cette preuve de ton dévouement et de ton amitié; mais, je l'avoue, j'ai craint ton blâme et un refus en t'apprenant que.....

Et après un moment d'hésitation douloureuse, Valentine dit résolûment, tout en rougissant jusqu'aux yeux :

— Florence... j'ai un amant.

— Valentine, je m'en doutais.

— Oh ! je t'en prie, ne me juge pas sans m'entendre...

— Ma pauvre Valentine, je ne pense qu'à une chose, à la confiance que tu me témoignes.

— Ah ! sans ma mère, reprit Valentine avec angoisse, je ne serais pas descendue à la ruse, au mensonge, j'aurais supporté toutes les conséquences de ma faute, car j'ai du moins le courage de mes actions ; mais, dans le triste état de santé où se trouve ma mère, un éclat la tuerait. Ah ! Florence, si je suis coupable, je suis bien malheureuse, dit madame d'Infreville en pleurant et en se jetant au cou de son amie.

— Valentine, je t'en conjure, calme-toi, dit la jeune dame en partageant l'émotion de sa compagne, confie-toi à ma sincère affection.

Parle, épanche ton cœur dans un cœur ami, c'est du moins une consolation.

— Je n'ai d'espoir que dans ton attachement. Oui, Florence, je crois, je sais que tu m'aimes, cette conviction me donne seule la force de te faire un aveu pénible ; et, tiens, il en est un autre dont je veux tout de suite débarrasser mon cœur. Si je suis venue, après une longue séparation, te demander le grand service que tu m'as rendu, c'est moins encore peut-être parce que je comptais aveuglément sur ton amitié, que parce que, de toutes les femmes de ma connaissance, tu étais la seule chez qui mon mari ne fût jamais venu. Maintenant, écoute-moi : lorsque j'ai épousé M. d'Infreville, tu te trouvais encore au couvent; tu étais toute jeune fille, et la réserve m'empêchait de te confier bien des choses de te dire que je m'étais mariée sans amour.

— Comme moi, murmura Florence.

— Ce mariage plaisait à ma mère, et m'assurait une grande fortune. Je cédai malheureusement à l'influence maternelle, et, je l'avoue, je me laissai aussi éblouir par les avantages d'une haute position. J'épousai donc M. d'Infreville, sans savoir, hélas! à quoi je m'engageais, et à quel prix je vendais ma liberté. Quoique j'aie le droit de me plaindre de mon mari, ma faute devrait m'interdire toute récrimination. Cependant il faut bien que, sans excuser ma faiblesse, tu en comprennes pour ainsi dire la fatalité. M. d'Infreville est un homme valétudinaire, parce que, dans sa jeunesse, il s'est livré à tous les excès ; morose, parce qu'il regrette le passé ; impérieux et dur, parce qu'il n'a pas, ou qu'il n'a plus de cœur. Je n'ai jamais été à ses yeux qu'une pauvre fille sans fortune, qu'il avait daigné épouser pour s'en faire une sorte de garde-malade ; pendant longtemps j'acceptai ce rôle, je l'accomplis religieusement ; rôle pénible, honteux, parce que les soins que je donnais à mon mari ne partaient pas du cœur; mais trop tard, hélas! j'avais reconnu combien ma conduite avait été vile.

— Valentine...

— Non, non, Florence, ce n'est pas trop sévère. J'ai épousé M. d'Infreville sans amour, je l'ai épousé parce qu'il était riche, je lui ai vendu mon âme et mon corps ; c'est une honte, te dis-je.

— Encore une fois, Valentine, tu t'accuses à tort, tu auras songé moins à toi qu'à ta mère.

— Et ma mère songeait bien moins encore à elle qu'à moi. En me pressant à ce mariage, va, Florence, la richesse de M. d'Infreville a rendu ma déférence filiale trop facile. Enfin, je me résignai d'abord à mon sort. Au bout de quelque temps de mariage, mon mari, jusqu'alors trop souffrant pour sortir de chez lui, éprouva une grande amélioration dans sa santé, grâce à mes soins, peut-être; mais, de ce moment, ses habitudes changèrent, je ne le vis presque plus, il vivait hors de chez lui, et bientôt j'appris qu'il avait une maîtresse...

— Ah! pauvre Valentine!

— Une fille connue de tout Paris; mon mari l'entretenait d'une manière splendide, et si ouvertement, que j'ai appris ce scandale par le bruit public. Je hasardai quelques remontrances à M. d'Infreville, non par jalousie, grand Dieu! mais je le priai, par convenance pour moi, de ménager du moins les apparences. La modération même de mes reproches irrita mon mari; il me demanda, avec le plus insolent dédain, de quel droit je me mêlais de sa conduite. Il me rappela durement que je lui devais un sort auquel je n'aurais jamais pu prétendre, et que, m'ayant épousée sans dot, il devait se croire à l'abri de mes récriminations.

— C'est odieux!... c'est infâme!

— Mais, monsieur, lui dis-je, puisque vous manquez si ouvertement à vos devoirs, que diriez-vous donc si j'oubliais les miens?

— Il n'y a pas de comparaison à faire entre vous et moi, me répondit-il. Je suis le maître; c'est à vous d'obéir; vous me devez tout, je ne vous dois rien; ayez le malheur de manquer à vos devoirs, et je vous mets sur le pavé, vous et votre mère, qui vit de mes bienfaits.

— Ah! c'est trop d'insolence et de cruauté...

— J'eus une bonne et honnête inspiration; j'allai trouver ma mère, bien résolue de me séparer à tout jamais de mon mari, et de ne pas retourner chez lui. « Et moi? que deviendrai-je, me dit ma mère, souffrante, infirme comme je le suis? la misère pour moi, c'est la mort, et puis, ma pauvre enfant, une séparation est impossible : ton mari est dans son droit, tant qu'il n'entretient pas sa maîtresse là où tu habites; la loi est pour lui, et comme il a besoin de toi, comme il est accoutumé à tes bons soins, il ne voudra pas entendre parler de séparation, et te forcera de rester avec lui; fais donc contre fortune bon cœur, ma pauvre enfant; cette maîtresse ne durera pas toujours;

patience, tôt ou tard ton mari te reviendra; ta résignation le touchera; d'ailleurs, il est d'une si faible santé, que son caprice pour cette créature sera certainement le dernier; alors tout reprendra comme par le passé; crois-moi, mon enfant, en pareil cas, une honnête femme souffre, attend et espère. »

— Comment! ta mère a osé te...

— Ne l'accuse pas, Florence. Elle avait si peur de la misère, moins pour elle que pour moi, je le répète; et puis son langage n'était-il pas, après tout, celui de la raison, du droit, du fait, et en tout conforme à l'opinion du monde?...

— Hélas! il n'est que trop vrai...

— Eh bien! soit, me dis-je avec amertume, une fière et légitime révolte m'est interdite, le mariage ne doit plus être pour moi qu'un dégradant servage. J'accepte. J'aurai la bassesse de l'esclave; mais aussi j'aurai sa ruse, sa perfidie, son manque de foi; après tout, la dégradation de l'âme a du bon; elle bannit tout scrupule, anéantit tout remords. De ce moment je fermai les yeux, et, au lieu de lutter contre le courant qui m'entraînait à ma perte, je m'y abandonnai...

— Que veux-tu dire?...

— C'est maintenant, Florence, que j'ai besoin de toute l'indulgence de ton amitié. Jusqu'ici, je méritais quelque intérêt peut-être, mais cet intérêt va cesser.

L'entretien des deux amies fut alors interrompu par la femme de chambre de madame de Luceval.

— Que voulez-vous? lui demanda Florence.

— Madame, c'est une lettre qu'un commissionnaire vient d'apporter de la part de monsieur.

— Donnez.

— Voici, madame.

Après avoir lu, Florence dit à son amie :

— Peux-tu disposer de ta soirée et dîner avec moi? M. de Luceval me fait savoir qu'il ne dînera pas ici.

— Après un moment de réflexion, madame d'Infreville répondit

— J'accepte, ma chère Florence.

— Madame d'Infreville dînera avec moi, dit madame de Luceval à la femme de chambre; et faites dire à ma porte que je n'y suis absolument pour personne.

— Oui, madame, répondit mademoiselle Lise.

Et elle sortit.

III

Nous quitterons un instant les deux amies pour nous occuper de M. de Luceval. Celui-ci, ainsi qu'il venait de le faire savoir à sa femme, ne devait pas dîner chez lui.

Voici pourquoi :

Il avait, nous l'avons dit, quitté madame de Luceval très-furieux, très-décidé à user de ses droits et à lui faire subir ses volontés et ses fantaisies pérégrinatoires.

Il n'était encore qu'à quelques pas de sa demeure lorsqu'il fut abordé par un homme de quarante-cinq ans environ, d'un extérieur distingué, mais dont les traits fatigués, flétris, portaient l'empreinte et les rides d'une vieillesse précoce; sa physionomie, dure, froide et hautaine, prit, à l'aspect de M. de Luceval, une expression de courtoisie banale, et, le saluant avec une extrême politesse, il lui dit :

— C'est à monsieur de Luceval que j'ai l'honneur de parler ?

— Oui, monsieur...

— J'allais chez vous, monsieur, pour vous faire à la fois des excuses et des remercîments.

— Avant de recevoir les uns et les autres, pourrai-je du moins savoir, monsieur ?...

— Qui je suis ? pardon, monsieur, de ne pas vous l'avoir dit plus tôt. Je suis M. d'Infreville, et mon nom ne vous est pas inconnu, je pense ?...

— En effet, monsieur, répondit M. de Luceval en paraissant se remémorer quelque circonstance, nous avons des amis communs, et je me félicite de la bonne fortune qui me met à même de vous connaître personnellement, monsieur. Mais nous ne sommes pas éloignés de chez moi, et, si vous voulez bien m'accompagner, je me mettrai tout à vos ordres.

— Je serais d'abord désolé, monsieur, de vous donner la peine de retourner chez vous. Puis, s'il faut tout vous dire, ajouta M. d'Infreville en souriant, je craindrais de rencontrer madame de Luceval.

— Et pourquoi cela, monsieur ?

— J'ai eu de si grands torts envers elle, monsieur, qu'il faudra que vous soyez assez bon pour faire agréer mes excuses à madame de Luceval avant que j'aie l'honneur de lui être présenté.

— Pardon, monsieur, dit le mari de Florence, de plus en plus surpris, je ne vous comprends pas...

— Je vais m'expliquer plus clairement. Mais nous voici au Champs-Élysées ; si vous le voulez bien, nous causerons en marchant.

— Comme il vous plaira, monsieur.

Et M. de Luceval, qui mettait aussi dans sa marche l'activité dont il était possédé, commença d'arpenter le terrain à pas précipités, accompagné ou plutôt suivi de M. d'Infreville, qui, débile et usé, avait grand'peine à se tenir au niveau de son agile interlocuteur ; néanmoins, continuant l'entretien, il reprit d'une voix déjà un peu haletante :

— Il est vrai, monsieur, lorsque tout à l'heure j'ai eu l'honneur de vous dire mon nom, et d'ajouter que sans doute il ne vous était pas inconnu, vous m'avez répondu qu'en effet nous avions des amis communs... et je... Mais pardon, j'ai une grâce à vous demander, dit M. d'Infreville en s'interrompant tout essoufflé.

— De quoi s'agit-il, monsieur ?

— Je vous prierais de marcher un peu moins vite, je n'ai pas l' poitrine très-forte, et, vous le voyez, je suis haletant.

— C'est au contraire à moi, monsieur, à de vous prier d'excuser la précipitation de ma marche ; c'est une mauvaise habitude dont il est difficile de se défaire, d'ailleurs, si vous le désirez, nous pouvons nous asseoir ; voici des chaises.

— J'accepte, monsieur, dit M. d'Infreville en se laissant tomber sur un siége, j'accepte avec grand plaisir.

Les deux interlocuteurs commodément établis, M. d'Infreville reprit :

— Permettez-moi de vous faire observer, monsieur, que mon nom doit vous être connu par un autre intermédiaire que celui de nos amis communs.

— Par quel intermédiaire, monsieur ?

— Mais par celui de madame de Luceval.

— Ma femme?

— Sans doute, monsieur, car, quoique je n'aie pas eu jusqu'ici l'honneur de lui être présenté, ainsi que je viens de vous le dire (et c'est ce dont je venais un peu tard m'excuser auprès de vous); ma femme étant intimement liée avec madame de Luceval, nous ne sommes pas, grâce à elles, étrangers l'un à l'autre; leur intimité a commencé au couvent; elle a toujours continué, puisque ces dames se voient presque journellement, et...

— Pardon, monsieur, dit M. de Luceval en interrompant son interlocuteur et le regardant avec une nouvelle surprise, il y a sans doute quelque erreur.

— Quelque erreur?

— Ou quelque confusion de noms.

— Comment cela, monsieur?

— Je quitte rarement madame de Luceval; elle reçoit fort peu de monde, et je n'ai jamais eu le plaisir de voir chez elle madame d'Infreville.

Le mari de Valentine parut ne pas croire à ce qu'il entendait et reprit d'une voix oppressée :

— Vous dites, monsieur?...

— Que je n'ai jamais eu l'honneur de voir madame d'Infreville chez ma femme.

— C'est impossible, monsieur, ma femme est sans cesse chez la vôtre!

— Je vous répète, monsieur, que jamais je n'ai vu madame d'Infreville chez madame de Luceval.

— Jamais!... s'écria le mari de Valentine avec une telle expression de stupeur, que M. de Luceval le regarda tout surpris et reprit :

— Aussi, monsieur, vous faisais-je observer qu'il y avait sans doute confusion de noms lorsque vous me disiez que ma femme recevait journellement la vôtre.

M. d'Infreville devint livide; de grosses gouttes de sueur coulèrent de son front chauve. Un sourire amer et courroucé contracta ses lèvres blafardes; puis, se dominant et voulant, aux yeux d'un étranger, prendre, comme on dit, la chose en homme de bonne compagnie, il reprit d'un ton sardonique :

— Heureusement cela se passe *entre maris*, monsieur, et nous devous avoir un peu de compassion les uns pour les autres. Après tout, chacun son tour, car l'on ne sait pas ce qui peut arriver.

— Que voulez-vous dire, monsieur?

— Ah! ma vague défiance n'était que trop fondée, murmura M. d'Infreville avec une rage concentrée; que ne me suis-je informé plus tôt de la vérité? Oh! les femmes! les misérables femmes!

— Encore une fois, monsieur, veuillez vous expliquer.

— Monsieur, reprit M. d'Infreville d'un ton presque solennel, vous êtes un galant homme, je me confie à votre loyauté, certain que votre témoignage ne me fera pas défaut lorsqu'il s'agira de confondre et de punir une infâme. Car, maintenant, je devine tout. Oh! les femmes! les femmes!

M. de Luceval, craignant que les exclamations de son compagnon n'attirassent l'attention d'autres personnes assises non loin d'eux, tâchait de le calmer, lorsque, par hasard, il aperçut le valet de pied chargé par l'amie de Valentine de mettre une lettre à la poste.

Ce garçon, un peu niais, un peu flâneur, s'en allait dandinant, tenant la missive à sa main. M. de Luceval, le voyant porteur d'une lettre sans doute écrite par Florence après la vive explication du matin, céda à un invincible mouvement de curiosité. Il appela le valet de pied, qui accourut, et lui dit :

— Où allez-vous?

— Monsieur, je vas acheter des violettes pour madame la marquise et mettre cette lettre à la poste.

Et il la montra à son maître.

Celui-ci la prit, jeta les yeux sur l'adresse, ne put retenir un mouvement de surprise; puis, se remettant, il dit au domestique en le congédiant du geste :

— C'est bien; je me charge de cette lettre.

Le valet de pied s'étant éloigné, M. de Luceval dit au mari de Valentine :

— Excusez-moi, monsieur, mais j'ai obéi à je ne sais quel pressentiment qui ne m'a pas trompé; cette lettre de ma femme est adressée à madame d'Infreville.

— Mais alors, s'écria le mari de Valentine avec une lueur d'espoir, vous voyez donc bien que, du moins, ma femme et la vôtre sont en correspondance.

— Il est vrai, monsieur, mais je l'apprends aujourd'hui pour la première fois.

— Monsieur, je vous adjure, je vous somme d'ouvrir cette lettre; elle est adressée à ma femme, je prends sur moi toute la responsabilité.

— Voici cette lettre, monsieur, lisez-la, répondit M. de Luceval, non moins intéressé à connaître le billet que M. d'Infreville.

Celui-ci, après avoir lu le billet, s'écria :

— Lisez, monsieur, c'est à devenir fou; car, dans cette lettre, votre femme, rappelant à la mienne qu'elles ont passé toute la journée d'hier ensemble, *journée non moins agréable*, ajoute-t-elle, que celle de mercredi, l'invite à revenir dimanche.

— Et moi, je vous jure sur l'honneur, monsieur, reprit M. de Luceval après avoir à son tour lu la lettre de Florence avec ébahissement, je vous jure qu'hier ma femme s'est levée à midi, que je l'ai décidée, à grand' peine, à sortir en voiture avec moi, vers les trois heures; nous sommes ensuite rentrés pour dîner, et, après dîner, deux personnes de nos amies sont venues passer la soirée avec nous. Quant à la journée de mercredi, je me rappelle parfaitement que je suis venu plusieurs fois chez ma femme, et je vous affirme de nouveau sur l'honneur, monsieur, que madame d'Infreville n'a pas passé la *journée* chez nous.

— Mais, enfin, cette lettre, monsieur, comment l'expliquez-vous?

— Je ne l'explique pas, monsieur, je me borne à vous dire ce qui est. J'ai autant que vous à cœur, croyez-le bien, de pénétrer ce mystère.

— Oh! je me vengerai! s'écria M. d'Infreville avec une fureur concentrée. Maintenant, je n'ai plus de doute! Ayant appris que depuis quelque temps ma femme s'absentait pendant des journées entières, cela m'a donné de vagues soupçons. Je lui ai demandé la cause de ces absences, elle m'a répondu qu'elle allait passer souvent ses journées auprès d'une de ses amies de couvent nommée madame de Luceval. Ce nom était si honorable, la chose si possible, l'accent de ma femme si sincère, que je la crus comme un sot. Cependant je ne sais quelle méfiance instinctive, jointe au désir de faire auprès de vous, monsieur, une démarche convenable, m'a décidé à venir vous trouver, et vous voyez ce que je découvre. Oh! la misérable! l'infâme!

— De grâce, calmez-vous, dit M. de Luceval en tâchant d'apaiser le courroux de son interlocuteur, l'animation de notre entretien attire les yeux sur nous, on nous regarde; prenons un fiacre, et allons à l'instant chez moi, monsieur, car il faut que ce mystère s'éclaircisse, je frémis de penser que ma femme, par une complaisance indigne, s'est rendue peut-être complice d'un odieux mensonge. Venez, monsieur, venez. Je compte sur vous, comptez sur moi; c'est un devoir pour les honnêtes gens de s'entr'aider, de se soutenir, en de si funestes circonstances; il [illegible] se fasse, il faut confondre les coupables.

— Oh! oui, monsieur, union et vengeance · vengeance implacable! murmura M. d'Infreville.

Et, son émotion augmentant sa faiblesse, il fut obligé de s'appuyer sur le bras de son compagnon, pour gagner, tout tremblant de colère, une voiture où tous deux montèrent.

Ce fut environ une heure après cette rencontre fortuite et fâcheuse des deux maris que Florence reçut un billet de M. de Luceval qui lui annonçait qu'il ne dînerait pas chez lui.

Pendant que l'orage conjugal s'amasse de plus en plus menaçant, nous retournerons auprès des deux jeunes amies, restées seules par suite du départ de la femme de chambre qui venait d'apporter la lettre de M. de Luceval.

IV

Lorsque, après le départ de la femme de chambre, madame de Luceval et madame d'Infreville se trouvèrent seules, celle-ci dit à son amie :

— Tu m'as proposé de finir la journée ici : j'ai accepté ton offre, ma bonne Florence, autant pour rester auprès de toi que pour donner, en cas de malheur, quelque apparence de vérité à mon mensonge.

— Mais ma lettre?

— Je serai censée m'être croisée avec elle, et être venue chez toi après la lettre envoyée.

— C'est juste.

— Maintenant, mon amie, je réclame toute ton indulgence, peut être aussi ta compassion pour ce qui me reste à te confier.

— Compassion ! indulgence ! est-ce que tout cela ne t'est pas assuré d'avance, pauvre Valentine ? Malheureuse comme tu l'étais en ménage, froissée, humiliée, dégradée, qui ne te plaindrait ? Mais voyons, je t'écoute.

— Je ne sais si je t'ai dit que nous occupions le premier étage de l'hôtel de M. d'Infreville ; des fenêtres de ma chambre à coucher on plonge directement dans un petit jardin dépendant du rez-de-chaussée de la maison voisine. Trois mois environ avant que j'eusse découvert que mon mari avait une maîtresse, et alors qu'il était encore très-souffrant, le jardin et le rez-de-chaussée dont je te parle, inhabités depuis quelque temps, subirent de grands changements ; le genre de vie que je menais alors me retenait presque constamment chez moi, la mauvaise santé de mon mari l'empêchant de sortir. C'était au commencement de l'été. Retirée dans ma chambre, pour être plus *chez moi* lorsque M. d'Infreville n'avait pas besoin de mes soins, je travaillais souvent auprès de ma fenêtre ouverte. La saison était magnifique. Je remarquai ainsi les changements qu'on faisait au jardin voisin ; ils étaient singuliers, mais ils annonçaient autant de goût que d'originalité ; peu à peu, dans mon triste désœuvrement, ma curiosité s'éveilla. Je voyais chaque jour les ouvriers exécuter ces travaux, sans apercevoir jamais le nouvel habitant du rez-de-chaussée : j'assistai de la sorte à la transformation d'un jardin assez maussade en un lieu délicieux ; une serre remplie de plantes rares, et communiquant à l'une des pièces de l'appartement, fut appuyée au mur du midi ; le mur qui lui faisait face disparut sous une grotte de pierres rocheuses entremêlée d'arbustes. De l'un des côtés de ce rocher une cascade retombait dans un large bassin, et répandait partout la fraîcheur. Enfin, une galerie de bois rustique, recouverte en chaume et espacée par des arceaux, dissimulait l'autre pan de muraille dont était entouré ce jardin, qui fut bientôt tellement encombré de fleurs, que, de ma fenêtre, il ressemblait à un gigantesque bouquet. Tu comprendras tout à l'heure pourquoi j'entre dans ces détails.

— Mais ce ravissant séjour, au milieu de Paris, c'était un petit paradis !

— C'était charmant, en effet, car les murailles disparaissaient sous les plus riants aspects. Une volière dorée, remplie d'oiseaux magnifiques, s'éleva au milieu d'une pelouse de gazon, une sorte de *verandah* indienne, formant une légère galerie couverte, fut construite devant les fenêtres du rez-de-chaussée, et meublée de sophas, de coussins turcs et d'épais tapis; on y transporta aussi un piano. Cette galerie à jour, au besoin abritée par des stores, offrait pour l'été une retraite pleine d'ombre et de fraîcheur.

— En vérité, c'est un conte des *Mille et une Nuits!* Quelle imagination ne fallait-il pas pour rassembler tant de merveilles de goût et de bien-être dans un si petit espace! Et l'*inventeur* ne paraissait pas?

— Il ne parut que lorsque tous ces arrangements furent terminés.

— Et déjà tu n'avais pas été assez curieuse pour tâcher de savoir quel était ce mystérieux voisin. Moi, je te l'avoue, je n'aurais pas résisté à la tentation.

Valentine sourit tristement et reprit :

— Le hasard avait voulu que la sœur d'un vieux maître d'hôtel de M. d'Infreville fût l'unique servante de ce mystérieux voisin. Renseignée par son frère, cette femme avait même indiqué à son maître cet appartement et ce jardin; un jour, cédant à ma curiosité, je demandai à notre maître d'hôtel s'il savait qui devait venir habiter le rez-de-chaussée de la maison voisine; il me dit que sa sœur était au service de ce nouveau locataire. J'appris ainsi sur lui certains détails qui déjà n'excitèrent que trop mon intérêt.

— Vraiment! et qui était-il, ma chère Valentine?

— Il n'y avait pas au monde, disait-on, d'âme meilleure et plus généreuse que la sienne; pour t'en donner un exemple entre plusieurs, lorsqu'à la mort d'un oncle dont il héritait de biens assez considérables, il voulut prendre plusieurs domestiques, cette vieille servante, dont je t'ai parlé et qui avait été sa nourrice, lui dit, les larmes aux yeux, que jamais elle ne pourrait s'habituer à voir chez lui d'autres serviteurs qu'elle. En vain il lui promit qu'elle serait au-dessus de tous et considérée comme femme de confiance, elle ne voulut entendre à rien. Lui, dans sa bonté parfaite, n'insista pas, et, malgré sa nouvelle fortune, il garda uniquement à son service cette vieille servante. Cela te semble puéril, peut-être, ma chère Florence, mais...

— Que dis-tu, au contraire, je trouve ce sentiment d'une délicatesse touchante. Souvent il n'en faut pas davantage pour juger sûrement d'un caractère.

— Aussi, dès ce moment, je jugeai notre voisin bon et généreux. J'appris aussi, avant de l'avoir connu, qu'il se nommait MICHEL RENAUD.

— Ah ! mon Dieu ! s'écria madame de Luceval, Michel Renaud?

— Sans doute, mais qu'as-tu donc, Florence ?

— Voilà qui est étrange...

— Achève...

— Est-il fils du général Renaud, mort dans les dernières guerres de l'empire?

— Oui, tu le connais?

— Il est cousin de M. de Luceval.

— Michel!!!

— Et il ne se passe presque pas de jour que mon mari ne me parle de lui.

— De Michel?

— Sans doute. Mais je ne l'ai jamais vu, car, bien qu'il ait été prévenu du mariage de M. de Luceval avec moi, comme tous les membres de sa famille, il n'est pas encore venu nous voir; cela ne m'étonne guère, car mon mari n'a jamais eu que peu de relations avec lui.

— En vérité, ce que tu m'apprends me confond. Michel, le cousin de ton mari? Et comment, et à quel propos M. de Luceval te parle-t-il donc si souvent de Michel?

— Hélas! ma pauvre Valentine; à cause d'un défaut qui m'est, à ce qu'il paraît, commun avec M. Michel Renaud, défaut qui fait mon bonheur, défaut qui devrait être la sécurité de mon mari, et qui fait son désespoir : mais les hommes sont si aveugles!

— De grâce, explique-toi.

— Tu le sais, au couvent, j'étais signalée comme une incurable paresseuse. Que de remontrances! que de punitions j'ai subies pour ce cher défaut!

— Il est vrai.

— Eh bien! mon défaut a pris des proportions incroyables. Si incroyables, qu'il est devenu presque une qualité.

— Que veux-tu dire?

— Figure-toi que, loin de vouloir les imiter, j'éprouve la plus grande compassion pour ces malheureuses femmes que leur fol amour du monde jette dans le tourbillon de ses fêtes : tristes plaisirs dont la seule pensée me donne le frisson; car, hélas! n'est-ce pas, Valentine, on en a vu, de ces infortunées, de ces martyres volontaires, aller chaque jour jusque dans trois ou quatre bals ou soirées, sans compter les spectacles! or, pour peu qu'elles soient coquettes avec cela, c'est à faire frémir. Courir chez ses couturières, chez ses marchandes de modes, chez sa fleuriste; s'habiller, se déshabiller, essayer des robes, se faire tirailler les cheveux, s'emprisonner dans un corset, faire trois toilettes par jour; danser, valser, galoper, polker. Non, vois-tu, Valentine, il faut avoir des membres d'acier, des tempéraments d'acrobate pour se résigner à de tels exercices, et cela tous les jours, tous les soirs, toutes les nuits, pendant quatre à cinq mois de l'année! Ah! ma chère Valentine, qu'il y a loin de cette furie de *délassements*, dont un seul suffirait à me harasser, au délicieux repos que je goûte dans ce fauteuil, où je passe ma vie, trouvant d'inépuisables jouissances dans l'indolente contemplation du ciel, des arbres, du soleil! L'hiver arrive-t-il, je me trouve tout aussi heureuse de me dorloter au coin de mon feu, ou sous mon édredon, en entendant grésiller le givre à mes carreaux. Que te dirai-je? je savoure enfin en toute saison le suprême bonheur *de ne rien faire;* rêvant, songeant, tantôt éveillée, tantôt à demi endormie, lisant parfois quelques poëtes, parce qu'il y a, pour ainsi dire, après chaque vers, un long repos pour la pensée. Je suis enfin capable, faut-il t'avouer cette énormité, de rester toute une journée couchée sur l'herbe, tantôt occupée à dormir, tantôt à regarder passer les nuages, à écouter le vent dans la feuillée, le bourdonnement des insectes, le murmure de l'eau; en un mot, ma pauvre Valentine, jamais sauvage rêveuse et paresseuse n'a ressenti plus délicieusement que moi la béatitude infinie d'une vie libre, oisive et indolente; aussi, personne n'est plus que moi religieusement reconnaissante envers le bon Dieu, qui nous a douées de félicités si simples et si faciles... Mais, Valentine, reprit la jeune femme en regardant son amie avec surprise, qu'as-tu donc? Ces regards inquiets, cette émotion que tu contiens à peine; Valentine, encore une fois, je t'en supplie, réponds-moi.

Après un moment de silence, madame d'Infreville, passant sa main sur son front, reprit d'une voix légèrement altérée :

— Ecoute la fin de mon récit, Florence; tu devineras ce que je ne puis, ce que je n'ose te dire en ce moment.

— Alors parle, parle, je t'en prie.

— La première fois que je vis Michel, reprit Valentine, il était sous cette espèce de galerie couverte dont je t'ai parlé. Il y passait sa vie durant l'été; cachée derrière ma persienne, je pus l'examiner à loisir; je ne crois pas que l'on puisse imaginer des traits plus beaux que les siens. A demi couché sur un divan turc, vêtu d'une longue robe de chambre de soie de l'Inde, il fumait un narghiléh dans une attitude de nonchalance tout orientale; le regard fixé sur son jardin encombré de fleurs, il semblait écouter avec ravissement le murmure de la cascade et le gazouillement des beaux oiseaux de sa volière; puis il prit un livre, qu'il déposait de temps à autre comme pour songer à ce qu'il venait de lire. Deux de ses amis survinrent. L'un passe à juste titre pour un des hommes les plus éminents, les plus célèbres de ce temps-ci, c'était M***.

— Certes, il n'est pas de personnage plus illustre et plus justement considéré. — Je le connaissais de vue et de réputation, sa très-haute position, la différence d'âge qui existait entre Michel et lui, me firent trouver sa visite, chez ce jeune homme inconnu, presque extraordinaire.

— En effet, cette visite me semble flatteuse pour notre cousin.

— Michel l'accueillit avec une affectueuse familiarité. Il me parut que M*** le traitait sur le pied d'une égalité parfaite; un long entretien commença; éloignée ainsi que j'étais, je ne pouvais rien entendre. Pour compenser cet empêchement, et toujours cachée par mes persiennes, je pris une lorgnette de théâtre, et j'étudiai curieusement la physionomie de Michel pendant cette conversation; je distinguais jusqu'au mouvement de ses lèvres; je trouvais un singulier attrait dans cet examen, et, sans deviner le sujet de l'entretien, je m'aperçus facilement qu'une discussion animée s'était élevée entre M*** et Michel. D'abord, celui-ci parut être énergiquement combattu; mais bientôt je vis à l'expression du visage de M*** qu'il se laissait peu à peu convaincre par Michel, mais non sans résistance. Parfois, cependant, un signe d'assentiment spontané témoignait de l'avantage que prenait Michel, et qui finit par lui rester; je ne puis te peindre le charme des traits de ton cousin pendant ce long entretien; à leur mobilité, à ses gestes, je voyais qu'il employait tour à tour une chaleureuse éloquence, une fine raillerie, ou de graves raisonnements pour répondre à ses interlocuteurs et les ramener à son opinion; ceux-ci marquaient leur adhésion tantôt par un sourire, tantôt par leur air convaincu ou entraîné. Cet entretien dura longtemps ; lorsqu'il fut terminé, les amis de Michel prirent congé de lui, avec un redoublement de cordialité : il fit mine de vouloir se lever pour les accompagner, mais eux le forcèrent gaiement à rester étendu sur son divan, semblant lui dire qu'ils savaient trop combien il en coûterait à sa paresse pour se déranger. J'ai su depuis que M***, ayant à prendre une résolution très-importante, était venu, ainsi que cela lui arrivait souvent, consulter Michel, dont le tact était exquis et le jugement aussi élevé que solide. Que te dirai-je, mon amie, dès ce premier jour, qui me permettait déjà d'apprécier Michel, quoique jamais je ne lui eusse parlé, j'éprouvai pour lui un intérêt qui ne devait, hélas! que prendre trop de place dans ma vie.

Et la jeune femme resta un moment silencieuse.

A mesure que Valentine parlait, Florence s'intéressait d'autant plus à ce récit et au héros de ce récit, qu'elle lui trouvait de nombreux points de contact avec son caractère, avec ses goûts, avec ses penchants à elle. M. de Luceval, en lui parlant de la paresse incurable de son *cousin Michel*, en manière d'épouvantail, ne lui avait jamais rien dit de ce qui pouvait excuser ou poétiser cette disposition morale et physique à l'indolence.

Florence comprit alors la surprise et peut-être même le sentiment de jalousie involontaire que Valentine n'avait pu dissimuler, alors que son amie lui développait ingénument sa théorie de la paresse et les délices qu'elle y trouvait.

Sans doute, madame d'Infreville ne pouvait être aucunement jalouse de madame de Luceval, c'eût été de la folie, Florence ne connaissait pas Michel Renaud, et elle se montrait trop sincère amie pour vouloir le connaître plus tard, dans quelque sournois dessein de rivalité.

Néanmoins Valentine, ombrageuse comme toutes les natures violentes et passionnées, ne pouvait vaincre une sorte d'envie vague et inquiète, mêlée de récriminations contre elle-même. Hélas! elle songeait à tous les éléments de sympathie et de bonheur qui se rencontraient dans l'étrange conformité de caractère qu'elle remarquait entre Florence et Michel Renaud.

V

Madame de Luceval, après être restée un moment muette et pensive comme son amie, dit à Valentine :

— Je comprends parfaitement que les divers incidents de cette première journée où tu voyais notre cousin Michel aient fait sur toi une vive impression ; tu le trouvais d'une rare beauté, son esprit était éminent, puisqu'il semblait exercer de l'influence sur l'un des hommes les plus considérables de ce temps-ci ; enfin, ce que tu savais de la délicate déférence de Michel pour sa vieille nourrice te prouvait qu'il avait un généreux cœur. Hélas, il n'en fallait pas tant, pauvre Valentine, pour t'intéresser profondément dans la triste situation où tu te trouvais.

— Enfin, Florence, si tu ne l'excuses pas, tu conçois du moins comment ce sentiment a pu naître dans mon cœur ?

— Non-seulement je le conçois, mais je l'excuse. Abreuvée de chagrins, d'humiliations par ton mari, ta position était si cruelle ! Comment n'aurais-tu pas cherché à t'en distraire ou à t'en consoler ?

— Je n'ai pas besoin de te dire que, toute la nuit, je pensai malgré moi à Michel. Le lendemain, dès que cela me fut possible, je courus à ma persienne, la journée était superbe ; Michel la passa comme la veille, dans la galerie, couché sur son divan, fumant, rêvant, lisant, et jouissant, comme il me l'a dit plus tard, *du bonheur de se sentir vivre ;* ce jour-là, je vis entrer chez lui un homme vêtu de noir, et portant sous son bras un large portefeuille. Je ne sais pourquoi, et toujours grâce à ma lorgnette, je devinai quelque homme d'affaires ; en effet, il tira de son portefeuille plusieurs papiers ; il se préparait à les lire à Michel, lorsque celui-ci les prit et les signa sans même les parcourir ; après quoi l'homme d'affaires prit dans sa poche un paquet de billets de banque qu'il remit à ton cousin, en paraissant le prier de les compter, ce dont celui-ci se garda bien, témoignant ainsi sa confiance aveugle en cet homme.

— De tout ceci il ressort, dit Florence, que notre cher cousin est fort insouciant de ses affaires.

— Hélas ! que trop, malheureusement pour lui.

— Est-ce que sa fortune?...

— Tu sauras tout... Prête-moi encore quelques moments d'attention. Pendant cette journée, qui se passa comme l'autre dans une complète indolence, la nourrice de Michel lui apporta une lettre; il la lut! Ah! Florence, jamais je n'ai vu la compassion se peindre d'une manière plus touchante sur une figure humaine! Ses yeux se remplirent de larmes, il ouvrit le meuble où il avait serré les billets de banque, et en donna un à sa nourrice. Le premier mouvement de cette digne femme fut de sauter au cou de Michel. Tu ne peux t'imaginer avec quelle délicieuse émotion il parut recevoir ces caresses presque maternelles.

— Bon et généreux cœur! dit Florence attendrie.

— Le soleil était couché depuis longtemps, lorsque je pus m'enfermer chez moi, reprit Valentine, et revenir à ma chère fenêtre. Je cherchais Michel des yeux, lorsque je vis une jeune femme entrer dans la galerie, et courir à lui.

— Ah! pauvre Valentine!

— Je reçus au cœur un coup violent. C'était stupide, c'était fou, car je n'avais aucun droit sur Michel; mais cette impression fut involontaire; aussitôt je quittai ma croisée, je me jetai dans un fauteuil, et, cachant ma figure dans mes mains, je pleurai longtemps, puis je tombai dans une douloureuse rêverie; au bout de deux heures, je crois, j'entendis soudain un prélude de piano, et bientôt deux voix, d'un ravissant accord, commencèrent à chanter le duo si passionné de Mathilde et d'Arnold de *Guillaume Tell*.

— C'était Michel!

— Oui, c'était lui; et cette femme?

Il est impossible d'accentuer la manière dont Valentine prononça ces mots: *Et cette femme?*

Après un instant de pénible silence, elle reprit:

—La nuit était calme, sonore; ces deux voix vibrantes, pleines de passion, semblaient s'élever vers le ciel, comme un chant de bonheur et d'amour: pendant quelque temps j'écoutai malgré moi; mais, à la fin, cela me fit tant de mal, que, sans avoir le courage de m'éloigner, je couvris mes oreilles de mes mains; puis, rougissant de cette faiblesse ridicule et voulant chercher dans la douleur même je ne sais quel charme amer, j'écoutai de nouveau, le chant avait cessé. Je me rapprochai de la persienne, les fleurs du jardin embaumaient l'air, la fraîcheur de la nuit était délicieuse, pas un souffle de vent n'agitait les arbres, une lueur affaiblie comme celle d'une lampe d'albâtre perçait à travers la transparence des stores baissés de la galerie. Le plus grand silence régna pendant quelques instants, puis j'entendis crier le sable des allées sous les pas de Michel et de cette femme; la nuit était assez claire, je les distinguai tous deux. Ils se promenaient lentement et se tenant tendrement enlacés; je refermai brusquement ma fenêtre, mes forces étaient à bout; je passai une nuit affreuse. Ah! Florence, que de passions nouvelles, violentes, terribles, éveillées en deux jours! L'amour, le désir, la jalousie, la haine, le remords, oui, le remords; car, de ce moment, je sentis qu'une force irrésistible m'entraînait à ma perte, et que je succomberais dans la lutte; tu connais l'énergie, l'ardeur de mon caractère. Cette énergie, cette ardeur, je les portai dans ce malheureux amour. Que te dirai-je? Longtemps je résistai vaillamment; mais, lorsque l'indigne et brutale conduite de mon mari m'eut exaspérée, je me crus dégagée de tous liens, et je m'abandonnai en aveugle à la passion dont j'étais dévorée.

— Au moins, tu as été heureuse, Valentine, bien heureuse?

— Ce furent d'abord les joies du ciel, quoique parfois flétries, malgré moi, par le ressouvenir de cette femme, dont Michel s'était d'ailleurs depuis longtemps séparé. C'était une cantatrice célèbre, actuellement, je crois, en Italie. Je le trouvai tel que je l'avais rêvé, esprit à la fois remarquable et charmant, cœur excellent, délicatesse exquise, enjouement et bonne humeur inaltérables, tendresse passionnée, grâce, égards, prévenances. il réunissait tout. Et cependant cette liaison durait à peine depuis deux mois, qu'en adorant toujours Michel j'étais la plus malheureuse des créatures.

— Pauvre Valentine! comment cela? D'après ce que tu viens de me dire, Michel devait réunir toutes les qualités désirables pour te rendre heureuse?

— Oui, répondit Valentine en soupirant; mais toutes ces qualités étaient chez lui paralysées par un vice incurable, par...

Et madame d'Infreville tressaillit et s'arrêta court.

— Valentine pourquoi t'interrompre? lui demanda Florence en la regardant avec surprise. Pourquoi cette réticence? Parle, je t'en conjure. N'as-tu pas en moi toute confiance?

— Ne t'en donné-je pas une preuve par mes aveux?

— Si, oh! si; mais achève.

— Après tout, reprit madame d'Infreville en suite d'un moment d'hésitation, ma réticence, tu vas la comprendre. Eh bien! tout ce qu'il y avait de bon, d'excellent, d'élevé, de tendre chez Michel, était gâté par une apathie incurable.

— Mon défaut! dit madame de Luceval, et tu craignais de me dire cela.

— Non, non, Florence, ton indolence à toi est charmante.

— M. de Luceval n'est pas du tout de cet avis, dit la jeune femme en souriant à demi.

— Ton indolence n'a du moins, ni pour ton mari, ni surtout pour toi, aucune fâcheuse conséquence, reprit Valentine, ton indolence fait tes délices, et personne n'en souffre. Mais elle a eu chez Michel des suites fatales; d'abord il a laissé ses intérêts de fortune aller comme ils purent, ne voulant jamais prendre la peine de s'en occuper. Un homme d'affaires infidèle, encouragé par cette incurie, non content de le voler indignement, l'a jeté dans des opérations fructueuses pour lui, ruineuses pour Michel, trop indolent pour vérifier ses comptes. Que te dirai-je? à cette heure, je ne sais s'il lui reste de quoi vivre de la manière la plus humble.

— Pauvre garçon! mon Dieu! que c'est triste! Mais comment ton influence n'a-t-elle pu vaincre cette funeste paresse?

— Mon influence! reprit Valentine en souriant avec amertume, quelle influence peut-on prendre sur un caractère pareil? Raisonnements, inquiétudes, avertissements, prières, tout échoue devant cette inertie satisfaite et sereine, car, chez Michel, jamais un mot dur ou brusque; oh! non, il recule devant l'impatience ou la colère comme devant une fatigue; toujours calme, souriant et tendre, il répond aux remontrances les plus sages, aux supplications les plus désolées, par une plaisanterie ou par un baiser. C'est en se jouant ainsi de mes conseils, de mes prières, qu'il est arrivé à une position qui m'épouvante pour lui; car, ayant pu vivre jusqu'à présent dans cette incurie, dans cette oisiveté qu'il prise avant toute chose, une fois sa ruine accomplie, il sera incapable de trouver en lui assez de courage, assez d'énergie, pour sortir d'une si funeste position.

— Tu as raison, Valentine, cela est plus grave que je ne le pensais.

— Grave, oui, bien grave, reprit la jeune femme en tressaillant, car tu ne sais pas l'horrible idée qui m'obsède comme un spectre.

— Que veux-tu dire ?

— Michel est un homme d'un esprit trop juste pour se faire une illusion sur l'avenir ; il sait bien que, son dernier louis dépensé, il n'a rien à attendre de personne et encore moins de lui-même.

— A quoi pense-t-il donc alors ?

— A quoi ? dit Valentine en frémissant.

Puis ses lèvres tremblèrent, et elle ajouta d'une voix altérée :

— Il pense à se tuer.

— Grand Dieu ! il t'a dit ?...

— Oh ! non, reprit Valentine avec un redoublement d'amertume et d'affliction ; non, il s'est bien gardé de me dire cela. Un tel aveu eût amené ce que l'on appelle une *scène* de ma part, des larmes, des désolations infinies. Non, non, il ne m'a pas avoué que, par paresse, il se tuerait, comme jusqu'ici il a vécu pour la paresse ; mais un jour il lui est échappé de me dire en riant, comme la chose la plus simple du monde : *Heureux morts... éternels paresseux !*

— Ah ! Valentine, cette idée est horrible !

— Et c'est pourtant, vois-tu, avec cette idée que je vis, dit la malheureuse femme en fondant en larmes. Et cette terreur qui plane sur toutes mes pensées, sur toutes mes actions, je suis obligée de la dissimuler devant lui, car, s'il me voyait triste, préoccupée, sais-tu ce qu'il me dirait avec son tendre et gracieux sourire :

« — Ma pauvre Valentine, à quoi bon la tristesse ? Ne sommes-nous pas jeunes et amoureux ? Ne pensons qu'au bonheur. Je t'aime autant qu'il m'est possible d'aimer ; je t'aime comme je puis et comme je sais aimer ; accepte-moi tel que je suis ; sinon, si involontairement je t'ai chagrinée, si je ne te plais plus, laisse-moi, cherche mieux, et restons amis. A mon sens, l'amour ne doit être que joie, félicité, tendresse et repos ! Ce doit être un beau lac, toujours frais et calme, où se reflètent les plus riantes félicités de la vie. Pourquoi l'assombrir, le troubler par des inquiétudes inutiles ? Ne peut-on s'aimer *tranquillement ?* Va, mon ange, jouissons en paix de notre jeunesse ; celui qui a vécu en sa vie dix jours d'un bonheur complet, radieux, doit être content et mourir en disant : *Merci Dieu !!!* Nous avons vécu cent et plus de ces jours-là, ma Valentine ! et nous en vivrons mille et davantage s'il te plaît, car je t'adore. Ne suis-je pas trop paresseux pour être inconstant? Et puis, pourrai-je, sans effroi, songer à la peine de chercher de nouvelles amours? »

— Oui, ajouta Valentine avec une animation douloureuse et croissante, pendant que Florence semblait profondément pensive. Oui, voilà comment Michel envisage l'amour! Ces alternatives de joie et de larmes, ces vagues angoisses, ces jalousies folles, mais terribles, qui, incriminant le passé, l'avenir même, bouleversent et martyrisent le cœur; oui, ces violences, ces tumultes inséparables de la passion font sourire Michel. Ce serait pour lui une fatigue de les ressentir; moi, moi seule en suis déchirée. Son indolence, je ne puis dire son indifférence, car, après tout, il m'aime comme il sait et comme il peut aimer, ainsi qu'il le dit lui-même; son indolence en amour me navre, me révolte, me fait bondir; mais je me contiens, mais je souffre, parce que, malgré moi, je l'adore tel qu'il est; et ce n'est pas tout: Michel ne semble pas se douter des remords, des transes, des effrois qui m'assiégent chaque jour, car, pour passer des heures, quelquefois même des journées avec lui, il me faut entasser mensonge sur mensonge; me mettre presque à la discrétion de mes gens, trouver toujours de nouveaux prétextes à mes fréquentes sorties, vivre dans une agitation continuelle, et quand je rentre... ah! Florence, quand je rentre, si tu savais quel poids affreux j'ai sur le cœur, lorsque après une longue absence je mets la main au marteau de ma porte, en me disant: *Tout est peut-être découvert!* Et quand je me retrouve face à face de mon mari, autre martyre: affronter son regard, tâcher de lire sur ses traits s'il a le moindre soupçon, trembler, mais trembler en dedans à ses questions les plus insignifiantes; paraître tranquille, indifférente, quand je suis bourrelée d'angoisses. Et puis, dernière douleur, dernière bassesse, avoir l'air souriant, empressé même, avec mon mari que j'abhorre. Oui, il faut bien que je le flatte, puisque j'ai peur de lui, puisque j'espère écarter ses soupçons en me composant une physionomie avenante et gaie. Comprends-tu, Florence? quelquefois il faut que je sois gaie. Comprends-tu? gaie! quand j'ai la mort dans l'âme. Tiens, Florence, c'est l'enfer qu'une vie pareille; elle brûle, elle use, elle tue, et pourtant il me serait impossible d'y renoncer.

— Ah! Valentine, s'écria madame de Luceval en se jetant dans les bras de son amie; merci à toi, ma tendre amie, merci, tu m'as sauvée!

Madame d'Infreville, aussi stupéfaite du mouvement que des paroles de Florence, reçut son embrassement avec autant d'émotion que de surprise.

VI

Madame de Luceval avait en effet, depuis quelques moments, écouté son amie avec un redoublement d'intérêt et de curiosité; aussi, ne pouvant résister à son émotion, s'était-elle jetée dans les bras de Valentine en s'écriant :

— Merci, merci à toi, ma tendre amie, tu m'as sauvée !

Madame d'Infreville, après ce moment d'effusion, regarda la jeune femme avec le plus grand étonnement et lui dit :

— Mon Dieu! Florence, explique-toi; de quoi me remercies-tu ? de quoi t'ai-je sauvée ?

— En effet, reprit madame de Luceval en souriant à demi, je dois te paraître folle, mais si tu savais quel service tu me rends!

— Moi !

— Oh! certainement, un grand, un immense service, ajouta Florence avec un mélange d'émotion, de malice et d'ingénuité difficile à rendre. Figure-toi que d'abord, en te sachant un amant, je t'ai enviée comme je t'enviais au couvent quand j'étais petite fille et que je t'ai vue mariée, et puis, pourquoi te le cacher ? je trouvais dans le caractère de notre cousin Michel tant de rapports avec mes goûts et ma manière d'être, que je me disais : « Combien ce qui désespère cette pauvre Valentine me séduirait, me ravirait, au contraire, moi qui n'ai jamais aimé. Voilà justement comment je comprendrais l'amour: *de la paresse à deux;* et il me semble que je serais bien heureuse d'avoir aussi un petit Michel. »

— Florence! que dis-tu ?

— Laisse-moi donc achever, et, pour ne te rien cacher, comme je pressens l'approche de grands orages entre mon mari et moi, comme il me devient de plus en plus insupportable, j'entrevoyais vaguement dans l'avenir (si comme toi je finissais par être poussée à bout) la nécessité de chercher peut-être un jour des consolations à une union si mal assortie.

— Ah! Florence! s'écria Valentine avec un accent de tendresse alarmée, prends garde, si tu savais!

— Si je savais, reprit madame de Luceval en interrompant son amie, si je savais! Mais justement, et grâce à toi, maintenant *je sais*; et après ce que tu viens de me dire, grand Dieu! ajouta la jeune femme avec une expression d'épouvante naïve et presque comique, à cette heure que je vois ce qu'il en coûte d'angoisses, d'agitations, de peines, de démarches, de tourments, pour avoir un amant, je te jure bien que jamais je n'en aurai! Et je crois, Dieu me pardonne! que j'aimerais encore mieux aller au *pôle Nord* ou au *Caucase* avec mon mari que de me lancer dans les tribulations amoureuses! J'y mourrais à la peine. Un amant! juste ciel! que de fatigues! Cette fois encore, je t'en réponds, ma paresse me servira de vertu; dame, chacun est vertueux selon ses moyens, et pourvu qu'on le soit, c'est l'essentiel. N'est-ce pas, Valentine?

Florence fit, en disant ces mots, une petite mine à la fois si sérieuse et si drôle, que son amie, malgré ses cruelles préoccupations, ne put s'empêcher de sourire pendant que madame de Luceval ajoutait :

— Ah! pauvre Valentine! je te plains, je te plains doublement, car tu as raison, c'est un véritable enfer qu'une pareille vie!

— Oui, oui, un enfer! et, crois-moi, Florence, ma bien-aimée Florence, persiste dans ta résolution, reste fidèle à tes devoirs, si pesants qu'ils te semblent! Ah! que mon malheur te serve de leçon, je t'en conjure, ajouta Valentine d'une voix suppliante, attendrie; ce serait pour moi un éternel remords que de t'avoir donné de mauvaises idées ou un méchant exemple. Toute ma vie je me reprocherais comme un crime la confiance que j'ai eue en toi, Florence, mon amie, ma tendre amie, que du moins ce nouveau chagrin me soit épargné, jure-moi...

— Sois donc tranquille, Valentine, je suis encore plus de ton avis que toi-même, s'il est possible. Mais, penses-y donc. Moi, paresseuse comme je le suis; moi qui ne puis seulement quitter mon fauteuil pour faire une visite, aller me jeter dans un tel tourbillon! et surtout avec un mari comme le mien, qui vient chez moi dix fois par jour; entreprendre de tromper un pareil homme! mais ce serait un travail qui me donne le vertige rien qu'en y songeant. Non, non, la leçon est bonne, elle portera ses fruits, je t'en réponds. Mais parlons de toi; je ne vois pas que, jusqu'ici, heureusement, les soupçons de ton mari aient été éveillés.

— Tu te trompes, je le crains, sans en avoir pourtant la certitude.

— Comment cela?

— Mon mari, je te l'ai dit, vit presque toujours hors de chez lui. Il sort le matin après déjeuner, dîne le plus souvent chez cette fille qu'il entretient, et où il reçoit ses amis. Il la conduit ensuite au spectacle, rentre chez elle, où l'on joue fort gros jeu, m'a-t-on dit, et il n'est guère de retour chez lui avant trois ou quatre heures du matin.

— La belle vie pour un homme marié!

— Soit confiance, soit indifférence, il me fait peu de questions sur l'emploi de mon temps. Il y a deux jours, se trouvant subitement indisposé, il est rentré vers deux heures de l'après-midi; je le croyais absent pour toute la journée, car il m'avait dit qu'il dînerait dehors; aussi je ne revins de chez Michel qu'à dix heures du soir.

— Mon Dieu! que tu as dû être saisie en apprenant le retour de ton mari! J'en frissonne rien que d'y penser: et l'on a un amant!

— J'ai été si épouvantée, que mon premier mouvement a été de ne pas monter chez moi et de ressortir pour ne jamais revenir.

— C'est à quoi je me serais résolue; et encore, je ne sais, non, décidément je serais morte de peur.

— Enfin, je rassemblai tout mon courage, je montai : le médecin était là. M. d'Infreville se trouvait si souffrant, qu'il ne m'adressa que quelques paroles. Je passai la nuit à le veiller avec un hypocrite redoublement de zèle. Lorsqu'il fut plus calme, il me demanda pourquoi je m'étais absentée tout le jour, et où j'étais allée. J'avais médité ma réponse et mon mensonge : je lui dis que j'étais restée toute la journée chez toi, ainsi que cela m'arrivait souvent, puisqu'il me laissait presque toujours seule. Il parut me croire, me dit même qu'il m'approuvait, connaissant de nom M. de Lucéval, et qu'il voyait avec plaisir ma liaison avec sa femme. Je me crus sauvée; mais, hier soir, nouvelles craintes; j'ai appris par ma femme de chambre que mon mari l'avait interrogée très-adroitement pour savoir si je m'absentais souvent.

— Mon Dieu! toutes les transes ont dû revenir! Quelle perplexité! quelles angoisses!!! et l'on a un amant!

— Mes inquiétudes devinrent si graves, que je me crus perdue. Voulant sortir à tout prix d'une position intolérable, ce matin je suis allée chez Michel. « Prenons un parti extrême, lui ai-je dit, je vais tout avouer à ma mère, lui annoncer que mon mari a de graves soupçons, qu'il ne me reste qu'à fuir. Je puiserai dans mon amour pour vous, Michel, la force de convaincre ma mère. Je ne retournerai pas chez mon mari. Nous quitterons Paris, ce soir même, ma mère et moi. Nous irons à Bruxelles; vous viendrez nous y rejoindre. Le peu qui vous reste et mon travail nous suffiront à vivre; nous voyagerons, s'il le faut, pour trouver d'autres ressources; mais, du moins, si pauvre, si tourmentée que soit notre existence, je serai délivrée de cette horrible nécessité de mentir chaque jour, ou de vivre dans de continuelles alarmes. Ces tortures, vous ne les avez jamais soupçonnées, Michel, car je vous les ai cachées, mais je ne puis souffrir plus longtemps. »

— Et il a accepté?

— Lui! s'écria Valentine avec amertume, ah! que j'étais insensée de compter sur une pareille résolution de sa part! Il me regardait avec stupeur; cette fuite, cette vie agitée, dure, malheureuse peut-être, épouvantait sa paresse ou plutôt son affreux égoïsme; il a traité ma résolution de folie, me disant qu'il ne fallait prendre ces partis extrêmes qu'à la dernière extrémité; qu'après tout mon mari n'avait tout au plus que des soupçons, et c'est Michel qui m'a donné l'idée de la lettre que je t'ai demandée.

— Après tout, Valentine, il a peut-être raison d'hésiter à fuir, et cela dans ton intérêt même. Car enfin rien n'est désespéré.

— Florence, un pressentiment me dit que...

Madame d'Infreville ne put achever.

Un nouvel incident interrompit cet entretien.

La nuit était presque venue.

L'on touchait à la fin des beaux jours de l'automne; le salon où se tenaient les deux jeunes femmes n'était plus éclairé que par la clarté crépusculaire qui succède au coucher du soleil.

La porte de l'appartement s'ouvrit brusquement.

MM. de Luceval et d'Infreville apparurent aux regards stupéfaits de Florence et de Valentine.

Celle-ci, saisie d'effroi, s'écria :

— Je suis perdue!

Et, accablée de honte à l'aspect de M. de Luceval, qui accompagnait M. d'Infreville, elle cacha son visage dans son mouchoir.

Florence, se rapprochant de son amie, comme pour la protéger, dit impérieusement à M. de Luceval :

— Que voulez-vous, monsieur?

— Vous convaincre de mensonge et d'une indigne complicité, madame! s'écria M. de Luceval d'une voix menaçante.

— J'avais appris que, depuis quelque temps, madame d'Infreville passait des journées presque entières hors de chez elle, madame, ajouta l'autre mari en s'adressant à Florence, pendant que son amie, agitée d'un tremblement convulsif, continuait de cacher son visage entre ses mains; hier, j'ai demandé à madame d'Infreville où elle avait passé la journée. Elle m'a répondu qu'elle l'avait passée chez vous. Cette lettre de vous, madame (et il la montra), écrite de complicité avec ma femme, et destinée à me rendre dupe d'un mensonge infâme, est tombée entre les mains de M. de Luceval. Il m'a juré sur l'honneur, et je le crois, qu'il n'avait jamais vu ici madame d'Infreville. Je ne suppose pas, madame, que vous puissiez soutenir plus longtemps ce qui est le contraire de toute vérité.

— Oui, madame, s'écria M. de Luceval, il faut que votre déclaration porte le dernier coup à une femme coupable; ce sera l'une des punitions de votre odieuse complicité.

— Tout ce que j'ai à vous déclarer, monsieur, répondit résolûment Florence, c'est que madame d'Infreville est et sera toujours ma meilleure amie, et plus elle sera malheureuse, plus elle devra compter sur ma tendre affection.

— Comment! madame, s'écria M. de Luceval, vous osez...

— J'oserai bien plus, monsieur, j'oserai dire à M. d'Infreville que sa conduite envers sa femme a toujours été celle d'un homme sans cœur et sans honneur.

— Assez, madame! dit M. de Luceval exaspéré. Assez!

— Non, monsieur, ce n'est pas assez, reprit Florence, j'ai encore à rappeler à M. d'Infreville qu'il est chez moi, et, comme il sait maintenant dans quelle estime je le tiens, il comprendra que sa présence n'est plus convenable ici.

— Vous avez raison, madame, j'en ai trop entendu, dit M. d'Infreville avec un sourire sardonique.

Puis, prenant rudement sa femme par le bras, il lui dit :

— Suivez-moi, madame.

La malheureuse créature, anéantie, éperdue, se leva machinalement, cachant toujours son visage entre ses mains, taut sa honte était écrasante, puis elle murmura :

— Oh ! ma mère ! ma mère !

— Valentine je ne te quitte pas ! s'écria Florence en s'élançant vers son amie.

Mais M. de Luceval, poussé à bout, saisit violemment sa femme à bras-le-corps, et la contint en disant :

— C'est me braver avec trop d'audace.

M. d'Infreville profita de ce moment pour entraîner Valentine, qui, d'une voix entrecoupée par les sanglots, jeta ces derniers mots à travers le mouchoir qui couvrait sa figure.

— Florence, adieu !

Et elle disparut avec M. d'Infreville.

Madame de Luceval, pâle d'indignation et de douleur, resta un moment contenue par son mari, qui ne lui rendit la liberté de ses mouvements que lorsque Valentine eut quitté le salon.

La jeune femme dit alors d'une voix calme :

— Monsieur de Luceval, vous avez porté brutalement la main sur moi, de ce jour tout est à jamais rompu entre nous.

— Madame !

— Vous avez votre volonté, monsieur, j'aurai la mienne, et je vous le prouverai.

— Et votre volonté, madame, dit M. de Luceval d'un ton sardonique, me ferez-vous du moins la grâce de me la signifier ?

— Certainement.

— Voyons, madame.

— La voici : nous nous séparerons à l'amiable, sans bruit, sans scandale.

— Ah ! madame arrange cela ainsi ?

— J'ai ouï dire que très-souvent cela s'arrangeait ainsi.

— Et, à dix-sept ans à peine, madame pourra courir le monde à son gré.

— Courir le monde ! Dieu m'en préserve, monsieur : vous savez que tel n'est pas mon goût...

— Il ne s'agit pas de plaisanter, madame ! s'écria M. de Luceval, je vous demande si vous êtes réellement assez folle pour vous imaginer qu'à dix-sept ans à peine vous pouvez vous passer la fantaisie de vivre seule, lorsque vous êtes en puissance de mari?

— Je ne compte pas du tout vivre seule, monsieur.

— Et avec qui madame vivra-t-elle?

— Valentine est malheureuse; je me retirerai auprès d'elle et de sa mère. Grâce à Dieu! ma fortune est indépendante de la vôtre, monsieur...

— Vous retirer auprès de cette malheureuse! une femme qui a eu un amant, une femme que son mari va chasser ce soir de sa maison, et bien il fera! une femme qui mérite le mépris de tous les honnêtes gens. Et c'est auprès d'une pareille créature que vous voulez vivre! Mais oser seulement avouer un pareil projet, c'est à vous faire enfermer, madame.

— Monsieur de Luceval, je suis horriblement fatiguée des événements de cette journée; vous m'obligerez de me laisser tranquille; j'ajouterai seulement que si quelqu'un mérite le mépris des honnêtes gens, c'est M. d'Infreville, car ce sont ses indignes traitements qui ont poussé sa femme à sa perte. Quant à Valentine, ce qu'elle mérite et ce qu'elle devra toujours attendre de moi, c'est la plus tendre compassion.

— Mais c'est inouï! mais c'est à vous faire enfermer, vous dis-je!

— Voici mes derniers mots, monsieur de Luceval: l'on ne m'enfermera pas, j'aurai ma liberté, et vous aurez la vôtre, et de ma liberté j'userai.

— Oh! nous verrons cela, madame!

— Vous le verrez, monsieur.

VII

Quatre ans environ se sont écoulés depuis les événements que nous avons racontés.

L'hiver sévit rudement, le froid est âpre, le ciel gris et morne. Une femme s'avance rapidement dans la rue de Vaugirard, s'arrêtant çà et là pour consulter du regard les numéros des maisons, comme si elle eût cherché une adresse.

Cette femme, vêtue de deuil, paraît âgée de vingt-deux ou vingt-trois ans; grande, svelte, très-brune, elle a de grands yeux noirs, pleins d'expression et de feu; ses traits sont beaux, quoiqu'un peu fatigués; sa physionomie, vive et mobile, révèle tour à tour une tristesse amère, ou une inquiétude pleine d'impatience; sa démarche saccadée, quelquefois brusque, décèle aussi une vive agitation.

Lorsque cette jeune femme eut parcouru à peu près la moitié de la rue de Vaugirard, elle interrogea de nouveau du regard les numéros du côté impair, et, étant arrivée en face du numéro 57, elle s'arrêta, tressaillit, et porta la main sur son cœur, comme pour en comprimer les battements; après être restée quelques moments immobile, elle se dirigea vers la porte cochère, puis fit une nouvelle pause avec une hésitation marquée; mais, ayant aperçu des écriteaux annonçant plusieurs appartements à louer dans cette maison, elle entra résolûment et s'arrêta devant la loge du portier.

— Vous avez, monsieur, lui dit-elle, des appartements à louer?

— Oui, madame, le premier, le troisième, et deux chambres séparées.

— Le premier serait sans doute trop cher pour moi, le troisième me conviendrait mieux : de quel prix est-il?

— Six cents francs, madame, au dernier mot; il est tout fraîchement décoré, il n'y a plus que les papiers à poser...

— Et de combien de pièces se compose-t-il?

— Une cuisine donnant sur l'entrée, une petite salle à manger, un salon et une belle chambre à coucher avec un grand cabinet, où l'on peut mettre un lit pour une domestique. Si madame veut monter, elle verra par elle-même.

— Avant toute chose, je désire savoir qui habite cette maison. Je suis veuve, je vis seule, vous comprenez pourquoi je vous fais cette question.

— C'est tout simple, madame; la maison est d'ailleurs des plus tranquilles; le premier est vacant, comme je vous l'ai dit; le second est occupé par un professeur à l'école de Droit, homme bien respectable, ainsi que sa dame; ils n'ont pas d'enfants; le troisième est l'appartement que je propose à madame, et le quatrième, de deux petites pièces et d'une entrée, est loué par un jeune homme, quand je dis jeune homme, c'est une manière de parler, car M. Michel Renaud doit avoir de vingt-six à vingt-huit ans.

Au nom de Michel Renaud, la jeune femme, malgré le grand empire qu'elle avait sur elle-même, rougit et pâlit tour à tour, un sourire douloureux contracta ses lèvres, et ses grands yeux noirs semblèrent briller plus ardents sous leurs longues paupières.

Dominant pourtant son émotion, elle reprit d'une voix calme et d'un air indifférent :

— L'appartement du troisième est donc immédiatement au-dessous de celui de ce monsieur?

— Oui, madame.

— Et ce monsieur est-il marié?

— Non, madame...

— Encore une fois, il ne faut pas vous étonner des questions que je vais vous adresser, mais je dois vous dire que j'ai horreur du bruit au-dessus de ma tête, et que je redoute fort la mauvaise compagnie ; or je désirerais savoir si mon futur voisin n'a pas, comme tant d'autres jeunes gens, des habitudes bruyantes, et de ces connaissances un peu légères qu'il me serait fort désagréable de rencontrer sur l'escalier en sortant de chez moi ou en y rentrant.

— Lui! s'écria le portier avec un air de récrimination ; M. Michel Renaud recevoir des *demoiselles*. Ah! madame! ah! madame!

Et il joignit les mains.

Une lueur de joie et d'espérance éclaircit un instant la triste physionomie de la jeune femme, qui reprit avec un demi-sourire.

— Je suis loin de vouloir calomnier les mœurs de ce monsieur, et l'étonnement que vous cause ma question me paraît rassurant.

— M. Michel Renaud, madame, est rangé comme il n'y en a pas. Tous les jours que le bon Dieu fait, dimanches et fêtes, il sort de chez lui à trois heures et demie, ou quatre heures du matin, au plus tard, ne rentre qu'après minuit et ne reçoit jamais de visites...

— Je le crois, il faudrait qu'elles fussent singulièrement matinales, dit la jeune femme, qui parut très-vivement frappée de ces détails. Comment! tous les jours ce monsieur se lève aussi matin?

— Oui, madame, été comme hiver, rien ne l'arrête.

— Mais, reprit la jeune femme, comme si elle ne pouvait pas croire à ce qu'elle entendait, c'est donc un prodige d'activité que ce monsieur?

— Je ne pourrais pas vous dire, madame: tout ce que je sais. c'est qu'il est aussi matinal qu'un coq de village.

— Et, sans indiscrétion, monsieur, reprit la jeune femme de plus en plus stupéfaite de ce qu'elle apprenait, quelle est donc la profession de ce monsieur qui sort, chaque jour, de chez lui à trois ou quatre heures du matin, et qui ne rentre qu'après minuit ?

— Vous m'en demandez là, madame, plus que je n'en sais. Ce qu'il y a de certain, c'est que ce locataire-là ne sera pas gênant pour vous.

— Assurément je ne pouvais rencontrer un voisinage plus à mon goût, mais, franchement, il est impossible que vous ne connaissiez pas la profession de votre locataire?

— Que voulez-vous que je vous dise, madame ! depuis trois ans que M. Renaud demeure ici, il ne lui est venu qu'une lettre, adressée à M. Michel Renaud tout court, et il ne reçoit âme qui vive.

— Mais il n'est pas muet?

— Ma foi, madame, il n'en vaut guère mieux. Quand il sort, je suis couché ; quand il rentre, idem; le matin, il me dit : *Cordon, s'il vous plaît !* et le soir en prenant sa lumière : *Bonsoir, monsieur Landri !* (C'est mon nom.) Voilà toutes nos causeries. Ah ! si pourtant, j'oubliais...

— Qu'oubliez-vous ?

— La veille du terme il me dit, le soir, en déposant ses soixante francs sur ma table : « Je mets là l'argent du terme, monsieur Landri; » le lendemain soir, je lui dis : « La quittance est à côté de votre bougeoir, monsieur Renaud. » Il la prend, me dit : « Merci, monsieur Landri. » Et en voilà pour trois mois.

— Il est impossible, en effet, d'être moins communicatif, et la simple curiosité ne vous a pas donné l'envie de tâcher de pénétrer le secret de cette existence vraiment assez mystérieuse ? N'a-t-il pas quelqu'un qui le sert ?

— Non, madame, il fait lui-même son ménage, c'est-à-dire qu'il fait son lit, cire ses bottes, bat ses habits et balaye sa chambre.

— Lui ! ne put s'empêcher de s'écrier la jeune femme, avec un nouvel accent de stupeur.

Puis, se reprenant, elle ajouta :

— Comment, ce monsieur prend tant de peine?

— Dame ! reprit le portier, qui parut surpris de l'ébahissement de la jeune femme, c'est tout simple, tout le monde n'a pas cinquante mille livres de rentes, et, quand on n'a pas de quoi se faire servir, il faut se servir soi-même.

— C'est très-juste, monsieur, dit la jeune femme en deuil en reprenant son sang-froid; mais êtes-vous quelquefois entré chez ce monsieur?

— Deux fois, madame.

— Et il n'y a rien d'extraordinaire dans son appartement?

— Ma foi non, madame; il n'habite qu'une des deux pièces, l'autre n'est pas seulement meublée.

— Et, dans sa chambre, rien n'a pu vous faire deviner quelle était sa profession?

— Mon Dieu, c'est une chambre comme toutes les chambres, madame, meublée en noyer et très-propre, un lit, une commode, une table et quatre chaises, voilà tout.

— En vérité, monsieur, reprit la jeune femme, sentant bien que ses questions et surtout ses étonnements devaient sembler étranges, je m'aperçois un peu tard que je suis d'une indiscrétion rare; mais vous la comprendrez, car je suis certaine que depuis que vous avez des locataires dans cette maison, vous n'en avez pas eu un pareil à ce monsieur.

— Pour ce qui est de cela, madame, c'est la pure vérité. Mais, comme M. Michel Renaud paye son terme rubis sur l'ongle, comme il n'y a pas de locataire moins gênant, vu qu'il ne reçoit pas un chat, je me dis : « Ma foi, qu'il soit ce qu'il voudra. » Maintenant, madame veut-elle voir l'appartement?

— Certainement, car, après tout, je trouverai difficilement, je crois, une demeure plus à ma convenance.

VIII

Pendant que cette locataire en *expectative* commençait son ascension, sur les pas du portier, une autre scène, assez curieuse, se pas sait dans la maison mitoyenne, dont le rez-de-chaussée était occupé par un café.

Ce café, peu fréquenté d'ailleurs, ne possédait, à ce moment, qu'un seul consommateur, assis devant une table, sur laquelle étaient une carafe d'eau, du sucre et un verre d'absinthe.

Ce personnage, qui venait d'entrer depuis quelques instants à peine, était un homme de trente ans au plus, maigre, nerveux, au teint hâlé, aux traits fortement accentués, au geste prompt ; il prit plusieurs journaux les uns après les autres, il eut l'air de les parcourir, en fumant son cigare; mais évidemment sa pensée n'était pas à ce qu'il lisait, si toutefois même il lisait ; il semblait en proie à une tristesse profonde, mêlée, çà et là, de sourdes irritations, qui se manifestaient par la brusquerie de ses mouvements ; ce fut ainsi qu'il rejeta violemment sur la table de marbre le dernier journal qu'il venait de parcourir.

Après un moment de réflexion, il appela le garçon d'une voix brève et dure.

Le garçon, homme à cheveux gris, accourut.

— Garçon ! versez-moi un verre d'absinthe, dit l'homme au cigare.

— Mais, monsieur, votre verre est encore plein.

— C'est juste.

Et notre homme vida son verre que le garçon remplit de nouveau.

— Dites-moi, reprit l'homme au cigare, ce café dépend de la maison numéro 59, n'est-ce pas?

— Oui, monsieur.

— Voulez-vous gagner cent sous ? lui dit l'homme au cigare.

Et comme le garçon le regardait tout ébahi, il reprit :

— Je vous demande si vous voulez gagner cent sous ?

— Moi? monsieur ; mais....

— Voulez-vous, oui ou non ?

— Je le veux bien, monsieur, que faut-il faire?

— Parler.

— Parler de quoi, monsieur ?

— Répondre à quelques questions.

— C'est bien facile, si je sais.

— Êtes-vous dans ce café depuis longtemps ?

— Oh ! depuis sa fondation, monsieur, depuis dix ans.

— Vous habitez cette maison?

— Oui, monsieur, je couche au cinquième.

— Vous connaissez tous les locataires?

— De nom et de vue, oui, monsieur, mais voilà tout. Je suis seul garçon ici, et je n'ai guère le temps de voisiner.

Après un moment d'hésitation pénible, pendant lequel les traits de l'homme au cigare exprimèrent une douloureuse angoisse, il dit au garçon, d'une voix légèrement altérée :

— Qui habite le quatrième?

— Une dame, monsieur.

— Une dame seule?

Et son angoisse parut redoubler, en attendant la réponse du garçon.

— Oui, monsieur, reprit celui-ci, une dame seule.

— Veuve?

— Pour cela, monsieur, je l'ignore; elle s'appelle madame Luceval; voilà tout ce que je peux vous dire.

— Vous sentez bien, mon cher, que si je vous promets cent sous, c'est pour que vous me disiez quelque chose.

— Dame, monsieur, on dit ce que l'on sait.

— Bien entendu. Voyons, franchement, que pense-t-on dans la maison de cette dame? Comment l'appelez-vous?

Évidemment le consommateur faisait cette question pour dissimuler le léger tremblement de sa voix, et prendre le temps de vaincre son émotion croissante.

— Cette dame, je vous l'ai dit, monsieur, se nomme madame Luceval, et il faudrait être bien malin pour jaser sur son compte, car on ne la voit jamais.

— Comment?

— Dame! monsieur, il n'est jamais plus de trois heures et demie ou quatre heures du matin lorsqu'elle sort de chez elle, été comme hiver; et moi, qui ne me couche pas avant minuit, je l'entends toujours rentrer après moi.

— Allons donc! c'est impossible, s'écria l'homme au cigare avec autant de stupeur que la femme en deuil en avait manifesté en apprenant les habitudes incroyablement matinales de M. Michel Renaud. Comment, reprit-il, cette dame sort ainsi tous les matins avant quatre heures?

— Oui, monsieur, je l'entends fermer la porte.

— C'est à n'y pas croire, se dit l'homme au cigare.

Et, en suite d'un moment de réflexion, il reprit :

— Et que peut faire cette femme ainsi toujours hors de chez elle?

— Je l'ignore, monsieur.

— Mais que pense-t-on de cela dans la maison?

— Rien, monsieur.

— Comment, rien! on trouve cela tout naturel?

— Dans les premiers temps que madame Luceval a logé ici, voilà bientôt quatre ans, sa manière de vivre a semblé assez drôle, et puis on a fini par ne plus s'en occuper; car, ainsi que je vous l'ai dit, monsieur, on ne la voit jamais; ça fait qu'on l'oublie, quoiqu'elle soit jolie à plaisir.

— Allons, si elle est jolie, mon cher, dit l'homme au cigare avec un sourire sardonique, et comme si les mots lui eussent brûlé les lèvres, allons, il y a quelque amant, hein?

Et il jeta un sombre et ardent regard sur le garçon, qui répondit :

— J'ai entendu dire que cette dame ne recevait jamais personne, monsieur.

— Mais le soir, lorsqu'elle revient à une heure aussi avancée de la nuit, elle ne rentre pas seule, j'imagine?

— J'ignore, monsieur, si quelqu'un la conduit jusqu'à la porte; mais ce qu'il y a de certain, c'est qu'il ne court pas, je vous le répète, le plus petit bruit sur son compte.

— Une véritable vertu, alors?

— Dame! monsieur, ça en a bien l'air, et je suis sûr que toute la maison en jurerait comme moi.

Cette fois encore il y eut complète analogie entre ce que parut ressentir l'homme au cigare et la joie qu'avait manifestée la femme en deuil en apprenant par les publiques dénégations du portier que M. Michel Renaud ne recevait jamais de *demoiselles;* mais les traits de l'interlocuteur du garçon, un moment éclaircis, redevinrent sombres, et il reprit :

— Sait-on au moins quelles sont ses ressources, de quoi elle vit, enfin?

— Encore une chose que j'ignore, monsieur, quoiqu'il ne soit pas probable qu'elle vive de ses rentes. Eh! eh! les rentières ne se lèvent pas si matin, surtout par des temps comme aujourd'hui, où il gèle à pierre fendre, et trois heures et demie sonnaient au Luxembourg lorsque j'ai entendu cette dame sortir ce matin de chez elle.

— C'est étrange, étrange ! c'est à croire que je rêve, se dit le personnage.

Puis il reprit tout haut :

— Voilà tout ce que vous savez ?

— Voilà tout, monsieur, et je vous certifie que personne, dans la maison, n'en sait davantage.

L'homme au cigare resta un moment pensif, puis, après quelques moments de silence, pendant lesquels il but son second verre d'absinthe à petites gorgées, il jeta sur la table une pièce d'or étrangère, et dit au garçon :

— Payez-vous, et gardez cent sous pour vous ; ils ne vous ont pas coûté beaucoup à gagner, je l'espère ?

— Monsieur, je ne vous les demandais pas, et si vous....

— Je n'ai qu'une parole. Payez-vous, reprit l'homme au cigare avec hauteur.

Le garçon alla au comptoir changer la pièce d'or, pendant que le consommateur semblait profondément rêveur. Ayant reçu la monnaie qui lui revenait, il sortit du café.

Au même instant, la jeune femme dont nous avons parlé quittait la maison mitoyenne, et venait en sens inverse de l'homme au cigare.

Lorsqu'ils passèrent à côté l'un de l'autre, leurs regards se rencontrèrent par hasard.

L'homme s'arrêta une seconde, comme si la vue de cette femme lui eut rappelé un vague souvenir ; puis, croyant que sa mémoire le trompait, il continua son chemin vers le haut de la rue de Vaugirard, tandis que la jeune femme descendait la même rue.

IX

L'homme au cigare et la jeune femme en deuil, après avoir passé à *contre-bord* l'un de l'autre, comme disent les marins, continuèrent leur chemin chacun de son côté, pendant une dizaine de pas, au bout desquels l'homme au cigare, semblant revenir à sa première pensée, se retourna pour regarder encore la femme en deuil.

Celle-ci, à ce moment même, se retournait aussi; mais, voyant l'homme qu'elle avait remarqué faire le même mouvement, elle détourna brusquement la tête, et continua sa route d'un pas un peu hâté.

Cependant, alors qu'elle allait traverser la rue pour entrer dans le jardin du Luxembourg, elle ne put s'empêcher de regarder de nouveau derrière elle; aussi vit-elle de loin l'homme au cigare debout à la même place et la suivant des yeux. Assez impatientée d'avoir été pour ainsi dire surprise deux fois en flagrant délit de curiosité, elle rabaissa vivement son voile noir, et, activant encore sa marche, elle entra au Luxembourg.

L'homme au cigare, après un moment d'hésitation, revint sur ses pas, les précipita, atteignit bientôt la grille, et aperçut de loin la jeune femme se diriger du côté de la grande allée de l'Observatoire.

Un de ces instincts singuliers, qui souvent nous avertissent de ce que nous ne pouvons voir, donna à la jeune femme la presque certitude qu'elle était suivie; elle hésita longtemps avant de se résoudre à s'assurer de la chose; elle allait céder à cette tentation, lorsqu'elle entendit derrière elle une marche assez pressée, puis quelqu'un passa à ses côtés.

C'était l'homme au cigare; il fit une vingtaine de pas devant lui, puis il revint en ligne directe vers la jeune femme. Celle-ci obliqua subitement à gauche; son *poursuivant* fit la même manœuvre, s'approcha résolûment, et, ôtant son chapeau, il lui dit avec une courtoisie parfaite :

— Madame, je vous demande mille pardons de vous aborder ainsi.

— En effet, monsieur, je n'ai pas l'honneur de vous connaître.

— Madame, permettez-moi une question.

— En vérité, monsieur, je ne sais....

— Cette question, madame, je n'aurais pas à vous l'adresser si j'étais assez heureux pour que votre voile fût relevé.

— Monsieur....

— De grâce, madame, ne croyez pas qu'il s'agisse d'une impertinente curiosité; je suis incapable d'un pareil procédé; mais, tout à l'heure, en passant auprès de vous, dans la rue Vaugirard, il m'a semblé vous avoir déjà rencontrée; et comme c'était lors d'une circonstance extraordinaire....

— Mon Dieu! monsieur, reprit la femme en deuil en interrompant l'étranger, s'il faut vous l'avouer, j'ai cru aussi....

— M'avoir déjà rencontré?

— Oui, monsieur.

— Au Chili?

— Il y a huit mois environ?

— A quelques lieues de Valparaiso?

— A la tombée du jour?

— Au bord d'un lac encaissé de rochers? Une bande de bohémiens attaquait une voiture où vous étiez, madame.

— L'arrivée d'un convoi de voyageurs, montés sur des mulets dont on entendait les sonnettes depuis quelques instants, a fait fuir ces bandits. Ce convoi qui venait de Valparaiso nous croisa.

— A peu près comme je vous ai croisée tout à l'heure dans la rue de Vaugirard, madame, dit l'homme au cigare en souriant; et, pour plus de sûreté, un des voyageurs et trois hommes de l'escorte proposèrent aux personnes de la voiture de les accompagner jusqu'au plus prochain village.

— Et ce voyageur, monsieur, c'était vous. Maintenant, je me le rappelle parfaitement, quoique je n'aie eu le plaisir de vous voir que pendant quelques instants, car la nuit vient vite au Chili.

— Et elle était fort noire lorsque nous sommes arrivés au village de... de Balaméda, si j'ai bon souvenir, madame.

— Je ne me rappelais pas le nom de ce village, monsieur; mais ce dont je me souviens et me souviendrai toujours, c'est de votre extrême obligeance; car, après nous avoir escortés jusqu'au village, vous avez dû rejoindre en toute hâte votre convoi, qui se dirigeait vers le nord, il me semble?

— Oui, madame.

— Et vous l'avez, je l'espère, monsieur, rejoint sans accident, sans mauvaise rencontre? Nous avions cette double crainte : les chemins sont affreux à travers ces précipices, et ces bohémiens pouvaient être restés dans ces rochers.

— J'ai atteint le convoi le plus paisiblement du monde, madame, il n'en a coûté à ma mule que de hâter un peu sa marche.

— En vérité, monsieur, avouez qu'il est fort singulier de renouer dans le jardin du Luxembourg une connaissance faite au milieu des solitudes du Chili?

— Fort singulier, en effet, madame. Mais voici qu'il commence à neiger; me permettez-vous de vous offrir mon bras et un appui sous ce parapluie; j'aurai l'honneur de vous conduire, si vous le désirez jusqu'à la prochaine place de fiacres.

— Je crains, monsieur, d'abuser de votre complaisance, reprit la jeune femme en acceptant néanmoins l'offre de l'étranger; il est dit qu'au Chili comme ici je mettrai toujours votre courtoisie à l'épreuve.

Ce disant, tous deux se dirigèrent, en se tenant par le bras, vers la place de fiacres située proche de l'une des galeries du théâtre de l'Odéon. Il ne restait qu'une seule voiture; la jeune femme y monta. son compagnon, par discrétion, semblait hésiter à monter après elle.

— Eh bien, monsieur, lui dit-elle avec affabilité, qu'attendez-vous? Il ne se trouve pas d'autres voitures sur cette place; ne profiterez-vous pas de celle-ci?

— Je n'osais, madame, vous demander cette faveur, répondit-il en montant avec empressement.

Puis il ajouta :

— Quelle adresse vais-je donner au cocher, madame?

— Veuillez seulement, reprit la jeune femme avec un léger embarras, me faire conduire à l'extrémité de la rue de Rivoli, vers la place de la Concorde. J'attendrai sous les arcades que la neige ait cessé; quelques affaires m'appellent dans ce quartier.

L'ordre donné au cocher, la voiture se dirigea vers la rive droite de la Seine.

— Savez-vous, monsieur, reprit la jeune femme, que je trouve notre rencontre de plus en plus singulière?

— Tout en reconnaissant, madame, la singularité de cette rencontre, elle me semble encore, je vous l'avoue, plus agréable qu'étrange.

— Allons, monsieur, entre nous pas de ces galanteries, cela est bon pour les gens qui n'ont rien de mieux à se dire, et je vous avoue que si vous êtes disposé à satisfaire ma curiosité, je ne vous aurai pas adressé la moitié de mes questions lorsqu'arrivera le moment de nous séparer.

— Il ne fallait pas me dire cela, madame; vous me rendrez très-diffus dans l'espoir que votre curiosité...

— M'inspirera le désir de vous rencontrer une seconde fois, si vous ne m'avez pas tout dit aujourd'hui, monsieur. Est-ce là votre pensée?

— Oui, madame.

La femme en deuil sourit mélancoliquement, et reprit :

— Mais, pour procéder par ordre, qu'alliez-vous faire au nord du Chili? Je revenais de ces contrées désertes, lorsque je vous ai rencontré il y a huit mois; et comme je sais que les voyageurs qui se rendent dans ce pays sont fort rares, vous comprendrez et vous excuserez ma question, si toutefois elle vous semble indiscrète.

— Avant de vous répondre, madame, il faut absolument que je vous dise quelques mots de mon caractère, sans cela vous me prendriez pour un fou.

— Comment cela, monsieur?

— Je dois donc vous déclarer, madame, que je suis possédé, dévoré d'un besoin d'activité, de locomotion, qui, depuis quelques années surtout, ne me permet pas de rester un mois dans le même endroit. En un mot, j'ai la passion, la monomanie, la rage des voyages.

— Ah! monsieur.

— Quoi donc, madame?

— En vérité, les singularités s'accumulent dans notre rencontre.

— Pourquoi cela?

— Ce besoin invincible d'agitation, de mouvement, cette aversion du repos, j'éprouve cela comme vous, monsieur, et, comme vous, encore, depuis quelques années, j'ai trouvé dans les voyages d'utiles distractions.

Et la jeune femme étouffa un soupir.

— Oh! n'est-ce pas, madame, que cette vie errante, aventureuse, est une belle et curieuse vie? N'est-ce pas qu'une fois que l'on a senti son charme, toute autre existence est impossible?

— Oui, vous avez raison, monsieur, reprit tristement la jeune femme; au milieu de cette vie active, l'on trouve du moins l'oubli! reste-t-on au contraire inactif, si l'on a des souvenirs fâcheux, ils nous assiégent et nous dominent bien plus sûrement : aussi, ai-je le repos en horreur.

— Que dites-vous, madame? Ainsi que moi, vous auriez horreur de ces existences calmes, mornes, engourdies, qui ressemblent à celle de l'huître sur son banc, ou du colimaçon dans sa carapace?

— Ah ! monsieur, n'est-il pas vrai ? le mouvement, l'action, jusqu'au vertige, car le vertige vous enlève à de tristes réalités !

— Tandis que la torpeur, l'immobilité, c'est la mort.

— C'est pis que la mort, monsieur, car l'on doit avoir conscience de cette espèce de léthargie de l'âme et du corps.

— Et pourtant, madame, s'écria le compagnon de la jeune femme, cédant à de secrets sentiments qu'il pouvait à peine contenir, n'y a-t-il pas des personnes, que dis-je ? ce ne sont plus des êtres animés, qui resteraient des mois, des années entières, attachés au même lieu, dans une sorte d'extase contemplative, goûtant ce qu'ils appellent le charme du *far niente ?*

— S'il y a de ces gens-là, monsieur, s'écria la femme en deuil avec une douloureuse vivacité, de ces gens qu'une incurable indolence cloue pour la vie au même endroit, et qui ont l'audace de vous vanter les béatitudes de leur apathie ; misérable apathie qui paralyse toute énergie, toute résolution généreuse, funeste paresse, morale et physique, qui aboutit toujours au plus cruel, au plus impitoyable égoïsme ? Oui, oui, monsieur, il y a de ces gens-là, je ne le sais que trop !

— Vous aussi, madame ?

— Comment ?

— Auriez-vous été aussi à même de connaître tout ce qu'il y a d'intraitable chez ces caractères, dont la force d'inertie finit par triompher des volontés les plus tenaces ?

Et la femme en deuil et l'étranger se regardèrent un moment avec une sorte de stupeur, tant ils paraissaient frappés de l'étrange coïncidance de leur destinée.

X

La jeune femme rompit la première le silence, et dit en soupirant :

— Tenez, monsieur, laissons ce sujet, il éveille en moi de trop douloureux souvenirs.

— Oui, oui, laissons ce sujet, madame, car moi aussi j'ai de péaibles souvenirs, et, ces souvenirs, je les fuis comme une honte, comme une lâcheté, car il est honteux, il est lâche de sentir souvent sa pensée occupée de ceux que l'on hait, que l'on méprise! Ah! madame, pour votre repos, ne connaissez jamais ce mélange de regrets, d'aversion et d'amour, qui rend parfois la vie à jamais misérable.

La jeune femme écoutait son compagnon avec une stupéfaction profonde et croissante : en parlant de lui, il semblait aussi parler d'elle; mais la réserve qu'elle devait nécessairement apporter dans ses relations avec un inconnu l'empêchant de correspondre ainsi qu'elle l'aurait pu aux dernières confidences qu'elle venait d'entendre, elle reprit donc, autant pour dissimuler ses propres sentiments que pour tâcher de satisfaire sa curiosité de plus en plus éveillée :

— Vous parlez, monsieur, d'aversion et d'amour. Comment peut-on aimer ce que l'on hait? une contradiction pareille est-elle donc possible?

— Eh! mon Dieu! madame, reprit l'étranger avec amertume et entraîné malgré lui par le courant de ses pensées, n'est-ce pas une énigme, un abîme sans fond que le cœur humain? Depuis que le monde est monde, on a, je crois, parlé de l'attrait inexplicable que les caractères les plus opposés exercent parfois les uns sur les autres. Souvent, ce qui est faible cherche ce qui est fort; ce qui est impétueux et violent cherche ce qui est doux et timide. Qui opère ces rapprochements? Est-ce le besoin de contraste? est-ce le charme d'une certaine difficulté à vaincre? On ne sait. Pourquoi ces personnes d'un caractère complétement opposé au nôtre ont-elles cependant sur nous un empire inexplicable? oh! oui, bien inexplicable, car on les maudit, on les prend en pitié, en dédain, en aversion, et pourtant l'on ne peut se passer d'elles, ou, si l'on s'en passe, on les regrette au moins autant qu'on les hait, et, lorsqu'on se met à rêver l'impossible, tout ce que l'on désirerait au monde serait d'avoir sur elles assez d'influence pour les transformer, pour leur donner nos goûts, nos penchants, qu'on leur reproche si cruellement de ne pas avoir; mais, hélas! ce sont là des rêves qui ne servent jamais qu'à faire momentanément oublier de trop tristes réalités.

En prononçant ces derniers mots, l'étranger ne put retenir une larme et resta pensif.

La jeune femme se sentit de plus en plus émue; elle l'avait été déjà par l'accent douloureux et sincère de son compagnon, pendant qu'il parlait de ces contrastes qui engendrent pour ainsi dire certaines attractions; cette fois encore l'étranger semblait être l'écho de ses propres pensées à elle. Cette conformité de situation l'intéressait vivement; aussi, voulant, sans livrer elle-même son secret, tâcher de pénétrer plus avant dans le secretde l'étranger, elle lui dit :

— J'ai comme vous, monsieur, souvent entendu parler de ces contradictions; elles me paraissent d'autant plus incompréhensibles, que la seule chance de bonheur probable devrait se trouver dans une complète harmonie de caractère.

Mais soudain la jeune femme s'arrêta, rougit, regrettant ses paroles qui pouvaient passer (et c'était bien loin de sa pensée) pour une sorte d'avance faite à l'étranger, lui et elle s'étant déjà plusieurs fois exclamés sur l'identité de leurs penchants. Cette crainte fut vaine; le tour de l'entretien avait jeté le compagnon de la jeune femme dans une préoccupation visible.

A ce moment, la voiture s'arrêta devant les dernières arcades de la rue de Rivoli, et le cocher étant venu ouvrir la portière,

— Comment? dit l'étranger en sortant de sa rêverie, et regardant sa compagne avec surprise, déjà?

Puis, faisant signe au cocher de refermer la portière, il dit :

— Madame, excusez-moi, j'ai bien mal profité des derniers instants de l'entretien que vous avez bien voulu m'accorder; mais involontairement j'ai subi l'influence de certains souvenirs. Vous ne me refuserez pas, je l'espère, un dédommagement en me permettant de vous revoir et d'avoir l'honneur de me présenter chez vous.

— Pour plusieurs raisons, monsieur, ce que vous me demandez là est impossible.

— Madame, je vous en conjure, ne me refusez pas; il y a, ce me semble, dans notre destinée tant de points de contact, j'aurais encore tant de choses à vous dire sur les causes de ce voyage au Chili, que vous avez désiré connaître; notre rencontre est enfin si extraordinaire, que toutes ces raisons vous décideront, je n'en doute pas, à m'accorder la grâce que je sollicite. Je n'oserais pas insister au nom du petit service que j'ai été assez heureux pour vous rendre autrefois, et dont vous voulez bien vous souvenir.

— Je ne suis point ingrate, monsieur, croyez-le. Je ne vous enche pas que j'aurais grand plaisir à vous revoir, et pourtant, peut-être devrai-je renoncer à cet espoir.

— Ah! madame, que dites-vous?

— Voici ce que je puis vous proposer, monsieur: nous sommes aujourd'hui lundi.

— Eh bien! madame...

— Trouvez-vous jeudi ici, sous ces arcades, à midi.

— J'y serai, madame, j'y serai.

—Si au bout d'une heure je ne suis pas venue, c'est qu'il sera plus que probable, monsieur, que nous ne devrons jamais nous revoir.

— Et pourquoi cela, madame?

— Il m'est impossible de vous en dire davantage, monsieur; mais, quoi qu'il arrive, soyez du moins persuadé que j'ai été très-heureuse de pouvoir vous remercier d'un service dont je me souviendrai toujours.

— Comment! madame, il se peut que je ne vous voie plus! je vous quitte, et j'ignore même jusqu'à votre nom.

— Si nous ne devons plus nous rencontrer, monsieur, à quoi bon savoir mon nom? si, au contraire, nous nous retrouvons ici jeudi, je vous dirai qui je suis, et, si vous le désirez, nous pourrons continuer des relations commencées si loin d'ici, et renouées par une rencontre bien imprévue.

— Je vous remercie, du moins, madame, de cet espoir si incertain qu'il soit; je n'insisterai pas davantage; à jeudi donc, madame.

— A jeudi, monsieur. Et tous deux se séparèrent.

XI

Le lendemain de l'entrevue des deux voyageurs qui s'étaient rencontrés au Brésil, la scène suivante se passait dans la maison de la rue de Vaurigard, 57, au quatrième étage. Trois heures trois quarts du matin venaient de sonner dans le lointain.

Un homme jeune et d'une beauté remarquable écrivait à la lueur d'une petite lampe.

Avons-nous besoin de dire que ce personnage était M. Michel Renaud, cet excellent mais silencieux locataire, qui sortait régulièrement de chez lui chaque matin avant quatre heures, et ne rentrait jamais qu'après minuit.

Michel Renaud écrivait donc à la lueur de sa lampe, alignant, sur un de ces gros registres adoptés dans le commerce, une foule de chiffres et d'indications qu'il transcrivait au net, d'après d'autres cahiers assez mal en ordre; il s'occupait, en un mot, d'écritures de commerce.

Deux ou trois fois cet aride et fastidieux labeur appesantit les yeux et les mains de Michel, mais il surmonta bravement ces velléités de somnolence, ramena la couverture de laine dont il avait enveloppé ses jambes et ses pieds afin de se réchauffer, souffla dans ses doigts roidis par le froid, et reprit son travail; il n'y avait pas de feu dans cette petite chambre; l'atmosphère y était glaciale, et les carreaux opaques scintillaient de dessins bizarres formés par la gelée.

Malgré ce qu'il y avait de pénible dans cette occupation accomplie durant une rude nuit d'hiver, la physionomie de Michel exprimait autant de satisfaction que d'heureuse quiétude.

Lorsque le dernier quart de trois heures eut sonné, le jeune homme quitta sa table, puis, la figure affectueuse et souriante comme celle de quelqu'un qui s'apprête à présenter un bonjour amical, il alla vers sa cheminée avec empressement, et du manche de son couteau de buis il frappa deux petits coups sur le mur mitoyen qui séparait la maison qu'il habitait de la maison voisine.

Presque aussitôt deux autres coups lui répondirent.

Michel sourit alors avec une expression de satisfaction aussi grande que si on lui eût adressé les paroles du monde les plus agréables. Il s'apprêtait sans doute à y répondre, car déjà il levait le manche de son couteau, lorsqu'un petit coup léger, presque mystérieux, suivi de deux autres plus sonores, arrivèrent à son oreille.

Michel rougit, ses yeux s'animèrent, il semblait éprouver un délicieux sentiment; on eût dit qu'il recevait une faveur aussi douce qu'inattendue; ce fut donc avec l'expression d'une reconnaissance exaltée qu'il répondit par plusieurs battements aussi précipités que les violentes pulsations de son cœur.

Cette *batterie* d'une passion désordonnée se fût sans doute prolongée pendant quelques secondes avec une furie croissante, si elle n'eût été subitement arrêtée net par un petit coup sec et bref qui retentit de l'autre côté de la muraille, comme une interruption impérative.

Michel obtempéra respectueusement à cet ordre, et suspendit la trop vive manifestation de son allégresse.

Bientôt après, quatre coups bien distincts, lents, prolongés comme le tintement d'une horloge, et accentués comme un signal, venant encore de l'autre côté de la muraille, mirent un terme à ce mystérieux entretien digne des abords d'une loge de francs-maçons.

— Elle a raison, se dit Michel, voici bientôt quatre heures.

Et il s'occupa diligemment de ranger ses registres, de tout mettre en ordre avant de sortir de chez lui et de faire comme on dit : *son ménage*.

Durant ces préparatifs, nous conduirons le lecteur au quatrième étage de la maison voisine, numéro 59, dans l'appartement de madame de Luceval, séparé, nous l'avons dit, de celui de Michel Renaud par un mur assez épais.

Cette jeune femme, âgée alors de vingt et un ans passés, était toujours charmante ; mais son embonpoint avait un peu diminué.

Florence s'occupait, ainsi que son voisin, de faire ses préparatifs de départ.

Une lampe à réflecteur, très-basse et très-ardente, pareille à celle dont se servent les enlumineurs qui travaillent le soir, éclairait une grande table sur laquelle se voyaient pêle-mêle plusieurs belles lithographies à demi coloriées, des couleurs pour l'aquarelle étendues sur une palette de faïence, et plus loin, parmi des bandes de tapisserie commencées, des cahiers de papier de musique destinés à la copie de partitions ; plusieurs de ces cahiers étaient déjà remplis.

La chambre, pauvrement meublée, était de la plus extrême propreté ; sur le petit lit, déjà soigneusement fait par Florence, l'on voyait son manteau et son chapeau.

Tout en rangeant allègrement dans différents casiers ses aquarelles coloriées, ses copies de musique et ses tapisseries, la jeune femme soufflait vaillamment dans ses jolis doigts rosés par le froid qui régnait avec autant d'intensité dans cet appartement que dans celui du voisin ; car dans cette chambre il n'y avait pas non plus de feu.

Notre paresseuse devait trouver un grand changement entre sa vie présente et sa vie passée, lorsqu'elle se rappelait le confort et le luxe de l'hôtel de Luceval, si favorable au développement de cette indolence dont elle faisait ses délices.

Et pourtant Florence semblait aussi heureuse que lorsque, plongée dans un moelleux fauteuil, les pieds sur le velours, elle jouissait de son cher *far niente*, regardant nonchalamment, après avoir dormi sa grasse matinée, le soleil jouer dans le feuillage de son riant jardin, on écoutant le murmure de la cascade mêlé au gazouillement des oiseaux.

Oui, cette frileuse, cette dormeuse, qui autrefois passait des matinées entières à se dorloter, à se pelotonner comme une caille dans son nid, sous la tiède et pénétrante chaleur de l'édredon, ou à se chauffer à la braise ardente de son foyer, en entendant *le grésil tinter sur la vitre sonore*, ainsi que dit le grand poëte, qu'elle lisait au fond d'un somptueux appartement; oui, cette indolente, qui regardait comme une fatigue de sortir dans une élégante voiture doucement suspendue, notre *paresseuse*, en un mot, ne paraissait pas le moins du monde regretter ses splendeurs évanouies : ce fut au contraire en fredonnant gaiement qu'elle visita les ressorts de ses petits *socques*, et qu'elle tira de son fourreau un léger parapluie, prête à braver neige, bise et froidure.

Ces derniers préparatifs de départ terminés, Florence jeta un coup d'œil sur la glace de sa cheminée, passa le plat de sa main sur ses épais bandeaux de cheveux blonds, aussi luisants, aussi lustrés, malgré cette toilette matinale, que si une femme de chambre eût passé une heure à la coiffure de la jeune femme, puis... il faut avouer cette faiblesse, madame de Luceval étendit, et comme on dit vulgairement *détira* ses deux bras, en renversant un peu son buste en arrière, et laissant tomber avec langueur sa tête charmante sur son épaule gauche.

Alors Florence poussa un petit gémissement, plein de douceur et de câlinerie, qui semblait dire :

— Ah! qu'il me serait doux de rester dans un bon lit, bien chaud, au lieu de sortir à quatre heures du matin par ce vilain froid noir !

Il est impossible de peindre la grâce indolente de ce mouvement, et la gentille petite moue qui, étouffant un léger bâillement, renfla pendant un instant les lèvres vermeilles de cette jolie créature.

Mais bientôt, se reprochant sans doute ce paresseux regret et ce trop grand attachement à son réduit, bien froid cependant, Florence mit à la hâte son chapeau, s'enveloppa de son manteau, attacha ses socques à ses petits pieds, prit bravement son parapluie, alluma un modeste *rat-de-cave*, éteignit sa lampe, et, légère... descendit rapidement ses quatre étages.

A ce moment, quatre heures du matin sonnaient au Luxembourg.

— Mon Dieu ! déjà quatre heures ! murmura la jeune femme en arrivant au bas de l'escalier ; puis, de sa voix douce et fraîche, elle dit :

— Le cordon ! s'il vous plaît.

Et bientôt elle referma sur elle la porte de sa maison.

L'on touchait à la fin de décembre.

La nuit était très-noire.

Une bise glaciale soufflait dans la rue déserte, faiblement éclairée çà et là par les lanternes du gaz.

Lorsque madame de Luceval fut sortie, elle toussa légèrement et en manière de signal.

Un *hum !... hum !...* plus mâle lui répondit.

Mais la nuit était si profonde, que c'est à peine si Florence put apercevoir Michel, qui, sorti de chez lui depuis quelques instants et posté de l'autre côté de la rue, venait de répondre ainsi à l'appel de sa *voisine*.

Alors tous deux, sans s'être adressé une parole, commencèrent de marcher parallèlement l'un à l'autre.

Celui-ci sur le trottoir de gauche.

Celle-là sur le trottoir de droite.

Une demi-heure avant que Michel Renaud eût quitté sa demeure, un fiacre s'était arrêté à peu de distance du n° 57.

Une femme, enveloppée d'une pelisse, était dans cette voiture, et avait dit au cocher :

— Lorsque vous verrez un monsieur sortir de cette maison, vous le suivrez au pas jusqu'à ce que je vous dise de vous arrêter.

Le cocher ayant, grâce à la clarté de ses lanternes, vu Michel sortir, et bientôt prendre le trottoir, le suivit en se maintenant au milieu de la chaussée au pas de son cheval.

La femme, restée dans la voiture qui cheminait lentement, ne quittait pas Michel du regard, et ainsi toujours occupée de ce qui se passait sur le trottoir de gauche, elle n'avait pu encore apercevoir sur le trottoir de droite madame de Luceval.

Celle-ci venait à peine de fermer la porte de sa maison, lorsqu'un homme enveloppé d'un vaste manteau, hâtant le pas comme quelqu'un qui craint de se trouver en retard, arriva rapidement par le haut de la rue de Vaugirard.

Cet homme n'avait donc pu ni entendre le signal échangé entre Florence et Michel, ni apercevoir celui-ci, caché qu'il était par le fiacre qui cheminait lentement au milieu de la chaussée.

L'homme au manteau commença donc de suivre pas à pas madame de Luceval, de même que la femme restée dans la voiture ne quittait pas Michel du regard.

XII

Michel et Florence, occupés l'un de l'autre, quoique séparés par la largeur de la chaussée, ne prêtèrent aucune attention à ce fiacre, qui cheminait lentement dans une direction semblable à la leur, rien n'étant plus commun que de voir, à cette heure matinale, des fiacres regagner au pas leur domicile.

Au moment où les deux *voisins*, toujours suivis à leur insu, entraient dans la rue de Tournon, l'angle de cette rue était obstrué par un embarras de ces charrettes de maraîchers qui, entrant par toutes les barrières, se rendent de grand matin à la Halle.

La femme tapie dans le fiacre, le voyant s'arrêter devant cet encombrement, craignit de perdre de vue la personne qu'elle suivait, dit au cocher de lui ouvrir la portière, le paya, descendit, et, hâtant le pas, se remit sur les traces de Michel ; mais, en arrivant vers le milieu de la rue de Tournon, elle remarqua pour la première fois l'homme au manteau qui marchait à peu près de front avec elle. D'abord elle ne s'inquiéta pas de cet incident ; cependant ayant, à la lueur d'une lanterne, vu qu'une femme précédait cet homme de quelques pas, et que cette femme cheminait parallèlement à Michel Renaud, elle commença de trouver ceci fort singulier; dès lors son attention se partagea malgré elle entre Michel, madame de Luceval, et l'homme qui marchait à quelque distance de celle-ci.

Michel et Florence, bien encoqueluchonnés pour se garantir du froid, celle-ci dans son chapeau et dans son manteau, celui-là dans son paletot et dans un large *cache-nez* de laine qui lui montait presque jusqu'aux yeux, ne s'apercevaient pas encore de ce qui se tramait derrière eux, tâchaient d'échanger un regard lorsqu'ils passaient sous la lueur d'un bec de gaz, et se dirigeaient allègrement vers le carrefour auquel aboutit la rue Dauphine.

L'homme au manteau, tout *encapé* (comme disent les Espagnols) dans les larges plis de son vêtement, et profondément absorbé, remarqua tardivement qu'une femme suivait un homme sur le trottoir opposé à celui où lui-même suivait Florence ; il y avait à cette heure trop peu de passants, pour qu'après quelques minutes d'attention il pût se méprendre sur la manœuvre de la femme à la pelisse ; mais combien il fut surpris, lorsque, l'ayant entrevue à la clarté d'un magasin de liquoriste matinalement ouvert, il crut reconnaître à sa taille élevée, à sa démarche légère et à son chapeau de deuil, la femme que la veille il avait reconduite en fiacre rue de Rivoli ; car l'on a sans doute déjà nommé les deux voyageurs du Chili.

Cette nouvelle rencontre, cette coïncidence dans leur double poursuite, après leur entrevue du jour précédent, était trop extraordinaire pour ne pas donner à l'homme au manteau le désir d'éclaircir à l'instant ses soupçons ; aussi, sans quitter pour ainsi dire Florence du regard, il traversa rapidement la rue, et, s'approchant de la femme à la pelisse :

— Madame... un mot, de grâce !...

— Vous ! monsieur, s'écria-t-elle, c'était donc vous ?

Et tous deux restèrent un instant stupéfaits.

L'homme, prenant la parole le premier, s'écria :

— Madame, d'après ce qui se passe, et dans notre intérêt commun, il faut que nous ayons à l'instant une explication sincère.

— Je le crois, monsieur.

— Eh bien! madame, je...

— Rangez-vous! prenez garde à cette charrette, s'écria la femme à la pelisse en interrompant son interlocuteur, et lui montrant une voiture de laitière qui s'avançait au grand trot, effleurant le trottoir en dehors duquel l'homme au manteau était resté.

Celui-ci se gara prestement; mais, pendant ce temps, Florence et Michel, arrivés au carrefour, venaient de disparaître, grâce à l'avance qu'ils avaient prise durant les quelques mots échangés entre les deux poursuivants.

La femme à la pelisse, s'apercevant la première de la disparition de Michel, s'écria avec un accent de dépit douloureux :

— Je ne le vois plus! je l'ai perdu!

Ces mots rappelèrent à l'autre personnage que sa poursuite devait être aussi déçue; en effet, il se retourna vivement, et ne vit plus Florence.

— Madame, s'écria-t-il, marchons vite jusqu'au carrefour, peut-être est-il encore temps de les rejoindre. Venez, prenez mon bras.

— Courons, monsieur, courons, dit la jeune femme en s'attachant au bras de son compagnon.

Et tous deux s'élancèrent vers le carrefour.

Arrivés à cette place où aboutissent quatre ou cinq rues étroites et sombres, ils ne trouvèrent personne, et reconnurent combien il serait vain de pousser plus loin leurs recherches.

Après s'être un instant reposés de la précipitation de leur course, nos deux personnages gardèrent un moment le silence, songeant pour ainsi dire à loisir au rapprochement singulier de leur destinée.

Puis l'homme au manteau s'écria :

— En vérité, madame, c'est à se demander si l'on rêve ou si l'on veille.

— Il n'est que trop vrai, monsieur, je ne puis croire à ce que je vois, à ce qui se passe.

— Je vous le répète, madame, il y a dans ce qui nous arrive depuis hier quelque chose de tellement inexplicable, que notre réserve mutuelle ne saurait durer plus longtemps.

— Je le pense comme vous, monsieur; veuillez me donner votre bras, je suis glacée, l'émotion, la surprise, je ne me sens pas bien; mais en marchant cela se dissipera.

— Où irons-nous, madame ?

— Peu m'importe, monsieur, gagnons le pont Neuf, les quais.

Et tous deux, descendant la rue Dauphine, eurent en marchant l'entretien suivant :

— Je dois d'abord, monsieur, reprit la jeune femme, vous faire connaître mon nom, cela est de peu d'intérêt, sans doute, mais enfin il faut que je vous apprenne qui je suis, je m'appelle Valentine d'Infreville, je suis veuve...

— Grand Dieu ! s'écria l'homme au manteau et s'arrêtant pétrifié, vous !

— Que voulez-vous dire?

— Vous, madame d'Infreville?

— Pourquoi cet étonnement, monsieur ? mon nom ne vous est donc pas étranger ?

— Après tout, reprit l'homme au manteau en sortant de l'espèce d'étourdissement où le jetait cette révélation, il n'est pas étonnant que je ne vous aie point reconnue, madame, ni au Chili, ni ici, car la première fois que je vous ai vue, il y a quatre ans de cela, je n'ai pu distinguer vos traits, que vous cachiez dans vos deux mains ; puis l'indignation que je ressentais...

— Que dites-vous, monsieur ? il y a quatre ans, vous m'aviez déjà vue, avant notre rencontre au Chili?

— Oui, madame.

— Et où cela?

— En vérité, maintenant je n'ose vous rappeler.

— Encore une fois, chez qui m'avez-vous vue, monsieur?

— Chez ma femme...

— Votre femme?

— Chez madame de Luceval.

— Comment ! vous êtes ?...

— M. de Luceval.

Valentine d'Infreville, à son tour, resta pétrifiée de cette rencontre, qui éveillait en elle de cruels souvenirs ; aussi reprit-elle avec accablement :

— Vous dites vrai, monsieur ; la première et seule fois que nous nous sommes rencontrés chez madame de Luceval, il a dû vous être aussi impossible de distinguer mes traits qu'à moi de distinguer les vôtres. Je me cachais le visage, écrasée de honte ; et maintenant encore, ajouta Valentine en baissant la tête comme pour se soustraire aux regards de M. de Luceval, bien que des années se soient passées depuis cette funeste soirée, je remercie Dieu qu'il fasse nuit.

— Croyez-le, madame, c'est à regret que je vous ai rappelé de si pénibles souvenirs, biens pénibles aussi pour moi, car, entraîné par l'animosité de M. d'Infreville, qui vous accablait, j'ai...

Mais Valentine l'interrompit, et lui dit avec un mélange de curiosité, d'inquiétude et de tendre intérêt :

— Et Florence ?

— C'est elle que je suivais tout à l'heure, répondit M. de Luceval d'un air sombre.

— Elle ? comment... cette femme c'était...

— C'était madame de Luceval.

— Mais pourquoi la suivre ?

— Vous ignorez donc ?

— Parlez, monsieur, parlez...

— Nous sommes séparés, séparés de corps et de biens, répondit M. de Luceval en étouffant un soupir douloureux, il l'a fallu...

— Et Florence, où demeure-t-elle ?

— Rue de Vaugirard.

— Ah ! mon Dieu ! dit Valentine en tressaillant, cela est étrange.

— Qu'avez-vous, madame ?

— Florence demeure rue de Vaugirard, et à quel numéro ?

— Au numéro 59.

— Et Michel demeure au numéro 57, s'écria Valentine.

— Michel ! s'écria à son tour M. de Luceval, Michel Renaud ?

— Oui... votre cousin... Il demeure au quatrième, numéro 57. Hier, lorsque je vous ai rencontrée, je venais de m'en assurer.

— Et ma femme demeure au même étage que lui ! dit M. de Luceval.

Puis il ajouta, en sentant le bras de Valentine trembler convulsivement et s'appuyer pesamment sur le sien :

— Mon Dieu ! madame, qu'avez-vous ? Vous faiblissez.

— Pardon, monsieur, le saisissement... le froid... Je ne sais ce que j'éprouve... mais je puis à peine me soutenir, et, je le sens, la tête me tourne.

— Madame, un peu de courage... encore un effort... seulement jusqu'à cette boutique éclairée... là... au coin du quai...

— Je vais tâcher, monsieur, de me soutenir jusque-là, répondit Valentine d'une voix altérée.

Elle eut en effet la force de se traîner jusqu'à une boutique d'épicier déjà ouverte : une femme se trouvait au comptoir, elle s'empressa d'accueillir madame d'Infreville, la fit entrer dans l'arrière-boutique, où elle lui prodigua tous les soins possibles.

. . . .

Au bout d'une heure, et il faisait alors grand jour, une voiture ayant été mandée à la porte de la boutique, M. de Luceval reconduisit chez elle madame d'Infreville.

XIII

Madame d'Infreville s'était trouvée si souffrante, si bouleversée, après ces événements de la nuit, que, hors d'état de mettre quelque suite dans ses idées, elle avait prié M. de Luceval, lorsqu'il l'eut reconduite chez elle, de revenir le soir, vers les huit heures, afin d'avoir avec lui un sérieux entretien.

A huit heures, M. de Luceval se rendit chez Valentine, qui demeurait dans un hôtel garni de la Chaussée-d'Antin.

— Comment vous trouvez-vous, ce soir, madame ? dit-il à la jeune femme avec intérêt.

— Mieux, monsieur... beaucoup mieux, et j'ai à vous demander pardon de ma ridicule faiblesse de ce matin.

— N'était-elle pas concevable, madame, après tant d'événements étranges ?...

— Enfin, monsieur, à cette heure, j'ai toute ma tête, avantage dont je ne jouissais pas ce matin ; aussi ai-je été forcée de vous demander de remettre à ce soir l'entretien si nécessaire que nous devons avoir.

— Me voici, madame, à vos ordres.

— Permettez-moi, monsieur, quelques questions, je répondrai ensuite aux vôtres. Vous êtes, m'avez-vous dit, séparé de Florence? Je l'ignorais complétement.

— En effet, madame, depuis cette triste soirée où je vous ai rencontrée chez ma femme, pour la première fois, ni elle ni moi n'avons eu aucune nouvelle de vous.

— Je vous dirai pourquoi, monsieur.

— Vous comprendrez, madame, qu'après la terrible scène qui s'était passée entre vous, M. d'Infreville, ma femme et moi, mon irritation ait été grande; après votre départ, j'eus une violente explication avec Florence; elle me déclara qu'elle voulait se séparer de moi que je vivrais de mon côté, elle du sien; elle désirait, disait-elle, se retirer auprès de vous et de madame votre mère, supposant qu'il vous serait désormais impossible de vivre avec M. d'Infreville.

— Vraiment! telles étaient les intentions de Florence?

— Oui, madame, car elle m'a toujours paru ressentir pour vous la plus tendre amitié; cependant, ainsi que vous le pensez, je repoussai ce projet de séparation comme une folie; Florence m'affirma que, bon gré, mal gré, nous serions séparés; je haussai les épaules, et pourtant cette séparation eut lieu.

— Une telle opiniâtreté de volonté m'étonne de la part de Florence, et s'accorde peu avec son indolence habituelle.

— Ah! madame, que vous la connaissez peu, et que je la connaissais peu moi-même! Si vous saviez la force d'inertie d'un pareil caractère! Dès avant la scène dont je vous parle, nous avions eu de vifs dissentiments. Je vous l'ai dit, j'ai un goût passionné pour les voyages; le plus doux rêve de ma vie eût été de faire partager ce goût à Florence, car j'étais très-amoureux d'elle; et entreprendre d'intéressants voyages avec une femme aimée, c'eût été pour moi le bonheur idéal; mais Florence, dans son incurable paresse, repoussa toujours mes projets; sans doute j'eus des torts, je le reconnus, mais il n'était plus temps; je la traitai trop en enfant, je fis trop le maître, le mari, et, quoique l'aimant à l'idolâtrie, je crus de son intérêt et de ma dignité de me montrer sévère, impérieux; et puis, enfin, que vous dirai-je? vif, emporté comme je le suis, son apathie railleuse me mettait hors de moi. Le lendemain du jour où je vous vis chez Florence, elle alla chez vous; on lui dit que vous étiez partie dans la nuit, avec madame votre mère et M. d'Infréville; elle ne put savoir de quel côté vous vous étiez dirigée, son chagrin fut profond. J'en eus tellement pitié, que je reculai de quelque temps un projet de voyage que j'avais arrêté; plus tard, voulant enfin dominer la résistance de ma femme et lui imposer mes goûts, je lui annonçai ma résolution. Il s'agissait, pour commencer, d'un petit voyage en Suisse, une véritable promenade; je m'attendais à une vive résistance, il n'en fut rien.

— Elle consentit!

« — Vous voulez me faire voyager, me dit-elle, soit, c'est *votre droit*, ainsi que vous le prétendez; essayez-en, ajouta-t-elle de son air nonchalant, seulement, je dois vous prévenir qu'avant huit jours vous m'aurez ramenée à Paris. »

— Et au bout de huit jours, monsieur?

— Je la ramenais à Paris.

— Mais comment a-t-elle pu vous contraindre à ce retour?

— Oh! dit M. de Luceval avec amertume, par un moyen bien simple. Nous partons; à la première couchée, je la préviens que nous nous remettrons en route le lendemain à neuf heures, afin de ne pas l'obliger à se lever trop tôt.

— Eh bien!

— Elle est restée quarante-huit heures au lit, dans une mauvaise chambre d'auberge, sous prétexte qu'elle était très-fatiguée, me disant avec un calme indolent qui m'exaspéra : « Vous avez, *de par la loi, le droit* de me forcer de vous accompagner, mais la loi ne limite pas, je pense, les heures qu'il m'est permis de passer au lit. » Que répondre à cela, madame? Et surtout que devenir pendant quarante-huit heures dans ce maudit endroit? Vous dire, madame, mon irritation pendant ces deux mortels jours, est impossible, ne pouvant arracher un mot de ma femme, et réduit à courir cette petite ville dans tous les sens pour me distraire. Cependant, courroucé comme je l'étais, je tins bon. « Elle se lassera plus que moi, me dis-je, elle aime le luxe, le bien-être, toutes ses aises; deux ou trois séances pareilles, dans de mauvaises auberges, auront raison de son entêtement. »

— Je ne sais si vous avez calculé juste, monsieur?

— Vous allez le voir, madame. Au bout de ces deux mortels jours, nous repartons, nous arrivons, vers les trois heures de l'après-midi, à un relais situé dans un misérable village. La route était remplie de poussière, Florence avait les cheveux quelque peu poudreux; elle descend de voiture, ordonnant à sa femme de chambre de venir la peigner pour lui ôter cette poussière. On conduit ma femme dans une chambre délabrée. Là, répugnant de se coucher dans un lit sordide, elle se fait apporter un vieux fauteuil, s'y établit, et me déclare que, se trouvant de plus en plus lasse, elle ne bougera cette fois de quatre jours ; je crus qu'elle plaisantait, elle parlait sérieusement.

— Comment, monsieur, pendant ces quatre jours?...

— Je ne perdis courage qu'à la fin du troisième, mais il me fut impossible de résister plus longtemps! Trois jours, madame! trois jours entiers dans un lieu pareil! cherchant, mais en vain, le moyen de dompter la résistance de ma femme, ne sachant qu'imaginer. Requérir la force, faire enlever Florence et la remettre en voiture? quel scandale! et il eût fallu sans doute recommencer à chaque relais, la menacer, la supplier? peine inutile. Que vous dirai-je, madame? le sixième jour après notre départ nous rentrions à Paris. Peu de temps après notre arrivée, j'appris une déplorable nouvelle. Toute la fortune de ma femme était restée placée chez son tuteur, banquier très-connu; il avait fait faillite, pris la fuite; Florence se trouvait complétement ruinée. J'eus un moment de joie. Ma femme, désormais sans fortune, se trouvant pour ainsi dire à ma discrétion, se montrerait peut-être plus traitable.

— Je connais Florence, monsieur, et si je ne me trompe, votre espoir a dû être trompé.

— Il n'est que trop vrai, madame : Florence, en apprenant la perte de sa fortune, loin de manifester aucun regret, parut fort satisfaite. Ses premiers mots furent ceux-ci :

« — J'espère maintenant, monsieur, que vous ne vous opposerez plus à notre séparation?

« — Plus que jamais, lui dis-je, car j'ai pitié de vous, et je ne veux pas vous exposer à la misère.

« — Monsieur, reprit-elle, avant la perte de mes biens, j'aurais peut-être hésité à me séparer de vous, car je n'ai plus l'espoir de retrouver Valentine, et je ne demandais qu'à vivre en repos, à ma guise; je vous aurais posé certaines conditions; mais, à présent, chaque jour, chaque heure, que je passerais dans cette maison, serait pour moi une humiliation et un supplice; ce supplice, je ne veux pas l'endurer; consentez donc à me rendre ma liberté et à reprendre la vôtre.

« — Mais, malheureuse enfant! lui dis-je, comment vivrez-vous. habituée que vous êtes au luxe, à la paresse?

« — Je vous ai demandé, en me mariant, dix mille francs en or sur ma dot, me répondit-elle, il me reste une partie de cette somme, cela me suffira.

« — Mais cet argent, une fois dépensé, quelles seront vos ressources?

« — Peu vous importe, me répondit-elle.

« — Cela m'importe tellement, que je vous sauverai malgré vous, et, quoi que vous fassiez, je ne me séparerai pas de vous.

« — Ecoutez, monsieur, me dit-elle d'un ton pénétré, votre intention est généreuse, je vous en remercie; vous avez des qualités, vous êtes l'homme le plus honorable du monde, mais nos caractères, nos penchants, sont et seront toujours en un tel désaccord, que la vie commune deviendrait pour nous intolérable. De plus, et c'est cela surtout qui me décide, je serais à votre charge, puisque je suis ruinée. Or, sachez-le bien, il n'est pas de puissance humaine capable de me forcer de vivre avec vous dans une condition pareille. Je vous en supplie donc, monsieur de Luceval, séparons-nous à l'amiable, et je conserverai de vous un bon souvenir. »

— Ah! je la reconnais là. Il n'y a pas de délicatesse plus ombrageuse que la sienne. Ce refus, si pénible qu'il fût pour vous, monsieur, sortait du moins d'un noble cœur

— Je pensais comme vous, madame. Et bien plus, ce qu'il y avait de généreux dans la résolution de Florence, la fermeté de son caractère dans cette circonstance, sa courageuse résignation à un coup imprévu, tout vint augmenter encore l'amour que, malgré moi, je ressentais toujours pour elle; aussi, dans l'espoir que la réflexion et la crainte d'une vie misérable la ramèneraient à moi, je repoussai plus énergiquement que jamais toute idée de séparation, promettant même à Florence de tâcher de modeler mes goûts sur les siens. « Cette contrairte, me dit-elle, vous donnerait un vice que vous n'avez pas, l'hypocrisie; vous avez votre tempérament, j'ai le mien, il n'y a rien à faire à cela; toutes les résolutions, tous les raisonnements du monde n'empêcheront jamais, n'est-ce pas, que je sois blonde et que vous soyez brun. Il en sera toujours ainsi de la disparité de nos caractères; et puis enfin, et surtout, je ne veux pas être à votre charge; c'est tout au plus si j'y consentirais vous aimant d'amour; or, vous le savez, il n'en est rien; une dernière fois, je vous en supplie, séparons-nous en amis. » Je refusai.

— Et pourtant cette séparation?

— Cette séparation eut lieu, madame; Florence m'y a forcé!

— Et par quel moyen?

— Oh! par un moyen bien simple et parfaitement digne de son indolence. Imaginez-vous, madame, que, pendant trois mois, elle ne m'a pas une fois adressé la parole, elle n'a pas répondu à une seule de mes questions; pendant ces trois mois, enfin, son regard ne s'est pas arrêté une seule fois sur moi.

— Sa ténacité a pu aller jusque-là?

— Oui, madame, et il vous serait, voyez-vous, impossible de vous figurer ce que j'ai souffert; les accès de colère, de fureur, de désespoir, où me jetait ce mutisme obstiné. Figurez-vous un homme assez insensé pour s'opiniâtrer à vouloir faire parler une statue et à solliciter d'elle un regard. Prières, larmes, offres, menaces, tout fut vain pour lui arracher une seule parole; rien, jamais rien que l'immobilité, le silence et un dédaigneux sourire. Ah! bien des fois, madame, j'ai senti mon cerveau s'ébranler, mon esprit s'égarer après des heures entières passées aux pieds de cette implacable créature ou dans les emportements d'une rage folle, pendant que ses traits conservaient leur impassible insouciance.

— Ah! je le comprends, monsieur, tout se brise devant une telle force d'inertie.

— Que vous dirai-je, madame? Peu à peu ma santé s'altéra gravement; épuisé par une fièvre lente, ma volonté perdit son énergie, et, convaincu d'ailleurs de l'inutilité de ma persistance, je cédai.

— Mon Dieu! que vous avez dû souffrir! mais lutter plus longtemps eût été inutile.

— Aussi me résignai-je; et voulant autant que possible atténuer l'éclat de cette séparation, je consultai les gens de loi. Ils m'apprirent que l'une des causes qui pouvaient amener une séparation de corps était le refus formel que fait la femme de *réintégrer le domicile conjugal*: ce moyen, joint surtout à l'incompatibilité absolue d'humeur, malheureusement trop prouvée par le silence obstiné que Florence avait gardé durant trois mois, et par les scènes qui s'étaient passées dans les auberges, lors de mon essai de voyage, ce moyen parut suffisant; il fut convenu que ma femme sortirait un jour de chez moi, et irait s'établir dans un hôtel garni. Je fis alors à Florence les sommations légales; son avoué y répondit : la séparation fut plaidée et prononcée. Ma santé avait été rudement atteinte, les médecins ne virent de salut pour moi que dans un long voyage. Avant mon départ, je remis cent mille francs à mon notaire, le chargeant de les faire accepter à ma femme. En cas de refus de sa part, il devait lui faire savoir qu'il les tiendrait toujours à sa disposition, et, à cette heure, il a encore cette somme entre les mains. Je partis, j'espérais trouver l'oubli dans les voyages. Loin de là, plus que jamais je sentis combien la présence de Florence me manquait. Je parcourus l'Egypte, la Turquie d'Europe et d'Asie; je revins par les provinces illyriennes, et m'embarquai ensuite à Venise pour Cadix, de là je partis pour le Chili, où je vous rencontrai, madame. Après une excursion dans les Indes occidentales, je fis voile pour le Havre où j'ai débarqué il y a peu de jours. En arrivant ici, ma première démarche a été de m'enquérir de Florence; après d'assez nombreuses recherches, j'ai appris qu'elle demeurait rue de Vaugirard. Hier, lorsque nous nous sommes reconnus, madame, je venais de prendre quelques renseignements sur elle, en faisant causer une personne qui habite la même maison qu'elle.

— Et qu'avez-vous appris, monsieur?

— Sa position de fortune est sans doute bien modeste, car elle loge au quatrième étage, et n'a personne pour la servir : du reste, sa conduite est, dit-on, irréprochable, elle ne reçoit personne. Seulement, par une bizarrerie qui me paraît doublement inexplicable quand je songe à ses anciennes habitudes de bien-être et de paresse, Florence sort tous les jours de chez elle avant quatre heures du matin, et ne rentre qu'après minuit.

— Comme Michel! s'écria Valentine sans pouvoir cacher sa surprise et son inquiétude croissante. Cela est étrange!

— Que dites-vous, madame?

— Hier aussi, monsieur, j'avais appris que M. Michel Renaud, votre cousin, demeurait numéro 57, au quatrième étage; que, comme Florence, il ne rentrait jamais qu'après minuit, et qu'il sortait chaque matin avant quatre heures. Impossible de tirer du portier d'autres éclaircissements.

— Que signifie cela? s'écria M. de Luceval. Michel et ma femme demeurant au même étage, dans deux maisons mitoyennes! sortant et rentrant aux mêmes heures! Quel mystère!

— Florence connaît donc Michel? demanda vivement Valentine.

— M. Renaud est mon cousin, et maintenant je me rappelle que, peu de temps après votre départ de Paris, madame, il est venu me voir et m'a prié de le présenter à ma femme, qui l'a reçu plusieurs fois. Mais vous-même, madame, vous connaissez donc aussi M. Michel Renaud, puisque vous aviez intérêt à le suivre cette nuit?

— Tout à l'heure, monsieur, je vous dirai tout, reprit Valentine en rougissant, car, autant que vous, j'ai intérêt à pénétrer le mystère de certains rapprochements entre la vie de Florence et celle de Michel.

— Ah! madame, s'écria M. de Luceval avec une sombre amertume, il faut vous l'avouer, plus d'une fois, durant mes longs voyages, j'ai ressenti les tortures de la jalousie, en pensant que Florence, désormais libre...

Puis, tressaillant, il s'interrompit et reprit bientôt d'une voix sourdement courroucée:

— Libre! oh! non; malgré notre séparation, la loi me réserve du moins le droit de me venger, si la femme qui porte encore mon nom était coupable, et cet homme, cet homme! Oh! si j'avais la certitude, je le provoquerais, et lui ou moi...

— De grâce, calmez-vous, monsieur, dit madame d'Infreville. Si bizarres que doivent paraître certains rapprochements, rien jusqu'ici n'accuse Florence. Ce matin, elle est sortie de chez elle ainsi que Michel, et quoique la nuit fût sombre et la rue déserte, ils ne se sont pas adressé une parole et se sont toujours tenus éloignés l'un de l'autre, car ce n'est que longtemps après avoir commencé de suivre Michel, que je me suis aperçu qu'une femme marchait parallèlement à lui de l'autre côté de la rue.

— Eh! madame, cette affectation même n'est-elle pas significative? Ils sortent et rentrent aux mêmes heures: leur logis n'est séparé que par un mur mitoyen où se trouve peut-être une communication secrète. Puis tout le temps qu'ils sont hors de chez eux, que font-ils? où vont-ils? Sans doute ils se réunissent, mais où cela?

— Oh! ce mystère, nous le pénétrerons, il le faut, j'ai à cela autant d'intérêt que vous, monsieur, et, pour vous le faire comprendre, je vais en peu de mots vous dire quelle a été ma vie, ma triste vie.

depuis le jour où vous m'avez vue chez vous écrasée de honte sous les justes reproches de M. d'Infreville.

XIV

Après un moment de silence causé par son embarras et par sa confusion, madame d'Infreville reprit courage, et dit à M. de Luceval :

— Lorsqu'il y a quatre ans, monsieur, le mensonge dont Florence s'était rendue complice par dévouement fut découvert en votre présence, mon mari, quittant votre maison, me ramena chez lui. Là, je trouvai ma mère.

« — Madame, me dit M. d'Infreville, nous allons partir dans une heure avec votre mère. Je vous conduirai dans une de mes fermes du Poitou ; vous y resterez désormais seule avec votre mère : son existence et la vôtre seront assurées à ce prix. Si vous refusez, dès demain, je plaide en séparation, et je vous poursuis comme adultère. J'ai des preuves : des lettres, peu nombreuses, mais significatives, saisies par moi dans votre secrétaire. Je vous traînerai sur le banc des accusés, vous et votre complice, et, à la face de tous, vous boirez la honte jusqu'à la lie. Vous irez ensuite en prison avec les femmes de mauvaise vie ; après quoi vous et votre mère serez sur le pavé, où vous mourrez de faim. Si vous voulez échapper à tant de misère et d'infamie, partez pour le Poitou. Ce n'est ni par compassion ni par générosité que je vous fais cette offre, mais parce que je crains le ridicule d'un scandaleux procès. Cependant, si vous me refusez, je braverai ce ridicule ; l'infamie dont vous serez couverte me consolera. »

— Ah ! s'écria M. de Luceval, je comprends toute la violence des ressentiments d'un cœur blessé, mais ce langage est atroce !

— Je devais tout entendre, tout souffrir, tout accepter, monsieur. J'étais coupable et j'avais une mère infirme, sans ressources, nous partîmes pour le Poitou, où M d'Infreville nous laissa : la ferme que nous habitions était isolée au milieu des bois; son vaste enclos dont nous ne pouvions sortir, toujours soigneusement fermé. Je suis restée avec ma mère dix-huit mois dans cette prison, sans qu'il me fût permis ou possible d'écrire une lettre et d'avoir la moindre communication avec le dehors. Au bout de ce temps, je fus libre, j'étais veuve. M. d'Infreville, justement irrité, ne m'avait rien laissé; ma mère et moi nous tombâmes dans une profonde misère. Mes travaux d'aiguille furent insuffisants à soutenir ma mère, et, après une longue agonie, elle mourut.

Valentine essuya une larme qui lui vint aux yeux, garda un moment le silence, et, surmontant son émotion, continua ainsi :

— Dès notre retour à Paris je m'étais informée de Florence. Je ne pus rien apprendre, sinon que vous étiez en voyage, monsieur; je la crus partie avec vous. Dans ma détresse, j'eus le bonheur de rencontrer une de nos anciennes compagnes de couvent; elle me proposa d'entrer comme institutrice chez sa sœur, dont le mari venait d'être nommé consul à Valparaiso. C'était pour moi une position inespérée, j'acceptai, je partis avec cette famille. C'est en revenant d'un voyage fait avec elle dans le nord du Chili que nous nous sommes rencontrés, monsieur. Quelque temps après mon retour à Valparaiso, des lettres d'Europe m'apprirent qu'une parente éloignée de mon père, bien que je ne la connusse pas, m'avait laissé en mourant une fortune modeste, mais indépendante. Je revins en France pour régulariser cette succession, et, il y a dix jours, j'ai débarqué à Bordeaux. Maintenant, monsieur, il me reste à aborder une question très-délicate : mais, si embarrassante qu'elle soit pour moi, je l'aborderai; la franchise de vos aveux m'en fait un devoir.

Et après un moment d'hésitation pénible, Valentine ajouta en baissant les yeux et devenant pourpre :

— Le complice de ma faute était votre cousin, M. Michel Renaud

— Les quelques mots prononcés tout à l'heure à part vous, à son sujet, madame, m'avaient donné cette pensée.

— J'ai aimé, oh ! passionnément aimé Michel; cet amour a survécu à toutes les cruelles épreuves par lesquelles j'ai passé; l'agitation, le mouvement d'un voyage qui m'intéressait beaucoup, ont pu me distraire parfois de ce fol amour, et apporter quelque adoucissement à mes peines; mais mon affection pour Michel est aussi profonde à cette heure qu'il y a quatre ans; vous comprenez, monsieur, si j'ai dû m'identifier à vos regrets et à vos chagrins, si j'ai dû apprécier tout ce que vous me disiez hier sur l'inexplicable empire que prennent sur nous certains caractères complétement opposés aux nôtres.

— En effet, madame, le peu de relations que j'ai eues avec mon cousin et ce que j'ai appris de lui m'ont prouvé qu'il était d'une telle indolence, d'une telle apathie, que, dans les premiers temps de mon mariage, je le citais à Florence pour lui faire honte de sa paresse.

— Je les connais tous deux, monsieur ; il est impossible de rencontrer des caractères d'une plus grande similitude.

— C'est ce qui les aura sans doute rapprochés. Leur liaison aura sans doute commencé lors des premières visites de Michel ; et pourtant alors, rien dans la conduite de ma femme ne pouvait éveiller chez moi le moindre soupçon. Mais la ruse aidant, on m'aura trompé. Oh ! ils s'aiment, madame! Ils s'aiment, vous dis-je ! L'instinct de la jalousie ne trompe pas...

— Je devrais partager vos alarmes, monsieur, et pourtant je doute. Oui, je doute encore, monsieur ; car, si je me croyais oubliée de Michel, j'aurais renoncé à la pensée de le revoir.

— Vous doutez, madame, et ce logement seulement séparé par un mur ? Et ces sorties, ces rentrées aux mêmes heures ?

— Permettez, monsieur ? Florence et Michel ne sont-ils pas libres, parfaitement libres ? N'est-elle pas légalement séparée de vous ? Quel droit, désormais, auriez-vous sur elle.

— Le droit de la vengeance, madame ?

— Et à quoi vous servirait cette vengeance, monsieur ? S'ils s'aiment, les plus rudes épreuves ne feront qu'augmenter leur amour, sans vous donner aucun espoir ! Non, non, vous êtes trop généreux pour vouloir faire le mal pour le mal.

— Ah ! j'ai tant souffert, madame !

— Moi aussi, monsieur, j'ai souffert. Peut-être de plus grandes douleurs encore m'attendent, et pourtant j'aimerais mieux mourir que de chercher à troubler l'amour de Michel et de Florence, si j'étais certaine de leur bonheur.

— Mais pourquoi l'avez-vous suivi cette nuit, madame, au lieu de l'aborder franchement?

— Parce que, avant de me présenter à lui, je voulais tâcher de pénétrer le mystère de sa vie. Si cette découverte m'eût appris que lui et Florence s'aimaient, jamais ni lui ni elle n'auraient entendu parler de moi. Si, au contraire, j'avais la preuve que Michel est resté fidèle à mon souvenir, ou qu'il est, du moins, libre de tout lien, je lui aurais proposé un mariage, qui, peut-être, assurait le repos de sa vie.

— J'ai moins de résignation, madame.

— Alors, quel était donc votre but en suivant Florence?

— De la surprendre en faute, car son genre de vie me semblait suspect, et alors, armé de ce secret...

— Ah! monsieur, toujours l'intimidation, toujours la violence! Voyez, hélas! à quoi cela vous a servi!

— Et mes prières, et mes larmes! et mon désespoir dont elle riait, à quoi cela m'a-t-il servi, madame?

— A rien, sans doute; aussi, croyez-moi, ce qui a déjà été vain le serait encore. Florence vous a donné des preuves de la fermeté de son caractère; la supposez-vous changée? Erreur! Si elle aime, sa volonté puisera de nouvelles forces dans son amour même, et si vous vous vengez, vous n'aurez que le triste triomphe d'avoir fait le mal.

— Du moins, je serai vengé! je tuerai cet homme, ou il me tuera.

— Monsieur, si je vous croyais capable de persister dans de pareils projets, je n'aurais qu'une pensée: prévenir Florence et Michel du danger qui peut les menacer.

— Vous êtes généreuse, madame, dit M. de Luceval avec une sombre amertume.

— Et vous aussi, vous êtes généreux, monsieur, lorsque vous ne cédez pas à d'aveugles ressentiments; oui, vous êtes généreux, je n'en veux pour preuve que votre touchante sollicitude lorsque, avant votre départ, et malgré votre désespoir, vous songiez à subvenir aux besoins de Florence.

— C'était faiblesse de cœur et d'esprit, madame; les temps sont changés.

— Tout ce que je puis vous dire, monsieur, c'est que, si vous espérez trouver en moi la complice d'une vaine et méchante vengeance, nous devons à l'instant terminer cet entretien. Si, au contraire, vous voulez comme moi arriver à connaître la vérité, afin de savoir si nous pouvons espérer ou si tout espoir doit nous être ravi, comptez sur moi, monsieur; car, en nous servant mutuellement, nous arriverons sans doute à la découverte de la vérité.

— Et si la vérité est qu'ils s'aiment?

— Avant d'aller plus loin, monsieur, donnez-moi votre parole d'homme d'honneur que, si pénible que soit la découverte que nous pouvons faire, vous renoncerez à toute vengeance, et même à voir Florence.

— Jamais, madame! jamais!... Aimez à votre manière, j'aime à la mienne.

— Soit, monsieur, dit Valentine en se levant, nous agirons donc isolément et comme bon vous semblera.

— Mais, madame, je ne puis pourtant pas..

— Vous êtes libre de vos actions, monsieur.

— De grâce...

— C'est inutile, monsieur.

XV

M. de Luceval garda un moment le silence, en proie à la lutte violente de sa jalousie, de sa générosité naturelle et de sa crainte de voir madame d'Infreville, ainsi qu'elle l'en avait menacé, avertir Florence des dangers qu'elle pouvait courir. Enfin, cette dernière considération, et, il faut le dire, un fonds de sentiments élevés, l'emportèrent, et M. de Luceval répondit à Valentine :

— Allons, madame, vous avez ma parole.

— Bien, bien, monsieur; et, tenez, mes pressentiments me disent que cette bonne résolution nous portera bonheur. Car, enfin, raisonnons seulement sur ce que nous savons...

— Voyons, madame. Eh! mon Dieu! je ne demande qu'à espérer!...

— C'est justement d'espérances que je veux vous parler.

— Mais lesquelles?

— D'abord, si Michel et Florence s'aimaient... tranchons le mot, s'ils étaient amants, qui les empêcherait de vivre comme mari et femme dans quelque solitude de province, ou même à Paris, l'endroit du monde où l'on peut vivre le plus à sa guise et le plus obscurément?

— Mais ces appartements mitoyens, n'est-il pas probable qu'ils communiquent l'un à l'autre?

— A quoi bon ces précautions, ce mystère, cette gêne si éloignée du caractère de Michel et de Florence?

— A quoi bon? mais à se voir sans scandale, madame.

— Mais, encore une fois, en changeant de nom et en se donnant pour mari et femme, *M. et madame Renaud*, je suppose, où eût été le scandale? qui eût pénétré la vérité? qui aurait eu intérêt à la découvrir?

— Qui? mais, tôt ou tard, vous ou moi, madame.

— Raison de plus, monsieur; s'ils avaient craint quelque chose, ils auraient changé de nom, c'était plus simple et plus sûr, tandis que, gardant leurs noms, n'étaient-ils pas bien plus faciles à découvrir, ainsi que l'ont prouvé nos recherches? Et puis enfin, monsieur, s'ils avaient voulu absolument s'entourer de mystère, ne pouvaient-ils pas tout aussi bien cacher ce qu'ils laissent apparaître de leur vie que ce qu'ils en dissimulent, car ils passent la majeure partie de leur temps hors de chez eux.

— Et c'est là ce qui me confond. Où vont-ils ainsi? Florence, qui pouvait à peine se lever à midi, se lève, depuis trois ans, avant quatre heures du matin, et par des temps aussi détestables que celui de cette nuit.

— Et Michel? n'est-ce pas tout aussi surprenant?

— Quel changement! à quoi l'attribuer?

— Je l'ignore; mais ce changement même me fait espérer. Oui, tout me fait croire que Michel a enfin vaincu cette apathie, cette paresse qui lui avait été si funeste, et dont je n'avais aussi que trop souffert.

— Ah! si vous disiez vrai, madame! Si Florence n'était plus cette indolente qui regardait une course en voiture comme une fatigue et le moindre voyage comme un supplice; si l'existence pénible à laquelle elle a été réduite depuis quatre ans l'avait transformée, avec quel bonheur j'oublierais le passé! combien ma vie pourrait être belle encore!... Ah! madame! tenez, je ne crains plus qu'une chose maintenant, c'est de follement espérer.

— Pourquoi follement?

— Vous pouvez espérer, vous, madame! car du moins vous avez été aimée, tandis que Florence n'a jamais ressenti d'amour pour moi!...

— Parce qu'il y avait entre son caractère et le vôtre un complet désaccord. Mais si, comme tout nous le fait supposer, son caractère s'est transformé par les nécessités mêmes de la vie qu'elle mène depuis quatre ans, peut-être ce qui alors lui déplaisait en vous lui plaira-t-il maintenant. Ne vous a-t-elle pas dit elle-même, au fort de vos dissentiments, qu'elle vous tenait pour un homme aussi généreux qu'honorable?

— Mais notre séparation légale?

— Eh ! monsieur, raison de plus.

— Comment?

— Contrainte, Florence a été intraitable; maîtresse d'elle-même, sa conduite envers vous sera peut-être toute autre.

— Encore une fois, madame, je crains de me laisser entraîner à de folles espérances. La déception serait trop pénible.

— Espérez, espérez toujours, monsieur; la déception, si elle vient, ne viendra que trop tôt. Mais, pour changer nos espérances en certitudes, il est urgent de pénétrer le mystère dont s'entourent Florence et Michel, dans ce mystère est certainement le nœud de leurs rapports. Une fois la nature de ces relations connue, nous serons fixés.

— Je suis de votre avis, madame; mais comment faire?

— En attendant mieux, revenir au moyen que nous avons employé hier, c'est le plus simple et le meilleur; en un mot, de les suivre en redoublant de précaution. L'heure à laquelle ils sortent rend notre entreprise bien facile; si ce moyen est insuffisant, nous aviserons à un autre.

— Peut-être serait-il préférable, afin de ne pas éveiller leurs soupçons, que je les suivisse seul.

— En effet, monsieur; et, si vous ne réussissez pas, j'essayerai à mon tour.

Deux coups légers, frappés à la porte du salon, interrompirent l'entretien.

— Entrez, dit madame d'Infreville.

Un domestique de l'hôtel se présenta tenant une lettre à la main.

— C'est une lettre qu'un commissionnaire vient d'apporter pour madame.

— De quelle part?

— Il ne l'a pas dit, madame, et il est reparti aussitôt.

— C'est bien, dit Valentine en prenant la lettre.

Puis s'adressant à M. de Luceval :

— Vous permettez?

Il s'inclina. Valentine décacheta la lettre, chercha la signature et s'écria bientôt :

— Florence! une lettre de Florence!...

— De ma femme! s'écria M. de Luceval.

Et tous deux se regardèrent avec stupeur. — Mais comment sait-elle votre adresse, madame?

— Je l'ignore, et je reste confondue.

— Lisez, madame; lisez, de grâce!

Madame d'Infreville lut ce qui suit :

« Ma bonne Valentine,

« J'ai appris que tu étais à Paris; je ne puis te dire le bonheur que j'aurais à t'embrasser; mais, ce bonheur, il me faut l'ajourner et le remettre à trois mois environ, c'est-à-dire aux premiers jours de juin de cette année.

« Si, à cette époque, tu tiens à revoir ta meilleure amie (j'ai la présomption de ne pas douter de ta bonne volonté), tu iras chez M. Duval, notaire à Paris, rue Montmartre, n° 17; tu lui diras qui tu es, et il te remettra une lettre où tu trouveras mon adresse. Quant à cette lettre, il ne la recevra lui-même qu'à la fin de mai, car, à cette heure, M. Duval ne me connaît même pas de nom.

« Je suis tellement certaine de ton amitié, ma bonne Valentine, que je compte sur ta visite. Le voyage te semblera peut-être un peu long, mais tu pourras te reposer chez moi de tes fatigues, et Dieu sait si nous aurons à causer!

« Ta meilleure amie, qui t'embrasse de toute son âme.

« Florence de L. »

L'on comprend la surprise profonde de Valentine et de M. de Luceval en lisant cette lettre. Ils gardèrent un instant le silence; M. de Luceval l'interrompit le premier et s'écria :

— Cette nuit, ils se sont aperçus que nous les suivions!

— Comment Florence a-t-elle su mon adresse? dit Valentine pensive. Je n'ai vu personne à Paris, excepté vous, monsieur, et un de nos anciens domestiques, à l'aide de qui je suis parvenue à découvrir l'adresse de Michel, qui a eu pour nourrice la sœur de l'homme dont je vous parle.

— Pourquoi Florence vous écrit-elle à vous, madame, et non pas à moi, si elle s'est doutée que je la suivais?

— Peut-être nous trompons-nous, monsieur, et m'écrit-elle sans savoir que vous êtes à Paris.

— Mais alors, madame, pourquoi ce retard à vous recevoir, et cette recommandation indirecte de ne pas chercher à savoir son adresse avant la fin du mois de mai, puisqu'elle vous avertit que la personne qui vous donnera cette adresse ne doit la savoir qu'à cette époque?

— Oui, il est évident, reprit Valentine un peu abattue. Florence ne désire pas me voir avant trois mois, et elle aura pris ses mesures en conséquence. Maintenant, Michel a-t-il participé à l'envoi de cette lettre?

— Madame, il n'y a pas une minute à perdre, dit M. de Luceval après un moment de réflexion; prenons une voiture et allons rue de Vaugirard. Si ma femme a quelque soupçon, quelque crainte, elle sera revenue chez elle dans le jour, ou elle aura fait donner quelque ordre qui pourra nous éclairer.

— Vous avez raison, monsieur; partons, partons.

Une heure après, Valentine et M. de Luceval se rejoignaient dans le fiacre qui les avait déposés à peu de distance des deux maisons mitoyennes où ils étaient allés se renseigner.

— Eh bien! monsieur, dit avec anxiété madame d'Infreville, qui, pâle et agitée, était remontée la première en voiture, quelle nouvelle?

— Plus de doute, madame, ma femme a des soupçons. J'ai demandé au portier madame de Luceval, ayant à l'entretenir d'une affaire très-importante. « Depuis tantôt, monsieur, m'a répondu cet homme, cette dame ne demeure plus ici. Elle est venue en fiacre sur les onze heures, elle a emporté plusieurs paquets, en annonçant qu'elle ne reviendrait plus. Cela était tout simple, a ajouté le portier, car madame de Luceval avait payé six mois d'avance en entrant ici, et avait, il y a quelque temps, donné congé pour le 1er juin. Quant à son petit mobilier, elle fera savoir plus tard comment elle en disposera. » Telles ont été les réponses de cet homme, madame; il m'a été impossible d'en tirer autre chose. Et vous, madame, qu'avez-vous appris?

— Ce que vous avez appris vous-même, monsieur, répondit Valentine avec un accablement croissant. Michel est venu sur les onze heures; il a de même annoncé qu'il quittait la maison et qu'il aviserait à la destination de ses meubles. Il avait d'ailleurs aussi donné congé pour le 1er juin.

— Ainsi c'est le 1er juin qu'ils doivent se réunir?

— Alors, monsieur, pourquoi me donner rendez-vous à cette époque?

— Oh! quoi qu'il en soit, quoi qu'ils fassent, s'écria M. de Luceval, je pénétrerai ce mystère!

Madame d'Infreville secoua mélancoliquement la tête, ne répondit rien et resta profondément absorbée.

XVI

Il y avait trois mois environ que M. de Luceval et madame d'Infreville s'étaient rencontrés à Paris.

Les scènes suivantes se passaient dans une *bastide* située à deux lieues environ de la ville d'*Hyères*, en Provence.

Cette bastide, toute petite maison de campagne, de la plus modeste mais de la plus riante apparence, s'élevait au pied d'une colline, à cinq cents pas de la mer.

Le jardin, d'un demi-arpent tout au plus, planté de sycomores et de platanes séculaires, était traversé par un cours d'eau rapide; alimenté par les sources de la montagne, ce ruisseau allait se jeter dans la mer après avoir répandu la fraîcheur dans ce jardinet.

La maison, blanche, à volets verts, semblait enfouie au milieu d'un quinconce d'énormes orangers en pleine terre, qui l'abritaient contre les rayons brûlants du midi.

Une simple haie d'aubépine fleurie clôturait le jardin, où l'on entrait par une petite porte enchâssée entre deux assises de pierres sèches. Vers les trois heures de l'après-midi, par un soleil aussi resplendissant que le soleil d'Italie, une calèche de voyage, venant d'Hyères, s'arrêta non loin de la petite bastide, sur la pente de la colline.

M. de Luceval, pâle, la figure contractée, sortit le premier de la voiture, et aida madame d'Infreville à en descendre.

Celle-ci, après avoir un instant jeté les yeux autour d'elle, aperçut, de la hauteur où la voiture venait de s'arrêter, la maisonnette enfouie au milieu des orangers.

Valentine, désignant alors d'un geste la bastide à M. de Luceval, lui dit d'une voix légèrement altérée :

— C'est là !...

— En effet, reprit-il avec un soupir contenu, ce doit être là, d'après les renseignements qu'on nous a donnés. Le moment suprême est arrivé. Allez, madame, je vous attends; je ne sais s'il n'y a pas plus de courage à rester ici, dans l'angoisse de l'incertitude, qu'à vous accompagner.

— Rappelez-vous, de grâce, votre promesse, monsieur; laissez moi seule accomplir cette mission peut-être bien pénible ; vous pourriez ne pas rester maître de vous, et, malgré l'engagement d'honneur que vous avez pris envers moi... Ah ! monsieur tenez, je n'achève pas; je frémis à cette pensée !

— Ne craignez rien, madame, reprit M. de Luceval d'une voix sourde, je n'ai qu'une parole, à moins que...

— Ah ! monsieur, vous m'avez juré...

— Soyez tranquille, madame, je n'oublierai pas ce que j'ai juré.

— A la bonne heure, vous me rassurez. Allons, monsieur, courage et espoir. Ce jour, que nous attendons depuis trois mois avec tant d'anxiété, est enfin venu. Le même mystère enveloppe pour nous la conduite de Michel et de Florence. Dans une heure nous saurons tout, et tout sera décidé.

— Oui, reprit M. de Luceval avec accablement, oui, tout sera décidé.

— A bientôt, monsieur ; peut-être ne reviendrai-je pas seule.

M. de Luceval secoua tristement la tête, et Valentine, descendant un sentier, se dirigea vers la porte du jardin de la maisonnette.

M. de Luceval, resté seul sur le versant de la colline, se promena d'un air sombre et pensif, jetant parfois les yeux comme malgré lui sur la maisonnette.

Soudain il s'arrêta, tressaillit, devint livide; son regard étincela.

Il venait de voir, à quelque distance de la haie dont était entourée la bastide, passer un homme vêtu d'une veste de coutil blanc et coiffé d'un large chapeau de paille.

Mais bientôt cet homme disparut parmi quelques rochers bordant la mer, et au milieu desquels s'élevaient çà et là d'énormes chênes de liége.

Le premier mouvement de M. de Luceval fut de courir à la voiture, d'y prendre sous une des banquettes une boîte à pistolets de combat soustraite aux regards de madame d'Infreville, et de s'élancer à la poursuite de l'homme au chapeau de paille.

Au bout de dix pas, M. de Luceval fit une pause, réfléchit, revint lentement auprès de la calèche, et y replaça les armes en se disant :

— Il sera toujours temps; et, quant à mon serment, je le tiendrai, tant que le désespoir et la rage de la vengeance ne m'emporteront pas au delà de toutes les limites de la raison et de l'honneur.

Puis M. de Luceval, les yeux fixés sur la maisonnette, descendit le sentier, et, semblant lutter contre une puissante tentation, il examina la haie dont le jardin était entouré.

Pendant la durée de ces derniers incidents, Valentine, arrivant à la porte extérieure de l'enclos, y avait frappé.

Au bout de quelques instants cette porte s'ouvrit;

Une femme de cinquante ans environ, très-proprement vêtue à la mode provençale, parut sur le seuil.

A sa vue, Valentine s'écria sans cacher sa surprise :

— C'est vous, madame Reine!...

— Oui, madame, reprit la vieille femme avec un accent méridional, et sans paraître d'ailleurs nullement étonnée de la visite de Valentine, toujours votre servante; donnez-vous la peine d'entrer.

Valentine sembla retenir une question qui lui vint aux lèvres, rougit légèrement, entra dans le jardin, et la porte se referma sur les deux femmes (madame Reine avait été la nourrice et l'unique servante de Michel Renaud, même au temps de sa splendeur).

Madame d'Infreville arriva bientôt sous l'épaisse voûte de verdure formée par le quinconce d'orangers, au centre duquel était bâtie la petite maison blanche.

— Madame de Luceval est-elle ici? demanda Valentine d'une voix un peu altérée.

La vieille nourrice s'arrêta court, mit un doigt sur sa bouche, comme pour recommander le silence à madame d'Infreville ; puis, d'un geste, elle lui fit signe de regarder à gauche, et resta immobile.

Valentine aussi resta immobile.

Voici ce qu'elle vit :

Deux hamacs caraïbes, tressés de jonc aux mille couleurs, étaient attachés, à peu de distance l'un de l'autre, aux troncs noueux des orangers.

L'un de ces hamacs était vide.

Dans l'autre reposait Florence.

Une sorte de léger *velarium* en toile blanche, à raies bleues, tendu au-dessus du hamac, se gonflant comme une voile au souffle du vent de mer, qui venait de s'élever, imprimait un doux balancement à ce lit aérien.

Florence, les bras et le cou nus, vêtue d'un peignoir blanc, sommeillait dans une attitude ravissante d'abandon, de mollesse et de grâce. Sur son bras droit, à demi replié, sa jolie tête s'appuyait languissante, et parfois la fraîche haleine de la brise, caressant le front de la jeune femme, soulevait quelques boucles de ses cheveux blonds ; son bras gauche pendait nonchalamment en dehors du hamac, et sa main tenait encore le large éventail vert dont elle s'éventait peu d'instants auparavant que le sommeil l'eût surprise. Une de ses jambes charmantes, découverte jusqu'à la naissance d'un petit mollet rebondi, emprisonné dans les fines mailles d'un bas de fil d'Écosse, était aussi négligemment pendante en dehors du hamac, et mettait en évidence un pied de Cendrillon, chaussé d'une pantoufle de maroquin rouge.

Jamais Valentine n'avait vu Florence plus jolie, plus rose et plus fraîche : ses lèvres purpurines, à demi ouvertes, exhalaient un souffle pur et doux comme celui d'un enfant, et ses traits, dans leur adorable sérénité, exprimaient une quiétude ineffable.

A quelques pas de là, on voyait au milieu de l'eau transparente du ruisseau, qu'ombrageaient aussi les orangers, une grande corbeille de jonc à demi submergée, remplie de pastèques verts à chair vermeille, de figues empourprées et de raisins précoces, qui rafraîchissaient dans cette onde presque glacée, où étaient aussi presque noyées des carafes de cristal remplies de limonade au citron couleur de l'ambre et de jus de grenade couleur de rubis. Enfin, sur le gazon dont le ruisseau était encadré, et toujours bien à l'ombre, on voyait deux vastes fauteuils, des nattes de paille, des carreaux, des coussins, et autres *engins* de paresse et de *far niente*; puis, à portée des fauteuils, une table où se trouvaient pêle-mêle quelques livres, une pipe turque, des coupes de cristal, et, sur un plateau, de petits gâteaux de maïs à la mode du pays. Enfin, pour compléter ce tableau, l'on apercevait à travers deux des percées du quinconce, d'un côté les flots bleus et assoupis de la Méditerranée; de l'autre, les cimes étagées des hautes collines, dont les lignes majestueuses se profilaient sur l'azur du ciel.

Valentine, frappée du spectacle qu'elle avait sous les yeux, restait malgré elle immobile et charmée.

Soudain la petite main de Florence s'ouvrit machinalement, l'éventail tomba, et, en s'échappant des doigts de la dormeuse, l'éveilla.

XVII

A l'aspect de madame d'Infreville, pousser un cri de joie, sauter de son hamac et se jeter au cou de son amie, tels furent les premiers mouvements de Florence.

— Ah! dit-elle en embrassant tendrement Valentine, pendant que des larmes d'attendrissement mouillaient ses paupières, j'étais bien sûre que tu viendrais! Depuis deux jours je t'attendais; et, tu le vois, ajouta-t-elle en souriant et en jetant un coup d'œil sur le hamac dont elle venait de descendre, *le bonheur vient en dormant;* proverbe de paresseux, mais il n'en est pas moins vrai, puisque enfin te voilà! Mais laisse-moi donc bien te regarder, ajouta Florence en tenant entre ses mains les mains de son amie et se reculant de deux pas. Toujours belle; oui, plus belle que jamais. Embrasse-moi donc encore, ma bonne Valentine! Quand j'y songe, voilà pourtant plus de quatre ans que nous ne nous sommes vues et dans quelle occasion encore!

Mais chaque chose aura son temps. Et d'abord, ajouta Florence en prenant son amie par la main et la conduisant auprès du ruisseau, comme la chaleur est accablante, voici des fruits de mon jardin que j'ai fait rafraîchir pour toi.

— Merci, Florence, je ne prendrai rien maintenant. Mais, à mon tour, laisse-moi te regarder et te dire (je ne suis pas une flatteuse, moi !) combien tu es embellie. Quel éclat ! quelle fraîcheur ! et, surtout, quel air de bonheur !...

— Vrai? tu me trouves l'air heureux? tant mieux ! car je serais bien ingrate envers le sort si je n'avais pas cet air-là. Mais je devine ton impatience, tu veux causer? moi aussi, j'en meurs d'envie. Eh bien ! causons ; mais d'abord assieds-toi là, dans ce fauteuil. Maintenant, ce carreau sous tes pieds, puis ce coussin pour t'accouder plus mollement. Oh ! on ne saurait trop prendre ses aises.

— Je le vois, dit Valentine de plus en plus étonnée de l'air dégagé de son amie, quoique leur entrevue, en raison de plusieurs circonstances, dût avoir un caractère fort grave. Oui, ajouta-t-elle avec un sourire contraint, tu me parais, Florence, avoir fait encore de grands progrès dans tes recherches de bien-être.

— J'en ai fait d'étonnants, ma chère Valentine. Tiens, regarde cette petite mentonnière fixée au dossier de ce fauteuil.

— Bien, mais je ne devine pas.

— C'est pour se soutenir la tête quand on le veut.

Et, joignant l'exemple au précepte, la nonchalante ajouta :

— Vois-tu comme c'est commode ! Mais à quoi pensais-je? Tu me regardes d'un air surpris, presque chagrin, dit la jeune femme en devenant sérieuse, tu as raison. Tu me crois peut-être insensible à tes douleurs passées, et, je l'espère, heureusement oubliées, ajouta Florence d'un ton ému et pénétré. Moi insensible ! oh ! il n'en est rien, je te jure. A toutes tes peines j'ai compati : mais ce jour est si doux, si beau pour moi, que je ne voudrais pas l'attrister par de méchants souvenirs.

— Comment ! tu as su...

— Oui, j'ai su, il y a de cela un an, ta retraite en Poitou, ton veuvage, ta détresse, dont tu as moins souffert pour toi que pour ta mère, reprit Florence de plus en plus attendrie. J'ai su aussi avec quel courage tu as lutté contre l'adversité jusqu'à la mort de ta pauvre mère. Mais, tiens, voilà ce que je craignais, ajouta la jeune femme en portant sa main à ses yeux, des larmes, et aujourd'hui encore !

— Florence, mon amie, dit Valentine en partageant l'émotion de sa compagne, jamais je n'ai douté de ton cœur.

— Bien vrai ?

— Peux-tu le croire ?

— Merci, Valentine, merci ; tu me rends toute à ma joie de te revoir.

— Mais comment as-tu appris ce qui me regarde ?

— Je l'ai appris de ci, de là, un peu de chaque côté. Je menais une vie si active, si agitée.

— Toi !

— Moi, répondit la jeune femme avec une petite mine joyeuse et triomphante, oui, moi. Oh ! tu en sauras bien d'autres.

— Certes, si tu le veux, tu me feras tomber de surprise en surprise ; car, moins instruite que toi, je ne sais rien de ta vie depuis quatre ans, sinon ta séparation d'avec M. de Luceval.

— C'est vrai, dit Florence avec un demi-sourire, M. de Luceval a dû te raconter cela, et par quels moyens un peu bizarres, mais puisés dans mon arsenal de paresse (que veux-tu ? on se sert de ce qu'on a), j'ai amené mon mari à renoncer à la fantaisie de me faire voyager contre mon gré, et surtout de me garder malgré moi pour sa femme.

— Et cette séparation, tu l'as exigée lorsque tu as appris ta ruine. M. de Luceval m'a tout dit ; il rend pleine justice à ta délicatesse.

— La générosité venait de lui, pauvre Alexandre ! A part ses habitudes de mouvement perpétuel et ses manières de *Juif-Errant*, il a du bon, beaucoup de bon, n'est-ce pas, Valentine ? ajouta Florence en souriant malignement. Quel heureux hasard que vous vous soyez rencontrés si à propos, et que, depuis trois mois, vous vous soyez vus si fréquemment ! Vous avez dû ainsi vous apprécier ce que vous valez.

— Que veux-tu dire ? reprit Valentine en rougissant et regardant son amie avec surprise. En vérité, Florence, tu es folle !

— Je suis folle, à la bonne heure. Mais, tiens, Valentine, soyons franches comme toujours. Il est un nom que tu es impatiente et embarrassée de prononcer depuis ton arrivée, c'est le nom de Michel.

— C'est vrai, Florence, et cela pour plusieurs raisons.

— Eh bien! Valentine, pour nous mettre tout de suite à l'aise et appeler les choses par leur nom, je te dirai que Michel n'a pas été et n'est pas mon amant.

Une lueur d'espérance brilla dans les yeux de Valentine, mais elle reprit bientôt avec un accent de doute :

— Florence...

— Tu le sais, je ne mens jamais; pourquoi te tromperais-je? Michel n'est-il pas libre? moi aussi? Je te répète qu'il n'est pas mon amant; je ne sais pas ce qui arrivera plus tard, mais je te dis la vérité quant à présent. Et puis enfin, est-ce que tu ne comprends pas, Valentine, toi, la délicatesse même, que, si j'avais été ou que si j'étais la maîtresse de Michel, il y aurait pour toi et pour moi quelque chose de si embarrassant, de si pénible, dans cette entrevue, que je me serais bien gardée de la solliciter?

— Ah! Florence, ton loyal et bon cœur ne se dément jamais, dit Valentine en ne pouvant s'empêcher de se lever et d'aller embrasser son amie avec effusion; malgré toute ma joie de te revoir, j'avais le cœur serré, contraint; mais maintenant je respire à l'aise, je suis délivrée d'une angoisse poignante.

— Ça aura été ta punition d'avoir douté de moi, méchante amie; mais tu m'as demandé d'être franche. Aussi ajouterai-je en toute franchise que, si nous ne sommes point amants, nous nous adorons, Michel et moi, autant que deux paresseux comme nous peuvent prendre la peine de s'adorer. Et tiens, il y a une heure encore, les yeux demi-clos et fumant lentement sa longue pipe orientale, en se balançant dans ce hamac à côté du mien pendant que je m'éventais délicieusement, Michel me disait : « Ne trouvez-vous pas, Florence, que notre amour ressemble au doux balancement de ce hamac? Il nous berce entre la terre et le ciel. » Tu me répondras, Valentine, que cette pensée n'est pas très-claire, ajouta Florence en souriant, qu'elle est vague et obscure comme les idées qui nous viennent entre le sommeil et la veille. Je suis de ton avis; maintenant cela me paraît ainsi; mais, quand Michel me disait cela, je jouissais sans doute de toute la béatitude de corps et de tout l'engourdissement d'esprit nécessaires pour apprécier cette sublime comparaison de notre ami, qui me paraissait alors d'une vérité frappante.

— Michel ne m'aime plus, dit madame d'Infreville d'une voix altérée en regardant fixement Florence; il m'a tout à fait oubliée!

— Je ne puis répondre à cela, ma bonne Valentine, dit la jeune femme, qu'en te racontant notre histoire, et...

— Ah! mon Dieu! dit Valentine en interrompant son amie, tu n'as pas entendu?

— Quoi donc? dit la jeune femme en prêtant l'oreille et regardant du côté vers lequel se dirigeaient les regards de son amie, qu'as-tu entendu?

— Ecoute donc.

Les deux compagnes restèrent muettes, attentives, pendant quelques instants.

Le plus grand silence régnait au dedans et au dehors du jardin.

— Je me serai trompée, dit madame d'Infreville rassurée, j'avais cru entendre du côté de ce massif...

— Quoi donc, Valentine?

— Je ne sais... comme un bruit de branches cassées...

— C'est le vent de mer qui s'élève par intervalles; il aura agité les grands rameaux de ce vieux cèdre, placé là-bas près de la haie, et dont tu vois la cime au-dessus de ces massifs; le frottement des branches des arbres verts cause souvent des bruits singuliers, reprit Florence en toute sécurité de conscience; puis elle ajouta : Maintenant, Valentine, que je t'ai expliqué ce grand phénomène, écoute notre histoire à Michel et à moi.

XVIII

Madame d'Infreville, revenue de la crainte dont elle avait été un moment agitée, dit à madame de Luceval :

— Florence, je t'écoute; je n'ai pas besoin de te dire avec quelle curiosité, ou plutôt avec quel intérêt.

— Eh bien donc! ma chère Valentine, ce que mon mari ne t'a pas sans doute appris, car il l'ignorait, c'est que, deux jours après ton départ, je reçus une lettre de Michel.

— Et le but de cette lettre ?

— Était tout simple. Sachant par toi que, pour dérouter les soupçons de ton mari, tu voulais me demander de t'écrire, afin d'établir que nous avions eu de fréquentes entrevues, Michel, n'entendant plus parler de toi, fut très-inquiet, s'informa, apprit que, depuis deux jours, tu étais partie avec ta mère, mais il lui fut impossible de découvrir le lieu de ta retraite.

— Vrai ? il s'est ému de ma disparition ? dit Valentine avec un mélange de doute et d'amertume. Une fois, enfin, il est sorti de son apathie !

— Oui, oui, méchante, il s'est ému, et pensant que, t'ayant vue la surveille, je serais peut-être mieux instruite que lui, il m'écrivit, me supplia de le recevoir, j'y consentis; rien de plus naturel que sa visite, il était notre cousin.

— Mais ton mari?

— Il n'avait aucune objection à faire, ignorant que Michel fût l'objet de la passion qui t'avait perdue.

— En effet, M. de Luceval n'a su cela que par moi.

— Michel vint donc me voir; je lui appris ce qu'il ignorait, la cruelle scène dont j'avais été témoin. Sa douleur me toucha; elle était profonde et contrastait avec ce que je savais par toi de ce caractère ennemi du chagrin comme d'une fatigue de l'âme, et préférant aux regrets l'oubli, comme moins gênant.

— Michel est-il donc changé à ce point, que ce caractère ne soit plus le sien?

— Il est le sien, plus que jamais le sien, ma bonne Valentine. Michel est toujours, a toujours été le Michel que tu as connu. C'est pour cela, je te répète, que sa douleur m'a beaucoup touchée. Nous sommes donc convenus que moi de mon côté, lui du sien, nous ferions toutes les tentatives possibles pour te retrouver. Il s'y est brave ment résolu; je dis bravement, parce que tu comprends ce qu'était pour un paresseux comme lui la perspective de tant de peines! d'embarras! Seulement...

— Seulement?

— Il s'est naïvement écrié : « Ah! que je la retrouve ou non, c'est bien la dernière maîtresse que j'aurai! » Ce qui correspondait parfaitement, tu le vois, à ma terreur des angoisses auxquelles peut vous exposer l'inconvénient d'avoir un amant. Je trouvai en cela Michel rempli de bon sens, et l'encourageai dans ses démarches pour te retrouver.

— Et ces démarches, vraiment il les a faites?

— Avec une activité qui me confondait, car il me tenait au courant de tout; malheureusement les mesures de ton mari avaient été si bien prises, que nous ne pûmes rien découvrir, et, de plus, nous ne recevions aucune nouvelle, aucune lettre de toi.

— Hélas! Florence, presque prisonnière dans une demeure isolée au milieu des bois, entourée de gens dévoués à M. d'Infreville, tout envoi de lettres m'était impossible.

— Nous l'avons bien pensé, ma pauvre Valentine; mais enfin il nous fallut renoncer à l'espoir de retrouver tes traces.

— Et en t'occupant ainsi de moi, tu voyais souvent Michel?

— Nécessairement.

— Et que pensais-tu de lui?

— T'en dire tout le bien que j'en pensais serait faire mon éloge, car, chaque jour, je m'étonnais de plus en plus de l'inconcevable ressemblance qui existait entre son caractère, ses idées, ses penchants et les miens. Or, comme je ne suis pas d'une modestie farouche lorsque je cause avec moi-même, je trouvais que nous étions tous deux charmants.

— C'est alors que tu as pensé à te séparer de ton mari.

— Qu'elle est donc mauvaise! dit Florence en menaçant du doigt son amie. Non, madame, la cause de notre séparation est toute autre; car nous étions, Michel et moi, si fidèles à notre caractère, qu'en parlant de toi, et conséquemment de toutes les algarades, de tous les soubresauts, de tous les émois que causent une *liaison criminelle*, comme disent les maris, nous nous écrilons de la meilleure foi du monde :

« — Voilà pourtant, monsieur, où ça conduit l'amour! jamais de repos, toujours sur le qui-vive, l'oreille au guet, l'œil inquiet, le cœur palpitant, rôder, ruser, épier sans cesse.

« — Et le dérangement, madame? et les séances dans la rue, à l'affût d'un signal, par la pluie et par la neige?

« — Et les rendez-vous manqués, après trois heures d'attente, monsieur?

« — Et le tracas des duels, madame ?

« — Et les tracas de la jalousie, monsieur ? Et les courses furtives dans d'horribles fiacres, où l'on est moulue, brisée !

« — Ah ! que de peines ! que de fatigues ! madame, et, je vous le demande un peu, au résumé, *pourquoi ?*

« — C'est ma foi vrai, monsieur, *pourquoi ?* »

— Enfin, je t'assure, Valentine, reprit gaiement Florence, que si un démon caché eût écouté nos moralités paresseuses, il eût ri comme un fou, et pourtant nous raisonnions en sages. Vint le moment où M. de Luceval entreprit de me faire voyager malgré moi ; cette fantaisie lui passa.

— Oui, il m'a dit ton moyen ; il était singulier, mais efficace.

— Que voulais-je à cette époque ? le repos ; car, bien que mon mari eût été très-dur, très-brutal envers moi lors de la scène de ta lettre, ma pauvre Valentine, et que je l'eusse alors menacé d'une séparation, toute réflexion faite, je m'étais amendée, reculant devant la pensée de vivre seule, c'est-à-dire d'avoir à m'occuper de mille soins dont mon mari ou mon intendant s'occupaient pour moi ; je bornais donc mes prétentions à ceci : ne jamais voyager, encourager mon mari à voyager le plus souvent possible, afin de n'être pas continuellement impatientée par ses agitations.

— Et pouvoir recevoir Michel à ta guise ?

— C'est entendu, et cela bien à mon aise, sans le moindre mystère, sans avoir à me donner la peine de rien cacher, car rien n'était à cacher dans nos relations ; toujours *la vertu de la paresse*, chère Valentine. Mais ce n'est rien encore, tu sauras tout à l'heure quelles merveilles elle peut enfanter cette chère paresse.

— Je te crois, et cette séparation, m'a dit ton mari, fut réellement amenée par la perte de ta fortune ? Cela en a été le vrai motif ?

— Voyons, Valentine, franchement, être désormais à la merci de mon mari, à ses gages, pour ainsi dire, est-ce que je pouvais admettre cela ? Non, non, je me rappelais trop les humiliations que tu avais souffertes, pauvre fille sans fortune, en épousant un homme riche. Non, non, la seule pensée d'une vie pareille révoltait ma délicatesse et ma paresse.

— Ta délicatesse, soit, mais ta paresse, Florence ? Comment cela ? ne te fallait-il pas renoncer à ce luxe, à cette richesse qui te permettaient d'être paresseuse tout à ton aise ?

— De deux choses l'une, Valentine : si je restais aux gages de M. de Luceval, il me fallait complétement sacrifier mes goûts aux siens, me lancer dans son tourbillon d'activité, et aller au *Caucase* s'il avait eu cette fantaisie; or, j'aurais, je crois, préféré la mort à cette vie-là.

— Mais pourquoi, au contraire, n'avoir pas imposé tes goûts à ton mari? profitant de l'empire que tu avais sur lui; car il t'aimait, et....

— Il m'aimait, oui, comme j'aime les fraises, pour les manger. Mais d'abord je le connais, il ne pouvait pas plus changer son caractère que moi changer le mien; le naturel eût chez lui repris le dessus, et, tôt ou tard, notre vie eût été un enfer; je préférai donc me séparer tout de suite.

— Et Michel fut-il prévenu de ta résolution?

— Il la trouva des plus convenables. Ce fut à cette époque que lui et moi nous fîmes quelques vagues projets pour l'avenir, projets d'ailleurs toujours subordonnés à toi.

— A moi?

— Certes, Michel connaissait ses devoirs, il les eût accomplis, s'il fût parvenu à te retrouver. Aussi, pendant qu'il se livrait à une dernière recherche, je m'occupai de mon côté d'arriver à la séparation que je voulais obtenir; je priai Michel de cesser ses visites jusqu'à ce que je fusse libre; sa présence m'eût gênée; mon mari t'a dit sans doute?...

— Comment tu étais parvenue à forcer sa volonté par ton silence obstiné.

— Il était impossible, j'espère, d'employer un moyen plus doux et de meilleure compagnie. Enfin, au bout de quatre mois, j'étais légalement séparée de M. de Luceval, et il partait en voyage. Je revis Michel. Il n'avait, non plus que moi, aucune nouvelle de toi. Renonçant à l'espoir de te retrouver, nous revînmes à nos premiers projets d'avenir : notre détermination fut arrêtée. Je t'ai tout à l'heure, ma chère Valentine, parlé des prodiges que peut enfanter la *paresse;* ces prodiges, tu vas les connaître.

— Je t'écoute; mon intérêt et ma curiosité redoublent.

— Voici quel fut notre point de départ, ou, si tu veux, ajouta Florence en souriant et faisant une petite mine solennelle, la plus drôle du monde, voici notre DÉCLARATION DE PRINCIPES à nous deux Michel :

« Pour nous, il n'y a qu'un désir, qu'un bonheur au monde : la parfaite quiétude de corps et d'esprit, appliquée à ne rien faire du tout, si ce n'est à rêver, à lire, à s'aimer, à causer, à regarder le ciel, les arbres, les eaux, les prairies et les montagnes du bon Dieu ; à se bercer à l'ombre en été, à se chauffer durant la froidure. Nous sommes trop religieusement paresseux pour être glorieux, ambitieux ou cupides, pour rechercher le fardeau du luxe ou les fatigues du monde et de ses fêtes. Que nous faut-il pour vivre dans ce paradis de paresseux que nous rêvons? Une petite maison bien close en hiver, avec un jardinet bien frais en été; d'excellents fauteuils, des hamacs, des nattes pour nous y étendre ; de beaux points de vue à la portée de notre regard, pour ne point nous donner la peine d'aller les chercher ; un beau ciel, un climat doux et riant, une nourriture frugale (nous ne sommes gourmands ni l'un ni l'autre) et une servante : il faut surtout que cette vie soit bien réglée, bien assurée, afin que nous n'ayons jamais l'esprit troublé par des préoccupations d'affaires. » Tel était l'unique objet de nos désirs. Comment les réaliser ? C'est là que nous avons fait des efforts de génie et de courage. Ecoute et admire, ma bonne Valentine.

— Je t'écoute, Florence, et je suis bien près d'admirer, car il me semble que je devine un peu.

— Ne devine rien, laisse-moi le plaisir de te surprendre. Je poursuis : « La nourrice de Michel est Provençale et native d'Hyères ; elle nous parla de la beauté de son pays, où l'on vivait, disait-elle, presque pour rien, affirmant que l'on pouvait y acheter, pour dix à douze mille francs au plus, une maisonnette comme nous la désirions, sur le bord de la mer, avec un joli jardin planté d'orangers. Justement un des amis de Michel était établi à Hyères pour sa santé; il fut chargé de prendre des renseignements; ils confirmèrent ceux de la nourrice de Michel ; il se trouvait même alors, à deux lieues d'Hyères, une petite maison du prix de onze mille francs, admirablement située ; mais elle était louée pour trois années encore, l'on ne pouvait en jouir qu'à l'expiration du bail ; pleins de confiance dans le goût de l'ami de Michel, nous le priâmes d'acheter la maison ; mais là était la grande difficulté, le nœud de notre situation. Pour l'acquisition de la maisonnette et pour l'achat d'une rente de deux mille francs suffisant à nos besoins, il nous fallait soixante mille francs environ, afin d'avoir au moins, outre cela, deux ou trois mille francs d'avance. Or, ma bonne Valentine, le tout était de trouver les bienheureux soixante mille francs, une grosse somme, comme tu le vois.

— Et comment avez-vous fait?

— Il me restait, à moi, près de six mille francs en or que j'avais, lors de mon mariage, demandés sur ma dot.

Un ami de Michel se chargea de liquider ses déplorables affaires; il en retira une quinzaine de mille francs. Ces sommes furent placées. Nous résolûmes d'y toucher le moins possible, jusqu'à ce que nous fussions en mesure de gagner les quarante mille francs dont nous avions besoin pour arriver à notre paradis.

— Gagner! Comment pouviez-vous espérer gagner une si forte somme?

— Eh! mon Dieu! en travaillant, ma chère, dit Florence d'un air conquérant, en travaillant comme des lions.

— Toi! travailler, Florence? s'écria Valentine en joignant les mains avec surprise, toi travailler? et Michel aussi?

— Et Michel aussi! ma bonne Valentine. Oui, nous avons travaillé presque nuit et jour, en acceptant les plus drôles de métier du monde, et cela pendant plusieurs années.

— Toi et Michel capables d'une pareille résolution?

— Comment! cela t'étonne?

— Si cela m'étonne, grand Dieu!

— Voyons, Valentine, souviens-toi donc combien nous étions paresseux, moi et Michel.

— Et c'est cela même qui me confond, cette paresse!

— Mais au contraire.

— Au contraire?

— Certainement. Songe donc quel excitant, quel aiguillon c'est que la PARESSE!

— La paresse, la paresse?

— Tu ne comprends pas quel courage, quel élan, quelle ardeur cela vous donne, de se dire à la fin de chaque jour, quelque harassé que l'on soit, quelque privation que l'on ait endurée : « Encore un pas de fait vers la liberté, l'indépendance, le repos et la volupté de ne rien faire!... » Oui, Valentine, oui... Et la fatigue même que l'on ressent alors vous fait songer, avec plus de délices encore, au bonheur ineffable dont on jouira plus tard. Eh! mon Dieu! tiens, c'est en pelit, et appliqué à la vie réelle, le procédé des joies éternelles achetées par les douleurs d'ici-bas ; seulement, entre nous, j'aime mieux tenir mon petit *paradis* sur terre que d'attendre l'autre.

Madame d'Infreville fut tellement stupéfaite de ce qu'elle apprenait, elle regardait son amie avec un tel ébahissement, que Florence, voulant lui donner le temps de se remettre d'une si profonde surprise garda un moment le silence.

XIX

Madame d'Infreville, sortant enfin de sa stupeur, dit à madame de Luceval :

— En vérité, Florence, je ne sais si je rêve ou si je veille ! encore une fois... toi ? toi, si indolente, si habituée au bien-être, un tel courage, une telle opiniâtreté dans le travail ?

— Allons, il faut que je t'étonne davantage encore. Sais-tu, Valentine, quelle a été ma vie pendant quatre ans, et notamment il y a trois mois, lorsque mon mari et toi vous êtes venus vous informer de Michel et de moi, rue de Vaugirard ?

— L'on nous a dit que chaque jour vous sortiez tous deux le matin, avant le jour, et ne rentriez que bien avant dans la nuit ?

— Mon Dieu ! mon Dieu ! dit Florence en riant comme une folle, maintenant que ces souvenirs me reviennent et que je vois tout cela de loin, combien c'est amusant ! Tiens, voici le récit de l'une des dernières journées qui ont clos mon *purgatoire*. Elle te donnera une idée des autres. A trois heure du matin, je me suis levée, j'ai terminé la copie d'une partition et la coloration d'une grande lithographie. Tu ne t'étonneras pas, du moins, de mes talents. Tu sais qu'au couvent, ce dont je me tirais le moins mal, c'était de la copie de musique et de la mise en couleur des gravures de sainteté !

— Il est vrai, et cela t'a été de quelque ressource ?

— Je le crois bien ; j'ai parfois gagné, rien qu'à ces ouvrages, jusqu'à quatre et cinq francs par jour, ou plutôt par nuit, sans compter mes autres états.

— Tes autres états... mais lesquels?

— Je poursuis le récit de ma journée. A quatre heures, je suis sortie et me suis rendue à la HALLE...

— Ah! mon Dieu! à la Halle, toi! et qu'y faire?

— J'y tenais jusqu'à huit heures du matin le bureau d'une factrice, trop grande dame pour se lever si tôt. Du reste, rien de plus pastoral; un entrepôt de crème, d'œufs et de beurre. J'avais, en outre, un petit intérêt dans la *factorerie*, et bon an, mal an, je retirais de cela deux mille et quelques cents francs.

— Toi, Florence, toi, marquise de Luceval, un pareil métier!

— Et Michel, donc?

— Lui? et quel métier faisait-il?

— Il en faisait plusieurs : d'abord celui d'*inspecteur des arrivages* à la Halle, ma chère, rien que cela! Quinze cents francs, une haute considération de la part de messieurs les charretiers et de messieurs les maraîchers. Par là-dessus, libre à neuf heures du matin : c'est alors qu'il se rendait à son bureau et moi à mon magasin.

— Comment, à ton magasin?

— Certainement, rue de l'Arbre-Sec, A LA CORBEILLE D'OR; j'étais première demoiselle chez une grande lingère, une maison de la vieille roche, et comme, sans me vanter, je chiffonne avec assez de goût, je n'avais pas ma pareille pour la confection des *canezous*, des *baigneuses*, des *mantilles*, des *cols*, des *visites*, et pour l'élégance des garnitures, mais je me faisais payer très-cher, quinze cents francs (il faut profiter de sa vogue); oui, quinze cents francs par an et nourrie, s'il vous plaît! c'était à prendre ou à laisser. Il était aussi formellement entendu que je ne paraîtrais jamais à la vente; j'aurais craint d'être reconnue par quelque pratique, et cela m'eût gênée en sortant du magasin.

— Ta journée n'était donc pas finie?

— A huit heures, y penses-tu? car j'avais encore mis pour clause que je serais libre à huit heures, afin de pouvoir utiliser mon temps. Pendant un an je travaillai chez moi à la tapisserie, à la copie de musique et à mes aquarelles; mais, plus tard, la femme d'un ami de Michel m'a trouvé quelque chose de miraculeux, une bonne vieille dame aveugle, du meilleur monde, mais très-misanthrope : aussi, ne pouvant sortir de chez elle, et n'aimant pas à recevoir, elle préférait passer ses soirées à entendre des lectures ; pendant trois ans, j'ai été sa lectrice au prix de huit cents francs par année. J'arrivais chez elle à neuf heures ; tour à tour je lisais, nous causions, puis nous prenions le thé. Cette dame demeurait rue de Tournon, de sorte que Michel, après minuit, venait me chercher en revenant de son théâtre.

— De son théâtre ?

— Oui, de l'Odéon.

— Ah ! mon Dieu ! s'écria Valentine, il était acteur ?

— Que tu es folle ! dit Florence en riant aux éclats. Pas du tout ; il était contrôleur à l'Odéon. Je te dis que nous avons fait tous les métiers. Michel remplissait ces fonctions au théâtre, après avoir quitté son bureau où il gagnait ses deux mille quatre cents francs par an.

— Michel ? si indolent ! incapable autrefois de s'occuper seulement de ses affaires !

— Et remarque bien qu'en rentrant il mettait encore au net des livres de commerce, ce qui augmentait d'autant nos revenus. Ainsi donc, ma bonne Valentine, tu concevras qu'en vivant avec la plus sévère économie, en nous passant de feu en hiver, en nous servant nous-mêmes, et en employant même nos dimanches à travailler, nous ayons en quatre ans amassé la bienheureuse somme qu'il nous fallait. Eh bien, quand je te parlais des prodiges enfantés par la PARESSE, avais-je tort ?

— Je n'en reviens pas ; c'est à n'y pas croire.

— Eh ! mon Dieu ! Valentine, comme le disait Michel : « Il y a un vif amour de la paresse au fond de bien des existences très-laborieuses. Pourquoi tant de gens, qui ne sont ni ambitieux ni cupides, travaillent-ils souvent avec une infatigable ardeur ? Afin de pouvoir se *reposer* le plus tôt possible. Or, qu'est-ce que le *repos* sinon la PARESSE ? Aussi, ajoutait Michel, on ne sait pas de quels travaux énormes est capable un paresseux bien déterminé à pouvoir *paresser* un jour. »

— Tu as raison. Je conçois maintenant que l'amour de la paresse puisse donner momentanément une ardeur extrême pour le travail ; mais dis-moi, Florence, pourquoi votre logement si voisin et pourtant séparé ?

— Oh ! quant à cela, vois-tu, Valentine, ç'a été, de notre part, le comble de la raison, une résolution d'une sagesse sublime, héroïque, dit Florence avec un accent de triomphe plein de gentillesse et de gaieté; nous nous sommes dit : « Quel est notre but? Amasser le plus vite possible l'argent qu'il nous faut pour *paresser* un jour; en ce sens, le temps c'est l'argent; donc, moins nous perdrons de temps, plus nous gagnerons d'argent; or, pour nous le meilleur moyen de perdre beaucoup de temps, c'est d'être ensemble, et, par suite, de nous livrer ainsi aux délices de jaser de songes creux, de rêver à deux; nous trouverions cela si charmant, que la pente serait irrésistible. Alors, adieu le travail, c'est-à-dire les moyens de pouvoir un jour paresser à tout jamais; car, pour paresser, encore faut-il vivre à son aise. Ce n'est pas tout, disions-nous encore; nous avons, il est vrai, une sainte horreur des amours qui donnent de la peine et du souci, c'est très-moral; mais à cette heure que nous sommes libres, à cette heure que rien ne nous serait moins gênant que notre amour, eh! eh! qui sait? le diable est bien fin, et alors que deviendrait le travail? Que de temps! c'est-à-dire que d'argent perdu! car comment trouver le double courage de s'arracher à la paresse et à l'amour! Non! non! soyons inexorables envers nous-mêmes, ne compromettons pas l'avenir, et jurons-nous, au nom du salut de notre divine paresse, de ne pas nous dire un mot, un seul mot, tant que notre petite fortune ne sera pas faite. »

— Comment! pendant ces quatre années!

— Nous avons tenu notre serment.

— Pas un mot?

— Pas un mot, à partir du jour où nous avons commencé à travailler.

— Florence, tu exagères. Une telle retenue c'est impossible.

— Je t'ai promis la vérité, je te la dis.

— Mais enfin, pas un mot, cela me semble une précaution exagérée...

— Exagérée! Eh! mon Dieu! tout dépendait d'un mot, d'un seul mot, et ce premier mot-là dit, comment répondre du reste?

— Ainsi, pendant ces quatre années?

— Pas un mot. Mais pour les choses graves, les mesures à prendre concernant nos intérêts, nous nous écrivions, voilà tout. Il faut te dire aussi que nous avions imaginé un moyen de correspondre à travers la cloison qui séparait nos chambres, c'était juste tout autant qu'il nous en fallait, et pour nous dire : — *Bonsoir, Michel.* — *Bonsoir, Florence.* — Et le matin : — *Bonjour, Michel.* — *Bonjour Florence.* — Ou bien encore : — *Il est l'heure de partir*, — et de temps à autre : — *Courage, Michel.* — *Courage, Florence, songeons à notre* PARADIS, *et gai le* PURGATOIRE ! — Vois combien nous avons été prévoyants d'adopter cette méthode ! Croirais-tu que Michel trouvait encore quelquefois le moyen de tant bavarder, à coups de manche de couteau frappés sur notre cloison, que j'étais obligée d'imposer silence à cet emporté. Juge donc si nous avions eu le malheur de nous parler !

— Et cette étrange correspondance vous suffisait ?

— Parfaitement ; n'avions-nous pas une vie commune, malgré cette muraille qui nous séparait ? Notre esprit, nos moindres pensées ne tendaient-elles pas au même but ? et poursuivre ce but, c'était songer toujours l'un à l'autre. Puis enfin, matin et soir, nous nous apercevions, nous n'étions pas amants, cela nous suffisait ; si nous l'eussions été... brrr... la paille ne vole pas plus vite à l'aimant que nous n'eussions volé l'un vers l'autre, au premier regard. Enfin, il y a quinze jours, notre but a été atteint ; nous avions en quatre ans gagné quarante-deux mille francs et tant de cents francs ! J'espère que c'était vaillant ! Nous aurions pu, comme disent les commerçants, *nous retirer* quelques mois plus tôt ; mais nous nous sommes dit ou plutôt écrit : « C'est bien de ne vouloir que le nécessaire ; mais il faut du moins que le pauvre passant qui aura faim et qui frappera à notre porte, trouve aussi chez nous son nécessaire. Rien ne donne plus de quiétude à l'âme et au corps que la conscience d'avoir toujours été bon et humain. Cela repose. » Aussi, une fois en train, nous avons un peu prolongé notre *purgatoire*. Eh bien, maintenant, Valentine, avoue qu'il n'est rien de tel que la PARESSE bien dirigée pour donner aux gens *activité, courage* et *vertu*...

. . . .

. . . .

— Adieu, Florence, dit madame d'Infreville d'une voix étouffée en fondant en larmes et se jetant dans les bras de son amie. Adieu, et pour toujours adieu !

— Valentine, que dis-tu ?

— Un vague et dernier espoir m'avait conduite ici, espérance insensée, comme toutes celles de l'amour opiniâtre et déçu... Adieu !

encore adieu! Sois heureuse avec Michel; Dieu vous avait créés l'un pour l'autre; votre bonheur, vous l'avez vaillamment gagné, mérité.

Soudain l'on entendit sonner bruyamment à la petite porte du jardin.

— Madame, madame! dit la vieille nourrice, en accourant aussitôt, tenant à la main une lettre sans cachet, qu'elle remit à Valentine; voici ce que le monsieur qui était resté dans la voiture m'a dit de vous remettre tout de suite; il venait du côté de la haie, ajouta la vieille servante en indiquant du geste la direction de la clôture végétale, masquée de ce côté par un épais massif d'arbustes.

Valentine, pendant que Florence la regardait avec une surprise croissante, ouvrit la lettre qui contenait un billet, et lut ce qui suit, écrit au crayon :

« Remettez, de grâce, ce mot à Florence, et venez me rejoindre. Il faut partir, il n'y a plus d'espoir... »

Madame d'Infreville fit un mouvement pour sortir.

— Valentine, où vas-tu? dit vivement Florence à son amie en la prenant par la main.

— Attends-moi un instant, reprit madame d'Infreville en serrant presque convulsivement les mains de son amie entre les siennes; attends-moi et lis cela...

Puis, remettant le billet à Florence, elle s'éloigna d'un pas précipité pendant que la jeune femme, de plus en plus étonnée en lisant l'écriture de son mari, lisait ces lignes aussi écrites au crayon :

« Au moment où madame d'Infreville entrait chez vous, je franchissais la haie de votre jardin; caché dans un massif, j'ai tout entendu. Un vague et dernier espoir m'amenait ici, et, s'il faut tout vous dire, cet espoir déçu, je voulais me venger. Je renonce à l'espérance comme à la vengeance. Soyez heureuse, Florence, je ne puis désormais ressentir pour vous qu'estime et respect.

« Mon seul regret est de ne pouvoir vous rendre une liberté absolue, la loi s'y oppose, il faut donc vous résigner à porter mon nom.

« Encore adieu, Florence : vous ne me reverrez jamais, vous n'entendrez plus parler de moi; mais, de ce jour, conservez mon souvenir comme celui de votre meilleur, de votre plus sincère ami,

« A. de Luceval. »

Madame de Lucoval fut attendrie à la lecture de cette lettre, qu'elle terminait à peine, lorsqu'elle entendit le roulement d'une voiture qui s'éloignait de plus en plus.

Florence comprit que Valentine ne reviendrait pas. Lorsqu'à la tombée du jour Michel revint trouver madame de Luceval, celle-ci lui remit la lettre de son mari.

Michel fut, comme Florence, ému de cette lettre, puis il dit en souriant :

— Heureusement, Valentine est libre.

XX

Environ deux ans après ces événements, on lisait dans les journaux du temps les nouvelles suivantes :

ÉTRANGER.

On écrit de *Symarkellil* :

« Parmi les rares voyageurs qui ont osé jusqu'à présent gravir les cimes les plus élevées du CAUCASE, on cite une ascension faite, au mois de mai dernier, par deux intrépides touristes français, M. et madame ***. Celle-ci, svelte et brune, d'une beauté remarquable, était vêtue en homme, et a partagé tous les dangers de cette aventureuse expédition. Les guides ne pouvaient assez admirer son courage, son sang-froid et sa gaieté. L'on prétend que les deux infatigables touristes se sont ensuite dirigés vers Saint-Pétersbourg, à travers les steppes, afin d'arriver à temps pour faire partie de l'expédition nautique du capitaine Moradoffs, chargé d'entreprendre un voyage d'exploration au PÔLE NORD. Les pressantes recommandations dont sont favorisés M. et madame *** auprès de la cour de Russie leur font espérer qu'ils obtiendront la faveur qu'ils sollicitent.

et qu'ils pourront prendre part à cette périlleuse expédition dans ces régions boréales. »

FRANCE.

On écrit d'*Hyères*, à la date du 29 décembre :

« Un phénomène de végétation extraordinaire s'est dernièrement présenté dans nos contrées. L'on nous avait parlé d'un oranger en pleine floraison à cette époque de l'année. Comme nous paraissions douter de ce prodige, l'on nous a proposé de nous convaincre, et nous nous sommes rendu, à deux lieues d'ici, dans une petite maison située au bord de la mer ; là, au milieu d'un quinconce d'orangers, nous avons vu, *de nos yeux vu, ce qui s'appelle vu*, un de ces arbres magnifiques littéralement couvert de boutons et de fleurs qui parfumaient l'air à cent pas à la ronde. Nous avons été bien payé de la peine de notre excursion par la vue de cette merveille et par l'accueil plein de bonne grâce qu'ont bien voulu nous faire les maîtres de la maison, *M. et madame Michel*. »

FIN DE LA PARESSE.

L'AVARICE

LES MILLIONNAIRES

I

L'emplacement appelé depuis longues années le *Charnier des Innocents*, situé près des *Piliers des Halles*, a toujours été cité pour le grand nombre d'*écrivains publics* qui ont établi leurs échoppes dans ce quartier populeux de Paris.

Par une belle matinée du mois de mai 18**, une jeune fille de dix-huit ans environ, vêtue comme une pauvre ouvrière, et dont la figure charmante et mélancolique était d'une pâleur mate, sinistre reflet de la misère, parcourait le *Charnier des Innocents* d'un air pensif. Plusieurs fois elle s'arrêta indécise devant quelques échoppes d'écrivains publics ; mais, soit que les uns lui parussent trop jeunes, les autres d'une physionomie peu engageante, soit enfin qu'ils fussent alors tous occupés, elle continuait lentement ses recherches.

Avisant, cependant, à la porte de la dernière échoppe, un vieillard d'une physionomie vénérable, remplie de douceur et de bonté, la jeune fille n'hésita pas à entrer dans la maisonnette de bois.

L'écrivain public, frappé, de son côté, de la touchante beauté de la jeune fille, de sa tournure modeste, de son air timide et triste, l'accueillit avec une affabilité paternelle, la fit entrer dans l'échoppe, dont il ferma la porte; puis, tirant discrètement le rideau de la petite fenêtre, le bonhomme, presque vêtu de haillons, indiqua d'un geste une chaise à sa cliente et s'assit dans son vieux fauteuil de cuir.

Mariette (c'était le nom de la blonde jeune fille) baissa ses grands yeux bleus, rougit beaucoup, et garda pendant quelques instants un silence embarrassé, presque pénible. Une vive émotion agitait son sein sous le vieux petit châle de mérinos gris qu'elle portait sur sa robe d'indienne fanée, tandis que ses deux mains, croisées sur ses genoux, tremblaient légèrement.

L'écrivain, désirant rassurer la pauvre fille, lui dit affectueusement :

— Allons, mon enfant, remettez-vous. Pourquoi cet embarras? Vous venez sans doute me prier de rédiger une pétition? une demande? une lettre?

— Oui, monsieur... c'est... c'est pour une lettre... que je viens.

— Vous ne savez donc pas écrire?

— Non, monsieur, répondit Mariette en rougissant davantage encore, car à sa timidité naturelle se joignait la honte de son ignorance.

L'écrivain public, regrettant d'avoir peut-être humilié sa *cliente*, reprit d'un ton affectueux :

— Pauvre enfant! me supposez-vous capable de blâmer votre ignorance?

— Monsieur...

— Ah! croyez-moi, reprit-il d'une voix pénétrée, c'est au contraire de l'attendrissement, de la compassion que j'éprouve pour les personnes qui, comme vous, n'ayant pu acquérir une éducation première, sont forcées de venir à moi. Pauvres créatures, obligées de s'adresser à un tiers qu'elles peuvent croire indiscret, moqueur! Et cependant il faut qu'elles le mettent dans la confidence de leurs pensées les plus secrètes, les plus chères! C'est bien pénible, n'est-ce pas ?

— Oh! oui, monsieur! dit Mariette, touchée de ces paroles. Être obligée de s'adresser à un étranger pour...

La jeune fille n'acheva pas, rougit encore, et ses yeux devinrent humides.

L'écrivain public reprit, en regardant la jeune fille avec un intérêt croissant :

— Encore une fois, rassurez-vous, mon enfant. Avec moi vous n'avez à craindre ni indiscrétion ni moquerie; j'ai toujours regardé comme quelque chose de touchant, de sacré, la confiance que sont obligées de m'accorder les personnes que le hasard ou le malheur a déshéritées des bienfaits de l'éducation.

Puis, souriant avec bonhomie, l'écrivain public ajouta : — Ah çà, mademoiselle, n'allez pas croire, au moins, que je vous parle ainsi pour me vanter aux dépens de mes confrères, et leur enlever une cliente! Non, non, reprit-il plus sérieusement, je vous parle comme je pense, et, à mon âge, on peut avouer cette prétention-là.

Mariette, de plus en plus surprise et émue du langage du vieillard, lui dit avec reconnaissance :

— Ah! merci, monsieur; vous me soulagez de la moitié de ma peine, en comprenant, en excusant mon embarras. Oh! oui, ajouta-t-elle en soupirant, c'est bien cruel de ne savoir ni lire ni écrire; mais, hélas! cela souvent ne dépend pas de nous.

— Eh! mon Dieu! ma pauvre enfant, il en aura été de vous, j'en suis sûr, comme de tant d'autres jeunes filles qui s'adressent à moi : ce n'est pas la bonne volonté qui leur a manqué pour apprendre, c'est de le pouvoir. Celles-ci, en l'absence de leurs parents occupés hors du logis, et obligées, dès leur enfance, de garder leurs sœurs ou leurs frères plus petits, n'ont jamais eu le temps d'aller à l'école; celles-là, mises en apprentissage de trop bonne heure...

— Comme moi, monsieur, dit Mariette en soupirant.

— On vous a mise, toute enfant, en apprentissage?

— A neuf ans, monsieur, et jusqu'alors j'étais restée à la maison pour garder un petit frère qui est mort peu de temps avant mon père et ma mère.

— Pauvre enfant! votre histoire est à peu près celle de beaucoup de vos compagnes, qui sont dans la même position que vous. Mais comment, en sortant d'apprentissage, n'avez-vous pas tâché de vous instruire?

— Et le temps, monsieur, dit tristement Mariette, c'est à peine si, en prenant sur mes nuits, mon travail peut suffire à moi et à ma marraine...

— Hélas! oui, le temps! dit le vieillard. le temps, c'est le pain pour les travailleurs, et trop souvent il faut opter : mourir de faim ou vivre dans l'ignorance.

Puis il ajouta de plus en plus intéressé : — Vous me parlez de votre marraine; vous n'avez donc plus ni père ni mère?

— Non, monsieur, je vous l'ai dit, répondit tristement Mariette. Puis elle reprit en soupirant : — Mais pardon, monsieur, de vous avoir fait perdre ainsi beaucoup de votre temps, au lieu de vous avoir dit tout de suite quelle lettre je viens vous demander.

— Ce temps, je ne pouvais mieux l'employer qu'à vous écouter, mon enfant, car je suis vieux, j'ai de l'expérience, et je suis certain que vous êtes une brave et digne jeune fille. Maintenant venons à cette lettre. Voulez-vous m'en dire le sujet, pour que je la rédige? ou bien préférez-vous me la dicter?

— Je préfère vous la dicter, monsieur.

— Alors je suis prêt, mon enfant, dit le bonhomme en mettant ses lunettes et s'établissant devant son bureau, la tête baissée sur son papier, afin de ne pas augmenter l'embarras de sa cliente en la regardant.

Après un moment d'hésitation, Mariette commença de dicter ce qui suit à voix basse, et en tenant ses yeux baissés : « Monsieur Louis... »

Au nom de *Louis*, le vieillard fit un léger mouvement de surprise inaperçu de Mariette, qui répéta de nouveau d'une voix un peu émue : « Monsieur Louis... »

— C'est écrit, mon enfant, dit le vieillard, toujours sans regarder Mariette.

Celle-ci continua en s'interrompant parfois et en hésitant, car il était facile de deviner que, malgré sa confiance dans le vieillard, elle ne lui livrait pas toute sa pensée : « Je suis bien triste; je n'ai pas encore reçu de vos nouvelles. Vous m'aviez pourtant promis de m'écrire pendant votre voyage, monsieur Louis. »

— Pendant votre voyage, répéta le vieillard, dont les traits étaient soudain devenus pensifs, et qui se dit en lui-même avec une vague anxiété : Voilà un rapprochement étrange. Il se nomme Louis, et il est absent. Mariette continua de dicter :

« J'espère, monsieur Louis, que vous vous portez bien, et que ce n'est pas pour cause de maladie que vous ne m'avez pas encore écrit, car ce serait pour moi deux chagrins au lieu d'un.

« C'est aujourd'hui le 6 mai, monsieur Louis, *le six moi*. Aussi je n'ai pas voulu passer cette journée sans vous faire souvenir de moi.

Peut-être que vous aurez eu la même idée, et qu'après-demain je recevrai une lettre de vous, comme vous recevrez celle-ci de moi. Alors ce ne serait ni par oubli ni par maladie que vous auriez tant tardé à m'écrire. Comme j'en serais heureuse! Aussi je vais attendre jusqu'après-demain avec une grande impatience. Dieu veuille qu'elle ne soit pas trompée, monsieur Louis! »

Mariette, en dictant ces derniers mots, étouffa un soupir. Une larme roula sur ses joues. Elle s'interrompit durant quelques instants.

Les traits de l'écrivain public, toujours courbé sur sa table, étaient invisibles à la jeune fille, et prenaient une expression de plus en plus attentive et sérieusement inquiète; deux ou trois fois, tout en écrivant, il tâcha de jeter à la dérobée sur sa cliente un regard chagrin et scrutateur.

Il était facile de deviner qu'au touchant intérêt qu'il avait d'abord involontairement ressenti pour Mariette succédait chez le vieillard une sorte d'éloignement causé par de graves appréhensions.

La jeune ouvrière poursuivit sa dictée en continuant de tenir ses yeux baissés :

« Je n'ai rien de nouveau à vous apprendre, monsieur Louis; ma marraine est toujours bien malade; ses souffrances empirent; cela aigrit encore son caractère. Afin de la quitter le moins possible, je travaille maintenant chez nous au lieu d'aller chez madame Jourdan. Aussi les journées me paraissent longues et tristes, car le travail fait en commun, à l'atelier, avec mes compagnes, était presque un plaisir et allait bien plus vite; aussi je suis obligée de veiller très-tard, et je ne dors pas beaucoup, car c'est surtout la nuit que ma marraine souffre davantage et qu'elle a le plus besoin de moi. Quelquefois je ne m'éveille pas aussitôt qu'elle m'appelle, parce que souvent le sommeil est plus fort que moi; alors elle me gronde un peu; c'est bien naturel, car elle souffre.

« C'est pour vous dire, monsieur Louis, que, comme toujours, je ne suis pas très-heureuse à la maison, et qu'un mot d'amitié de votre part me ferait grand bien. Cela me consolerait de tant de choses tristes!

« Adieu, monsieur Louis, je comptais sur Augustine pour vous écrire, mais elle est allée dans son pays, et j'ai été obligée de m'adresser à une autre personne, à qui j'ai dicté cette lettre. Ah! monsieur Louis, jamais je n'ai été plus chagrine de ne savoir ni lire ni écrire qu'en ce moment. Adieu encore, monsieur Louis, pensez à moi, je vous en prie, car moi je pense toujours à vous.

« Je vous salue de bien bonne amitié. »

La jeune fille étant restée silencieuse après ces derniers mots, le vieillard se retourna, et, levant enfin les yeux sur elle, lui dit :

— Est-ce tout, mon enfant?

— Oui, monsieur.

— Et de quel nom faut-il signer cette lettre?

— Du nom de Mariette, monsieur.

— Seulement *Mariette?*

— Mariette Moreau, si vous voulez, monsieur. C'est mon nom de famille.

— Signé : *Mariette Moreau*, dit le vieillard en écrivant ces noms.

Puis, ayant plié la lettre, il reprit en dissimulant la secrète angoisse avec laquelle il attendait la réponse de la jeune fille :

— Et cette lettre, à qui faut-il l'adresser, mon enfant?

— A *M. Louis Richard*, à Dreux, bureau restant.

— Plus de doute! se dit le vieillard en se disposant à écrire sur la lettre l'adresse que Mariette venait de lui dicter.

Si la jeune ouvrière n'eût pas été elle-même très-préoccupée, elle aurait sans doute remarqué l'expression contrainte qui se peignait depuis quelques instants sur la physionomie de l'écrivain, et qui s'accentua plus durement encore lorsqu'il fut bien certain du nom de celui-là à qui cette missive ingénue était destinée. Jetant à la dérobée un regard irrité sur Mariette, il semblait ne pouvoir se résoudre à écrire l'adresse qu'elle venait de lui dicter, car après avoir seulement mis sur l'enveloppe ces mots : *A Monsieur, Monsieur*... il laissa tomber sa plume, et il dit à l'ouvrière, en tâchant de sourire avec sa bonhomie accoutumée, afin de dissimuler ses ressentiments et ses appréhensions :

— Tenez, mon enfant, quoique ce soit la première fois que nous nous voyons, il me semble que vous avez déjà quelque confiance en moi.

— C'est vrai, monsieur; avant de venir ici, je craignais de n'avoir pas le courage de dicter ma lettre à quelqu'un que je ne connaissais pas; mais vous m'avez accueillie d'une manière si bonne, que je n'ai presque plus été embarrassée.

— Embarrassée! pourquoi, mon enfant? Je serais votre père, que je ne trouverais pas un mot à redire à la lettre que vous écrivez à... à M. Louis... et même, si je ne craignais d'abuser de cette confiance que vous dites avoir en moi... je vous demanderais... Mais non... ce serait trop indiscret.

— Que me demanderiez-vous, monsieur?

— Quel est ce M. Louis Richard?

— Mon Dieu! monsieur, ce n'est pas un secret. M. Louis est clerc de notaire; l'étude où il est employé se trouve dans la même maison que l'atelier où j'allais travailler; c'est ainsi que nous nous sommes connus, il y a aujourd'hui un an le 6 mai.

— Ah! je comprends maintenant pourquoi vous insistiez sur la date de votre lettre : c'est l'anniversaire de votre connaissance!

— Oui, monsieur.

— Vous vous aimez? Allons, ne rougissez pas, mon enfant; vous attendez sans doute le moment de vous marier?

— Oui, monsieur.

— Et la famille de M. Louis consent à ce mariage?

— M. Louis n'a plus que son père, monsieur, et nous espérons qu'il ne nous refusera pas son consentement.

— Et le père de Louis, quel homme est-ce?

— Le meilleur des pères, à ce que m'a dit M. Louis, et supportant sa pauvreté avec grand courage, quoiqu'il ait été à son aise autrefois; mais, à cette heure, M. Louis et son père sont aussi pauvres que nous deux ma marraine. C'est cela qui nous donne bon espoir pour notre mariage. Entre pauvres gens, il ne peut y avoir de difficultés.

— Et votre marraine, mon enfant, il me semble qu'elle ne vous rend pas la vie très-heureuse?

— Que voulez-vous, monsieur? il est si naturel d'être de mauvaise humeur quand on n'est presque pas un moment sans souffrir et qu'on n'a jamais eu que du malheur dans sa vie!

— Votre marraine est donc infirme?

— Elle a perdu la main, monsieur, et elle a une maladie de poitrine qui la tient au lit depuis plus d'un an.

— Perdu la main, comment?

— Elle était cardeuse de matelas, monsieur; elle s'est piquée, en travaillant, avec son aiguille à crochet; la piqûre s'est envenimée faute de soins, car ma marraine n'avait pas le temps de se faire soigner, et on a été obligé de lui couper le bras. De temps à autre la plaie se rouvre encore, et lui est bien sensible.

— Pauvre femme! dit le vieillard d'un air distrait.

— Quant à la maladie de poitrine de ma marraine, reprit Mariette, bien des cardeuses en sont atteintes comme elle, à ce que dit le médecin, parce qu'elles respirent sans cesse la poussière malsaine qui sort de la laine des matelas qu'elles battent. Ma marraine est comme courbée en deux, et presque toutes les nuits elle a des accès de toux si déchirants, qu'il faut que je la soutienne quelquefois dans mes bras pendant plusieurs heures.

— Ainsi votre seul travail fait vivre votre marraine?

— C'est tout simple, monsieur, elle ne peut plus gagner sa vie.

— Ce dévouement de votre part est généreux.

— Je fais ce que je dois, monsieur; ma marraine m'a recueillie chez elle après la mort de mes parents, elle a payé pour moi trois années d'apprentissage. Sans elle, je ne saurais pas l'état qui me fait vivre; n'est-il pas juste qu'elle profite maintenant de l'aide qu'elle m'a donnée autrefois?

— Et pour subvenir à ses besoins et aux vôtres, vous travaillez beaucoup sans doute?

— Le plus que je peux, monsieur, quinze à dix-huit heures par jour.

— Et la nuit, au lieu de prendre un repos nécessaire, vous veillez votre marraine?

— Qui la veillerait si ce n'est moi, monsieur?

— Mais pourquoi n'a-t-elle pas tâché d'entrer à l'hôpital?

— Le médecin a dit qu'on ne la garderait pas à l'hospice, parce que sa maladie de poitrine était incurable. Et puis d'ailleurs je ne sais si j'aurais eu le courage de l'abandonner ainsi.

— Allons, mon enfant, je ne m'étais pas trompé. Vous êtes une brave et digne jeune fille, dit le vieillard en tendant sa main à Mariette.

Dans ce mouvement, soit par maladresse, soit volontairement, l'écrivain public fit choir sur son bureau son encrier, de sorte que l'encre se renversa en partie sur la lettre, à laquelle il ne manquait plus que l'adresse.

— Ah! mon Dieu! quel malheur! s'écria Mariette. Voici la lettre toute pleine d'encre, monsieur.

— Maladroit que je suis ! reprit le vieillard d'un air fâché. Mais il n'y a que demi-mal, la lettre n'est pas longue. J'écris vite, je ne vous demande que dix minutes pour la recopier, mon enfant ; en même temps je la relirai tout haut, et vous verrez de la sorte si vous trouvez quelque chose à changer ou à ajouter.

— Monsieur, excusez, mon Dieu ! la peine que je vous donne.

— Tant pis pour moi, mon enfant. C'est ma faute, dit le vieillard.

Et il commença de relire la lettre à haute voix tout en écrivant, et comme s'il l'eût recopiée à mesure qu'il avançait dans cette lecture.

En se livrant à ce nouveau travail, une violente lutte intérieure semblait se réfléchir sur les traits de l'écrivain public : tantôt il soupirait d'un air satisfait et dégagé, tantôt au contraire il paraissait confus et évitait d'arrêter ses yeux sur la candide figure de Mariette. Celle-ci, accoudée sur la table, appuyant son front dans sa main, suivait d'un regard mélancolique et envieux la plume rapide du vieillard et les caractères qu'il traçait, caractères indéchiffrables pour elle, et qui cependant, se disait-elle, allaient reporter sa pensée à celui qu'elle aimait.

La jeune ouvrière n'ayant rien trouvé à retrancher ou à ajouter à sa missive ingénue, l'écrivain public la lui remit après l'avoir soigneusement cachetée.

— Monsieur, demanda timidement la jeune fille en tirant de sa poche une petite bourse contenant deux pièces de dix sous et quelques sous, combien vous dois-je ?

— Cinquante centimes, répondit le vieillard après avoir hésité un instant, pensant que c'était peut-être au prix de son pain de la journée que la pauvre fille donnait de ses nouvelles à son amant. Cinquante centimes, reprit donc l'écrivain, et il est bien entendu, mon enfant, que je ne vous fais payer qu'une des deux lettres que j'ai écrites. Je suis seul responsable de ma maladresse.

— Vous êtes bien honnête, monsieur, dit Mariette, touchée de ce qu'elle regardait comme une preuve de la générosité de l'écrivain ; puis, après avoir payé sa lettre, elle ajouta :

— Vous avez été si bon pour moi, monsieur, que j'ose vous demander un service.

— Parlez, mon enfant.

— Si j'avais d'autres lettres à faire écrire, il me serait presque impossible de m'adresser maintenant à d'autres qu'à vous, monsieur.

— Je serai à votre service.

— Ce n'est pas tout, monsieur; ma marraine est comme moi elle ne sait ni lire ni écrire. J'avais une amie en qui je me confiais; mais elle est absente. Pourriez-vous, dans le cas où je recevrais une lettre de M. Louis, prendre la peine de me la lire? Je vous dicterais tout de suite après ma réponse.

— Certainement, mon enfant, je lirai vos lettres; apportez-les-moi toutes, répondit le vieillard en dissimulant sa satisfaction.

— C'est moi qui vous remercie de la confiance que vous me témoignez. A bientôt donc. Allons, vous sortez d'ici, je l'espère, moins embarrassée qu'en y entrant.

— C'est qu'aussi, monsieur, je ne m'attendais pas à trouver en vous tant de bonté.

— Adieu donc, mon enfant, habituez-vous à me regarder comme votre lecteur et votre secrétaire. Ne dirait-on pas maintenant que nous nous connaissons depuis dix ans?

— C'est bien vrai, monsieur. Au revoir.

— Au revoir, mon enfant.

Mariette venait à peine de sortir de l'échoppe de l'écrivain public, qu'un facteur poussa la porte et dit cordialement au vieillard, en lui remettant une lettre :

— Tenez, père Richard, voici pour vous une lettre de Dreux. Je n'aurai pas ainsi la peine de la porter jusque chez vous, rue de Grenelle, et vous l'aurez plus tôt.

— Une lettre de Dreux ! dit vivement le vieillard en la prenant. Merci, mon garçon.

— Puis, examinant l'écriture, il se dit :

— C'est de Ramon, que va-t-il m'apprendre? que pense-t-il de mon fils? Ah ! que vont devenir maintenant des projets depuis si longtemps formés entre moi et Ramon?

— Père Richard, c'est six sous, dit le facteur en tirant le vieillard de sa rêverie.

— Six sous ! s'écria l'écrivain public. Diable ! elle n'est donc pas affranchie ?

— Voyez le timbre, père Richard.

— C'est vrai, dit le vieillard en soupirant. Et, tirant comme à regret de sa poche la pièce de dix sous qu'il venait de recevoir, il la remit au facteur.

Durant cet incident, Mariette s'était hâtée de retourner chez elle.

II

Mariette, après avoir quitté le Charnier des Innocents, arriva bientôt dans cette sombre et triste rue nommée rue des Prêtres-Saint-Germain-l'Auxerrois, et entra dans l'une des dernières maisons qui font face aux noires murailles de l'église. Après avoir traversé une allée obscure, Mariette commença de gravir un escalier délabré non moins obscur que l'allée, car il ne recevait de jour que par une cour si étroite, qu'elle ressemblait à un puits carré.

La loge de la portière était située à quelques marches du palier du premier étage; la jeune fille, s'arrêtant devant cette loge, dit à une femme qui s'y trouvait :

— Madame Justin, avez-vous eu la bonté de monter chez ma marraine voir si elle n'avait besoin de rien?

— Oui, mademoiselle Mariette, je lui ai porté son lait; mais elle est d'une humeur si massacrante, qu'elle m'a reçue comme un chien. Si ç'a n'avait été à cause de vous, je vous l'aurais joliment relevée du péché de paresse!

— Hélas! madame Justin, il faut avoir pitié d'elle; elle souffre tant!

— C'est ça, vous l'excusez toujours, vous qui êtes son *pâtira*, mademoiselle Mariette; ça prouve votre bon cœur, mais ça n'empêche pas que votre marraine soit méchante comme un âne rouge. Pauvre fille! allez, on peut bien le dire, vous faites votre purgatoire d'avance, et, s'il n'y avait pas de paradis, vous seriez volée.

— Adieu, madame Justin, je monte bien vite chez nous.

— Attendez donc un instant, j'ai là une lettre pour vous.

— Une lettre? s'écria Mariette en redevenant toute rouge et sentant son cœur battre d'aise et d'espoir. Une lettre de province?

— Oui, mademoiselle, elle est timbrée de Dreux et coûte six sous. La voici. Il y a au coin de l'enveloppe : *Très-pressée.*

Mariette prit vivement la lettre, la mit dans son sein; puis, tirant sa petite bourse, elle y prit la dernière pièce de dix sous qui s'y trouvait, et paya la portière, qui lui rendit sa clef.

La jeune fille monta rapidement chez elle, à la fois heureuse, triste et inquiète; heureuse d'avoir reçu une lettre de Louis, inquiète de la signification de ces mots : *Très-pressée,* inscrits sur un coin de l'enveloppe, ainsi que l'avait dit la portière; triste, enfin, parce qu'il lui faudrait attendre plusieurs heures peut-être avant de savoir ce que Louis lui écrivait, car elle craignait de s'absenter de nouveau après avoir laissé sa marraine si longtemps seule.

Mariette atteignit enfin le cinquième étage de cette maison délabrée, triste et empestée par les eaux d'immondices presque toujours croupissantes dans les plombs établis à chaque palier. Ce fut avec un grand battement de cœur que la jeune fille ouvrit la porte de la pauvre chambre lambrissée qu'elle occupait avec sa marraine. Celle-ci était couchée dans le seul lit que possédaient les deux femmes. Un mince matelas, alors roulé dans un coin et la nuit étendu sur le carreau, servait de coucher à Mariette; une table à ouvrage, une vieille commode, deux chaises, quelques ustensiles de ménage accrochés au-dessus de la cheminée, située entre deux placards, tel était l'ameublement de ce logis, d'une extrême propreté cependant, et à peine éclairé par une petite fenêtre prenant jour sur la cour sombre et infecte.

Madame Lacombe (ainsi se nommait la malade) était une grande femme de cinquante ans environ, d'une maigreur et d'une pâleur effrayantes, d'une figure désagréable et dure; un sourire amer, sardonique, causé par les longs ressentiments de la misère et de la douleur, contractait incessamment ses lèvres blafardes; presque courbée en deux dans son lit, on ne voyait d'elle au dehors que son bras mutilé enveloppé de linges, et sa figure atrabilaire, coiffée d'un vieux bonnet d'où s'échappaient çà et là quelques longues mèches de cheveux gris.

Madame Lacombe semblait alors souffrante et courroucée; ses yeux caves brillaient d'un feu sombre. Elle fit un effort pour se retourner dans son lit, afin de mieux regarder sa filleule, et elle s'écria d'une voix menaçante :

— D'où viens-tu?

— Ma marraine, je...

— Coureuse!... Tu me laisses seule exprès, pour me faire damner, n'est-ce pas?

— Je suis restée à peine une heure dehors, ma marraine.

— Et tu espérais me trouver morte de rage en arrivant, hein?

— Oh! mon Dieu, mon Dieu!

— Oui, va, pleurniche! Je ne suis pas ta dupe. Tu as assez de moi, tu en as trop! Le jour où l'on clouera ma bière, ça sera fête pour toi, et aussi pour moi, car c'est trop souffrir! Non, ajouta cette malheureuse en portant la main à sa poitrine et poussant un long et douloureux gémissement, mort et passion! C'est trop souffrir aussi!

Mariette essuya les larmes que lui arrachaient les sarcastiques duretés de la malade, s'approcha d'elle, et lui dit avec un accent de douceur angélique :

— Votre dernière nuit a été si mauvaise, que j'espérais que la journée serait bonne et que vous auriez un peu dormi ce matin pendant mon absence.

— Que je souffre ou que je crève, qu'est-ce que ça te fait, pourvu que tu t'en ailles courir les rues?

— Je suis sortie un instant ce matin parce que cela était nécessaire; mais, marraine, en m'en allant, j'avais prié madame Justin de...

— J'aimerais autant voir la mort que cette créature-là... Aussi, quand tu le peux, tu me l'envoies. C'est toujours ça en attendant.

Mariette sourit avec une amertume navrante, ne répondit rien à ce nouveau sarcasme, et reprit doucement :

— Ma marraine, voulez-vous que je panse votre bras?

— Non; l'heure est passée; tu l'as fait exprès.

— Je suis fâchée d'avoir été en retard; mais permettez-moi toujours de vous panser.

— Laisse-moi tranquille!

— Mais, ma marraine, la plaie s'aggravera.

— C'est ce que tu veux.

— Ma marraine, je vous en prie!

— Ne m'approche pas!

— J'attendrai, dit la jeune fille en soupirant

Puis elle reprit :

— J'avais dit à madame Justin de vous monter votre lait; le voilà. Voulez-vous que je le fasse chauffer?

— Du lait, toujours du lait! le cœur m'en soulève. Le médecin avait ordonné de me donner du bon bouillon fait avec de la bonne viande et une moitié de poule. Ah! bien oui; j'en ai eu lundi et mardi, et puis voilà... et nous sommes à dimanche.

— Ma marraine, ce n'est pas ma faute; le médecin ordonne (1), mais il faut trouver l'argent pour suivre ses ordonnances, et si je gagne vingt sous par jour maintenant, c'est à grand'peine.

— Tu ne regardes pas à la dépense pour ta toilette.

Mariette secoua tristement la tête, et répondit avec une résignation touchante :

— Vous l'avez vu, j'ai passé l'hiver avec cette robe d'indienne, ma marraine. J'économise tant que je peux, et nous devons deux termes.

— Ça veut dire que je te suis à charge, n'est-ce pas? Voilà tes remerciments! Et je t'ai ramassée dans la rue! et je t'ai fait apprendre ton état! Va, ingrate! mauvais cœur!

— Non, ma marraine, je ne suis pas ingrate! Quand vous êtes moins souffrante, vou ne rendez plus de justice, répondit Mariette contenant ses larme Mais, je vous en prie, ne restez pas ainsi sans rien prendre, cela is fera mal.

— Je le sais ien, j'ai des crampes d'estomac à n'y pas tenir!

— Vous voy t! Tenez, prenez votre lait, je vous en prie, ma marraine.

— Va-t'en ar diable avec ton lait! tu m'impatientes!

(1) A propos des lonnances de médecin, quelquefois en désaccord (quoique indispensables) avec les ssources des malades, nous avons conservé celle-ci, laissée à une pauvre femme de nos pays; elle était veuve, et, en allant au bois et à la bruyère toute la journée, elle pouvait à peine, vu sa faiblesse (causée par une lente décomposition du sang), gagner cinq à six sous par jour.

Voici l'ordonnance :

Prendre tous les matins, à jeun, une cuillerée de vin de Séguin (à douze francs la bouteille).

Déjeuner avec des œufs frais et une côtelette grillée.

Prendre, sur les deux heures, un bon bouillon.

Dîner avec un potage gras, une tranche de bœuf grillée et des légumes.

Boire, à chaque repas, un verre de vin pur.

Se garantir surtout du froid et de l'humidité; exercice modéré par le beau temps.

Cette ordonnance, que l'on prendrait pour une ironie cruelle, ne contenait cependant que les prescriptions *indispensables*, faute desquelles la pauvre créature devait périr dans un temps donné et très-rapproché. (Eugène Sue.)

— Voulez-vous que j'aille vous chercher deux œufs frais?

— Non.

— Ou que je vous fasse cuire un peu de riz au beurre?

— Je veux du poulet.

— Ma marraine, c'est que...

— C'est que quoi?

— Je ne peux pas prendre un poulet à crédit.

— J'aurai assez d'un demi ou d'un quart. Tu avais ce matin vingt-sept sous dans ta bourse.

— C'est vrai, ma marraine.

— Alors, va m'acheter un quart de poulet chez le rôtisseur.

— Ma marraine, c'est que cet argent...

— Cet argent?

— Je ne l'ai plus. Il ne me reste que quelques sous.

— Et tes deux pièces de dix sous?

— Ma marraine...

— Répondras-tu? Tes deux pièces de dix sous, où sont-elles?

— Je... je ne sais, répondit la pauvre fille en rougissant et se reprochant la dépense de sa correspondance avec Louis. Ces petites pièces auront glissé de ma bourse, et je ne les ai pas retrouvées.

— Tu mens, tu rougis.

— Je vous assure...

— C'est ça, dit la malade avec un ricanement sardonique, pendant que je suis à râler de besoin sur mon grabat, elle aura été goinfrer des gâteaux!

— Moi, mon Dieu!

— Va-t'en! sors d'ici! laisse-moi crever de faim si tu veux, mais que je ne te voie pas!

Et cette malheureuse, poussée à bout par l'âcre ressentiment de sa souffrance et d'un malheur acharné, ajouta avec un éclat de rire d'une ironie sinistre :

— Tu tiens bien à me le faire boire, ce lait! Il y a peut-être quelque chose dedans... je te suis si à charge!

A cette accusation, encore plus insensée qu'elle n'était atroce, Mariette resta un moment interdite, car elle ne comprit pas tout d'abord le sens de ces horribles paroles; mais, lorsqu'elle l'eut compris, elle se recula en joignant les mains avec effroi; puis, ne pouvant retenir ses sanglots et cédant à un mouvement irrésistible, elle se jeta au cou de la malade, l'enlaça de ses bras et la couvrit de larmes, de baisers, en murmurant d'une voix déchirante :

— Oh! marraine! marraine!

Cette protestation navrante contre une accusation qui ne pouvait naître que d'un cerveau délirant rappela heureusement la malade à la raison; son cœur ulcéré, corrodé, se détendit un peu, et, ainsi que cela lui arrivait parfois, elle eut conscience de son affreuse injustice en sentant ruisseler sur ses joues fiévreuses les larmes de sa filleule.

Madame Lacombe prit alors une des mains de Mariette dans la sienne, et, de son bras mutilé, tâcha de presser la jeune fille contre sa poitrine, en lui disant d'une voix émue :

— Allons, petite, ne pleure pas : es-tu bête! Tu ne vois pas que je disais ça en riant?

En riant! lugubre plaisanterie, digne, hélas! de cette sombre misère.

— C'est vrai, marraine, reprit Mariette en essuyant du revers de sa main ses yeux et ses joues baignés de pleurs; c'est vrai, j'ai eu tort de croire que vous parliez sérieusement; mais ça été plus fort que moi.

— Que veux-tu? il faut avoir pitié de cette pauvre marraine, ma petite Mariette, reprit la malade avec un morne accablement. A force de souffrir, vois-tu, la *poche au fiel* aura crevé, et j'ai le cœur comme la bouche, amer, amer!

— Je sais bien que c'est malgré vous que vous vous emportez quelquefois, marraine. Dame! c'est si facile d'être toujours juste et content quand on est heureux; tandis que vous, vous ne l'avez guère été, heureuse.

— C'est vrai, dit la malade en éprouvant une sorte de satisfaction cruelle à justifier son caractère atrabilaire par l'énumération de ses griefs contre une implacable destinée; c'est vrai. Il y a beaucoup de sorts comme le mien, mais il n'y en a pas de pires. Battue en apprentissage, battue par mon mari jusqu'à ce qu'il se soit noyé étant soûl, devenue *poumonique* et estropiée dans mon état, je traîne mon boulet depuis cinquante ans, et bien malin serait celui qui pourrait me dire : « Femme Lacombe, vous avez été au moins une fois heureuse, là, ce qui s'appelle heureuse, pendant un jour, un seul jour de votre chienne de vie. » C'est pourtant vrai, ça, ma petite Mariette; j'ai eu, comme on dit, *une vie sans dimanches*, quand il y en a tant d'autres pour qui chaque jour est un dimanche.

— Pauvre marraine ! je ne comprends que trop bien ce que vous avez dû souffrir, allez !

— Non, petite, non, tu ne peux pas comprendre cela, quoique tu aies déjà bien connu la peine avec tes dix-huit ans ! mais au moins, toi, tu es gentille, et, quand tu as un bonnet blanc et frais, avec un bout de ruban rose sur tes cheveux blonds, et que tu vois dans ton miroir ta jolie mine, tu as de petits moments de contentement.

— Marraine, écoutez; je...

— Je te dis que si, moi : ça contente toujours, sois franche, petite; avoue que tu es tout aise et un peu *fiérotte* quand on se retourne pour te regarder, malgré ta mauvaise robe de deux sous et tes gros souliers lacés ?

— Oh ! pour ça, marraine, dès que je m'aperçois qu'on me regarde ça me rend toute honteuse. Tenez, quand j'allais à l'atelier, il venait un monsieur qui me regardait toujours en venant parler à madame Jourdan ; ça m'impatientait à mourir.

— Oui ; mais au fond, ça contente, et, quand tu seras vieille, tu te souviendras du temps jadis ; tu auras du moins comme quelque chose qui reluira dans ta jeunesse ; tandis que moi, je ne vois que du noir, et je ne sais plus seulement si j'ai été jeune ; mais pour laide, j'en suis sûre.

— Oh ! marraine !

— Si laide, que j'en prenais les miroirs en grippe ; aussi je n'ai pu trouver pour mari qu'un vieil ivrogne qui me rouait de coups, et je n'ai pas même eu la chance de me réjouir de sa mort, car il m'a fallu payer ses dettes de cabaret ; enfin, comme je suis née coiffée, je suis devenue estropiée, incapable de travailler, je mourrais de faim si je ne t'avais pas eue.

— Allons, marraine, vous n'êtes pas juste, dit Mariette avec un tendre sourire, voulant dissiper la noire humeur de madame Lacombe ; vous avez, à ma connaissance, eu du moins un jour heureux dans votre vie.

— Lequel donc ?

— Quand, après la mort de maman, votre voisine, vous m'avez prise avec vous par charité.

— Eh bien ?...

— Est-ce que cette bonne action ne vous a pas satisfaite? Est-ce que ça n'a pas été, au moins pour vous, un jour heureux que celui-là, marraine?

— Si tu appelles ça un jour heureux... merci!

— Comment?

— Dis donc que ça été un de mes jours pires, au contraire.

— Ah! marraine! dit tristement la jeune fille.

— Pardi! mon ivrogne de mari était mort, et, une fois ses dettes payées, je n'avais plus de soucis que pour moi; mais, en me chargeant de toi, petite, c'est comme si je m'étais trouvée veuve avec un enfant sur les bras; et tu crois que c'est gai, toi, pour une femme qui déjà se suffit à peine à elle-même? Mais tu étais si gentille, avec ta petite tête frisée et tes yeux bleus; tu avais l'air si triste, agenouillée devant le corbillard de ta mère, que je n'ai pas eu le courage de te laisser aller aux Enfants-Trouvés. Aussi quelle mauvaise nuit j'ai passée en me demandant ce que je ferais de toi, ce que tu deviendrais si le travail venait à me manquer! Tiens, vois-tu, Mariette, j'aurais été ta mère, que je n'aurais pas été plus tourmentée; et tu appelles ça un jour heureux pour moi! Non, non! si j'avais été dans l'aisance, à la bonne heure! j'aurais dit: Le sort de cette petite est assuré; et c'est là une chose qui vous contente; mais te faire seulement changer de misère, il n'y a pas là de quoi être gaie.

— Pauvre marraine! dit la jeune fille profondément attendrie.

Puis, souriant dans ses larmes et voulant tâcher de rendre un peu de calme à cette âme si ulcérée, elle reprit:

— Eh bien, marraine, ne parlons pas de jours, mais seulement de moments; car moi, je veux vous trouver absolument en flagrant délit de bonheur, en ce moment, par exemple.

— En ce moment?...

— Vous êtes, j'en suis sûre, contente de ne plus me voir pleurer de chagrin comme tout à l'heure, et cela, marraine, grâce aux bonnes paroles que vous me dites.

La malade secoua tristement la tête.

— Quand mon humeur acariâtre s'apaise un peu, comme maintenant, sais-tu à quoi je pense?

— A quoi, marraine?

— Je me dis: Mariette est une bonne petite fille, c'est vrai; mais je suis presque toujours si dure, si injuste pour elle, qu'au fond elle doit me détester, et je le mérite.

—Allons, marraine, dit douloureusement la jeune fille, voilà que vous revenez à vos mauvaises pensées de tout à l'heure.

— Avoue que je ne me trompe pas. Eh! mon Dieu ! je ne te dis pas cela pour te gronder! Tu as raison. Tu te tues de travail pour moi, tu me nourris, tu me sers, et le plus souvent je te paye en duretés... Va, pauvre petite, ma mort sera pour toi un bon débarras, et mieux vaut que l'homme à la bière vienne plus tôt que plus tard.

— Vous l'avez dit tout à l'heure, marraine : quand vous parlez de choses si vilaines et si tristes, c'est une plaisanterie, et je les prends ainsi, repartit Mariette en tâchant encore de sourire, bien qu'elle sentît de nouveau son cœur se briser en voyant la malade sur le point de retomber dans ses noires extravagances ; mais celle-ci, touchée de l'expression d'angoisse qu'elle remarqua de nouveau sur les traits de sa filleule, lui dit :

— Puisque je plaisante, petite, ne prends donc pas un air si chagrin ; voyons, allume le réchaud, fais-moi une soupe au lait, et, pendant qu'elle chauffera, tu panseras mon bras.

Mariette fut aussi contente de ces ordres de sa marraine que si elle lui eût dit les meilleures paroles ; elle se hâta de prendre sur une planche du placard le seul morceau de pain qui restât céans, l'éminça dans un poêlon rempli de lait, alluma le réchaud, le porta sur le palier, et revint auprès de la malade. Celle-ci lui tendit alors son bras mutilé, qui, malgré la répugnance que devait lui inspirer une plaie putride, fut pansé par Mariette avec autant de patience que de dextérité.

La résignation de la jeune fille, son dévouement, ses prévenances, ses soins empressés, émurent de nouveau le cœur de madame Lacombe. Le pansement terminé, elle dit à sa filleule, sans pouvoir s'empêcher de joindre au témoignage de sa reconnaissance une comparaison amère :

— On vante les sœurs de charité ; il n'y en a pas une qui mérite a moitié autant que toi, petite.

— Ah! marraine, ne dites pas cela.

— Est-ce que la plupart ne sont pas comme nous des enfants de misère?

— Mais les bonnes sœurs se dévouent à soigner des étrangers, marraine, tandis que vous êtes pour moi comme une mère. Je fais mon devoir, j'ai donc moins de mérite qu'elles.

— Oui, pauvre Mariette, parles-en de ma tendresse pour toi ! elle est belle ! Tout à l'heure encore je t'ai fait fondre en larmes, et sans doute je recommencerai demain.

Mariette, afin de s'épargner le chagrin de répondre aux amères paroles de sa marraine, alla chercher la soupe au lait, qu'elle apporta fumante après avoir éteint le réchaud.

La malade mangea cette soupe avec assez d'appétit ; à la dernière cuillerée, elle dit à Mariette :

— Mais j'y songe, petite, et toi ?

— Oh ! moi, marraine, j'ai déjeuné, répondit la pauvre menteuse. Ce matin j'ai acheté un petit pain de seigle que j'ai mangé tout en marchant. Mais laissez-moi arranger votre oreiller ; vous pourrez peut-être dormir un peu ; vous avez passé une si mauvaise nuit !

— Tu le sais bien ; tu as toujours été sur pied.

— Bah ! je ne suis pas très-dormeuse, moi, marraine, et la veille ne me fatigue pas. Allons, vous trouvez-vous mieux couchée ainsi ?

— Oui. Merci, petite.

— Alors je vais prendre mon ouvrage et me mettre auprès de la fenêtre. Il fait si sombre, et j'ai un travail si vétilleux !

— Qu'est-ce que tu couds donc là ?

— Oh ! une pièce magnifique, marraine, une chemise de batiste superfine. Madame Jourdan m'a confié, en me recommandant bien de ne pas la perdre, cette superbe garniture de valenciennes, qui vaut à elle seule deux cents francs, ce qui mettra chaque chemise à trois cents francs pièce au moins, et il y en a deux douzaines à faire. Il paraît que c'est pour une demoiselle entretenue, ajouta naïvement Mariette.

La malade partit d'un éclat de rire sardonique.

— Qu'avez-vous, marraine ? dit la jeune fille assez surprise.

— Une drôle d'idée.

— Ah ! dit Mariette, non sans appréhension, car elle connaissait le caractère habituel des *plaisanteries* de madame Lacombe, et quelle idée avez-vous, marraine ?

— Je me demande à quoi ça sert qu'il y ait sur la terre tant de pauvre monde qui, comme toi et moi, ne connaissent dans la vie que peine et misère ; le sais-tu, petite, à quoi ça sert ?

— Dame, marraine, que voulez-vous que je vous dise?

— Ça sert à ce qu'une honnête fille comme toi, qui n'a que deux ou trois mauvaises chemises de calicot rapiécées à se mettre sur le corps, gagne vingt sous par jour à coudre des chemises de trois cents francs pour... Bon courage à l'ouvrage, petite! je vais tâcher de rêver cimetière par là-dessus!

Et la malade se retourna du côté de la ruelle, et ne dit plus rien.

Heureusement, Mariette avait le cœur trop pur et était trop préoccupée pour sentir la désespérante amertume des derniers sarcasmes de sa marraine; et, pendant que celle-ci était tournée du côté de la muraille, la jeune fille tira de son sein la lettre *très-pressée* que la portière lui avait remise, et, tout en continuant de travailler, elle posa cette lettre sur ses genoux et à l'abri des regards de la malade.

III

Mariette s'aperçut bientôt que sa marraine s'était endormie. Suspendant alors un instant son travail, la jeune fille, qui jusqu'alors avait couvé du regard la lettre de Louis Richard (dit fils de l'écrivain public), lettre posée sur ses genoux, la décacheta et l'ouvrit. Vaine et puérile curiosité! car, nous l'avons dit, la pauvre ouvrière ne savait pas lire. Aussi rien n'était à la fois plus touchant et plus pénible que de voir la jeune fille contempler avec un vif battement de cœur ces caractères pour elle incompréhensibles; elle remarqua seulement, avec un mélange d'inquiétude et d'espoir, que la lettre était très-courte.

Cette lettre si courte et si *pressée*, ainsi que le marquait l'annotation visible à un coin de l'enveloppe, annonçait-elle une bonne ou une mauvaise nouvelle?

Mariette, les yeux fixés sur le mystérieux écrit, se perdait en conjectures, songeant qu'évidemment une lettre si brève, après une si longue séparation, annonçait quelque chose d'inattendu : soit un prochain retour, car si Louis devait arriver presque en même temps que sa lettre, il n'aurait pas eu besoin d'écrire; soit une mauvaise nouvelle imprévue qui ne laissait pas à Louis le temps de s'expliquer longuement.

Ces poignantes perplexités firent éprouver à Mariette un des mille tourments auxquels sont exposés les infortunés que le malheur ou l'abandon déshérite d'une éducation première. Tenir là, dans sa main, sous ses yeux, quelques lignes qui vous apportent la joie ou la douleur, et ne pouvoir pénétrer ce secret ! être obligée d'aller demander à un étranger de lire ces lignes, et de recevoir de sa bouche au moins indifférente l'annonce d'une nouvelle à laquelle votre vie est pour ainsi dire suspendue !

Telles étaient les réflexions de Mariette. Ses angoisses atteignirent bientôt à leur comble ; aussi, voyant sa marraine continuer de dormir, elle résolut, au risque d'être cruellement traitée à son retour (les bons moments de madame Lacombe étaient rares), elle résolut de courir chez l'écrivain public. La jeune ouvrière se leva de sa chaise avec précaution, afin de ne pas éveiller la malade ; mais, au moment où elle s'approcha de la porte en marchant sur la pointe du pied, elle fut soudain arrêtée par une pensée désolante.

Elle ne pouvait faire lire sa lettre à l'écrivain public sans lui demander d'y répondre, réponse peut-être imposée par le contenu de la lettre de Louis ; il faudrait donc encore payer le vieillard, et Mariette ne possédait plus que ce qu'il lui fallait pour acheter le pain de la journée, pain qu'elle devait solder comptant, le boulanger, déjà créancier d'une vingtaine de francs, refusant d'ouvrir un nouveau crédit. Mariette avait touché la veille *sa semaine*, ne montant qu'à cinq francs, les soins qu'elle donnait à sa marraine absorbant une partie de son temps. La plus grande partie de cette modique somme avait été employée à rembourser la portière de quelques avances, et à donner un à-compte sur le blanchissage ; il n'était resté à Mariette que vingt-cinq sous, sur lesquels elle avait déjà prélevé les frais de sa correspondance avec Louis.

En présence des besoins de sa marraine et de sa position déjà si obérée, la pauvre enfant se reprochait cette dépense épistolaire comme une prodigalité coupable.

L'on sourira peut-être de pitié à la peinture de ces angoisses navrantes, de ces cruelles récriminations contre soi-même à propos de deux ou trois pièces de cinquante centimes. Hélas ! il n'est pas de petite somme pour le malheureux ; une augmentation de dix sous sur son salaire lui permet souvent de soutenir son existence au lieu de mourir un peu chaque jour et de sentir sa vie s'épuiser, se tarir dans une sorte d'agonie vivante, état moyen entre la maladie et la santé, qui conduit prématurément tant de gens au tombeau.

Mariette, afin de s'épargner un surcroît de dépense, songea d'abord à faire lire la lettre de Louis par la portière; mais, craignant le bavardage et peut-être les railleries de cette femme, dans sa délicate susceptibilité, la jeune fille s'effraya, et elle préféra accomplir un pénible sacrifice. Il lui restait une robe d'une jolie étoffe qu'elle avait achetée au Temple et refaite à sa taille; elle la conservait, ainsi qu'on dit, pour les *grands jours;* deux ou trois fois seulement elle l'avait portée pour se faire belle et sortir avec Louis. Mariette mit en soupirant sa jolie robe dans un petit cabas de paille, y joignit un fichu de soie, afin de porter le tout au mont-de-piété. Tenant d'une main son petit paquet, et marchant légèrement, afin de ne pas troubler le sommeil de sa marraine, la jeune ouvrière atteignait la porte lorsque madame Lacombe fit un mouvement, et, s'éveillant à demi, murmura :

— Allons ! elle sort encore ! et...

Mais elle n'acheva pas, et retomba dans son assoupissement.

Mariette, profitant de cette circonstance, resta un moment immobile et muette, puis, ouvrant la porte avec la plus grande précaution, elle sortit, retira la clef, qu'elle déposa en passant chez la portière, et se rendit en hâte au mont-de-piété. On lui prêta cinquante sous sur sa robe et son fichu. Munie de cette somme, Mariette courut au Charnier des Innocents, afin d'y retrouver l'écrivain public.

Depuis le départ de Mariette, et surtout depuis qu'il avait pris connaissance de la lettre que son fils lui avait écrite de Dreux dans la matinée, le vieillard réfléchissait avec une anxiété croissante aux entraves que pouvait apporter à ses projets le secret que le hasard lui avait fait découvrir lors de son entrevue avec la jeune fille. Soudain, il la vit paraître de nouveau à la porte de son échoppe. Ne cachant pas sa surprise, mais dissimulant les vagues inquiétudes que lui causait le retour subit de sa cliente, l'écrivain lui dit :

— Qu'y a-t-il, mon enfant? Je ne m'attendais pas à vous revoir sitôt.

— Monsieur, répondit Mariette en tirant de son sein la lettre qu'elle avait reçue, voici un mot de M. Louis; je viens vous prier de me le lire, et d'y répondre si cela est nécessaire.

Et la jeune ouvrière, palpitant d'inquiétude et de curiosité, attendit la lecture des quelques lignes de Louis. L'écrivain public, qu'elle ne quittait pas du regard, lut en un instant cette courte missive, cacha difficilement la contrariété qu'elle lui fit éprouver; puis, soudain, feignant un douloureux étonnement, il déchira la lettre, à la grande stupeur de Mariette, et s'écria :

— Ah! pauvre enfant!

Et il jeta les morceaux de la lettre sous son bureau, après les avoir froissés entre ses mains.

— Monsieur, dit Mariette en pâlissant, que faites-vous?

— Ah! pauvre enfant! répéta le vieillard d'un air consterné.

— Oh! mon Dieu! murmura la jeune fille en joignant les mains, il est arrivé malheur à M. Louis!

— Non, mon enfant, non; mais ce que vous pouvez faire de mieux, c'est de l'oublier.

— L'oublier!

— Oui, croyez-moi, renoncez à de trop chères espérances.

— Comment! M. Louis... Que lui est-il donc arrivé, mon Dieu!

— Tenez, ma pauvre enfant, c'est quelque chose de bien triste que l'ignorance, et cependant, en cette occasion, je vous plaindrais de savoir lire.

— Mais, monsieur, qu'y a-t-il dans cette lettre?

— Il ne faut plus songer à un mariage désormais impossible.

— M. Louis m'écrit cela?

— Oui, en faisant appel à la générosité, à la délicatesse de votre cœur.

— M. Louis me dit de renoncer à lui, et qu'il renonce à moi?

— Hélas! oui, pauvre enfant! Allons, du courage, de la résignation!

Mariette devint pâle comme une morte, garda un moment le silence, pendant que de grosses larmes coulaient de ses yeux; puis se baissant soudain, elle ramassa les morceaux lacérés de la lettre, les remit à l'écrivain, et lui dit d'une voix altérée :

— Monsieur, j'aurai le courage de tout entendre : rajustez ces morceaux; j'écoute.

— Mon enfant, croyez-moi, n'insistez pas, je vous en supplie!

— Monsieur, lisez ! par grâce, lisez !

— Mais...

— Ignorer ce que dit cette lettre, si pénible qu'elle me soit à entendre... Ah ! tenez, monsieur, ce serait à en mourir !

— Je vous ai fait connaître le sens de ces lignes, épargnez-vous un nouveau coup.

— Monsieur, ayez pitié de moi ! Si, comme vous me l'avez dit, je vous inspire quelque intérêt, lisez ! au nom du ciel, lisez ! Que je sache au moins toute l'étendue de mon malheur. Et puis, il y aura peut-être une ligne, un mot de consolation.

— Allons, pauvre enfant, puisque vous l'exigez, dit le vieillard en rajustant les morceaux à côté les uns des autres, pendant que Mariette, anéantie, les traits bouleversés, attachait un regard fixe et désolé sur l'écrivain public, écoutez donc cette lettre.

Et il lut :

« Ma chère Mariette,

« Je vous écris en hâte quelques mots ; j'ai la mort dans l'âme. Il faut renoncer à nos projets ; il s'agit pour moi d'assurer à mon père l'aisance et le repos pour ses vieux jours. Vous savez si j'aime mon père. J'ai donné parole. Nous ne pouvons plus nous voir.

« Une dernière prière : je l'adresse à la délicatesse, à la générosité de votre cœur ; ne tentez pas de me revoir ou de changer ma résolution. Il me faudrait opter entre mon père et vous ; peut-être, en vous revoyant, n'aurais-je plus le courage d'accomplir mon devoir de fils. Le sort de l'avenir de mon père est donc entre vos mains. Je compte sur la générosité de votre cœur. Adieu ! la douleur me fait tomber la plume des mains.

« Encore adieu, et pour toujours adieu !

« Louis. »

Tant que dura la lecture de ce billet, Mariette aurait pu offrir à un peintre le triste modèle de la douleur : debout et immobile auprès du bureau de l'écrivain, les bras pendants, les mains jointes et les doigts entrelacés, muette, les lèvres agitées d'un tremblement convulsif, les yeux baissés et noyés de larmes qui coulaient sur ses joues, la pauvre créature écoutait encore, quoique le vieillard eût terminé sa lecture.

Le premier il rompit le silence, et dit :

— J'étais bien certain, mon enfant, que cette lettre vous ferait un mal affreux.

Mariette ne répondit rien.

— Mon enfant, reprit le père Richard, ne tremblez pas ainsi ; asseyez-vous. Tenez, buvez un peu d'eau fraîche.

Mariette n'entendit pas : le regard toujours fixe et baigné de pleurs, elle murmura à mi-voix, avec une expression déchirante :

— Allons, c'est fini ! rien, plus rien au monde ! C'était trop heureux ! Ah ! je suis comme ma marraine : le bonheur n'est pas fait pour moi !

Puis elle ajouta avec un sanglot étouffé et un accent impossible à rendre :

— Enfin !

— Mon enfant, reprit le vieillard, involontairement ému de ce morne désespoir, de grâce, remettez-vous.

Ces paroles rappelèrent la jeune fille à elle-même ; elle essuya ses yeux, et dit à l'écrivain d'une voix qu'elle tâcha de rendre assurée :

— Merci, monsieur.

Puis elle ramassa lentement sur la table les morceaux de la lettre lacérée.

— Que faites-vous ? dit le père Richard avec inquiétude. A quoi bon conserver ces débris qui ne vous rappelleront que trop de douloureux souvenirs ?

— La tombe de quelqu'un que l'on a bien aimé rappelle aussi de douloureux et chers souvenirs, répondit Mariette avec un sourire navrant, et pourtant on ne la délaisse pas, cette tombe !

Et, après avoir réuni les morceaux de papier dans l'enveloppe, Mariette la mit dans son sein, et, croisant son petit châle, elle se dispose sortir en disant au vieillard :

— Je vous remercie de votre complaisance, monsieur.

Et, par un scrupule de délicatesse, elle ajouta timidement :

— Quoiqu'il n'y ait pas eu de réponse à écrire à cette lettre, monur, je dois, après la peine que vous avez prise, vous offrir...

— Ce sera donc dix sous, comme pour une lettre, dit le vieillard interrompant Mariette. Et, sans hésiter le moins du monde pour epter cette rémunération, il la reçut, l'empochant avec une sorte de sensualité, malgré les émotions diverses dont il était agité depuis le retour de la jeune fille.

Allons, mon enfant, au revoir, dit-il, et ce sera, je l'espère, dans des circonstances moins tristes.

— Que Dieu vous entende, monsieur! répondit Mariette

Elle s'éloigna lentement, tandis que le père Richard, très-empressé de retourner chez lui, fermait les volets de son échoppe, terminant ainsi sa journée plus tôt que de coutume.

Mariette, en proie aux plus poignantes, aux plus noires idées, marcha machinalement devant elle, sans se rendre compte du chemin qu'elle suivait. Elle arriva ainsi aux environs du pont au Change.

A l'aspect de la rivière, la jeune fille tressaillit comme on s'éveille en sursaut d'un rêve, et murmura :

— C'est mon mauvais sort qui m'a amenée ici!

En traversant rapidement le trottoir, elle s'accouda au parapet, contemplant d'un œil fixe les eaux rapides du fleuve.

Peu à peu Mariette subit cette sorte de fascination étrange que cause l'attraction de l'abîme. A mesure que son regard suivait le courant, elle se sentait prise d'une sorte de vertige. Toujours accoudée au parapet, sa tête entre ses deux mains, elle se penchait de plus en plus au-dessus de la rivière.

— Là est pourtant l'oubli de tous les chagrins! se disait cette malheureuse enfant; là est un refuge assuré contre toutes les misères, contre la crainte de la faim, de la maladie, ou d'une vieillesse malheureuse, malheureuse comme celle de ma marraine... Ma marraine! mais sans moi qu'est-ce qu'elle va devenir?

A ce moment Mariette se sentit saisie fortement par le bras, et entendit une voix lui dire d'un ton effrayé :

— Prenez donc garde, ma petite, vous allez tomber dans la rivière!

La jeune fille frémit, se redressa, jeta les yeux autour d'elle d'un air hagard, et vit une grosse femme, d'une bonne et honnête figure, qui reprit affectueusement :

— Savez-vous que vous êtes bien imprudente au moins, ma petite, de vous pencher ainsi sur le parapet! J'ai vu le moment où vos pieds allaient quitter terre.

— C'est que je ne faisais pas attention, madame; je vous remercie.

— Mais il faut faire attention, ma petite. Oh ! mon Dieu ! comme vous êtes pâle ! est-ce que vous vous sentez mal ?

— Non, madame... un peu de faiblesse seulement, dit Mariette, qui éprouvait une sorte d'étourdissement douloureux ; ce ne sera rien.

— Appuyez-vous sur moi. Vous relevez sans doute de maladie ?

— Oui, oui, madame, ajouta Mariette en passant ses mains sur son front. Où suis-je, s'il vous plaît ?

— Entre le pont Neuf et le pont au Change, ma petite. Vous êtes étrangère à Paris, peut-être ?

— Non, madame ; mais tout à l'heure j'ai eu une espèce d'étourdissement. Maintenant cela passe, et je me reconnais.

— Vous ne voulez pas que je vous accompagne, mon enfant ? dit cordialement la grosse femme. Vous tremblez de tout votre corps. Voyons, prenez mon bras.

— Je vous remercie, madame, je demeure tout près d'ici.

— Ça aurait été tout à votre service, ma petite. Allons, bon courage !

Et l'obligeante femme poursuivit sa route.

Mariette, revenue tout à fait à elle, n'en ressentit que plus amèrement son horrible chagrin, auquel se joignait la crainte d'être brutalement reçue par sa marraine, alors que la pauvre enfant aurait eu tant besoin de consolation, ou du moins de cet isolement, de ce calme morne où parfois la douleur s'engourdit.

Désirant conjurer les durs reproches que la prolongation de son absence pouvait lui attirer, et se rappelant le désir exprimé le matin par sa marraine de *manger du poulet*, Mariette espéra se faire pardonner sa sortie en satisfaisant au caprice de la malade, et, riche de ce qui lui restait des cinquante sous qu'on lui avait prêtés au mont-de-piété, elle entra chez un rôtisseur, acheta un quart de poulet, deux petits pains blancs chez un boulanger, et se hâta de rentrer au logis.

Un cabriolet assez élégant était arrêté à la porte de la maison où demeurait Mariette ; elle ne remarqua pas d'abord cette circonstance, et s'arrêta chez la portière pour lui demander sa clef.

— Votre clef, mademoiselle Mariette ? lui dit madame Justin ; je ne l'ai pas : ce monsieur vient de la prendre à l'instant.

— Quel monsieur ?

— Un monsieur décoré. Oh! oui, on peut dire qu'il est décoré, celui-là : un ruban de deux pouces qui vous fait les cornes! Je n'ai vu personne d'aussi décoré que ça!

— Mais, dit la jeune fille très-surprise, je ne connais pas de monsieur décoré; il se sera sans doute trompé!

— Oh! non, ma fille, il m'a demandé si c'était ici que demeurait une femme Lacombe, une estropiée qui habitait avec sa filleule, couturière de son état; vous voyez bien qu'il n'y a pas d'erreur.

— Vous n'avez donc pas dit à ce monsieur que ma marraine était malade et ne pouvait voir personne?

— Si, ma petite; mais il m'a répondu qu'il voulait lui parler tout de même, et qu'il venait pour une affaire très-importante et très-pressée; alors, moi, je lui ai donné la clef, et je l'ai laissé monter seul, ne me souciant pas d'être rudoyée par votre marraine.

— Je vais voir ce que c'est, madame Justin, dit Mariette.

Et, de plus en plus étonnée, elle atteignait le palier du cinquième étage.

Là elle s'aperçut que l'étranger avait laissé la porte entr'ouverte, et ces mots arrivèrent jusqu'à elle :

— Puisque votre filleule est sortie, ma brave femme, cela se trouve à merveille, je vais donc m'expliquer clairement. Mariette, au lieu d'entrer, céda à un sentiment de curiosité involontaire, et, restant sur le palier, elle écouta l'entretien de sa marraine et de l'étranger.

IV

Pendant que Mariette écoutait à la porte de la chambre où sa marraine s'entretenait avec un étranger, voici ce qui se disait et ce qui se passait dans cette chambre.

L'étranger, homme de quarante-cinq ans environ, d'une figure assez régulière, mais flétrie, creusée par les excès, portait de longues moustaches qu'un cosmétique quelconque rendait d'un noir aussi luisant et aussi cru que celui de sa chevelure artistement frisée, qui évidemment devait aussi à l'art son ébène menteur. La physionomie de cet homme offrait un mélange de fausseté, de ruse et d'impertinence. Il avait de gros pieds, de grosses mains, et, malgré ses visibles prétentions, on voyait qu'il était de ces gens vulgaires destinés non pas à imiter, mais à parodier la véritable élégance. Vêtu avec une recherche de mauvais goût, ayant un large ruban rouge noué au revers de la redingote, il affectait aussi de se donner une tournure militaire. Conservant son chapeau sur la tête, il s'était assis à quelque distance du lit de la malade, et, tout en causant avec elle, il mordillait la pomme d'une petite canne enrichie de pierres fines.

Madame Lacombe, déjà revenue à ses habitudes atrabilaires et sardoniques, regardait l'étranger avec autant de surprise que de méfiance, et, en attendant qu'il s'expliquât, elle commençait à ressentir à son égard une certaine aversion, causée par l'air insolent et protecteur de ce personnage.

— Puisque votre filleule est sortie, ma brave femme, avait dit l'étranger à la malade, cela se trouve à merveille, et je vais m'expliquer clairement.

C'est à ce moment que Mariette, arrivant sur le palier et trouvant la porte entre-bâillée, s'était arrêtée pour écouter. La jeune fille entendit donc l'entretien suivant .

— Monsieur, reprit la malade d'un ton revêche, vous m'avez demandé si j'étais la femme Lacombe, marraine de Mariette Moreau; je vous ai répondu que oui. Maintenant qu'est-ce que vous me voulez ? Expliquez-vous.

— D'abord, ma brave femme...

— Je m'appelle madame Lacombe !

— Diable ! Eh bien donc, madame Lacombe, reprit l'étranger avec un accent de déférence moqueuse, je dois vous dire d'abord qui je suis, je vous dirai ensuite ce que je veux.

— Voyons.

— Je me nomme le commandant de la Miraudière. Puis, effleurant du doigt son ruban rouge, il ajouta : Ancien militaire, comme vous voyez, dix campagnes, cinq blessures.

— Ça m'est égal. Après?

— J'ai les plus belles connaissances de Paris, des ducs, des comtes, des marquis.

— Qu'est-ce que ça me fait, à moi?

— J'ai cabriolet, et je dépense au moins vingt mille francs par année.

— Pendant que moi et ma filleule nous crevons à moitié de faim avec nos vingt sous par jour, quand elle peut les gagner encore! dit amèrement la malade. Voilà la justice du monde, pourtant!

— Non, ce n'est pas juste, ma brave maman Lacombe! s'écria le commandant de la Miraudière. Non, cela n'est pas juste! et je viens ici pour faire cesser cette injustice.

— Si c'est pour vous moquer de moi que vous êtes monté, reprit la malade d'un air sombre et courroucé, laissez-moi tranquille!

— Me moquer de vous, maman Lacombe, moi! Tenez, jugez-en d'après ce que je viens vous offrir. Voulez-vous une belle chambre dans un joli appartement, une bonne pour vous servir, deux fins repas par jour, le café le matin, et cinquante francs par mois pour votre tabac, si vous prisez, ou pour vos petites fantaisies, si vous ne prisez pas, maman Lacombe? Hein! qu'est-ce que vous dites de ça?

— Je dis... je dis... que ça c'est des menteries... ou bien qu'il y a quelque chose là-dessous. Quand on offre tant de choses à une pauvre vieille femme estropiée, ce n'est pas pour l'amour de Dieu, bien sûr!

— Non, maman Lacombe, mais pour l'amour de deux beaux yeux.

— Quels beaux yeux?

— Ceux de votre filleule, maman Lacombe, répondit cyniquement le commandant de la Miraudière. Il n'y a pas besoin d'aller par quatre chemins.

La malade fit un mouvement de surprise, ne répondit rien, jeta d'abord un regard pénétrant sur l'étranger, et reprit :

— Vous connaissez donc Mariette?

— J'ai été plusieurs fois faire des commandes de linge chez madame Jourdan, car j'aime fort le beau linge, moi, ajouta cet homme en jetant un regard complaisant sur les plis brodés de sa chemise. J'ai donc vu souvent votre filleule au magasin; je l'ai trouvée charmante, adorable, et...

— Et vous venez me l'acheter!

— Bravo, maman Lacombe! vous êtes, je le vois, femme d'esprit et de bon sens; vous comprenez pardieu les choses à demi-mot.

Voici donc mes propositions : un joli appartement fraîchement meublé pour Mariette, avec qui vous logerez ; cinq cents francs par mois pour sa dépense, une femme de chambre, et une cuisinière qui vous servira de bonne, un trousseau convenable pour la petite, et une bourse de cinquante louis pour son entrée en *ménage*, sans compter les cadeaux si elle se conduit honnêtement. Voilà pour le solide. Quant à l'agrément, promenades en cabriolet, loges au spectacle (je connais beaucoup d'auteurs), et j'ai de superbes relations avec des dames très comme il faut, qui tiennent des tables d'hôte, donnent des bals, et font jouer à la bouillotte ; en un mot, une vie enchantée, maman Lacombe, une vie de duchesse ! Voyons, ça vous va-t-il ?

— Pourquoi donc pas ? dit la malade avec un sourire sardonique. Des canailles de pauvresses comme nous, ça n'est bon qu'à se vendre quand elles sont jeunes, ou qu'à vendre les autres quand elles sont vieilles !

— Allons, maman Lacombe, pour calmer vos honnêtes scrupules nous mettrons soixante francs par mois pour votre tabac, et je vous ferai hommage d'un superbe châle *boiteux*, afin que vous représentiez dignement et maternellement auprès de Mariette, que vous ne quitterez pas plus que son ombre, car je suis jaloux comme un tigre, et n'aime point à être jobardé.

— Ça se trouve bien. Justement, ce matin, je disais à Mariette : Tu es une honnête fille, et tu gagnes à peine vingt sous par jour à coudre des chemises de trois cents francs pièce pour une femme entretenue.

— Des chemises de trois cents francs pièce commandées chez madame Jourdan ? Attendez donc... maman Lacombe... je connais ça ; mais oui, c'est pour Amandine, qui est entretenue par le marquis de Saint-Herem, mon intime. C'est moi qui ai donné sa pratique madame Jourdan... une vraie fortune pour elle, quoique ce diable marquis paye rarement : il aime mieux ça ; mais, en revanche, met à la mode tous les fournisseurs qu'il prend et toutes les femm qu'il a. Cette petite Amandine était la plus obscure des parfumeuses du passage Colbert, et, en six mois, Saint-Herem en a fait la femme la plus à la mode de Paris. Voilà pourtant où peut un jour arriver Mariette, maman Lacombe ! porter des chemises de trois cents francs pièce au lieu de les coudre ! Ça ne vous fait pas suer d'orgueil ?

— A moins qu'il n'arrive à Mariette ce qui est arrivé à une pauvre fille que j'ai connue, et qui s'était aussi perdue par misère.

— Et que lui est-il arrivé, à cette fille, maman Lacombe?

— Elle a été volée.

— Volée?

— On lui avait aussi promis des monts d'or; son monsieur l'a logée en garni, et au bout de trois mois il l'a laissée sans le sou. Alors de désespoir elle s'est tuée.

— Ah çà! maman Lacombe, dit l'étranger avec hauteur, pour qui me prenez-vous? Est-ce que j'ai l'air d'un escroc, d'un *Robert-Macaire?*

— Je n'en sais rien, je ne m'y connais pas.

— Moi, ancien militaire! vingt campagnes, dix blessures! moi qui suis à tu et à toi avec tous les *lions* de Paris! moi qui ai cabriolet et qui dépense au moins vingt mille francs par an! Voyons, parlez franchement, que diable! sont-ce des sûretés, des avances que vous voulez! Soit, l'appartement sera meublé dans huit jours, le bail signé demain en votre nom, avec payement par moi d'une année d'avance; et, de plus, si nous nous arrangeons, voilà pour arrhes, vingt-cinq ou trente louis que j'ai sur moi, dit l'étranger.

Et, en effet, il tira de la poche de son gilet vingt-huit pièces d'or, qu'il jeta sur la table à ouvrage placée tout auprès du lit de la malade.

Puis il ajouta :

— Je ne suis pas comme vous, moi, maman Lacombe; je n'ai pas peur d'être volé.

Au tintement de l'or, la malade se pencha vivement hors de son grabat, et jeta un regard d'âpre convoitise sur ces pièces étincelantes; de sa vie cette femme n'avait eu en sa possession une pièce d'or : ces louis étalés devant elle lui causaient une sorte d'éblouissement; elle ne put même s'empêcher de faire jouer et miroiter entre ses doigts le brillant métal.

— Allons donc! se dit le tentateur avec un sourire de dédain; il a fallu te montrer l'hameçon pour t'y faire mordre, vieille mégère!

— Enfin, dit la malade d'une voix avide et oppressée, enfin j'en aurai au moins touché de cet or!

— Ce n'est rien que de le toucher, maman Lacombe : le joli, c'est de le dépenser.

— Voilà pourtant, reprit-elle en empilant les louis avec une attention puérile, voilà pourtant de quoi vivre bien à son aise pendant cinq ou six mois!

— Allons donc, maman Lacombe, c'est chaque mois que vous et Mariette vous auriez cette somme si vous le vouliez ; oui, cette somme en or, entendez-vous? en bel et bon or comme celui-là!

Après un long silence, la malade leva ses yeux caves sur l'étranger et lui dit d'une voix émue, pénétrée :

— Monsieur, vous trouvez Mariette gentille? Vous avez raison, il n'y a pas de meilleure créature au monde. Eh bien, soyez généreux envers elle; cette somme que voilà, ce n'est pas grand'chose pour un homme riche comme vous : faites-nous-en cadeau.

— Hein? s'écria l'étranger.

— Monsieur, reprit la malade en joignant les mains et avec un accent véritablement touchant, mon bon monsieur, soyez charitable; cette somme n'est rien pour vous, et elle nous remettrait à flot pour longtemps; nous payerions ce que nous devons; Mariette ne serait plus obligée de se tuer de travail; elle aurait le temps de chercher un ouvrage mieux payé, et nous devrions à votre bonté cinq ou six mois de tranquillité, de paradis. Nous vivons de si peu! Voyons, mon digne monsieur, faites cela, nous vous bénirons, et il sera dit qu'une fois dans ma vie j'aurai eu du bonheur.

L'accent de la malade était si sincère, sa demande si naïve, que l'étranger fut encore plus blessé que surpris de cette proposition, ne pouvant ni croire ni comprendre qu'une créature humaine fût assez stupide pour faire sérieusement une pareille demande à un homme de sa sorte, et il se dit :

— C'est peu flatteur! la vieille rouée me regarde comme un vieux *pigeonneau* bon à plumer.

Puis il ajouta tout en éclatant de rire :

— Ah çà, maman Lacombe, vous me prenez donc pour un philanthrope, pour un inspecteur du bureau de bienfaisance, ou pour un élève en prix Montyon? Oui, oui, on vous en fera des charités de six cents francs, remboursables au porteur en bénédictions ou en reconnaissance à son ordre, merci! En voilà une banque!

La malade avait cédé à une de ces folles et soudaines espérances qui parfois entraînent malgré eux les êtres les plus défiants, les plus endurcis par le malheur de leur implacable destinée : mais, confuse et irritée de sa lourde méprise, madame Lacombe reprit avec un ricanement sardonique :

— Pardon, excuse, monsieur, de vous avoir insulté.

— Il n'y a pas de quoi, maman Lacombe ; j'ai, vous le voyez, bien pris la chose ; mais finissons-en. Faut-il, oui ou non, que je rempoche ces beaux louis que vous aimez tant à manier?

Et il avança la main vers les pièces d'or.

La malade, par un mouvement presque machinal, repoussa vivement la main de l'étranger ; ses yeux brillèrent de cupidité au fond de leur profonde orbite, et elle dit d'une voix sourde en couvant les louis du regard :

— Un moment, donc! on ne vous le mangera pas, votre or!

— Mais ce que je vous demande, au contraire, à cor et à cri, maman Lacombe, c'est que vous le mangiez, cet or, à condition de...

— Je connais Mariette, répondit la malade, le regard toujours ardemment fixé sur les louis, elle ne voudra pas.

— Bah! bah!

— Je vous dis qu'elle est honnête, moi; elle pourrait, comme tant d'autres, écouter quelqu'un qui lui plaise, mais vous, jamais; elle refuserait; elle a ses idées; oui, vous avez beau rire!

— D'accord ; je crois à la vertu de Mariette, car je sais ce que madame Jourdan, chez qui elle travaille depuis plusieurs années, m'a dit de votre filleule.

— Eh bien, alors?

— Eh bien, je sais aussi, maman Lacombe, que vous, qui avez de l'influence sur elle, que vous, qu'elle craint comme le feu (madame Jourdan me l'a dit), vous pouvez amener et au besoin contraindre Mariette à accepter, quoi? son bonheur; car, après tout, vous êtes logées comme des mendiantes, vous mourez de faim. Or, si vous refusez, savez-vous ce qui arrivera? Cette petite, avec son beau désintéressement, se laissera tôt ou tard enjôler par quelque mauvais gamin, ouvrier comme elle.

— C'est possible, mais elle n'aura pas vendu son âme.

— Ta, ta, ta! ce sont des mots que cela, et un beau jour son amant la plantera là peut-être, et, pour ne pas mourir de faim, la petite finira comme tant d'autres, je vous en réponds!

— Oh! c'est possible, dit la malade avec un gémissement courroucé, c'est une mauvaise conseillère que la faim, quand on pâtit pour soi et pour son enfant! et avec cet or que voilà, combien l'on en sauverait, de ces pauvres filles! et si Mariette devait finir comme elles, ne vaudrait-il pas mieux tout de suite?

Et pendant quelques instants les émotions les plus diverses se peignirent sur les traits hâves et contractés de la malheureuse femme. Le regard toujours attaché sur les louis, elle parut en proie à une violente lutte intérieure; puis, semblant faire un effort désespéré, et fermant soudain les yeux comme pour échapper à la fascination de l'or, elle se rejeta sur son grabat en disant à l'étranger :

— Allez-vous-en, laissez-moi tranquille!

— Comment! maman Lacombe, vous refusez?

— Oui.

— Positivement?

— Oui.

— Allons, je reprends cet or, dit l'étranger en ramassant lentement les louis et les faisant tinter. Je les remets dans ma poche, ces brillants jaunets.

— Que l'enfer vous confonde, vous et votre or! s'écria la malade exaspérée; gardez-le, et surtout allez-vous-en tout de suite; je n'ai pas recueilli Mariette pour la perdre ou pour lui conseiller de se perdre. Plutôt que de manger de ce pain-là, j'aimerais mieux allumer un réchaud de charbon et en finir tout de suite, nous deux, la petite et moi.

A peine madame Lacombe prononçait-elle les derniers mots, que Mariette, pâle, indignée, les joues baignées de larmes, s'élança dans la chambre et se jeta au cou de la malade, en s'écriant :

— Oh! marraine, je savais bien que vous m'aimiez comme votre fille!

Et, se retournant vers le commandant de la Miraudière, qu'elle reconnut, car souvent il l'avait obsédée de ses regards chez madame Jourdan, elle lui dit avec un profond dédain :

— Je vous prie de sortir d'ici, monsieur.

— Mais, chère petite colombe...

— J'étais là, monsieur, à cette porte; j'ai tout entendu.

— Tant mieux! vous savez mes offres, et je ne me dédis pas, ma belle!

— Encore une fois, je vous prie de sortir d'ici, monsieur!

— Bon, bon, l'on s'en va! petite [illegible]! on s'en va! mais je vous donne huit jours pour réfléchir, dit l'étranger en quittant la chambre.

Cependant il s'arrêta au seuil de la porte et ajouta :

— Vous n'oublierez pas mon nom, chère petite : le commandant de la Miraudière; madame Jourdan sait mon adresse.

Et il disparut.

— Ah! marraine, reprit la jeune fille en revenant auprès de la malade et l'embrassant avec une nouvelle effusion, comme vous m'avez défendue! comme votre cœur a parlé pour moi!

— Oui, reprit aigrement la malade en se dégageant brusquement de l'étreinte de sa filleule, oui, et avec ces belles vertus-là, au lieu d'avoir tout à gogo, on crève de faim.

— Mais, ma marraine...

— Allons, c'est bon, c'est dit! s'écria la malade d'une voix acerbe et impatiente, c'est convenu! J'ai fait mon devoir, tu as fait le tien; je suis une honnête femme, tu es une honnête fille. Grand bien t'en arrivera, et à moi aussi! compte là-dessus!...

— Mon Dieu! ma marraine, écoutez-moi...

— Je te dis, vois-tu, que si un beau matin on nous trouve ici mortes, avec un réchaud de charbon entre nous deux, ça sera bien fait. Ah! ah! ah!...

Et, en riant ainsi d'un rire sardonique, cette malheureuse créature, tellement ulcérée par le malheur, que tout s'aigrissait en elle, tout, jusqu'à la conscience de son honnêteté, rompit l'entretien avec sa filleule et se retourna brusquement dans la ruelle de son grabat.

La nuit était à peu près venue.

Mariette alla prendre sur le carré, où elle l'avait laissé, son cabas, qui renfermait le souper de sa marraine. Elle plaça ces aliments sur la table, près du lit, et alla ensuite silencieusement s'asseoir auprès de l'étroite fenêtre, à travers laquelle n'arrivait qu'un jour crépusculaire. Tirant alors de son sein les morceaux de la lettre de Louis, la jeune ouvrière se mit à les contempler, et tomba dans un abîme de désespoir.

. . . .

Le commandant de la Miraudière, en quittant la chambre de Mariette, s'était dit :

— Bah! bah! c'est un premier coup de feu; la petite réfléchira, et la vieille rouée se ravisera. Ses yeux de chouette papillotaient à l'aspect de mon or comme si elle eût regardé le soleil en plein midi. Et puis leur ignoble misère parlera pour moi; je ne désespère de rien. Deux mois d'une bonne vie pour la *remplumer*, et cette petite sera une des plus jolies filles de Paris; cela me fera beaucoup d'honneur à peu de frais. Mais après les plaisirs songeons aux affaires. Et il s'agit d'en faire une excellente. Une vraie trouvaille, ajouta-t-il en montant dans son cabriolet, qu'il dirigea vers la rue Grenelle-Saint-Honoré. Devant le numéro 17, maison de modeste apparence, il descendit, et, s'adressant au portier :

— C'est ici que demeure M. Richard?

— Le père et le fils logent ici, monsieur.

— Je voudrais parler au fils. M. Louis Richard est-il chez lui?

— Oui, monsieur ; il vient à l'instant d'arriver de voyage, il est avec son père.

— Ah! il est avec son père! Je ne pourrais donc pas lui parler à lui seul?

— Ils n'ont qu'une chambre pour eux deux ; c'est difficile, monsieur.

Le commandant de la Miraudière tira de son carnet une carte de visite où était son adresse, et il ajouta au crayon, au-dessous de son nom : « Attendra demain chez lui, de neuf à dix heures du matin, M. Louis Richard, pour une communication très-intéressante et qui ne souffre pas de retard. »

— Mon cher, dit alors M. de la Miraudière au portier, voici quarante sous pour boire.

— Merci, monsieur ; mais à propos de quoi?

— A propos de cette carte, qu'il faudra remettre à M. Louis Richard.

— C'est bien facile, monsieur.

— Mais il faut seulement la lui remettre demain matin quand il sortira, et surtout sans que son père en ait connaissance ; vous comprenez?

— Parfaitement, monsieur; ça sera d'autant plus facile, que M. Louis sort tous les matins à sept heures pour se rendre à son étude, et que le père Richard ne va, lui, à son bureau d'écrivain public qu'à neuf heures.

— A merveille. Ainsi je peux compter sur votre promesse?

— Oui, monsieur, vous pouvez regarder la commission comme si elle était faite.

Le commandant de la Miraudière remonta en cabriolet et s'éloigna.

Peu de temps après son départ, un facteur apporta une lettre pour Louis Richard, lettre écrite le matin même en présence de Mariette par l'écrivain public, qui, on le voit, avait adressé la lettre à *Paris, rue de Grenelle*, au lieu de l'adresser à *Dreux, poste restante*, ainsi que le lui avait demandé la jeune fille.

Nous introduirons maintenant le lecteur dans la chambre occupée par le père Richard et par son fils, qui venait d'arriver à l'instant de Dreux.

V

Le père Richard et son fils occupaient, au cinquième étage d'une vieille maison, une chambre qui aurait pu faire parfaitement le *pendant* de la demeure de Mariette et de sa marraine. Même misère, même dénûment : un grabat pour le père, un lit de sangle pour le fils, une table vermoulue, quelques chaises, une sorte de vieux bahut destiné à serrer les hardes; tel était l'ameublement.

Le père Richard, en revenant de son échoppe, avait acheté et mis sur la table le repas du soir : une appétissante tranche de jambon, dans un morceau de papier blanc servant d'assiette, et un pain de quatre livres tendre. Une bouteille d'eau fraîche était placée en regard d'une maigre chandelle, qui dissipait à peine les ténèbres de la chambre.

Louis Richard, âgé de vingt-cinq ans environ, avait une physionomie ouverte, remplie de douceur et d'intelligence; sa bonne grâce naturelle se faisait même jour sous ses habits râpés, usés, blanchis sur toutes les coutures.

Les traits de l'écrivain public exprimaient une grande joie, cependant tempérée par l'inquiétude que lui causaient, pour certains projets depuis longtemps caressés par lui, les divers événements de la journée.

Le jeune homme, après avoir déposé son modeste sac de nuit, venait d'embrasser son père, qu'il adorait. Le bonheur de se retrouver auprès de lui, la certitude de voir Mariette le lendemain, épanouissaient la figure de Louis et augmentaient sa bonne humeur naturelle.

— Ainsi, mon garçon, dit le vieillard en s'asseyant devant la table et dépeçant le jambon, tu as fait un bon voyage?

— Excellent, mon père.

— Ah çà! dis-moi ce que... Mais veux-tu dîner? Nous causerons en mangeant.

— Si je veux dîner, mon père! je le crois bien! je n'ai pas mangé à table d'hôte comme les autres voyageurs, et... pour cause, ajouta galement Louis en frappant sur son gousset vide.

— Ma foi! tu n'as rien à regretter, reprit le vieillard en partageant en deux portions inégales la tranche de jambon et donnant à son fils le plus gros morceau; ces dîners d'auberge sont chers et ne valent pas le diable.

Ce disant, il offrit à Louis un formidable *croûton* de pain tendre; puis le père et le fils se mirent bravement à manger, comme on dit, *sur le pouce*, arrosant leur repas de glorieuses rasades d'eau claire, et faisant tous deux preuve d'un robuste appétit.

L'entretien continua de la sorte pendant le dîner.

— Voyons, mon garçon, reprit le vieillard, conte-moi ton voyage

— Ma foi, mon père, il est bien simple, ce voyage. Le notaire, mon patron, m'avait donné le projet de plusieurs actes à faire lire à M. Ramon. Il les a lus et étudiés, en y mettant, il faut le dire, le temps... cinq grands jours! après lesquels ce cauteleux personnage m'a remis lesdites paperasses annotées, commentées; puis, Dieu merci! me voilà.

— Dieu merci! Ah çà! est-ce que tu te serais ennuyé à Dreux?

— Je me suis ennuyé à la mort, mon bon père.

— Quel homme est-ce donc que ce M. Ramon, chez qui les gens s'ennuient si fort?

— La pire espèce d'homme qu'il y ait au monde, cher père... un avare!

— Hum! hum! fit le vieillard en toussant comme s'il eût avalé de travers. Ah! il est avare! Il faut qu'il soit riche, alors?

— Je n'en sais rien; mais l'on peut être avare d'une petite fortune comme d'une grande, et, s'il faut mesurer les biens de ce M. Ramon à sa parcimonie, il doit être archimillionnaire... Vieil Harpagon, va!

Et Louis mordit son pain avec une sorte de frénésie.

— Entre nous, mon pauvre garçon, si tu avais été élevé dans le luxe et dans l'abondance, je concevrais tes récriminations à l'endroit de ce vieil Harpagon, comme tu dis; mais nous avons toujours vécu dans une telle pauvreté, que, si avare que soit ce M. Ramon, tu n'as pas dû trouver une grande différence entre son existence et la nôtre.

— Ah! mon père, que dites-vous là?

— Comment?

— M. Ramon a deux servantes, et nous n'en avons pas; il occupe une maison tout entière, et nous logeons tous deux dans cette mansarde; il a trois ou quatre plats à son dîner, et nous mangeons sur le pouce un morceau de n'importe quoi. Eh bien, nous vivons pourtant cent fois mieux que ce grippe-sous!

— Je ne te comprends pas, mon enfant, dit le père Richard, qui semblait de plus en plus contrarié du jugement que son fils portait sur son hôte de Dreux; il n'y a pourtant aucune comparaison à établir entre l'aisance de ce monsieur et notre pauvreté.

— Mon cher père, nous sommes franchement pauvres, au moins! Nous supportons gaiement nos privations, et si, dans mes jours d'ambition, j'ai rêvé quelquefois une vie un peu meilleure, vous le savez, ce n'est pas pour moi, car je me trouve satisfait de mon sort.

— Cher enfant, je connais ton bon cœur, je sais combien tu m'aimes, et ma seule consolation dans notre pauvreté est de savoir qu'au moins tu ne te plains pas de ta condition.

— M'en plaindre! est-ce que vous ne la partagez pas? Et puis, après tout, que nous manque-t-il? le superflu.

— Il nous manque au moins l'aisance.

— Ma foi, bon père, je ne m'en aperçois guère; nous ne mangeons pas de poulets truffés, c'est vrai, mais nous mangeons à notre faim et de franc appétit, témoin ce papier vide et la rapide disparition d'un pain de quatre livres à nous deux; nos habits sont râpés, mais ils sont chauds; notre chambre est au cinquième, mais elle nous abrite; nous gagnons à nous deux, bon an, mal an, seize à dix-huit cents francs; ça n'est pas lourd, mais nous ne devons rien à personne. Allez, cher père, que le bon Dieu ne nous envoie jamais de plus mauvais jours, et je ne me plaindrai pas.

— Je ne peux te dire, mon enfant, combien tu me fais plaisir en me parlant de la sorte, en acceptant si résolûment ton sort. Vrai! tu te trouves... tu t'es toujours trouvé heureux ainsi?

— Très-heureux.

— Bien vrai?

— Pourquoi vous tromperais-je? Voyons, bon père, ai-je jamais eu l'air soucieux, chagrin, comme tout homme mécontent de son sort?

— C'est qu'aussi tu as un si rare, un si excellent caractère!

— Ça dépend; car, s'il me fallait, par exemple, vivre avec M. Ramon, cet abominable fesse-mathieu, je deviendrais insupportable, indomptable, hydrophobe!

— Mais qu'as-tu donc contre ce pauvre homme?

— Ce que j'ai? La rancune féroce qui résulte d'un supplice de cinq jours!

— Un supplice?

— Et qu'est-ce donc, cher père, qu'habiter une grande maison délabrée, si nue, si froide, si sombre, qu'auprès d'elle un tombeau paraîtrait une demeure réjouissante? Et puis voir dans ce grand sépulcre aller, venir, comme des ombres, deux vieilles servantes, mornes, maigres, affamées; et quels repas, grand Dieu! que ceux où le maître de la maison semble compter les morceaux que vous mangez! Et sa fille donc! (Car ce malheureux-là a une fille, et son espèce se perpétuera peut-être, hélas!) Et sa fille, qui préparait sur la table la part insuffisante des domestiques, et allait serrer elle-même, sous des doubles tours de clef, les reliefs du maigre festin! Tout ce que je peux vous dire, cher père, c'est que moi, qui jouis d'un fameux appétit, comme vous savez, au bout de cinq minutes de séance à la table de cet Harpagon, j'étais rassasié, et, qui pis est, révolté! Car enfin, de deux choses l'une : ou l'on a de l'aisance, et l'avarice est hideuse; ou l'on est pauvre, et alors il est stupide de vouloir paraître jouir d'une certaine aisance.

— Ah! Louis, Louis, toi que j'ai connu toujours si bienveillant, je te trouve étrangement hostile à ce pauvre homme et à sa fille!

— Sa fille! peut-on appeler ça une fille?

— Que diable me chantes-tu là? C'est peut-être une licorne?

— Ma foi!

— Allons, tu es fou!

— Ah çà, mon père, comment voulez-vous donc qu'on nomme une grande créature sèche, hargneuse, maussade, avec des pieds et des mains comme un homme, une figure de casse-noisette, et un nez...

ah! Dieu du ciel! quel nez! long de ça... et d'un rouge brique. Mais il faut être juste : en revanche, cette incomparable créature a les cheveux jaunes et les dents noires.

— Le portrait n'est pas flatté. Mais, que veux-tu, toutes les femmes ne peuvent être belles; va, crois-moi, souvent un bon cœur vaut mieux qu'une jolie mine; et, quant à moi, la laideur m'a toujours inspiré de la pitié.

— A moi aussi, mon père. J'avais d'abord grande envie de plaindre cette demoiselle en la voyant si disgracieuse, et surtout condamnée à vivre avec un homme tel que son grippe-sous de père. Que voulez-vous? en fait de père, vous m'avez gâté. Mais, quand j'ai vu cette créature à *nez rouge* harceler, gronder sans cesse ses deux malheureuses servantes, leur mesurer les morceaux, renchérir encore d'avarice sur son père, et cela à propos des plus petites choses, alors ma première compassion s'est changée en aversion pour ce méchant *nez rouge*, et comme, de plus, il est dans la conversation très-sec et fort tranchant, ce *nez rouge* (au figuré, s'entend), malgré la bénignité de mon caractère, j'avais à chaque instant l'envie de contredire le *nez rouge* pour le vexer; mais, craignant de nuire aux intérêts de mon patron, qui m'avait envoyé chez ce vilain client, j'ai rongé mon frein.

— Et tu te dédommages, je l'espère !

— Tiens, ça soulage. Avoir eu pendant cinq grands jours ce *nez rouge* sur le cœur!

— Décidément, c'est un parti pris, une fâcheuse prévention, et je parierais, moi, que cette demoiselle, qui te paraît tranchante, avare et revêche, est tout simplement une femme d'un caractère ferme et d'habitudes ménagères.

— Cher père, qu'elle soit ce qu'elle voudra, peu m'importe! Seulement il y a dans certaines familles de bien singuliers contrastes.

— Que veux-tu dire?

— Figurez-vous ma surprise en voyant dans une des chambres de cette triste maison un portrait de femme d'une figure si charmante, si fine, si distinguée, que cette image semblait être placée là tout exprès pour faire continuellement dépit et injure au méchant *nez rouge*. Ce portrait, d'ailleurs, ressemblait à s'y méprendre à un de mes anciens camarades de collége. Frappé de cette circonstance, je demandai à l'harpagon quelle était cette peinture. Il me répondit d'un ton bourru que c'était le portrait de sa sœur, feu madame de Saint-Hérem.

« — Cette dame serait-elle la mère d'un jeune homme nommé Saint-Herem? » demandai-je à mon hôte. Ah! ah! mon bon père, dit Louis en riant aux éclats; si tu savais!

— Eh bien, quoi?

— A voir la mine de M. Ramon en m'entendant seulement prononcer le nom de Saint-Herem, on aurait dit que je venais d'évoquer le diable, car le *nez rouge* s'est aussitôt signé d'un air pudibond et alarmé. (J'oubliais de te dire, pour compléter, que le *nez rouge* est très-dévot.) Alors son digne père s'est écrié qu'il avait en effet le malheur d'être l'oncle d'un infernal bandit nommé Saint-Herem.

— Ce M. de Saint-Herem est, je le vois, un homme de fort mauvaise réputation.

— Lui! Florestan! le plus brave, le plus charmant garçon du monde!

— Mais enfin, son oncle t'a dit que...

—Tiens, cher père, juges-en : au collége, moi et Saint-Herem nous étions très-liés; je l'avais depuis longtemps perdu de vue, lorsque, il y a six mois, passant sur le boulevard, je vois tout le monde s'arrêter pour regarder sur la chaussée; je fais comme tout le monde, et qu'est-ce que j'aperçois? un phaéton attelé de deux magnifiques chevaux, avec deux petits domestiques derrière. Cet équipage était si élégant, si charmant, que tout le monde, je l'ai dit, se retournait pour l'admirer. Or sais-tu qui conduisait cette délicieuse voiture? mon ancien camarade de collége, Saint-Herem, plus brillant, plus beau que jamais, car il est impossible d'avoir une plus jolie figure et une tournure plus distinguée.

— Ce M. de Saint-Herem m'a tout à fait l'air d'un dépensier, d'un prodigue.

— Attends donc la fin, cher père. Soudain l'équipage s'arrête, et, pendant que les petits domestiques, descendus de leur siége, se tiennent à la tête des chevaux, Saint-Herem saute de sa voiture, court à moi et m'embrasse, dans sa joie de me retrouver après une si longue séparation. J'étais vêtu comme un pauvre diable de clerc de notaire que je suis : ma vieille redingote marron, mon pantalon noir et mes souliers lacés. Tu me vois d'ici. Mais, cher père, avoue-le, bien des élégants, bien des *lions*, comme on dit, auraient reculé devant une accolade donnée en public à un gaillard fagoté comme je l'étais. Florestan n'y fit pas seulement attention, lui, tant il avait de plaisir à me revoir. Moi, j'étais tout heureux et presque honteux de cette preuve de son amitié, car nous faisions événement, à cause même du contraste. Saint-Herem s'en aperçut et me dit :

« — Ces gens-là sont stupides avec leur air ébahi. Où vas-tu ?

« — A mon étude.

« — Allons, viens, je t'y mène : nous causerons plus longtemps.

« — Moi, lui dis-je, monter dans ton bel équipage, malgré mon parapluie, ma redingote marron et mes souliers lacés ! » Florestan lève les épaules, me prend sous le bras, et, bon gré, mal gré, me pousse dans sa voiture et me mène à mon étude. Pendant le trajet, Saint-Herem me fait promettre d'aller le voir, et il me descend à la porte de mon notaire. Eh bien, mon père, ne peut-on pas juger un homme d'après un trait pareil ?

— Peuh !... fit le vieillard d'un air fort peu enthousiaste. C'est un premier bon mouvement, voilà tout ; mais je me défie fort de tous ces gens à grand étalage. D'ailleurs, tu n'es pas en position de fréquenter un si gros seigneur.

— Certes. Et cependant il m'a bien fallu tenir ma promesse d'aller déjeuner chez Florestan un dimanche. Brave garçon ! il m'a reçu en grand seigneur quant au luxe et à la bonne chère ; mais, quant au bon accueil, toujours en camarade, en vieil ami de collége ; puis, quelque temps après, il est parti pour un voyage, et je ne l'ai plus revu.

— C'est singulier, Louis, tu ne m'as jamais parlé de ce déjeuner.

— Il est vrai; mais sais-tu pourquoi ? Je me suis dit : Ce pauvre bon père, qui m'aime tant, va peut-être s'imaginer, dans son inquiète sollicitude, que la vue du luxe de Florestan est capable de me tourner la tête, de me faire prendre en dégoût notre pauvre condition ; ce soupçon seul serait un chagrin pour ce cher père : cachons-lui donc qu'une fois dans ma vie j'ai fait un déjeuner de Sardanapale, de Lucullus.

— Cher et brave enfant ! dit le vieillard avec émotion, je comprends la délicatesse de ta conduite, j'en suis profondément touché ; c'est pour moi une nouvelle preuve de ton bon et généreux cœur ; mais écoute-moi, car c'est justement à ton cœur, à ta tendresse pour moi que je vais m'adresser.

— De quoi s'agit-il donc?

— Il s'agit de quelque chose de très-sérieux, de très-grave, non-seulement pour toi, mais pour moi.

La physionomie du vieillard devint presque solennelle en prononçant ces derniers mots. Le jeune homme le regarda avec surprise.

A cet instant, le portier vint frapper à la porte et entra :

— Monsieur Louis, dit-il, c'est une lettre pour vous.

— Bien, dit le jeune homme en prenant la lettre avec distraction, car il cherchait quel pouvait être l'objet du grave entretien que son père allait avoir avec lui.

Le portier, ne trouvant pas le moment opportun pour remettre au jeune homme la carte de visite laissée par le commandant de la Miraudière, ajouta en s'en allant :

— Monsieur Louis, si vous sortez ce soir, n'oubliez pas d'entrer à la loge, j'aurais quelque chose à vous dire.

— Bien, fit le jeune homme en n'attachant aucune importance à ces dernières paroles du portier, qui bientôt quitta la chambre.

Le père Richard avait d'un coup d'œil reconnu la lettre que le matin même, de son échoppe, il avait adressée à son fils, *à Paris, rue de Grenelle*, au lieu de l'adresser à Dreux, poste restante, ainsi que l'en avait prié la pauvre Mariette.

Un moment, le vieillard, instruit du contenu de cette lettre écrite par lui-même, fut sur le point d'engager son fils à la lire immédiatement; mais, après réflexion, il adopta une idée contraire, et dit :

— Mon cher enfant, tu auras tout le temps de lire cette lettre. Maintenant écoute-moi, car, je te le répète, il s'agit d'une chose de la plus haute importance, et pour toi et pour moi.

— Je suis à vos ordres, mon bon père, répondit Louis en laissant sur la table la lettre qu'il venait de recevoir.

VI

Le père Richard garda un moment le silence, et, s'adressant à son fils :

— Je t'ai prévenu, mon enfant, que je voulais faire appel à ton bon cœur, à ta tendresse.

— Oh ! alors, mon père, vous n'avez qu'à parler.

— Tu m'as dit tout à l'heure que si parfois tu rêvais une existence meilleure que la nôtre, ce n'était pas pour toi, satisfait de ton humcondition, que tu formais ce désir, mais pour moi.

— Cela est vrai.

— Eh bien, mon enfant, il dépend de toi de voir se réaliser ton désir.

— Que dites-vous ?

— Écoute-moi. Des revers de fortune qui ont suivi de près la mort de ta mère, alors que tu étais encore enfant, m'ont enlevé le peu que nous possédions ; il m'est à peine resté de quoi pourvoir à ton éducation. Cette somme dépensée, j'ai été réduit à prendre l'état d'écrivain public.

— Oui, mon bon père, répondit Louis avec émotion ; et, en voyant avec quel courage, avec quelle résignation, vous supportiez la mauvaise fortune, ma tendresse et ma vénération pour vous n'ont fait qu'augmenter.

— Cette mauvaise fortune, mon cher enfant, peut empirer ; l'âge arrive, ma vue baisse, et je prévois avec tristesse qu'un jour viendra où il me sera impossible de gagner le peu qui nous aide à vivre.

— Mon père, comptez sur...

— Sur toi ? j'y puis compter, je le sais ; mais ton avenir, à toi-même, est précaire ; ton bâton de maréchal est de devenir second ou premier clerc, car il faut de l'argent pour acheter une étude, et je suis pauvre.

— Ne craignez rien, je gagnerai toujours assez pour nous deux.

— Et la maladie ? Et les événements ? Que de circonstances imprévues peuvent te rendre inoccupé pendant quelques mois ! Alors, toi et moi, comment vivre ?

— Mon bon père, si nous autres pauvres gens nous pensions à tout ce qui nous menace, nous perdrions courage Fermons donc les yeux devant l'avenir, ne songeons qu'au présent ; Dieu merci ! il n'a rien d'effrayant.

— Oui, il est plus sage en effet, lorsque l'avenir est inquiétant, d'en détourner la vue ; mais, lorsqu'il peut être heureux et assuré, ne faut-il pas ouvrir les yeux au lieu de les fermer ?

— Certes !

— Eh bien, je te le répète, il dépend de toi absolument de faire que notre avenir soit heureux et assuré.

— Alors, c'est fait. Seulement, dites-moi comment.

— Je vais bien t'étonner. Ce pauvre M. Ramon, chez qui tu as passé quelques jours et que tu juges si mal, ce M. Ramon est un ancien ami à moi.

— Lui, votre ami ?

— Ton voyage à Dreux était convenu entre lui et moi.

— Mais ces actes que mon patron...

— Ton patron avait obligeamment consenti à servir notre petite ruse, en te chargeant d'une feinte mission auprès de Ramon.

— Mais cette ruse, à quoi bon ?

— Ramon voulait t'observer, t'étudier, te connaître, sans que tu t'en doutasses, et je dois te déclarer qu'il est enchanté de toi. Ce matin même, j'ai reçu de lui une longue lettre dans laquelle il me fait de toi le plus grand éloge.

— Je regrette de ne pouvoir lui rendre la pareille ; mais quel intérêt y a-t-il pour moi à être bien ou mal jugé par M. Ramon ?

— Un très-grand intérêt, mon cher enfant, car l'heureux avenir dont je parle était subordonné à l'opinion que Ramon aurait de toi.

— Mon père, c'est une énigme.

— Ramon, sans être ce qui s'appelle riche, a une certaine aisance le son économie augmente chaque jour.

— Peste ! je le crois bien ! Seulement je vous en demande pardon sur votre ami, ce que vous appelez économie est une sordide avarice.

— Soit ! ne disputons pas sur les mots ; mais enfin, par suite même de cette avarice, Ramon laissera après lui à sa fille une jolie fortune. Je dis après lui, car, de son vivant, Ramon ne donne rien.

— Cela ne m'étonne pas du tout ; mais, en vérité, je ne comprends pas où vous voulez en venir, mon père.

— J'hésite un peu, parce que, si fausses, si injustes que soient les premières impressions, je sais combien elles sont tenaces, et tu as jugé si sévèrement mademoiselle Ramon !

— Le *nez rouge ?* Ah ! dites donc que j'ai été très-indulgent pour lui !

— Tu reviendras, j'en suis certain, de ces préventions... Crois-moi, mademoiselle Ramon est de ces personnes qui gagnent à être connues, appréciées. Je te le répète, c'est une femme d'un esprit ferme et d'une piété exemplaire ; peut-on désirer mieux pour une mère de famille?

— Une mère de famille? reprit Louis, qui jusqu'alors, très-loin de soupçonner ce dont il était menacé, commençait cependant de concevoir une crainte vague ; une mère de famille? et que m'importe, à moi, que mademoiselle Ramon soit ou non bonne mère de famille?

— Cela doit t'importer plus qu'à personne.

— A moi?

— Certes.

— Et pourquoi cela? demanda Louis avec anxiété.

— Parce que mon plus vif, mon unique désir, dit résolûment le vieillard, serait de te voir épouser mademoiselle Ramon.

— Épouser mademoiselle Ramon ! s'écria le malheureux Louis en se reculant sur sa chaise par un mouvement d'épouvante, et comme s'il eût vu soudain apparaître le *nez rouge ;* moi, épouser...

— Oui, mon enfant, s'écria le vieillard de sa voix la plus pénétrante, épouse mademoiselle Ramon, et notre sort est à jamais assuré. Nous allons habiter Dreux ; la maison de Ramon est suffisante pour nous loger tous. Il ne donne rien en dot à sa fille ; mais nous vivrons chez lui, c'est convenu d'avance, et il a pour toi la certitude d'une bonne petite place dans les contributions indirectes. Mais, à la mort de ton beau-père, tu hériteras d'une jolie fortune. Louis, mon fils, mon fils bien-aimé, ajouta le vieillard d'un ton suppliant et en serrant les mains de son fils entre les siennes, je t'en conjure, consens à ce mariage, et tu me rendras le plus heureux des hommes, car au moins je mourrai rassuré sur ton avenir.

— Ah ! mon père, vous ne savez pas ce que vous me demandez là ! répondit Louis avec autant d'accablement que de stupeur.

— Tu vas me dire que tu ne ressens aucun penchant pour mademoiselle Ramon. Eh ! mon Dieu ! en ménage, une mutuelle estime est suffisante, et tu m'accorderas du moins que cette estime, mademoiselle Ramon la mérite. Quant à son père, je comprends qu'à la rigueur ce que tu tiens à appeler son avarice t'ait d'abord choqué ; mais elle te semblera moins odieuse lorsque tu réfléchiras qu'après tout c'est toi qui devras profiter un jour de cette... de cette avarice. Ramon est au fond un excellent homme ; son seul désir est de laisser à sa fille et au mari qu'elle choisira une petite fortune ; pour arriver à ce but, il renferme ses dépenses dans de sages limites ; faut-il lui en faire un crime ? Allons, Louis, mon cher enfant, réponds, donne-moi une bonne parole d'espoir.

— Mon père, dit le jeune homme d'une voix altérée, il m'en coûte de contrarier vos projets, mais ce que vous me demandez est impossible.

— Louis, est-ce bien toi qui me réponds ainsi lorsque je m'adresse à ton cœur, à ta tendresse pour moi ?

— D'abord, il n'y a dans ce mariage aucun avantage personnel pour vous : vous ne songez qu'à moi.

— Comment ! demeurer chez Ramon et vivre chez lui sans dépenser une obole ! C'est convenu, te dis-je ; il nous prend tous en pension gratuitement, au lieu de donner une dot à sa fille.

— Mon père, tant que j'aurai une goutte de sang dans les veines, vous ne recevrez l'aumône de personne. Bien des fois, déjà, je vous ai supplié d'abandonner votre profession d'écrivain public, me faisant fort de subvenir à vos modestes besoins par un surcroît de travail.

— Mais, malheureux enfant! si tu tombes malade, si l'âge me rend incapable de gagner ma vie, il me faudra donc aller à l'hôpital ?

— J'ai foi en mon courage : je ne tomberai pas malade, et vous ne manquerez de rien : mais, si j'avais le malheur d'épouser mademoiselle Ramon, je mourrais de chagrin.

— Louis, une telle réponse n'est pas sérieuse.

— Elle l'est, mon père. Dans votre aveugle tendresse, vous n'avez pensé qu'à me faire contracter une union avantageuse ; je vous en suis profondément reconnaissant. Mais ne parlons plus de ce mariage : il est, je vous le dis, impossible.

— Louis !...

— J'éprouve et j'éprouverai toujours une aversion invincible pour mademoiselle Ramon; et puis, il faut bien vous l'avouer, j'aime une jeune fille, et celle-là seulement sera ma femme.

— Ah! mon enfant, autrefois j'avais ta confiance, et tu as pris une résolution si grave à mon insu !

— Je me suis tu jusqu'ici à ce sujet, parce que je voulais que cette affection présentât des garanties de durée telles, qu'il me fût permis de vous parler sérieusement de mes projets. Moi et la jeune fille que j'aime, nous étions convenus d'attendre une année, afin de voir si nos caractères sympathiseraient longtemps, et si ce que nous prenions à son début pour une passion réelle ne serait pas un attachement éphémère. Grâce à Dieu, notre amour a résisté à toutes les épreuves. L'année que nous avions fixée expire aujourd'hui même ; je comptais voir demain la jeune fille dont je vous parle, afin d'être d'accord sur le jour où elle ferait sa demande à sa marraine, qui l'a élevée, et où je vous ferais ma demande de mon côté. Pardon, mon père, ajouta Louis en interrompant le vieillard qui allait prendre la parole, un mot encore : la jeune fille que j'aime est pauvre comme nous et ouvrière de son état ; mais c'est le meilleur, le plus noble cœur que je connaisse. Jamais vous ne trouverez de fille plus dévouée. Le fruit de son travail et du mien suffira à nos besoins : elle est, ainsi que nous, habituée aux privations ; je redoublerai de zèle, d'efforts, et, croyez-moi, vous trouverez le repos et les soins qui vous sont nécessaires. Permettez-moi un dernier mot : rien ne m'est plus pénible que de différer de vues avec vous ; c'est la première fois, je crois, que cela m'arrive ; aussi, je vous en supplie, épargnez-moi le chagrin de vous faire de nouveaux refus. N'insistez plus au sujet de ce mariage ; je ne m'y résignerai jamais, je vous en donne ma parole, comme je vous jure aussi, par ma respectueuse affection pour vous, que je n'aurai jamais d'autre femme que Mariette Moreau.

Louis prononça ces derniers mots d'un ton à la fois si respectueux mais si résolu, que le vieillard, qui avait d'ailleurs une arrière-pensée, ne crut pas devoir alors persister, et répondit à son fils d'un air chagrin et fâché.

— Je ne puis croire, Louis, que toutes les raisons que je vous ai données en faveur de ce mariage restent sans valeur à vos yeux. J'ai plus de foi dans votre cœur que vous n'en avez vous-même ; je suis certain qu'en réfléchissant vous reviendrez à des pensées plus sages.

— Mon père, ne l'espérez pas.

— Selon votre désir, je n'insisterai point ; mais je compte, vous dis-je, sur vos réflexions. Je vous donne vingt-quatre heures pour prendre une résolution définitive. D'ici là, je vous promets de ne pas vous dire un mot de ce mariage, et je vous prie, à mon tour, de ne pas m'entretenir non plus de vos désirs. Après-demain nous aviserons.

— Soit, mon père, mais je vous assure que, ce délai expiré, je...

— Nous sommes convenus de ne plus parler de cette affaire, dit le vieillard en se levant.

Et il se promena silencieux dans la chambre, jetant parfois à la dérobée un regard sur Louis, qui, la tête appuyée dans ses deux mains, restait pensif et accoudé sur la table où était déposée la lettre qu'on lui avait remise quelques instants auparavant.

VII

Louis Richard, ayant jeté les yeux sur la lettre qui se trouvait presque devant lui, et dont l'écriture lui était inconnue, la décacheta machinalement.

Le vieillard, tout en continuant de se promener silencieusement dans la chambre, suivait son fils de l'œil.

Soudain il le vit pâlir, passer la main sur son front, comme pour s'assurer qu'il n'était pas dupe d'une illusion, puis relire avec une angoisse croissante cette lettre, à laquelle il semblait ne pouvoir se décider à croire.

Cette lettre, que, le matin, le père Richard, contrefaisant son écriture, avait paru recopier d'après la première dictée de Mariette, loin de reproduire les pensées de la jeune ouvrière, était ainsi conçue.

« Monsieur Louis,

« Je profite de votre absence pour vous faire part de ce que je n'aurais pas osé vous dire; depuis plus de deux mois je remets à vous avouer cela, de peur de vous faire peut-être de la peine. Il faut renoncer à nos projets de mariage, monsieur Louis, et même à nous voir.

« Il m'est impossible de vous dire la cause de ce changement; mais croyez que ma résolution est bien prise. Si je ne vous en préviens qu'aujourd'hui, le *six mai*, monsieur Louis, le *six mai*, c'est que j'ai voulu bien réfléchir une dernière fois, et surtout en votre absence, avant de vous apprendre ma détermination.

« Adieu, monsieur Louis. Ne cherchez pas à me revoir; cela serait inutile et ne servirait qu'à me causer de grands chagrins. Si, au contraire, vous m'oubliez tout à fait, et si vous ne tâchez pas de vous rapprocher de moi, mon bonheur, ainsi que celui de ma pauvre marraine, est assuré.

« C'est donc au nom de notre bonheur à tous deux, et de notre tranquillité, monsieur Louis, que je vous supplie de ne plus nous voir.

« Vous avez si bon cœur, que vous ne voudrez pas me causer des peines qui ne vous serviraient à rien, car, je vous le jure, tout est *fini pour toujours entre nous deux*. Vous n'essayerez pas, je l'espère, de vouloir revenir malgré moi lorsque je vous déclare que *je ne vous aime plus que de bonne amitié*.

« Mariette Moreau.

« *P. S.* Au lieu de vous adresser cette lettre à *Dreux*, comme vous me l'aviez dit, je vous l'adresse à Paris, afin que vous la trouviez à votre retour. Augustine, qui, vous le savez, écrivait pour moi, étant à son pays, c'est une autre personne qui écrit.

« J'oubliais de vous dire que l'état de ma marraine est toujours le même. »

La lecture de cette lettre plongea Louis dans une stupeur accablante. L'ingénuité du style, ses détails intimes, le rappel de la date du 6 mai, tout le devait persuader que ces lignes avaient été dictées par Mariette. Aussi, après s'être demandé quelle pouvait être la cause de cette rupture aussi brusque qu'inattendue, la douleur, le dépit, la colère, l'amour-propre froissé, agitèrent violemment le cœur du jeune homme, et il murmura·

— Oh! non, je ne la verrai plus! Elle n'a pas besoin de me le défendre avec tant d'insistance et de dureté!

Ces paroles remplirent d'aise le vieillard, qui, tout en continuant de se promener d'un air absorbé, épiait les suites de son stratagème.

Mais bientôt la douleur dominant la colère dans le cœur de Louis, son amour se réveilla plus tendre, plus passionné que jamais; il tâcha de se rappeler les moindres détails de sa dernière entrevue avec Mariette; il s'interrogea sur les derniers mois de leurs relations. Il lui fut impossible de trouver dans ses souvenirs la moindre trace de refroidissement de la part de la jeune fille; jamais au contraire elle n'avait paru plus aimante, plus dévouée, plus impatiente d'unir son sort au sien; et toutes ces apparences mentaient, Mariette était un monstre de dissimulation, elle qu'il avait toujours crue si pure, si candide!

Louis ne pouvait se résoudre à accepter une pareille déception. Impatient de découvrir le mystère qui semblait entourer la conduite étrange de Mariette, incapable d'endurer plus longtemps ses angoisses, il résolut de se rendre sur-le-champ chez elle, au risque d'indisposer sa marraine, qui, de même que le père Richard, avait ignoré jusqu'alors l'amour de Louis et de Mariette.

Aucune des émotions dont le jeune homme venait d'être tour à tour agité n'avait échappé au vieillard, qui suivait attentivement les effets de sa ruse. Aussi, croyant le moment d'agir opportun, il dit à son fils, après mûres réflexions :

— Louis, j'ai pensé qu'il serait bon que demain matin, de très-bonne heure, nous partissions pour Dreux, car, si nous ne prévenons pas l'arrivée de Ramon, il sera ici après-demain, ainsi que nous en sommes convenus.

— Mon père!

— Cela, mon ami, reprit le vieillard en attachant un regard pénétrant sur son fils, cela ne t'engagera nullement, et, si tu dois résister au vœu le plus cher de ma vie, je te demande seulement, comme satisfaction dernière, de passer quelques jours auprès de Ramon et sa fille. Tu seras ensuite libre d'agir comme tu le voudras.

Mais, voyant Louis prendre son chapeau et s'apprêtant à sortir, le père Richard s'écria :

— Que fais-tu? où vas-tu?

— Je me sens un peu de mal de tête, mon père; je vais faire un tour dehors.

— Je t'en prie, mon ami, dit le vieillard avec une inquiétude croissante, ne sors pas; tu as l'air abattu, consterné, depuis la lecture de cette lettre. Tu m'alarmes!

— Moi, mon père? vous vous trompez, je n'ai rien. Cette lettre est fort insignifiante, je vous assure. J'ai un peu de migraine, voilà tout; je reviens dans l'instant.

Et Louis sortit brusquement.

Au moment où il passait devant la loge du portier, celui-ci l'appela et lui dit d'un air mystérieux :

— Monsieur Louis, je vous avais recommandé d'entrer à la loge parce que j'ai quelque chose à vous remettre à vous, à vous seul. Entrez donc.

— Qu'y a-t-il ? demanda Louis en entrant dans la loge.

— Voici une carte qu'un monsieur décoré m'a remise tantôt pour vous ; il est descendu d'un superbe cabriolet, et il a dit que c'était très-pressé.

Louis prit la carte, s'approcha d'une lampe et lut :

« Le commandant de la Miraudière,
« 17, rue du Mont-Blanc,

« *Attendra demain matin chez lui M. Louis Richard pour une communication très-intéressante, et qui ne souffre pas de retard.* »

— Le commandant de la Miraudière ? Je ne connais pas ce nom, dit Louis en examinant la carte ; puis, en la retournant machinalement, il aperçut sur l'envers ces autres mots écrits au crayon :

« *Mariette Moreau, chez madame Lacombe, rue des Prêtres-Saint-Germain-l'Auxerrois.* »

En effet, M. de la Miraudière ayant noté sur le revers de l'une de ses cartes de visite, afin de ne pas les oublier, l'adresse et le nom de Mariette et de sa marraine, avait, sans y songer, écrit sur cette même carte, laissée chez Louis, la demande d'entrevue qu'il sollicitait de lui.

Le jeune homme, dans une surprise et une perplexité croissantes, cherchait à pénétrer quel rapport pouvait exister entre Mariette et cet étranger dont il recevait la carte. Après un moment de silence, il dit au portier :

— Le monsieur qui a laissé cette carte n'a rien dit pour moi ?

— Si, monsieur Louis : il m'a recommandé de ne vous remettre sa carte que lorsque votre père ne serait pas là.

— Cela est étrange, pensa le jeune homme.

— A telle enseigne, monsieur Louis, reprit le portier, qu'il m'a donné quarante sous pour boire, afin d'être sûr que sa commission serait bien faite.

— Et quel homme est-ce ? jeune ou vieux ?

— C'est, ma foi, un très-bel homme, monsieur Louis ; un très-bel homme décoré; moustaches et favoris noirs comme de l'encre et mis comme un prince, sans compter son superbe cabriolet.

Louis sortit, la tête perdue. Ce nouvel incident redoublait ses angoisses. A force de chercher le motif de la brusque rupture de Mariette, il ressentit bientôt la morsure aiguë de la jalousie. Une fois sous cette impression, les soupçons les plus insensés, les craintes les plus chimériques, prirent à ses yeux l'apparence de la réalité; il en vint à se demander si l'étranger dont il avait reçu la carte n'était pas un rival. Quels rapports, en effet, Mariette et sa tante pouvaient-elles avoir dans leur misère avec un jeune homme riche et beau?

Dans sa lettre, Mariette suppliait Louis de ne pas chercher à la voir, ce rapprochement, disait-elle, pouvant compromettre son bonheur et celui de sa marraine. Louis connaissait la misérable position des deux femmes. Il avait maintes fois reçu des confidences de la jeune fille sur le caractère chagrin et atrabilaire de madame Lacombe. Une horrible pensée lui traversait l'esprit. Peut-être Mariette, autant par misère que par l'obsession de sa marraine, avait écouté les brillantes propositions de l'homme dont il venait de recevoir la carte. Mais, dans ce cas, quel pouvait être le but de l'entrevue que lui demandait cet homme? La tête de Louis se perdait à pénétrer ce mystère.

Une fois lancés dans la voie vertigineuse de la jalousie, les amoureux se laissent presque toujours entraîner de préférence aux idées les plus extravagantes. Il en fut ainsi de Louis. En se supposant trahi pour un rival, il trouvait la clef de ce qu'il y avait d'inexplicable dans la lettre et dans la conduite de Mariette; il s'obstina donc à croire à une infidélité, en attendant le moment de son entretien avec le commandant de la Miraudière, dont il comptait exiger une explication et des éclaircissements.

Dans l'état d'angoisse et de douloureuse excitation où il se trouvait, Louis abandonna sa première résolution et ne se rendit pas chez Mariette. Vers minuit, il revint chez son père. Celui-ci, rassuré par a sombre physionomie de Louis, et certain qu'il n'avait pu revoir la jeune fille et reconnaître ainsi l'erreur dont tous deux étaient victimes, proposa de nouveau à son fils de partir pour Dreux le lendemain matin. Louis répondit qu'il désirait réfléchir sur cette grave démarche, et se jeta désespéré sur son lit.

La nuit ne fut pour ce malheureux qu'une longue et cruelle insomnie. Au point du jour, devançant le réveil du vieillard, dont il voulait éviter les questions, il sortit, et, après avoir attendu sur le boulevard dans une anxiété mortelle l'heure de son entrevue avec le commandant de la Miraudière, il se rendit enfin chez ce personnage.

VIII

Lorsque Louis Richard se présenta chez le commandant de la Miraudière, celui-ci, enveloppé d'une magnifique robe de chambre, assis devant son bureau, fumait son cigare, tout en classant dans un portefeuille une grande quantité de billets et de lettres de change. Son domestique entra et lui annonça :

— M. Richard.

M. de la Miraudière se leva vivement et dit :

— Priez M. Richard d'attendre un moment dans mon salon; quand je sonnerai, vous l'introduirez.

Le domestique sortit. M. de la Miraudière ouvrit un des tiroirs de son bureau formant caisse de sûreté, y prit vingt-cinq billets de mille francs qu'il mit à côté d'une de ces feuilles de papier timbré destinées à faire des actes, puis il sonna.

Louis Richard entra, l'air sombre, embarrassé. Son cœur battait violemment en songeant qu'il se trouvait peut-être devant un rival heureux, car le pauvre garçon, comme tous les amoureux sincères et candides, s'exagérait les avantages de celui qu'il se croyait préféré. Aussi M. de la Miraudière, drapé dans sa robe de chambre de damas, et occupant un appartement assez élégant, semblait à Louis un concurrent fort redoutable auprès de Mariette.

— C'est à monsieur Louis Richard que j'ai l'honneur de parler? dit M. de la Miraudière avec le plus aimable sourire.

— Oui, monsieur.

— Fils unique de M. Richard, écrivain public?

Ces derniers mots furent prononcés d'un air à demi sardonique. Louis s'en aperçut et répondit d'un ton sec :

— Oui, monsieur, mon père est écrivain public.

— Excusez-moi, mon cher monsieur, de vous avoir dérangé, mais j'avais à vous parler en particulier. Cette conférence me paraissait fort difficile chez vous. Voilà pourquoi je vous ai prié de vous donner la peine de passer chez moi.

— Maintenant, monsieur, puis-je savoir ce que vous me voulez?

— Vous offrir mes services, mon cher monsieur Richard, dit M. de la Miraudière d'un ton insinuant, car je serais très-heureux de pouvoir vous appeler mon cher client.

— Votre client? moi! Mais qui êtes-vous donc, monsieur?

— Ancien militaire, chef d'escadron en retraite, vingt campagnes, dix blessures, et homme d'affaires pour passer mon temps. J'ai de gros capitalistes dans ma manche, et je suis en maintes circonstances leur intermédiaire auprès de jeunes gens de famille.

— Je ne vois pas, monsieur, quels services vous pouvez me rendre.

— Quels services, mon jeune ami (permettez à un ancien, à un troupier, de vous donner ce nom), quels services? Vous me demandez cela, et vous êtes clerc de notaire! Vous végétez, vous partagez une misérable mansarde avec votre père, et vous êtes vêtu... Dieu sait comme!

— Monsieur! s'écria Louis en devenant pourpre d'indignation.

— Permettez, mon jeune ami, ce sont des faits que je précise avec chagrin, je dirais presque avec indignation. Morbleu! un jeune homme comme vous devrait dépenser vingt-cinq à trente mille francs par an, avoir des chevaux, des maîtresses, et passer la vie douce et joyeuse.

— Monsieur! s'écria Louis en se contenant à peine, est-ce une plaisanterie? Je ne suis pas d'humeur à l'endurer, je vous en préviens.

— Je suis ancien militaire, et j'ai fait mes preuves, mon jeune ami, dit M. de la Miraudière d'un air matamore; c'est vous dire que je puis laisser passer certaines vivacités, que j'excuse d'ailleurs; car, je l'avoue, ce que je vous dis doit vous sembler extraordinaire.

— Fort extraordinaire, monsieur!

— Voici, du moins, mon jeune ami, qui vous convaincra que je parle sérieusement, ajouta notre homme en étalant les billets de mille francs sur son bureau. Voici vingt-cinq mille francs que je serais enchanté de mettre à votre disposition pour vous établir en jeune homme de bonne famille, et, de plus, tous les mois, je tiendrai à votre service deux mille cinq cents francs; je vous offre ces avances pendant cinq ans, nous compterons ensuite.

Louis regardait M. de la Miraudière d'un air abasourdi, croyant à peine ce qu'il entendait ; enfin, sortant de sa stupeur, il dit :

— C'est à moi, monsieur, que vous faites cette offre ?

— Oui, et je suis fort heureux de vous la faire.

— A moi ! Louis Richard ?

— A vous, Louis Richard.

— Beaucoup de personnes se nomment Richard, monsieur ; vous me prenez pour un autre.

— Non pas, diable ! je connais mon monde ; je vous prends pour ce que vous êtes : M. Louis-Désiré Richard, fils unique et majeur de M. Alexandre-Timoléon-Bénédict-Pamphile Richard, âgé de soixante-sept ans, à Brie-Comte-Robert, et présentement domicilié rue de Grenelle-Saint-Honoré, n° 23, profession d'écrivain public. Vous voyez qu'il n'y a pas erreur, mon jeune ami.

— Alors, monsieur, puisque vous connaissez si bien ma famille, vous devez savoir que ma pauvreté m'empêche de contracter aucun emprunt.

— Votre pauvreté ! malheureux jeune homme !

— Mais, monsieur...

— Non, c'est indigne ! c'est abominable ! s'écria l'homme d'affaires avec un accent de récrimination courroucée ; avoir le front d'élever un pauvre jeune homme dans une erreur si grossière ! le condamner à passer ses plus belles années dans la basoche ! le réduire aux habits râpés, aux bas bleus et aux souliers lacés ! Mais heureusement il y a une Providence, et cette Providence, vous la voyez en moi, mon jeune ami. Elle vous apparaît sous les traits du commandant de la Miraudière.

— Monsieur, je vous déclare que tout ceci me fatigue, à la fin ! Rompons cet entretien, ou bien expliquez-vous clairement.

— Soit !... Vous croyez votre père presque dans l'indigence, n'est ce pas ?

— Je n'en rougis pas, monsieur.

— Oh ! candide jeune homme !

— Que signifie...

— Écoutez-moi, et vous me bénirez après comme votre sauveur.

Ce disant, M. de la Miraudière ouvrit un registre, où il lut ce qui suit :

— « Note des biens mobiliers de M. Timoléon-Bénédict-Alexandre-

Pamphile RICHARD (informations prises par le comité du crédit à la Banque de France, le 1er mai 18..) :

« 1° TROIS MILLE NEUF CENT VINGT *actions de la Banque de France* (réalisables au cours actuel), ci :	924,300 fr.
« 2° OBLIGATIONS DU MONT-DE-PIÉTÉ.	875,250
« 3° Dépôt en ESPÈCES à la Banque de France. .	259,130
« Total. . . .	2,058,680 »

Vous entendez, mon jeune et candide ami, la fortune mobilière seulement connue de votre cher et honorable père se montait, au 1er de ce mois, à la bagatelle de deux millions cinquante-huit mille six cent quatre-vingts francs, d'après des informations officielles. Mais tout fait présumer que, selon le goût passionné des avares, qui, en outre de bons placements, se plaisent à voir, à flairer, à toucher, à manier une partie de leur trésor, tout fait présumer, dis-je, que votre digne père a enfoui dans quelque cachette un *magot* quelconque, et non moins succulent que sa fortune connue. Mais, en admettant que cela ne soit pas, en mettant la chose au pis, vous voyez que l'auteur de vos jours possède au soleil plus de deux millions. Or, comme il ne dépense pas douze cents francs par an, avec un revenu de près de cent mille livres de rente, vous voyez de quelle fortune vous jouirez un jour, mon jeune ami, et vous ne vous étonnerez plus des offres que je vous fais.

Cette révélation pétrifiait Louis Richard ; mille pensées confuses se heurtaient dans son esprit. Il ne pouvait trouver une parole, et regardait l'homme d'affaires avec un saisissement inexprimable.

— Vous voilà tout ébaubi, mon jeune ami. C'est tout simple, vous croyez rêver.

— En effet, monsieur, je ne sais si je dois, si je puis croire.

— Faites comme saint Thomas, mon jeune ami, touchez ces vingt-cinq billets de mille francs ; ça vous donnera la foi, car les capitalistes qui sont derrière moi ne sont pas des gaillards à risquer leur argent, et ici je dois vous dire qu'ils vous font ces avances à huit pour 100, en y ajoutant une commission de 7 pour 100 pour mes obligeants services. Vous allez être trop *gentilhomme* pour chicaner sur ces misères. Intérêt et capital s'élèveront à peine chaque année à la moitié du revenu de monsieur votre père; vous économisez donc, à bien dire, tout en vivant largement, cinquante mille francs par an. Il est impossible de vous montrer plus économe, mais du moins vous pourrez attendre patiemment l'heure suprême où le bonhomme, vous entendez... Du reste, j'ai pensé à tout, et, comme ledit bonhomme pourrait s'étonner de vous voir mener un certain train, sans ressources connues, j'ai imaginé quelque chose de très-ingénieux, le semblant de la mise en loterie d'un superbe diamant de cinq cents louis: mille billets à dix francs. Vous aurez pris un de ces billets, la loterie sera censée se tirer après-demain, vous serez censé avoir gagné et vendu le diamant pour huit ou neuf mille francs; cette somme, vous direz l'avoir confiée, pour la faire valoir, à un ami; il ne manquera pas de la placer dans une magnifique entreprise rapportant trois cents pour 100 par an, et, grâce à ce stratagème, vous pourrez dépenser à la barbe paternelle vos vingt-cinq ou trente mille francs par an. Maintenant, jeune homme, dites-moi si j'étais fat en prenant des airs de Providence à votre endroit. Mais qu'avez-vous? cette figure rembrunie! cet air soucieux! ce silence! moi qui m'attendais, la première surprise passée, à vous voir éclater en transports de joie, en éclats de rire, en cabrioles, et autres manifestations bien pardonnables quand, en un quart d'heure, on passe du grade de clerc de notaire à celui de millionnaire! Jeune homme, jeune homme, répondez-moi donc! Ah çà! pourvu que l'étonnement, le bonheur, ne l'aient pas rendu fou!

En effet, cette révélation, qui eût jeté sans doute tout autre que Louis Richard dans une sorte de joyeux délire, lui causait de pénibles ressentiments: d'abord la longue dissimulation et la méfiance de son père à son égard, en lui laissant ignorer tant de richesses, blessaient son cœur; puis, et c'était là pour lui le coup le plus douloureux, sa seconde pensée, en songeant à la fortune dont il jouirait un jour, avait été de se dire qu'il aurait pu la partager avec Mariette sans son cruel abandon, et changer en une vie de bonheur et de luxe la vie jusqu'alors si misérable, si résignée de la jeune fille.

Cette réflexion, en ravivant ses amers chagrins, le domina tellement, que, ne pensant plus qu'aux explications qu'il était venu demander au commandant de la Miraudière, il lui dit soudain, d'un air sombre et contraint, en lui montrant sa carte de visite:

— Vous avez, monsieur, laissé hier chez moi cette carte de visite?...

— Oui, mon jeune ami; mais...

— Pourriez-vous me dire, monsieur, ajouta Louis d'une voix altérée, comment il se fait que le nom et l'adresse de mademoiselle Mariette Moreau se trouvent écrits au crayon sur cette carte?

— Vous dites? demanda l'homme d'affaires, stupéfait de cette question dans un pareil moment. Vous me demandez...

— Je vous demande, monsieur, comment il se fait que l'adresse de mademoiselle Mariette Moreau se trouve sur cette carte.

— Ah çà! mais, décidément, mon client perd la tête! dit l'usurier. Comment! mon jeune ami, je vous parle des millions paternels, de trente mille francs à dépenser par an, et vous me répondez... grisette!

— Quand je fais une question, monsieur, s'écria Louis, j'entends qu'on y réponde.

— Diable! mon jeune ami... vous le prenez avec moi... sur ce ton...

— Ce ton est le mien, monsieur; tant pis s'il vous choque!

— Morbleu! monsieur! s'écria l'usurier en se redressant et caressant ses moustaches.

Puis il ajouta : — Bah! j'ai fait mes preuves; ancien militaire criblé de blessures, je puis laisser passer beaucoup de choses. Je vous répondrai, mon cher client, que le nom et l'adresse de cette petite fille se trouvent sur ma carte, parce que je les y ai écrits pour ne pas les oublier.

— Ainsi vous connaissez mademoiselle Mariette?

— Parbleu!

— Vous lui faites la cour?

— Un peu...

— Et vous espérez?

— Beaucoup.

— Et moi, monsieur, je vous défends de remettre les pieds chez elle!

— Tiens! se dit l'usurier, un rival. C'est drôle! Ah! je comprends maintenant les refus de la petite. Enfonçons mon client. C'est jeune, c'est novice, c'est clerc de notaire : ça doit être jaloux; il donnera dans le panneau, et je l'évincerai, car je tiens à cette petite; si la jeune homme ne donne pas dans ledit panneau, il n'en sera, pour moi, ni plus ni moins.

Et il ajouta tout haut :

— Mon cher monsieur, quand on me défend quelque chose, je regarde comme mon premier devoir de faire ce que l'on me défend.

— Nous verrons, monsieur!

— Écoutez, jeune homme : j'ai eu cinquante-sept duels; je peux donc me dispenser d'avoir le cinquante-huitième avec vous; je préfère vous parler le langage de la raison. Permettez-moi une simple question. Vous êtes arrivé de voyage hier, n'est-ce pas?

— Oui, monsieur.

— Vous êtes resté plusieurs jours absent, vous n'avez pas revu Mariette depuis votre retour?

— Non, monsieur, mais...

— Eh bien, mon jeune ami, il vous est arrivé ce qui arrive à tant d'autres : Mariette ne vous connaissait pas comme fils de millionnaire. Je me suis présenté pendant votre absence, j'ai offert à cette petite fille ce qui ne peut jamais manquer de tourner la tête d'une grisette affamée. Sa marraine, qui comme elle meurt de faim, a flairé le bien-être, et, ma foi, comme les absents ont toujours tort... hé! hé! vous comprenez?

— Mon Dieu! mon Dieu! dit Louis, dont le courroux faisait place à un morne désespoir : il est donc vrai!

— Si j'avais su me trouver en concurrence avec un futur client, je me serais abstenu. Mais il est trop tard. Et, d'ailleurs, pour une de perdue, mille de retrouvées. Allons, mon jeune ami, pas d'abattement. Cette petite était pour vous trop jeunette; c'était une éducation à faire, et vous trouverez de charmantes femmes tout élevées et très-bien élevées. Je vous recommanderai particulièrement une certaine madame de Saint-Hildebrand.

— Misérable! s'écria Louis Richard en prenant l'homme d'affaires au collet; infâme!

— Monsieur, s'écria le commandant de la Miraudière, vous me rendrez raison...

A ce moment la porte s'ouvrit brusquement, et, à un grand éclat de rire qui retentit, les deux adversaires tournèrent simultanément la tête.

— Saint-Herem! s'écria Louis en reconnaissant son ami d'enfance.

— Toi ici! dit à son tour Florestan de Saint-Herem en courant au-devant du jeune homme encore pâle de colère, pendant que l'usurier rajustait le collet de sa robe de chambre en murmurant :

— Au diable le Saint-Herem en un pareil moment!

IX

M. de Saint-Herem était un homme de trente ans au plus, d'une charmante figure, de la tournure la plus élégante. Sa physionomie fine et spirituelle prenait parfois un caractère de souveraine impertinence, lorsque, par exemple, comme on va le voir, il s'adressait au commandant de la Miraudière ; mais, à la vue de son ami d'enfance, M. de Saint-Herem éprouva la joie la plus vive et serra cordialement Louis entre ses bras ; affectueuse étreinte à laquelle le jeune homme répondit avec entraînement, malgré les émotions diverses dont il était agité.

Ce premier mouvement donné à la surprise et au plaisir de se revoir, les acteurs de cette scène, revenant à leurs premières pensées, reprirent à peu près la même physionomie qu'ils avaient lors de la soudaine apparition de Saint-Herem. Louis continua de jeter des regards indignés sur l'usurier, pâle encore de colère, tandis que M. de Saint-Herem lui disait d'un air moqueur :

— Ah çà! mon cher, avouez que je suis arrivé à temps; il me semble que, sans moi, mon ami Louis vous frottait d'importance!

— Oser porter la main sur moi! un ancien militaire! s'écria le commandant de la Miraudière en faisant un pas vers Louis. Cela ne se passera pas ainsi, monsieur Richard!

— Comme vous voudrez, monsieur de la Miraudière.

— M. de la Miraudière? Ah! ah! ah! fit Florestan de Saint-Herem en partant d'un grand éclat de rire. Comment! mon brave Louis, tu réponds à cette provocation? tu prends au sérieux ce gaillard-là? tu crois à son grade militaire, à sa croix, à ses campagnes, à ses blessures, à ses duels, et à ce nom mirifique de la Miraudière, qui devrait se prononcer de la *Maraudière?*

— Assez de ces plaisanteries-là! dit le prétendu commandant en rougissant de dépit et s'adressant à M. de Saint-Herem· toute raillerie a ses bornes, mon très-cher!

— Monsieur Jérôme Porquin! dit Florestan.

Et, se tournant vers Louis, il ajouta en lui montrant l'usurier :

— Il s'appelle Jérôme Porquin. Son véritable nom est Porquin, et il me semble parfaitement choisi, ce nom.

Puis, se tournant vers le prétendu commandant, Florestan ajouta d'un ton qui n'admettait pas de réplique :

— Voilà la *seconde fois* que je suis obligé, monsieur Porquin de vous défendre de m'appeler votre *très-cher*. Moi, c'est différent, j'ai acheté et payé le droit de vous appeler mon *cher*, mon énormément *cher*, mon trop *cher* monsieur Porquin ; car vous me coûtez bon et m'avez furieusement fripouné !

— Monsieur, s'écria l'usurier, je ne souffrirai pas...

— Hein ! qu'est-ce que c'est ? D'où vient la farouche susceptibilité de M. Porquin ? dit M. de Saint-Herem en regardant autour de lui d'un air étonné. Que se passe-t-il donc ? Ah ! j'y suis. C'est toi, mon brave Louis, c'est ta présence qui force ce *trop cher* M. Porquin à se regimber, car il voit avec dépit que je démasque ses mensonges et ses vaniteuses prétentions. Or, pour en finir tout de suite (et vois bien s'il a l'effronterie de démentir), je vais te dire ce que c'est que M. le commandant de la Miraudière. Il n'a jamais servi que dans l'administration des vivres de l'armée. C'est ainsi qu'il est allé jusqu'à Madrid lors de la dernière guerre ; et, comme on a trouvé que cet honnête *vivrier vivait* trop aux dépens du gouvernement, on l'a prié d'aller *vivre* ailleurs. Il y est allé et s'est fait soi-disant homme d'affaires, en d'autres termes prête-nom d'usurier, agioteur, ou entremetteur de toutes sortes d'affaires véreuses ; ce ruban rouge qu'il porte est celui de l'*Éperon d'or*, ordre du pape, qu'un saint homme a fait obtenir à cet autre saint homme pour le récompenser de son aide dans une spoliation effrontée ; enfin, M. de la Miraudière s'appelle Porquin ; il n'a eu aucun duel, d'abord parce qu'il est poltron comme un lièvre, et ensuite parce qu'il est si taré, qu'il sait bien qu'un galant homme ne doit répondre à ses provocations que par le mépris, et que, s'il pousse jusqu'à l'insolence, on doit aller jusqu'aux coups de bâton.

— Quand vous avez besoin de moi, monsieur, dit l'usurier d'une voix sourde, vous ne me traitez pas ainsi.

— Quand j'ai besoin de vous, je vous paye, monsieur Porquin ; et, comme je sais vos friponneries, mon trop cher monsieur Porquin, je dois prémunir contre vous M. Richard, dont j'ai l'honneur d'être l'ami. Vous voulez sans doute le dévorer comme une mouche, et vous avez déjà probablement commencé à ourdir autour de lui votre toile d'usurier.

— Rendez donc service aux gens ! dit M. Porquin avec amertume ; comme l'on vous en récompense ! Je révèle à votre ami un secret de la plus haute importance pour lui, et...

— Je comprends maintenant, monsieur, dans quel but vous êtes venu à moi, répondit sèchement Louis Richard ; je ne vous dois aucune gratitude pour le service que vous m'avez rendu... si c'est un service, ajouta-t-il tristement.

L'usurier n'entendait pas abandonner si facilement sa proie, et, sachant oublier à propos les mortifications dont M. de Saint-Herem venait de l'accabler, il reprit en s'adressant à lui avec autant d'aisance que s'il n'eût pas été brutalement démasqué :

— M. Louis Richard pourra vous dire, monsieur, les conditions de l'affaire que je lui proposais, et dans quelle circonstance je lui faisais ces offres ; vous jugerez si mes prétentions étaient exorbitantes. Du reste, si je vous gêne dans votre entretien, messieurs, veuillez vous donner la peine de passer dans le salon ; j'attendrai ici la décision de M. Richard, s'il veut prendre vos conseils à ce sujet.

— Voilà, mon trop cher monsieur Porquin, ce que vous avez dit de mieux jusqu'à présent, reprit Florestan.

Puis, prenant Louis par-dessous le bras, il l'emmena dans la pièce voisine, et ajouta en s'adressant à l'usurier :

— En revenant, je vous dirai le sujet de ma visite, ou plutôt je vais vous le dire : il me faut deux cents louis pour ce soir. Tenez, examinez ces valeurs...

Et M. de Saint-Herem, tirant de sa poche quelques papiers, les jeta de loin à l'usurier, et, quittant le cabinet, entra dans la pièce voisine, accompagné de son ami.

La brutalité hautaine avec laquelle M. de Saint-Herem, avait démasqué M. Porquin portait un nouveau coup à Louis Richard ; il pensait avec une douleur amère que c'était à un pareil misérable qu'il avait été sacrifié par Mariette. Aussi, une fois seul avec son ami, Louis, ne pouvant contenir davantage l'émotion qui l'oppressait retenir ses larmes, dit d'une voix étouffée en prenant entre les siennes les deux mains de M. de Saint-Herem :

— Ah ! Florestan, je suis bien malheureux !

— Je m'en doute, mon pauvre Louis ; car, pour un garçon sage et laborieux comme toi, se mettre entre les griffes d'un drôle comme ce Porquin, c'est se donner au diable ! Voyons, que t'est-il arrivé ? Ta vie était modeste, presque pauvre ; aurais-tu fait quelques dettes, quelque folie ? Ce qui peut te sembler énorme ne serait peut-être rien pour moi. J'ai demandé, pour ce soir, deux cents louis à cet arabe... Je les aurai, j'en suis sûr. Veux-tu partager avec moi, veux-tu tout ? je saurai pardieu bien me retourner d'une autre façon ! Deux cents louis, ça doit payer les dettes d'un clerc de notaire. Je ne dis pas cela pour t'humilier. Voyons, te faut-il davantage ? nous chercherons ; mais, pour Dieu ! ne t'adresse pas au Porquin, sinon tu es perdu ; je connais ce drôle !

Louis écoutait l'offre généreuse de M. de Saint-Herem avec une si douce satisfaction, qu'un moment il oublia ses chagrins.

— Cher et bon Florestan ! lui dit-il, si tu savais combien cette preuve de ton amitié me fait de bien, me console !

— Tant mieux ! Tu acceptes, alors ?

— Non.

— Comment ?

— Je n'ai pas besoin de tes bons services : cet usurier, que je ne connaissais pas, m'a écrit, et il m'offre de me prêter par année plus d'argent que je n'en ai dépensé dans toute ma vie.

— Que dis-tu ? il t'offre cela, à toi ? Ce coquin et l'usurier dont il est l'entremetteur n'avancent jamais un sou sans les meilleures garanties : ces gens-là n'escomptent ni l'honneur, ni la probité, ni l'amour du travail : or, mon pauvre Louis, je ne sache pas que tu possèdes d'autre patrimoine.

— Tu te trompes, Florestan : mon père est deux fois millionnaire.

— Ton père ! s'écria M. de Saint-Herem stupéfait. Ton père !

— Cet usurier a découvert, je ne sais comment, ce secret, que j'ai toujours ignoré.

— Et il est venu t'offrir ses services ? Je le reconnais là ! Lui et ses pareils sont à la piste des fortunes cachées ; quand ils les découvrent, ils proposent aux fils de famille de manger leur blé en herbe. Vive Dieu ! mon brave Louis, te voilà donc riche ! car tu peux croire le Porquin ; s'il te fait ses offres, c'est qu'il est parfaitement renseigné.

— Je le crois, répondit tristement Louis.

— De quel air accablé tu me dis cela, Louis ! On croirait que tu viens de faire une sinistre découverte. Qu'as-tu donc? Et tes larmes de tout à l'heure? Et ces mots : Je suis bien malheureux ! Toi, malheureux! et pourquoi ?

— Mon ami, ne te moque pas de moi : j'aime et je suis trompé.

— Un rival?

— Et pour comble de douleur et de honte, ce rival...

— Achève.

— C'est cet homme, ce misérable usurier!

— Porquin? ce vieux drôle? Lui ! préféré à toi! Non, non, c'est impossible! Mais qui te fait supposer...

— De vagues soupçons, et puis il m'a dit qu'on me le préférait!

— Belle autorité ! il ment, j'en suis certain.

— Florestan, il est riche ; celle que j'aimais, que j'aime encore malgré moi, est pauvre. Elle endure depuis longtemps une cruelle misère.

— Diable!

— Elle a, de plus, à sa charge, une parente infirme. Les offres de cet homme auront ébloui la malheureuse enfant, et, comme tant d'autres, elle aura succombé par misère... Maintenant, que veux-tu que me fasse la découverte d'une fortune inespérée ? Mon seul désir eût été de la partager avec Mariette.

— Écoute, Louis, je te connais : tu dois avoir honorablement placé ton affection.

— Depuis un an, Mariette m'avait donné des preuves de l'attachement le plus sincère, lorsque hier, brusquement, une lettre de rupture...

— Une honnête fille qui t'a aimé pendant un an, pauvre comme tu l'étais, ne cède pas en un jour à un vieux fripon comme Porquin. Encore une fois, il doit mentir.

Puis, appelant à haute voix l'homme d'affaires, à la grande surprise de Louis, M. de Saint-Herem s'écria :

— Hé ! monsieur le commandant de la *Maraudière* !

L'usurier parut aussitôt.

— Florestan, dit vivement Louis, que fais-tu?

— Sois tranquille.

Et, s'adressant à l'usurier :

— Monsieur de la *Maraudière*, il y a, je n'en doute pas, quelque confusion dans vos souvenirs, au sujet d'une honnête jeune fille qui, selon vous, aurait été séduite par votre esprit, votre bonne grâce et vos excellentes manières, le tout rehaussé d'un peu de cet argent que vous grugez si honorablement. Voulez-vous me faire le plaisir, monsieur le commandant, de me dire la vérité? sinon, je sais ce que j'aurai à faire.

Le Porquin, réfléchissant qu'il serait politique à lui de sacrifier une fantaisie, qu'il avait d'ailleurs peu de chances de satisfaire, à l'avantage d'avoir Louis Richard pour client, répondit :

— Je regrette beaucoup une mauvaise plaisanterie qui me paraît avoir contrarié M. Richard.

— Tu vois bien, dit Florestan à son ami. Mais monsieur le commandant m'expliquerait-il comment lui est venue l'idée de ce qu'il appelle une mauvaise plaisanterie, et que j'appellerai, moi, une indigne calomnie?

— Rien de plus simple, monsieur : j'ai vu mademoiselle Mariette Moreau dans l'établissement où elle travaillait; sa beauté m'a frappé. J'ai demandé son adresse, je suis allé chez elle ; là j'ai trouvé sa marraine, et je lui ai tout bonnement proposé de...

— Assez, monsieur ! s'écria Louis avec indignation, assez !

— Permettez-moi seulement d'ajouter, monsieur mon futur client, reprit Porquin, que ladite marraine a refusé mes offres, et que mademoiselle Mariette, survenant, m'a mis à peu près à la porte. Vous voyez, monsieur de Saint-Herem, que je m'exécute franchement. Maintenant j'espère que cet aveu sincère me vaudra la confiance de M. Richard, et qu'il acceptera mes petits services. Quant à vous, monsieur de Saint-Herem, ajouta l'usurier d'un air patelin, j'ai examiné les valeurs que vous m'avez remises ; ce soir je vous porterai vos deux cents louis. Vous ne trouverez pas sans doute exagérées les conditions que j'ai proposées à M. Richard, lorsque vous les connaîtrez.

— Je n'ai pas besoin d'argent, monsieur, dit Louis ; vous m'avez fait injure en me croyant capable d'escompter la mort de mon père.

— Mais, mon cher client, permettez...

— Viens, Florestan, sortons, dit Louis à son ami en interrompant l'homme d'affaires.

— Vous le voyez, mon trop cher monsieur Porquin, dit Saint-Herem en sortant avec son ami, vous le voyez, il y a encore d'honnêtes filles et d'honnêtes fils. Je ne vous dirai pas : Que cela vous serve d'exemple ou de leçon. Vous êtes trop vieux pécheur pour vous amender ; je ferai seulement des vœux sincères pour que ce double échec vous soit on ne peut plus désagréable.

— Ah ! mon cher Florestan, dit Louis lorsqu'il eut quitté la maison de l'usurier, grâce à toi, j'ai l'âme moins oppressée, je suis maintenant certain que Mariette ne s'est pas abaissée jusqu'à ce misérable. Mais elle n'en veut pas moins rompre avec moi.

— Elle te l'a donc dit ?

— Non, elle me l'a écrit, ou plutôt elle me l'a fait écrire.

— Comment elle te l'a fait écrire ?

— Tu vas me railler, la pauvre fille que j'aime ne sait ni lire ni écrire.

— Ah ! que tu es heureux ! au moins tu ne reçois pas des épîtres comme celles que m'adresse une petite gantière que j'ai enlevée à un banquier qui, par jolousie et lésinerie, l'avait enfouie dans un magasin ; je m'amuse à la mettre à la mode, je jouis des éblouissements de cette pauvre fille : c'est si amusant de rendre les gens heureux ! seulement, je ne la rendrai jamais forte en grammaire. Ah ! mon ami, quelle orthographe ! C'est d'une innocence antédiluvienne. Ève, notre mère, devait écrire ainsi. Mais, si ta Mariette ne sait pas écrire, qui te dit que son secrétaire n'aura pas altéré, dénaturé sa pensée ?

— Dans quel but ?

— Je n'en sais rien ; mais pourquoi ne vas-tu pas t'expliquer avec elle ? tu saurais décidément à quoi t'en tenir.

— Elle m'a supplié, au nom de son repos, de son avenir, de ne pas chercher à la revoir.

— Revois-la donc, au contraire, au nom de son avenir, maintenant que te voici millionnaire en perspective.

— Tu as raison, Florestan ; je la verrai, je vais la voir, et, si ce cruel mystère s'explique, si je la retrouve, comme par le passé, tendre et dévouée, oh ! tiens, ce serait trop beau ! Pauvre enfant ! sa vie s'est passée jusqu'ici dans la misère et dans le travail ; elle connaîtrait enfin le repos, le bien-être ; car, je n'en doute pas, mon père consentirait, et... Ah ! mon Dieu !

— Qu'as-tu donc?

— Ces émotions, ces événements, m'ont fait oublier de te dire une chose qui va bien t'étonner : mon père voulait absolument me faire épouser ta cousine.

— Quelle cousine?

— Mademoiselle Ramon.

— Que dis-tu?

— Ignorant les projets de mon père, je suis allé à Dreux, d'où j'arrive; là, j'ai vu mademoiselle Ramon, et, lors même que je ne serais pas amoureux de Mariette, la fille de ton oncle m'a paru si déplaisante, que jamais...

— Mon oncle n'est donc pas presque ruiné, comme il en a fait courir le bruit depuis longues années? dit Florestan en interrompant son ami. Non, évidemment non, reprit-il, car, si ton père veut te faire épouser ma cousine, c'est qu'il y trouve des avantages pour toi. Nul doute, cette ruine prétendue était une feinte.

— Mon père a employé le même prétexte. C'est ainsi qu'il m'a toujours expliqué la pauvreté dans laquelle nous vivions.

— Ah! mon oncle Ramon, je vous savais fâcheux, maussade, insupportable; mais je ne vous croyais pas capable de cette supériorité de conception : dès aujourd'hui je vous vénère. Je n'hérite pas de vous, c'est vrai; mais c'est égal, ça fait toujours plaisir de savoir qu'on a un oncle millionnaire. On y pense dans les moments difficiles; on se livre alors à toute sorte d'hypothèses *onclicides;* on se laisse aller à de réjouissantes pensées d'apoplexie foudroyante, et l'on regrette un peu le choléra, cette Providence des héritiers, qui leur apparaît comme un bon génie, couleur de rose et d'or.

— Sans aller aussi loin que toi, mon cher Florestan, et sans souhaiter la mort de personne, dit Louis en souriant, j'avoue que j'aimerais mieux voir, par la marche naturelle des choses, la fortune de ton oncle arriver entre tes mains qu'entre celles de son insupportable nièce. Tu saurais au moins jouir de tant de biens, et avec ces richesses, je suis sûr que tu ferais...

— Des dettes, répondit Saint-Herem avec majesté en interrompant son ami.

— Comment! Florestan, avec une si grande fortune...

— Je ferais des dettes, te dis-je; oui, forcément je ferais des dettes.

— Avec deux ou trois millions de biens?

— Avec dix, avec vingt millions, je ferais toujours des dettes. Mon système est d'ailleurs celui de l'État : plus la dette d'un pays est forte, plus elle prouve en faveur de son crédit : or qu'est-ce que le crédit? la richesse. C'est élémentaire, sans compter qu'il y a là dedans une haute question de philosophie morale... Mais je t'expliquerai une autre fois mes idées philosophiques et financières. Cours chez Mariette, et préviens-moi de tout ce qui t'arrivera. Voici midi, j'ai promis à cette petite gantière, que je m'amuse à émerveiller, de lui faire essayer aujourd'hui un nouveau cheval de selle, le plus joli *hak* (1) de Paris; il me coûte un prix fou; et elle m'a écrit ce matin pour me rappeler que tantôt je devais la conduire o boa (de Boulogne); *o-b-o-a*, ça fait *au bois* dans la pensée de cette ingénue. Voilà pourtant où conduit l'abus de l'écriture! Ta Mariette ne te fera jamais de ces tours-là! Cours donc la trouver, j'ai bonne espérance; écris-moi, ou viens me voir; mais qu'aujourd'hui je sache ta joie ou ton chagrin : ta joie, je la partagerai; quant au chagrin, il faudra pardieu bien que je te console.

— Quoi qu'il arrive, mon cher Florestan, je te tiendrai au courant. Adieu donc et à bientôt.

— Mais j'y songe, veux-tu que je te conduise chez Mariette?

— Non, merci, j'aime mieux aller à pied; en marchant, j'aurai le temps de songer à tant d'événements singuliers et au parti que je dois prendre envers mon père au sujet de cette révélation de fortune.

— Adieu donc, mon cher Louis; il est bien convenu qu'avant demain je te verrai ou que j'aurai de tes nouvelles.

Ce disant, M. de Saint-Herem monta dans un *brougham*, voiture du matin merveilleusement bien attelée, qui l'attendait à la porte de l'usurier.

Louis Richard se dirigea pédestrement vers la demeure de Mariette.

X

Lorsque Louis Richard entra dans la chambre occupée par Mariette et par sa marraine, il s'arrêta un moment au seuil de la porte.

(1) Cheval de promenade.

Son cœur se brisait à la vue douloureuse du tableau qui s'offrait à ses regards.

La jeune fille, couchée tout habillée sur un matelas étendu à terre, semblait inanimée ; ses traits, couverts d'une pâleur mortelle, tressaillaient convulsivement de temps à autre ; ses yeux étaient clos : des traces de larmes séchées se voyaient sur ses joues marbrées ; dans l'une de ses deux mains crispées et croisées sur sa poitrine elle tenait l'enveloppe où étaient réunis les débris de la lettre de Louis.

Madame Lacombe, dont la figure était ordinairement chagrine et sardonique, paraissait en proie à une douleur touchante ; agenouillée près du matelas où gisait sa filleule, elle soutenait du bout de son bras mutilé la tête appesantie de Mariette, et essayait, de son autre main, de lui faire boire un verre d'eau.

Madame Lacombe retourna vivement la tête, et ses traits reprirent leur expression de dureté habituelle, à l'aspect de Louis immobile à la porte.

— Que voulez-vous? dit-elle brusquement. Pourquoi entrez-vous ici sans frapper? Je ne vous connais pas! Qui êtes-vous?

— Oh! mon Dieu! s'écria Louis, dans quel état je la retrouve!

Et, sans répondre aux questions de madame Lacombe, il s'approcha vivement du matelas, s'agenouilla et s'écria :

— Mariette, qu'avez-vous? répondez-moi.

Madame Lacombe, d'abord aussi surprise qu'irritée de l'apparition du jeune homme, le regarda avec une attention farouche, réfléchit un moment, et dit d'une voix courroucée :

— Vous êtes Louis Richard?

— Oui, madame. Mais, au nom du ciel, qu'est-il arrivé à Mariette?

— Il lui est arrivé que vous me l'avez tuée!

— Moi? grand Dieu!

— Et, quand elle sera morte, c'est vous qui me nourrirez, n'est-ce pas? malheureux que vous êtes!

— Morte! Mariette! c'est impossible! Mais, madame, il faut courir chercher un médecin, faire quelque chose... Ses mains sont glacées... Mariette! Mariette! Mon Dieu! mon Dieu! elle ne m'entend pas!

— Voilà comme elle est depuis cette nuit, et c'est votre lettre, mauvais garnement, qui a causé ce malheur!

— Ma lettre?... quelle lettre?

— Oui, vous allez nier, mentir, maintenant! Mais hier soir le désespoir l'étouffait, cette pauvre petite; le cœur lui a crevé, et elle m'a tout avoué!

— Mais, mon Dieu! que vous a-t-elle avoué?

— Que vous ne vouliez plus la revoir, et que vous la plantiez là pour une autre. Voilà les hommes!

— Mais au contraire! j'ai écrit à Mariette que...

— Vous mentez! s'écria la vieille infirme de plus en plus irritée. Je vous dis qu'elle a lu votre lettre; c'est ce chiffon de papier qu'elle tient entre ses doigts. Je n'ai pas pu le lui retirer des mains depuis qu'elle s'est trouvée mal! A-t-elle assez pleuré dessus, mon Dieu! Allez-vous-en, garnement! Mariette a été bien bête, et moi aussi, de refuser ce qu'on nous offrait; et pourtant, je lui avais dit : « Nous sommes honnêtes, tu verras comme ça nous servira! » Ça n'a pas manqué, elle se meurt, et me voilà sur le pavé, sans feu ni lieu, sans pain ni rien; car nous devons un terme, et on va tout prendre. Heureusement, ajouta cette malheureuse avec un sourire sinistre, heureusement il me reste un quart de boisseau de charbon; et le charbon, c'est la délivrance du pauvre monde!

— Ah! c'est horrible! s'écria Louis, ne pouvant retenir ses larmes! mais, je vous le jure, madame, nous sommes victimes d'une erreur désolante! Mariette! Mariette! revenez à vous! c'est moi! moi, Louis;

— Vous voulez donc me la tuer tout de suite! s'écria madame Lacombe en faisant un effort désespéré pour repousser le jeune homme loin du matelas. Si elle reprend connaissance, votre vue va l'achever!

— Soyez béni, mon Dieu! dit Louis en résistant à madame Lacombe et se penchant vers Mariette. Elle a fait un mouvement; voyez, ses mains se desserrent, sa tête se soulève, ses yeux s'ouvrent. Mariette! m'entendez-vous? c'est moi!

En effet, la jeune fille revenait peu à peu à elle; sa tête, languissamment penchée, se releva; ses yeux rougis par les larmes, après avoir erré un moment dans le vide, s'arrêtèrent sur Louis. Bientôt la surprise, la joie, se peignirent dans son regard, et elle murmura d'une voix faible :

— Louis, c'est vous? Ah! je n'espérais plus...

Puis, la triste réalité se présentant sans doute à sa pensée, elle détourna la vue, laissa retomber sa tête sur le sein de madame Lacombe, qui la soutenait entre ses bras, et lui dit en soupirant :

— Ah ! marraine, il vient pour la dernière fois, tout est fini !

— Quand je vous le disais, moi, que vous alliez l'achever ! s'écria madame Lacombe exaspérée. Mais sortez donc d'ici ! Oh ! être faible, infirme, et n'avoir pas la force de mettre ce gueux-là dehors ! Il veut me la tuer, m'ôter mon pain !

— Mariette ! s'écria Louis d'une voix suppliante, de grâce ! écoutez-moi : je ne viens pas pour vous faire mes adieux, je viens au contraire vous dire que je vous aime plus que jamais !

— Grand Dieu ! reprit la jeune fille en se redressant vivement sur son séant, comme si elle eût ressenti une secousse électrique, que dit-il ?

— Je dis, Mariette, que nous sommes victimes d'une erreur ; je n'ai jamais un moment cessé de vous aimer ; non, jamais ; et, pendant mon absence, je n'avais qu'un désir, qu'une pensée, vous revoir et convenir avec vous de tout ce qui était relatif à notre mariage, ainsi que je vous le disais dans ma lettre.

— Votre lettre ? s'écria Mariette avec un accent navrant. Oh ! mon Dieu ! il ne se la rappelle seulement plus maintenant ! Tenez, Louis, la voici, votre lettre !

Et elle remit au jeune homme les débris de papier sur lesquels s'apercevait encore la trace des larmes de la malheureuse enfant.

— Tu vas voir, reprit amèrement madame Lacombe, pendant que Louis rassemblait à la hâte les morceaux de papier lacérés, à cette heure, il va renier son écriture ! tu seras assez bête pour le croire, n'est-ce pas ?

— Voilà ce que je vous écrivais, Mariette, reprit Louis en lisant à mesure qu'il rajusta les débris à côté les uns des autres :

« Ma bonne et chère Mariette,

« Je serai auprès de vous le lendemain du jour où vous recevrez cette lettre. Ma courte absence, dont j'ai tant souffert, m'a prouvé qu'il m'est impossible de vivre loin de vous. Grâce à Dieu ! le jour de notre union est proche : c'est demain, le *six mai*, selon nos conventions. Dès mon retour, je parlerai à mon père de notre résolution ; je ne doute pas de son consentement.

« Adieu donc, et à après-demain, ma bien-aimée Mariette. Je vous aime comme un fou, ou plutôt comme un sage, car la sagesse est d'avoir cherché et trouvé le bonheur dans un cœur tel que le vôtre.

« A vous pour la vie,

« Louis.

« Je vous écris ce peu de mots parce que je serai à Paris presque en même temps que ma lettre; et puis enfin il m'est toujours pénible de penser qu'un autre que vous lit ce que je vous écris. Sans cela, que de choses j'aurais à vous dire! A vous, et pour toujours à vous! »

Mariette avait écouté cette lecture avec une telle stupeur, qu'elle n'avait pu prononcer une parole.

— Voilà, Mariette, reprit Louis, voilà ce que je vous avais écrit. Comment se fait-il, mon Dieu! que cette lettre vous ait désespérée?

— Quoi! monsieur Louis, il y avait cela sur votre lettre?

— Tenez, madame, voyez plutôt, dit Louis à madame Lacombe en lui présentant les morceaux lacérés.

— Est-ce que je sais lire, moi? répondit-elle brusquement. Mais comment se fait-il qu'on ait lu à Mariette tout le contraire de ce que vous lui écriviez?

— Mariette! s'écria Louis, qui vous a donc lu ma lettre?

— L'écrivain public! répondit la jeune fille.

— Un écrivain public! s'écria Louis, frappé d'une idée subite. Oh! de grâce! Mariette, expliquez-vous!

— Mon Dieu! monsieur Louis, c'est bien simple. J'étais allée chez un écrivain public du charnier des Innocents pour lui dicter une lettre pour vous. Il l'a écrite, et même, au moment d'y mettre votre adresse à Dreux, il a renversé son encrier dessus, et a été obligé de la recommencer. En revenant ici, j'ai trouvé votre petit mot. N'ayant personne à qui le faire lire en l'absence d'Augustine, je suis retournée chez l'écrivain public, un vieillard bien respectable et rempli de bonté; je l'ai prié de me lire ce que vous m'écriviez. Il me l'a lu, et, selon lui, il y avait dans votre lettre « qu'il ne fallait plus jamais nous revoir, qu'il s'agissait pour vous de l'avenir de votre père et du vôtre, et qu'enfin vous me suppliiez de... »

La pauvre enfant ne put achever, elle se mit à fondre en larmes.

Louis comprit ou devina tout, depuis le hasard qui avait conduit Mariette chez son père, jusqu'au stratagème de l'encrier renversé sur la lettre, alors que l'adresse seule restait à inscrire; adresse qui, éclairant sans doute le vieillard, lui avait donné la pensée d'écrire une seconde lettre dans un sens tout opposé à celui de la première, et de l'envoyer non pas à Dreux, mais à Paris, afin que Louis la trouvât dès son arrivée. Il comprit enfin que son père avait aussi improvisé la lecture d'une lettre de rupture lorsque Mariette était retournée près de lui pour la seconde fois.

En apprenant ainsi l'affligeant abus de confiance dont son père s'était rendu coupable dans un but trop évident, Louis, accablé de douleur et de honte, n'osa pas avouer à la jeune fille quels liens l'attachaient à l'écrivain public. Mais, désirant donner à Mariette et à sa marraine une explication plausible de cette tromperie, il leur dit :

— Voilà sans doute ce qui sera arrivé : cet écrivain public aura, malgré son apparente bonhomie, voulu faire une méchante et triste plaisanterie, ma pauvre Mariette : il vous aura lu tout le contraire de ce que je vous écrivais.

— Oh ! ce serait indigne ! dit la jeune fille en joignant les mains. Quelle fausseté de la part de ce vieillard ! Il avait l'air si bon en me parlant de l'intérêt que lui inspiraient les pauvres créatures qui, comme moi, ne savaient ni lire ni écrire !

— Que voulez-vous ? il vous a trompée, Mariette, cela est certain.

— Mais la lettre que je lui ai dictée pour qu'elle vous parvînt à Dreux ?

— Elle sera arrivée dans cette ville lorsque je l'aurai eu quittée, répondit le jeune homme en cachant à Mariette que la veille cette lettre lui avait été remise à Paris. Mais que nous importe ? ajouta Louis, désirant terminer un entretien si pénible pour lui. Ne sommes-nous pas à cette heure rassurés sur nos sentiments, Mariette ? et...

— Un instant, dit madame Lacombe, qui était restée pendant quelques instants pensive, un instant, vous êtes rassurés, vous deux, mais moi, non.

— Comment, madame ?

— Que voulez-vous dire, marraine ?

— Je veux dire, reprit aigrement madame Lacombe, que je ne veux pas de ce mariage-là.

— Madame, écoutez-moi...

— Il n'y a pas de madame ! Puisque vous êtes fils d'un écrivain public, vous n'avez pas le sou, Mariette non plus, et deux misères qui se marient en valent trois. Ma filleule m'a déjà à sa charge, il ne lui manquerait plus que d'avoir des enfants! Beau ménage d'affamés que ça ferait là!

— Mais, marraine... dit la jeune fille.

— Laisse-moi tranquille, toi! Je vois bien le plan : on veut se marier pour se débarrasser de la vieille! Oui, oui, tôt ou tard on lui dira : « — Nous n'avons pas seulement assez de pain pour nous et pour nos enfants, et il nous faut encore te nourrir à rien faire. Va-t'en d'ici, la vieille! *vis si tu peux, meurs si tu veux!* comme dit le proverbe. » Et moi, une fois dans la rue, on m'arrêtera comme vagabonde, on me conduira au *dépôt*, et vous serez débarrassés de ma personne. Oui, oui, le voilà, votre plan!

— Oh! mon Dieu! s'écria Mariette, pouvez-vous croire cela?

— Madame, se hâta de dire Louis, rassurez-vous. Aujourd'hui même j'ai fait une découverte à laquelle j'étais loin de m'attendre. Mon père, par des raisons que je dois respecter, m'avait jusqu'ici caché qu'il était riche, très-riche.

Mariette regarda Louis d'un air plus étonné que ravi de cette nouvelle inattendue; puis elle dit à madame Lacombe :

— Vous le voyez, marraine, vous n'aurez plus de ces craintes si navrantes pour moi.

— Ah! ah! ah! ah! s'écria madame Lacombe avec un éclat de rire sardonique, elle donne là-dedans, elle!...

— Mais, ma marraine...

— Tu ne vois donc pas qu'il invente ce mensonge-là pour que je consente à ton mariage?

— Madame, je vous jure...

— Je vous dis que tout ça, c'est des tromperies, moi! s'écria madame Lacombe; ou bien, si vous êtes riche, alors vous ne voudrez plus de Mariette. Allons donc! est-ce que le fils d'un homme riche est assez bête pour épouser une pauvre ouvrière qui ne sait ni lire ni écrire?

Sans partager les doutes de sa marraine, Mariette, songeant à la nouvelle fortune de Louis, le regarda d'un air inquiet, attristé.

Le jeune homme comprit la signification de ce regard et reprit :

— Vous vous trompez, madame Lacombe : le fils d'un homme riche tient la parole qu'il a donnée étant pauvre, lorsque le bonheur de sa vie est attaché à cette parole.

— Bah! bah! c'est des mots, interrompit la malade d'un ton méflant et bourru. Que vous soyez riche ou pauvre, vous n'aurez pas Mariette, à moins de m'assurer de quoi vivre. Je ne demande pas beaucoup : six cents francs par an; mais il me les faut en argent avant le contrat, et déposés chez un bon notaire.

— Ah! marraine, dit Mariette, ne pouvant retenir ses larmes, vous défier ainsi de Louis!

— Ah! bien oui! s'écria la malheureuse créature, ayez-en donc de la confiance, et puis un beau jour vous êtes volée! Je connais ça : *avant*, on promettra tout ce qu'on voudra, et puis, *après*, on aura de la vieille infirme par-dessus les bras, et on vous la fera fourrer au dépôt, plus vite que ça! Seule avec Mariette, je n'aurais pas craint d'être mise par elle sur le pavé : je lui suis à charge, elle a assez de moi, c'est vrai; mais elle est bonne petite fille, l'habitude est prise, et elle me craint. Tandis qu'une fois mariés, vous me ficheriez tous les deux à la porte sans rémission; et où voulez-vous que j'aille, moi? Qu'est-ce que vous voulez que je devienne? Est-ce que c'est de ma faute si je me suis estropiée dans mon état? Non! non! pas de mariage, ou six cents francs de rente pour moi déposés chez un bon notaire! C'est mon idée.

Pendant que madame Lacombe se livrait à ces récriminations amères, Louis et Mariette avaient échangé des regards tristement significatifs.

La jeune fille semblait dire :

— Vous l'entendez, Louis? Avais-je tort de vous dire combien le malheur, qui s'est acharné sur elle durant toute sa vie, a aigri le caractère de ma marraine?

— Pauvre enfant! semblait répondre le jeune homme, que vous avez dû souffrir! voir un dévouement aussi tendre, aussi saint que le vôtre, accueilli, compris, récompensé de la sorte!

— C'est le malheur qu'il faut accuser, non pas elle, Louis; elle a tant souffert! répondait le touchant regard de la jeune fille.

— Madame, reprit Louis lorsque la malade eut cessé de parler, vous pouvez être certaine que votre sort sera ce qu'il devait être! Mariette et moi, nous n'oublierons jamais que vous l'avez recueillie, que vous avez été pour elle une seconde mère, et, soit que vous consentiez à vivre auprès de nous, soit que vous préfériez vivre seule, vous serez traitée aussi dignement que vous devez l'être.

— Ah! merci, Louis, dit la jeune fille avec reconnaissance; merci de partager ainsi ce que je ressens pour ma pauvre marraine, ma seconde mère!

Et la jeune fille se pencha vers madame Lacombe pour l'embrasser; mais la malade, la repoussant, reprit avec un accent sardonique :

— Tu ne vois pas qu'on se moque de nous? T'épouser! Me faire une pension! Est-ce que ça s'est jamais vu! Il veut m'amadouer, voilà tout; et, s'il est vraiment riche, veux-tu que je te dise ce qui t'arrivera, moi? Il t'enjôlera, te lanternera, et un beau jour tu apprendras sa noce avec une autre; aussi je lui défends de remettre les pieds ici.

— A moins, madame, que je ne me présente chez vous avec mon père, et qu'il ne vienne vous demander la main de Mariette, en vous faisant connaître les avantages qu'il nous assure et à vous aussi.

— Oui, oui, répondit la malade en se retournant vers la ruelle, car elle s'était remise sur son lit, quand nous nous reverrons pour nous proposer ces belles choses-là, ce sera la semaine des quatre jeudis.

— Ce sera demain, madame Lacombe, répondit Louis.

Puis, s'adressant à la jeune fille :

— Adieu, Mariette. A demain donc, je viendrai avec mon père.

— Mon Dieu! Louis, il serait vrai! répondit-elle en serrant tendrement les mains du jeune homme entre les siennes. Après tant de chagrins, le bonheur viendrait enfin... le bonheur pour toujours!

— Allez-vous bientôt finir? vous me rompez la tête avec votre bonheur! s'écria aigrement la malade. Laissez-moi donc en repos; et toi, Mariette, ne bouge pas de là : tu meurs d'envie d'accompagner ce menteur-là dans l'escalier; mais j'ai dit non, c'est non!

Louis et Mariette échangèrent un dernier regard, et le jeune homme dit tout bas :

— A demain, Mariette, ma bien-aimée, ma femme!

— Va-t-il décanillier à la fin! s'écria la malade.

Louis quitta la chambre. Mariette revint lentement s'asseoir auprès du lit de sa marraine.

Peu d'instants après cette scène, le jeune homme se rendait en hâte à l'échoppe de son père, où il espérait le rencontrer; mais il trouva l'échoppe fermée, s'informa de M. Richard, et il apprit qu'il n'avait pas paru ce jour-là au Charnier des Innocents. Étonné de ce dérangement si grave dans les habitudes régulières du vieillard, Louis courut alors à la rue de Grenelle, leur commun logis.

XI

Louis Richard arriva bientôt rue de Grenelle. Au moment où il passait devant la loge du portier, celui-ci lui dit :

— Monsieur Louis, votre père est sorti il y a deux heures ; il a laissé cette lettre pour vous ; je devais la porter à votre étude, si vous n'étiez pas revenu ici avant deux heures de l'après-midi.

Le jeune homme prit cette lettre ; elle contenait ce qui suit :

« Mon cher enfant,

« Je reçois à l'instant quelques lignes de mon ami Ramon ; il m'apprend qu'il part de Dreux avec sa fille en même temps que sa lettre, et qu'il arrivera aujourd'hui à Paris.

« Comme il n'a été de sa vie en chemin de fer, et qu'il se fait un plaisir d'essayer de ce genre de locomotion, il s'arrêtera à Versailles, où il nous prie de venir l'attendre. Nous visiterons le palais et nous reviendrons tous à Paris par l'un des derniers convois.

« Je t'attends à l'hôtel du Réservoir. Si je suis déjà parti avec Ramon et sa fille pour notre excursion au palais, tu sauras bien nous retrouver. Il est entendu que cette entrevue avec mademoiselle Ramon ne t'engagera nullement pour l'avenir. Je désire seulement que, profitant de l'occasion qui se présente aujourd'hui, tu puisses, grâce à un sérieux examen, reconnaître l'injustice de tes préventions contre cette jeune personne. D'ailleurs, tu comprendras que, quels que soient tes projets, il serait très-désobligeant pour Ramon, un de mes meilleurs amis, de te voir manquer au rendez-vous qu'il nous donne. Viens-y donc, mon cher Louis, ne fût-ce que par convenance.

« Ton père qui t'aime, et qui n'a au monde qu'un désir, ton bonheur.

« A. Richard. ».

Louis, malgré sa déférence ordinaire aux volontés de son père, s'abstint de se rendre à Versailles, sentant la complète inutilité d'une nouvelle entrevue avec mademoiselle Ramon, puisqu'il était plus décidé que jamais à épouser Mariette.

L'étrange révélation qui lui avait fait connaître la fortune de son père changea si peu les modestes et laborieuses habitudes de Louis, qu'il se rendit en hâte à son étude afin d'y accomplir son devoir et d'excuser son absence durant la matinée. Quelques travaux pressés auxquels il se livra, non sans de nombreuses distractions causées par les divers incidents de la journée, le retinrent longtemps à son étude. Au moment où il se disposait à sortir, un de ses camarades entra en s'écriant :

— Ah! mes amis, quel événement! quel malheur!

— Quoi? qu'y a-t-il?

— Je viens de rencontrer quelqu'un qui arrive de la gare du chemin de fer de Versailles.

— Du chemin de fer! dit Louis en tressaillant. Eh bien, qu'est-il arrivé?

— Un épouvantable accident.

— Grand Dieu! s'écria Louis en pâlissant.

— Achevez.

— Le convoi de retour sur Paris a déraillé; les waggons se sont amoncelés les uns sur les autres, le fourneau de la machine a mis le feu aux voitures, et l'on dit que presque tous les voyageurs ont été écrasés ou brûlés, et que...

Louis, saisi d'une angoisse mortelle, n'en put pas entendre davantage. Oubliant de prendre son chapeau, il se précipita hors de l'étude, courut à une porte cochère où se tenait habituellement un cabriolet *de régie*, et, sautant dans cette voiture, il dit au cocher :

— Vingt francs de pourboire si vous me conduisez à toute bride au chemin de fer de Versailles... et de là... ailleurs... je ne sais encore où... Mais partons, au nom du ciel, partons!

— Rive droite ou rive gauche, monsieur? dit le cocher en fouettant son cheval.

— Comment?

— Il y a deux gares, monsieur, celle de la rive droite et celle de la rive gauche.

— Je veux aller sur la ligne où vient d'arriver un affreux malheur.

— C'est la première nouvelle que j'en apprends, monsieur.

Louis se fit reconduire à son étude, afin de se renseigner auprès de celui de ses camarades qui avait apporté la nouvelle de l'événement; mais, n'ayant plus trouvé personne chez son notaire, le fils de l'avare remonta en cabriolet avec un redoublement d'angoisse.

— Monsieur, lui dit le cocher, je viens d'apprendre que c'est sur la rive gauche.

Louis, tiré de son indécision, se fit mener à l'embarcadère de la rive gauche. Là, l'événement lui fut confirmé; il apprit aussi à quel endroit de la ligne cet affreux malheur était arrivé. La grande route d'abord, un chemin de traverse ensuite, lui permirent de s'avancer jusqu'à peu de distance du Bas-Meudon, vers la tombée de la nuit. Il se jeta hors du cabriolet, et, guidé par les dernières lueurs de l'incendie des waggons amoncelés, il se trouva bientôt sur le lieu du sinistre.

Les récits contemporains ont si longtemps retenti de cette catastrophe, qu'il est inutile d'entrer ici dans de nouveaux détails; nous dirons seulement que, pendant toute la nuit, en vain Louis rechercha son père parmi ces corps calcinés, défigurés ou affreusement blessés. Vers quatre heures du matin, le jeune homme, brisé de douleur, de fatigue, revint à Paris, n'ayant plus qu'un espoir, c'est que son père, ayant, ainsi qu'un petit nombre de voyageurs, échappé au danger, eût regagné sa demeure pendant la soirée.

A peine arrivé devant la porte de sa maison, Louis descendit de cabriolet et courut à la loge du portier :

— Mon père est-il rentré? furent ses premiers mots.

— Non, monsieur Louis.

— Ah ! plus de doute ! murmura-t-il en étouffant ses sanglots; mort !... mort !...

Et, ses genoux fléchissant sous lui, il fut obligé de s'asseoir, et faillit s'évanouir.

Après s'être reposé quelques instants chez le portier, qui lui offrit les banales condoléances d'usage, Louis regagna lentement sa chambre.

A la vue de cette pauvre demeure, si longtemps partagée avec un père qu'il avait si tendrement aimé, et qui venait de périr d'une mort épouvantable, la douleur de Louis atteignit à son comble; il se jeta sur son lit, cachant sa figure entre ses mains, et donna un libre cours à ses sanglots.

Depuis une demi-heure environ, il s'abîmait dans un profond désespoir, lorsqu'il entendit frapper à sa porte, et le portier entra.

— Que voulez-vous? dit Louis en essuyant ses pleurs.

— Monsieur Louis, je suis bien fâché de vous déranger dans un pareil moment; mais c'est le cocher...

— Quoi? demanda Louis, qui, tout à sa douleur, avait oublié le cabriolet. Quel cocher?

— Mais le cocher que vous avez gardé toute la nuit. Il paraît que vous lui avez promis vingt francs pour boire, ce qui fait, avec ses heures de course d'hier et de cette nuit, quarante-neuf francs, et il les demande.

— Eh! mon Dieu! dit le jeune homme avec une douloureuse impatience, donnez-lui cet argent, et laissez-moi!

— Mais, monsieur Louis, quarante-neuf francs, c'est une grosse somme! Et je ne l'ai pas, moi!

— Ah! mon Dieu! comment faire? s'écria Louis, rappelé par cette demande aux intérêts matériels de la vie. Je n'ai pas d'argent.

Et il disait vrai, car jamais il n'avait eu à sa libre disposition le quart de la somme qu'il devait au cocher.

— Mais alors, monsieur, reprit le portier, comment prenez-vous des cabriolets de régie à l'heure, et la nuit encore, en leur promettant des pourboires de vingt francs? Vous êtes donc fou! Comment allez-vous faire? Voyez au moins s'il n'y a pas quelque monnaie dans le tiroir de feu votre père?

A ces derniers mots, Louis se souvint de ce que, dans sa douleur, il avait jusqu'alors oublié. On lui avait dit que son père était riche. Songeant alors que peut-être il y avait dans la chambre quelque argent caché, mais ne voulant pas se livrer à ses recherches devant le portier, il lui dit :

— Il se peut que j'aie besoin du cabriolet ce matin; qu'il attende. Si d'ici à une demi-heure je ne suis pas descendu, vous remonterez; je vous remettrai l'argent.

— Mais, monsieur, cette attente va encore augmenter vos frais, et, si vous n'avez pas de quoi payer, il faudra...

— C'est bien, reprit Louis en l'interrompant brusquement, je sais ce que j'ai à faire.

Le portier sortit. Le jeune homme, resté seul, éprouva une sorte de remords en songeant aux recherches qu'il allait tenter; cette investigation, dans un pareil moment, lui semblait sacrilége; mais, forcé par la nécessité, il se résigna.

Le mobilier de la chambre se composait d'une table à écrire, d'une commode et d'un vieux bahut en noyer, pareil à ceux que l'on voit chez les paysans aisés; il se composait de deux compartiments superposés l'un à l'autre.

Louis visita la table et la commode : il n'y trouva pas d'argent; les deux clefs du bahut étaient aux serrures des compartiments; il les ouvrit et ne vit que quelques hardes sur les planches; un long tiroir séparait les deux corps de ce meuble; dans ce tiroir, Louis ne trouva que quelques papiers sans importance. Cependant, pensant à la possibilité d'une cachette, l'idée lui vint de faire sortir ce tiroir de ses rainures; d'abord il n'aperçut rien, mais un examen plus attentif lui fit découvrir un bouton de cuivre effleurant la rainure gauche; il poussa ce bouton; aussitôt il entendit dans le corps inférieur du meuble un léger grincement semblable à celui de deux charnières qui se déploient; il se baissa et vit la planche qui semblait former le compartiment s'abaisser lentement en mettant à jour un double fond, creux de six pouces environ, et s'étendant dans toute la partie postérieure du meuble. Plusieurs tablettes transversales, disposées comme les rayons d'une bibliothèque et recouvertes de velours rouge garnissaient cette cachette; sur chacune d'elles on voyait, symétriquement rangées, d'innombrables piles de pièces d'or, de tous les modèles, de toutes les époques; évidemment chacune de ces pièces devait avoir été souvent nettoyée, lustrée, car elles étincelaient comme si elles venaient de sortir du balancier.

Louis, malgré son accablante tristesse, resta un moment ébloui à la vue de ce trésor, dont la valeur devait être considérable. Cette première impression passée, il remarqua un papier placé sur la première tablette, le prit, et, reconnaissant l'écriture de son père, il lut ces mots :

« Cette collection de pièces d'or a été commencée le 7 septembre 1303; sa valeur vénale se monte à 287,634 fr. 10 c. (Voir le paragraphe IV de mon testament, confié à maître Marainville, notaire, rue Sainte-Anne, n° 28, dépositaire de mes titres de rentes, actions et autres valeurs de portefeuille. Voir aussi l'enveloppe cachetée, placée derrière les piles de quadruples d'Espagne, cinquième tablette.) »

Louis dérangea plusieurs piles de ces épaisses et larges pièces d'or, et trouva en effet une enveloppe cachetée de noir.

Sur cette enveloppe on lisait ces mots écrits en grosses lettres :

« A MON CHER ET BIEN-AIMÉ FILS. »

Au moment où Louis mettait la main sur cette enveloppe, on frappait à la porte. Se rappelant qu'il avait dit au portier de revenir bientôt, il n'eut que le temps de prendre un des quadruples et de pousser les ventaux du meuble, qui se refermèrent sur le trésor.

Le portier examina avec autant de surprise que de curiosité le doublon que le jeune homme venait de lui remettre, et s'écria d'un air ébahi :

— Quelle belle pièce d'or! On la croirait toute neuve. Je n'en ai jamais vu de pareille.

— Il suffit, reprit Louis ; allez payer.

— Combien cela vaut-il donc, une belle pièce d'or comme cela, monsieur?

— Cela vaut plus que la somme que je dois ; allez chez un changeur, et payez le cocher.

— Monsieur Louis, reprit le portier d'un ton mystérieux, est-ce que le père Richard vous en a beaucoup laissé de ces belles pièces-là? Qui est-ce qui aurait jamais cru que ce pauvre bonhomme...

— Sortez! s'écria Louis, irrité du cynisme de cette question ; allez payer le cocher et ne revenez pas.

Le portier se hâta de se retirer. Louis, afin d'être à l'abri de nouvelles indiscrétions, s'enferma, ôta la clef de la serrure, et revint au bahut.

Avant d'ouvrir le testament de son père, et pendant un moment encore, le jeune homme contempla, presque malgré lui, l'éblouissant trésor. Mais cette fois, et quoiqu'il se reprochât cette pensée trop riante dans un si funèbre moment, il songeait à Mariette, se disant que le quart de la somme qu'il avait sous les yeux lui suffirait pour assurer à jamais le bien-être et l'indépendance de sa femme.

Puis il tâchait d'oublier le cruel stratagème employé par son père à l'égard de la pauvre ouvrière, et se plaisait même à croire que son mariage avec elle aurait obtenu l'assentiment du vieillard, et que, sans avouer les richesses qu'il possédait, il eût du moins assuré le sort des nouveaux époux.

La découverte de ces richesses n'inspirait pas à Louis une de ces joies cupides et vengeresses que ressentent presque toujours les héritiers d'un avare, lorsqu'ils songent aux privations cruelles que cette avarice leur a fait souffrir.

Ce fut, au contraire, avec un touchant et pieux respect que le jeune homme prit le testament de son père et que, d'une main tremblante d'émotion, il décacheta le pli qui contenait sans doute les dernières volontés du vieillard.

XII

Le testament du vieillard, écrit depuis deux mois environ, était ainsi conçu :

« Mon fils bien-aimé, lorsque tu liras ces lignes, j'aurai cessé de vivre.

« Tu m'as toujours cru pauvre : je te laisse une grande fortune accumulée par mon AVARICE.

« J'ai été *avare*, je ne m'en défends pas; loin de là, je m'en honore, je m'en glorifie.

« Et voici pourquoi :

« Jusqu'au jour de ta naissance, qui m'a ravi ta mère, j'avais, sans me montrer prodigue, été assez insoucieux d'augmenter mon patrimoine et la dot que m'avait apportée ma femme; dès que j'ai eu un fils, ce sentiment de prévoyance, qui devient un devoir sacré lorsqu'on est père, s'est peu à peu changé chez moi en économie, puis en parcimonie, puis enfin en AVARICE.

« Du reste, les privations que je m'imposais, tu n'en souffris jamais dans ton enfance. Né sain et robuste, la mâle simplicité de ton éducation a aidé, je le crois, au développement de ton excellente constitution.

« Lorsque tu as été en âge de recevoir l'instruction, je t'ai envoyé dans une des écoles ouvertes à la pauvreté : d'abord c'était pour moi une économie (il n'y a pas de petites économies); ensuite, tu devais puiser dans cette éducation commune l'habitude d'une vie modeste, laborieuse. Le succès a dépassé mon attente. Élevé avec des enfants pauvres au lieu de l'être avec des enfants riches ou aisés, tu n'as ressenti aucun de ces goûts factices, dispendieux, aucune de ces envies amères, aucune de ces jalousies vaniteuses qui influent presque toujours fatalement sur nos destinées.

« Je t'ai ainsi épargné beaucoup de chagrins, qui, pour être enfantins, n'en sont pas moins cruels.

« Tu n'as pas eu à comparer ta condition à des conditions plus hautes ou plus opulentes que la tienne.

« Tu n'as pas éprouvé une sorte de regret haineux en entendant tel de tes camarades parler de la splendeur de l'hôtel de son père, tel autre vanter l'antique noblesse de sa race, tel autre, enfin, supputer les richesses dont il jouirait un jour.

« L'on croit généralement que, parce que des enfants de conditions très-dissemblables portent le même uniforme, mangent à la même table, suivent les mêmes cours au collége, le sentiment de l'égalité existe entre eux.

« Erreur profonde.

« L'inégalité sociale est aussi bien comprise parmi les enfants qu'elle l'est dans le monde.

« Presque toujours le fils d'un riche bourgeois ou d'un grand seigneur montre à dix ans la morgue ou la hauteur qu'il déploiera quinze ans plus tard.

« Que les enfants soient de *petits hommes*, ou que les hommes soient de *grands enfants*, peu importe : tout âge a la conscience de sa condition.

« Quant à toi, élevé avec des enfants du peuple, tu les entendais tous parler des rudes labeurs de leur père et de leur mère ; aussi l'indispensable nécessité du travail s'est, dès ton plus jeune âge, gravée dans ton esprit.

« D'autres de tes condisciples racontaient les privations, la misère de leur famille ; ainsi tu t'es accoutumé à l'idée de notre pauvreté.

« Enfin tu as vu le plus grand nombre de ces enfants résignés, courageux (la résignation, le courage, deux des plus grandes vertus du peuple), et jamais jusqu'ici, mon fils bien-aimé, la résignation, le courage, ne t'ont fait défaut.

« A quinze ans, je t'ai fait concourir pour une bourse d'externe dans une école communale supérieure, où tu as achevé tes études ; ta première éducation avait déjà porté d'excellents fruits, car dans cette nouvelle école, bien que plusieurs de tes camarades appartinssent à l'aristocratie de naissance ou de fortune, leur contact n'a en rien altéré tes qualités précieuses, et tu ne connus jamais la jalouse envie.

« A dix-sept ans, tu es entré petit clerc chez un notaire, mon ami, qui seul a eu le secret et l'administration de ma fortune ; jusqu'à cette heure où j'écris ces lignes, la discrétion de cet ami a égalé son dévouement ; la modeste carrière que tu étais appelé à parcourir ne t'inspirait pas d'éloignement ; l'amitié de ton patron pour moi me répondait de sa sollicitude à ton égard ; il t'a donné des leçons de droit public, et, grâce à ses soins, aux travaux dont il t'a progressivement chargé, tu as acquis près de lui une parfaite connaissance des affaires ; aussi, grâce à ma prévision, tu vas être à même de gérer habilement, fructueusement, les biens considérables que je t'ai amassés.

« Ma conscience ne me reproche rien, et cependant parfois, je te l'avoue, j'ai craint que tu n'adresses à ma mémoire ce reproche :

« *Pendant que vous entassiez des richesses, mon père, vous me voyez sans pitié souffrir de cruelles privations.*

« Mais la réflexion chassait toujours cette crainte de mon cœur ; je me rappelais, mon cher enfant, combien de fois tu m'as dit que, bien que pauvre, ta condition te satisfaisait, et, si tu désirais un peu de bien-être, c'était pour moi seul.

« En effet, ton inaltérable bonne humeur, ta douceur, l'égalité de ton caractère, ta gaieté naturelle, ta tendresse pour moi, m'ont toujours prouvé que ton sort te contentait ; d'ailleurs, je le partageais. Ce que je gagnais de mon côté dans mon métier d'écrivain public, joint à tes économies, nous permettait de vivre sans toucher à mes revenus. Ainsi capitalisés, ils ont fructifié entre les mains prudentes de leur dépositaire ; cela dure depuis près de vingt ans. Aussi aujourd'hui, jour où j'écris ce testament, la fortune que je te laisserai se montera à près de deux millions et demi.

« Je ne sais combien d'années il me reste encore à vivre ; mais, que je vive seulement encore dix ans, j'aurai atteint le terme moyen de l'existence humaine ; tu auras alors trente-cinq ans, et je t'aurai amassé une fortune de quatre à cinq millions, puisque un capital se double en dix ans.

« Ainsi, selon toute probabilité (à moins qu'un coup imprévu me frappe), lorsque tu entreras en possession de ces grands biens, tu atteindras ta complète maturité; les habitudes sobres, modestes, laborieuses, contractées depuis l'enfance, seront pour toi une seconde nature. Ton intelligence des affaires se sera encore développée par la pratique. Joins à ces avantages la rectitude de ton esprit, la forte trempe de ta constitution physique, que nul excès précoce n'aura affaiblie, et maintenant, mon cher enfant, dis-moi si tu ne te trouveras pas dans la meilleure condition possible pour hériter de la fortune que je t'ai créée, et pour en user selon tes goûts, qui, je le pressens, seront aussi généreux qu'honorables.

« Pourquoi, te diras-tu peut-être, me suis-je borné à laisser mes fonds se capitaliser sans tenter quelque grande opération financière ou sans me donner toutes les jouissances du luxe?

« Pourquoi cela? Je vais te le dire, mon cher enfant.

« Mon avarice a eu sa source, il est vrai, dans un sentiment de prévoyance paternelle; mais cette avarice a fini par prendre tous les caractères inhérents à cette violente passion.

« Or j'ai pu, je puis encore me priver de tout, afin d'entasser richesses sur richesses, parce que je me dis avec bonheur que c'est pour toi que j'entasse, et que tu hériteras un jour. Mais, de mon vivant, me dessaisir de mes biens dans tel ou tel but, ou les risquer dans des opérations financières... impossible, oh! impossible! ce serait me déchirer les entrailles; car sais-tu ce qui fait de la possession de nos trésors une seconde vie pour nous autres avares? C'est que, sans dépenser, sans hasarder un denier, nous nous livrons en imagination aux opérations les plus immenses, aux magnificences les plus inouïes. Et cela n'est pas un vain désir, un songe creux. Non, non, de par l'état de ma caisse, ces magnificences étaient réalisables, demain, aujourd'hui, sur l'heure.

« Comment alors veux-tu qu'un *avare* ait le courage ou la volonté de se dessaisir d'un pareil talisman? Comment! pour un projet, pour un seul rêve réalisé, on irait sacrifier mille projets, mille rêves toujours réalisables, surtout lorsqu'on se dit : Quel mal est-ce que je fais? A qui porté-je dommage? Mon fils, jusqu'ici, ne s'est-il pas trouvé heureux de son sort? Ne ferait-il pas l'orgueil des pères les plus fiers de leur enfant? N'est-ce pas, après tout, pour lui, *pour lui seul*, que je thésaurise?

« Et puis, enfin, j'aurais agi différemment, voyons, quel bien en serait-il résulté pour mon fils et pour moi?

« Si j'avais été *prodigue*, ma prodigalité t'eût laissé dans la misère, mon pauvre cher enfant !

« Me serais-je borné à dépenser sagement mon revenu?

« Alors, au lieu de nous adonner au travail, nous serions sans doute restés oisifs ; au lieu de vivre pauvrement, nous aurions eu quelques jouissances physiques, quelques satisfactions vaniteuses. Nous eussions enfin vécu comme tous les bourgeois aisés de notre condition.

« A cela qu'eussions-nous gagné?

« Serions-nous devenus meilleurs? Je ne sais. Mais, à ma mort, je ne t'aurais laissé qu'un revenu raisonnable, et non suffisant à la réalisation d'aucune vaste et généreuse entreprise.

« Un dernier mot, mon cher enfant, pour répondre d'avance à un reproche que tu adresseras peut-être à ma mémoire.

« Crois-le bien, si je t'ai laissé ignorer mes richesses, ce n'est pas par un sentiment de dissimulation ou par méfiance de moi.

« Voici quelles ont été mes raisons :

« Ignorant mes richesses, tu te résignais facilement à la pauvreté; instruit, au contraire, de notre fortune, tu aurais accepté peut-être sans murmurer l'humble existence que je t'imposais, mais tu m'aurais intérieurement accusé de dureté, de bizarre égoïsme. Qui sait enfin si la certitude de ta richesse à venir n'eût pas, peu à peu, dénaturé tes précieuses qualités?

« Ce n'est pas tout, et pardonne-moi, mon cher enfant, cette crainte insensée, cette appréhension si outrageante pour ton excellent cœur; mais, pour jouir de ta tendresse filiale dans tout ce que son désintéressement avait de plus pur, de plus touchant, de plus saint, je n'ai pas voulu, de mon vivant, *te donner l'arrière-pensée d'un opulent héritage*.

« Une dernière raison, enfin, et peut-être la plus grave de toutes, m'a conduit à te cacher ma richesse... Je t'aime tant, vois-tu, qu'il m'eût été impossible de te voir subir la moindre privation si tu avais su qu'il dépendait de moi de te donner la vie la plus large, la plus somptueuse.

« Malgré l'apparente contradiction qui semble exister entre ce sentiment et ma conduite avaricieuse envers toi, j'espère, mon cher enfant, que tu comprendras ma pensée.

« Et maintenant que, par la pensée, je me mets face à face avec la mort, qui peut me frapper demain, aujourd'hui, tout à l'heure, je déclare en ce moment suprême et solennel que je te bénis du plus profond de mon âme, cher enfant bien-aimé, toi qui ne m'as jamais donné que joie et bonheur en ce monde.

« Sois donc béni, Louis, mon bon et tendre fils, sois heureux selon tes mérites, et mes derniers désirs seront comblés.

« Ton père, A. RICHARD.

« Écrit en double, à Paris, le 25 février 18**. »

Louis, profondément ému de la lecture de ce singulier testament, pleura longtemps, réfléchissant à la bizarrerie de son père.

Le jour touchait à sa fin, lorsque le jeune héritier entendit frapper à la porte de la mansarde, et la voix bien connue de Florestan de Saint-Herem arriva jusqu'à lui.

XIII

Saint-Herem se jeta dans les bras de son ami, et lui dit :

— Louis ! mon pauvre Louis ! je sais tout. Hier, je t'avais promis de venir m'informer de ce qui t'intéressait : tout à l'heure, lorsque je suis monté ici, ton portier m'a appris la mort de ton père. Ah ! quel cruel et subit événement !

— Tiens, Florestan, reprit Louis d'une voix pleine de larmes, en remettant à Saint-Herem le testament du vieillard, lis, et tu comprendras si mes regrets doivent être amers.

Lorsque Saint-Herem eut achevé la lecture du testament, Louis reprit :

— Eh bien, dis, maintenant, crois-tu que quelqu'un puisse blâmer mon père de son avarice? Sa seule pensée n'a-t-elle pas toujours été de m'enrichir, de me mettre à même de m'enrichir davantage encore, ou de faire un généreux usage des grands biens qu'il me laisse? C'était pour moi qu'il thésaurisait en s'imposant les plus rudes privations !...

— Rien ne m'étonne de la part d'un avare, répondit sincèrement Florestan. Les avares sont capables de grandes choses... et je dis cela pour tous ceux qui sont en proie à cette passion puissante et féconde.

— Florestan, n'exagérons rien.

— Cela te semble un paradoxe? Rien n'est pourtant plus vrai. On a toujours été envers les avares d'une injustice stupide, ajouta Saint-Herem avec un enthousiasme croissant. Les avares! mais l'on devrait leur élever des autels! Les avares! mais c'est prodigieux, le génie qu'ils emploient à inventer des économies inconcevables, impossibles! C'est quelque chose de merveilleux que de les voir, grâce à leur opiniâtre et savante parcimonie sur toute chose, faire de l'or avec des épargnes en apparence insaisissables : bouts d'allumettes conservés! épingles ramassées! centimes portant intérêts! liards placés à la grosse aventure! Et l'on ose nier les alchimistes, les inventeurs de la pierre philosophale! Mais l'avare la trouve, lui, la pierre philosophale! Encore une fois, ne fait-il pas de l'or avec ce qui n'est rien pour les autres?

— Sous ce rapport tu as raison, Florestan.

— Sous ce rapport et sous tous les rapports; car enfin... Mais tiens, Louis, suis bien ma comparaison : elle est juste et digne de mes beaux jours de rhétorique! Voici un terrain sec, stérile, on y creuse un puits; qu'arrive-t-il? les moindres sources, les plus petits filets d'eau souterraine, les plus imperceptibles pleurs de la terre, évaporés ou perdus jusqu'alors sans profit pour personne, se concentrent goutte à goutte au fond de ce puits; peu à peu l'eau *monte, grandit*; le réservoir s'emplit, et vienne ensuite une main bienfaitrice qui épanche largement au dehors cette onde salutaire : verdure et fleurs naissent comme par enchantement sur ce sol naguère si triste, si nu. Eh bien, dis, Louis, ma comparaison est-elle juste? Le trésor caché de l'avare n'est-ce pas ce puits profond où, grâce à son opiniâtre et courageuse épargne, ses richesses s'amassent goutte à goutte, sou à sou? et, sans l'avare, n'eussent-elles pas été dissipées presque sans profit pour personne, ces milliers de gouttelettes de cuivre, converties en argent, puis en or, et qui, accumulées, forment un réservoir d'où peuvent s'épandre à flots le luxe, la magnificence, les prodigalités de toutes sortes?

— En vérité, Florestan, dit Louis distrait de sa douleur par la verve de son ami, si mon jugement sur la conduite de mon pauvre père avait pu être influencé par ma tendresse filiale, les raisons que tu me donnes, au point de vue économique, me prouveraient du moins que je ne me suis pas abusé.

— Je le crois bien, tu es dans le vrai ! car, si au point de vue philosophique nous envisageons l'avare, il est pardieu bien plus admirable encore !

— Ceci, mon ami, me paraît moins juste.

— Comment ! moins juste ? voyons, réponds : admets-tu que, tôt ou tard, les richesses si laborieusement amassées par l'avare s'épanchent presque toujours en magnificences de toutes sortes, car le proverbe a dit : *A père avare, fils prodigue?*

— Soit; j'admets la prodigalité comme dispensatrice presque ordinaire de ces trésors si longtemps enfouis; mais où vois-tu de la philanthropie là dedans ?

— Où je la vois? mais partout! mais dans tout! Est-ce que les conséquences du luxe, de la magnificence, n'amènent pas le bien-être et l'aisance de cent familles qui tissent la soie, le velours, la dentelle! qui ciselent l'or et l'argent, qui montent les pierres précieuses, bâtissent des palais, sculptent l'ébène des meubles, vernissent les voitures, élèvent les chevaux de race, cultivent les fleurs rares? Est-ce que peintres, architectes, cantatrices, musiciens, danseuses, tout ce qui est enfin métier, art, plaisir, enchantement, poésie, n'a pas une large part à la pluie d'or qui fait éclore ces merveilles? Et cette pluie d'or, d'où sort-elle, sinon de ce magique réservoir si lentement, mais si opiniâtrément rempli par l'avare? Ainsi donc, sans l'avare, pas de réservoir, pas de pluie d'or, et aucune des merveilles que cette splendide rosée peut seule féconder. Maintenant veux-tu que nous abordions l'avare au point de vue catholique?

— L'avare au point de vue catholique!

— Certes, c'est là surtout qu'il est superbe!

— Je te l'avoue, cette thèse me semble difficile à soutenir!

— Elle est des plus simples, au contraire. Voyons. Dis-moi, une des plus grandes vertus catholiques, c'est l'abnégation, n'est-ce pas?

— Sans doute.

— C'est le renoncement absolu aux joies du monde, une vie de privations atroces, une vie d'anachorète dans la Thébaïde.

— Certes.

— N'est-il pas aussi d'un excellent procédé pour le salut des catholiques d'être vilipendés, bafoués, honnis, conspués, abhorrés pendant leur vie, et de supporter ces outrages avec une imperturbable sérénité?

— C'est encore vrai

— Eh bien, mon cher Louis, je te défie de me citer un ordre monastique dont les membres pratiquent aussi absolument, aussi sincèrement que la plupart des *avares* le renoncement aux plaisirs d'ici-bas. Et bien plus, presque tous les moines ne font-ils pas vœu de pauvreté comme un aveugle de naissance ferait vœu de n'y voir point clair? Les capucins renoncent aux danseuses, au vin de Champagne, aux chevaux de courses, aux hôtels, à la chasse, au lansquenet, à l'Opéra. Je le crois pardieu bien, qu'ils y renoncent! La plupart ont de bonnes raisons pour cela; mais l'*avare*, quelle différence! Voilà un renoncement vraiment héroïque! Avoir sous clef, dans son coffre, toutes les jouissances, toutes les ivresses, tous les enchantements de l'âme, de l'esprit et des sens, et posséder l'incroyable courage de se refuser tant de délices! Ah! crois-moi, Louis, là est la force, là est le triomphe d'une volonté énergique.

— C'est qu'aussi l'avarice étouffe presque toujours les autres passions, et le renoncement coûte moins à l'avare qu'à tout autre. En se privant, il satisfait sa passion dominante.

— Justement! Et n'est-ce donc pas une puissante, une grande passion que celle-là qui aboutit à de tels renoncements? Et ce n'est rien encore : comme désintéressement, l'avare est sublime.

— Le désintéressement de l'avarice? Ah! Florestan!

— Il est sublime de désintéressement, te dis-je! L'avare ne s'abuse pas, lui; il est pendant sa vie exécré, honni; il le sait bien, et il sait bien aussi qu'à peine mort ses héritiers danseront presque toujours sur sa tombe les plus ébouriffantes farandoles, en buvant à l'heureuse fin du *fesse-matthieu*, du *grippe-sous*, de l'*harpagon*. Oui, l'avare sait tout cela, la pauvre et bonne âme! cependant citez-m'en un, un seul, qui, dans une telle prévision, rancuneux par delà le trépas, ait tenté de faire disparaître son trésor avec lui? Chose facile (deux millions en billets de banque se brûlent en cinq minutes). Mais non, ces doux avares, pleins de mansuétude et de pardon, pratiquant l'oubli des injures, laissent leur trésor à leurs héritiers. Tiens, Louis, sais-tu quelque chose de comparable au martyre d'un avare? Et il dure non pas une heure, mais toute sa vie, car l'avare se dit incessamment : « Ce trésor amassé avec tant de peine, au prix de privations inouïes, ce n'est pas pour moi que je l'aurai amassé. Non, non; viendra l'heure fatale où cet or, auquel je tiens comme à mon sang, sera dissipé en prodigalités fastueuses, en folles orgies, au milieu desquelles mon nom sera bafoué, insulté, et cela par mon fils peut-être! et pourtant ce trésor, je ne le fais pas disparaître avec moi pour tromper et punir tant d'insolente cupidité! » Ah! crois-moi, Louis, c'est une forte, c'est une grande passion que l'avarice, et rien de ce qui est grand, de ce qui est fort, n'est inutile. Le bon Dieu sait ce qu'il fait; je crois que, dans son intelligence, dans sa bonté infinie, Dieu n'a pas créé de passions sans but, c'est-à-dire de forces sans emploi. S'il a doué les avares d'une incroyable concentration de volonté, c'est qu'ils ont à accomplir quelque mystérieuse destinée. Tant pis pour le vulgaire assez peu éclairé pour ignorer la *domestication* de cette passion (comme dirait le savant docteur Gasterini, le grand apôtre de la GOURMANDISE), tant pis pour l'humanité si elle laisse l'avarice à l'état inculte et sauvage. Greffez le poirier des bois, il vous donne, au lieu d'un fruit amer, un fruit savoureux. Encore une fois, toute force a et doit avoir son expansion, toute passion bien dirigée son excellent essor. Suppose, par exemple, un avare, ministre des finances d'un État, et apportant dans la gestion, dans l'économie des deniers publics, cette inflexibilité qui caractérise l'avarice : il enfantera des prodiges. *A l'encontre du surintendant Fouquet* (dit Saint-Simon), M. COLBERT, *malgré ses grands biens, était en son particulier étrangement ménager*. Or Fouquet avait ruiné les finances de la France, et jamais elles ne furent plus florissantes que sous Colbert; sans ce ministre avare, les prodigalités de Louis XIV devenaient impossibles, et tant de merveilles de magnificence et d'art et de poésie restaient dans le néant. Tu le vois donc bien, tout se relie, tout s'enchaîne; chaque cause a son effet. Louis XIV prodigue est la conséquence de Colbert avare.

— Florestan, reprit tristement Louis, pendant que ce *grand roi*, dont j'ai toujours abhorré la mémoire, ruinait le pays par ses insolentes prodigalités, le peuple, écrasé d'impôts, vivait dans une atroce servitude pour subvenir au faste effronté de Louis XIV, de ses maîtresses et de ses bâtards. De nos jours, que de misères encore! Ah! si, comme moi, tu connaissais la vie de Mariette, par exemple! Pauvre enfant, si vaillante au travail pourtant! le spectacle d'un si affreux dénûment te causerait comme à moi un sentiment amer.

— C'est vrai; mais que veux-tu, je suis philanthrope et économiste à ma manière; je prends le temps comme il est, et, faute de pouvoir faire mieux, je dépense jusqu'à mon dernier sou, morbleu! Ce n'est pas moi que l'on accusera de faire chômer les industries de luxe.

— Mon ami, je n'accuse pas ton généreux cœur; dans l'état des choses, celui qui dépense largement, follement même ses richesses, donne du moins du travail, et le travail, c'est le pain; et pourtant tu vantes l'avarice.

— Eh morbleu! mon ami, raison de plus!

— Comment?

— Qui appréciera, qui glorifiera l'excellence de l'armurier, sinon le guerrier? L'excellence du cheval, sinon le cavalier? L'excellence du luthier, sinon l'instrumentiste? Paganini pape eût canonisé Stradivarius, l'auteur de ces violons merveilleux dont le grand artiste jouait si admirablement. Or moi, qui ai la prétention de jouer admirablement du million, je canoniserais mon oncle, cet héroïque martyr de l'avarice, si la justice distributive voulait que les merveilleux instruments de prodigalité qu'il fabrique en entassant sou sur sou tombassent un jour entre mes mains.

— Ah! mon Dieu!

— Qu'as-tu, Louis?

— Tu ignores donc...

— Quoi?

— Mais oui! car, ainsi que me l'avait écrit mon pauvre père, la résolution de M. Ramon de venir à Paris avait été subite.

— Mon oncle est à Paris?

— Ah! Florestan! il est des événements étranges!

— De quel air me dis-tu cela? Que signifie...

— Et c'est moi, dans un pareil moment, et après l'entretien que nous venons d'avoir, c'est moi qui dois t'apprendre!... ah! encore une fois, cela est étrange!

— Que dois-tu m'apprendre? Qu'y a-t-il d'étrange?

— Je t'ai parlé des projets de mon pauvre père au sujet d'un mariage entre moi et ta cousine.

— Oui. Ensuite?

— Ton oncle, ignorant mon refus et voulant hâter le moment de cette union, qu'il désirait aussi vivement que mon père, est parti hier de Dreux avec sa fille, et tous deux sont arrivés ce matin.

— A Paris? Bien. Mais pourquoi cet embarras, cette hésitation de ta part, mon cher Louis?

— Ton oncle et sa fille ne sont pas venus directement à Paris, ils se sont arrêtés à Versailles, Florestan, à Versailles, où mon pauvre père... est... est allé!

A cette pensée qui ravivait ses douleurs, Louis ne put achever; ses sanglots étouffèrent sa voix.

Saint-Herem, touché de l'émotion de son ami, lui dit :

— Allons, mon ami, du courage. Je comprends ton profond chagrin, le testament de ton père doit augmenter tes regrets.

— Florestan, dit le jeune homme après un assez long silence, en essuyant ses larmes, si j'hésitais tout à l'heure à m'expliquer, c'est que, dans les idées de tristesse et de deuil où je suis, je crains d'être péniblement affecté en voyant la satisfaction, excusable peut-être, que va sans doute te causer la nouvelle que j'ai à te donner.

— Pour Dieu! Louis, explique-toi clairement.

— Je te l'ai dit; mon père est allé à Versailles rejoindre ton oncle et ta cousine.

— Et puis?

— Ton oncle et sa fille, ainsi que cela avait été convenu avec mon père, auront sans nul doute pris le chemin de fer comme lui, monté dans le même waggon que lui... et...

— Eux aussi! s'écria Saint-Herem en mettant ses deux mains sur son visage. Les malheureux! ah! ce serait horrible!

Le cri d'effroi, l'accent de pitié de Saint-Herem furent si spontanés, si sincères, que Louis se sentit touché de cette preuve de la bonté du cœur de son ami, dont la première impression avait témoigné d'un sentiment de généreuse commisération et non d'une joie cupide et cynique.

XIV

Pendant quelques moments, Louis Richard et Saint-Herem gardèrent le silence.

Le fils de l'avare prit le premier la parole, et dit à son ami avec effusion :

— Je ne puis t'exprimer, Florestan, combien me touche ton mouvement de sensibilité ; il est si en rapport avec ce que j'éprouve dans ce triste moment !

— Que veux-tu, mon ami, je n'éprouvais, tu le sais, aucune sympathie pour mon oncle. J'ai pu faire sur lui, et dans l'hypothèse de son héritage, de ces plaisanteries *à la Molière* et pour ainsi dire traditionnelles, railleries d'autant moins graves, d'ailleurs, que ceux dont on plaisante sont en parfaite santé ; mais, dès qu'il s'agit d'un événement aussi horrible que celui dont mon oncle et sa fille peuvent avoir été victimes comme ton pauvre père, il faudrait avoir un cœur de bronze et une cupidité infâme pour ne songer qu'à l'héritage, et ne pas se sentir profondément attristé. Quant à ce que je pense de l'avarice, cette passion dont les conséquences sont si fécondes, je ne rétracte rien ; j'aurais seulement donné à ma pensée un tour plus sérieux, si j'avais prévu qu'il s'agissait pour moi d'une question pour ainsi dire personnelle... Mais, tu le vois, je ne suis pas du moins de ces héritiers qui accueillent l'héritage avec une joie cynique. Maintenant, dis-moi, Louis, et pardonne à la nécessité d'une question qui va raviver ta douleur : dans les pénibles recherches que tu as faites pour retrouver ton père, rien n'a pu te donner l'espoir que mon oncle et sa fille auraient échappé à cette mort affreuse ?

— Tout ce que je puis te dire, Florestan, c'est que je me rappelle parfaitement n'avoir vu ni ton oncle ni ta cousine parmi les personnes blessées ou mortes sur le coup. Quant aux victimes dont ils ont sans doute, hélas ! partagé le sort, ainsi que mon père, il était impossible de reconnaître leurs traits : c'était un amas sans forme de corps calcinés, réduits presque en charbon !

Louis s'interrompit à ce terrible souvenir, et ses larmes coulèrent encore.

— Selon toute probabilité, mon pauvre Louis, c'est ainsi que tu me l'as dit : mon oncle et sa fille devaient se trouver dans le même waggon que ton père. Ils auront peut-être partagé son sort; je vais d'ailleurs écrire à Dreux et faire de nouvelles et actives recherches. Si tu apprends de ton côté quelque chose de nouveau, préviens-moi. Mais, j'y songe : au milieu de tant de tristes incidents, j'avais oublié de te demander des nouvelles de Mariette.

— Il s'agissait d'un cruel malentendu, ainsi que tu l'avais soupçonné, Florestan. Je l'ai retrouvée plus tendre, plus dévouée que jamais.

— Son amour sera du moins pour toi une précieuse consolation à tes chagrins. Allons, bon courage, mon pauvre Louis, courage et à bientôt! Tout ce qui vient de se passer resserre encore les liens de notre amitié.

— Ah! Florestan, sans cette amitié, sans l'affection de Mariette, je ne sais comment je pourrais supporter le coup qui m'accable. Adieu, mon ami, et tiens-moi aussi au courant de ce que tu découvriras relativement à ton oncle.

Les deux amis se séparèrent.

Resté seul, Louis réfléchit longtemps à la conduite qu'il devait tenir. Sa détermination arrêtée, il plaça dans son sac de nuit la somme en or qu'il avait découverte, prit le testament de son père, et se rendit chez son patron, notaire et ami du défunt, ainsi que Louis venait de l'apprendre en lisant les dernières volontés de l'avare.

Le notaire, douloureusement frappé des détails de la mort plus que probable de son client, tâcha de consoler Louis, et se chargea des formalités légales qui devaient constater le décès de M. Richard père.

Ces arrangements convenus, Louis dit à son patron :

— Maintenant, monsieur, il me reste une question à vous faire. Les tristes formalités dont vous parlez étant remplies, pourrai-je disposer des biens de mon père?

— Certes oui, mon cher Louis.

— Voici donc, monsieur, quelles sont mes intentions. Je vous apporte une somme qui se monte à plus de deux cent mille francs; je l'ai trouvée dans un de nos meubles; sur cette somme, je désire assurer une pension de douze cents francs à la marraine d'une jeune orpheline que je dois épouser.

— Mais cette jeune fille est-elle dans une position de fortune qui..

— Mon cher patron, répondit Louis en accentuant les paroles suivantes d'un ton ferme et résolu, cette jeune fille est ouvrière et vit de son travail; je l'aime depuis longtemps; aucune puissance humaine ne m'empêcherait de l'épouser.

— Soit, dit le notaire, comprenant l'inutilité de ses observations; la pension dont vous parlez sera constituée au bénéfice de la personne que vous m'indiquerez

— Je désire prendre ensuite sur la somme dont nous parlons quinze mille francs environ, afin de monter notre ménage d'une manière convenable.

— Quinze mille francs seulement! dit le notaire, surpris de la modicité de cette demande; cela vous suffira?

— Ma fiancée est comme moi, mon cher patron, habituée à une vie pauvre et laborieuse. Nos désirs ne s'élèvent pas au delà d'une modeste aisance. Aussi un revenu de mille écus par année, joint à notre travail, nous suffira largement.

— Comment, joint à votre travail! Vous comptez donc...

— Rester dans votre étude, si vous ne trouvez pas que j'aie démérité de votre estime.

— Votre femme rester ouvrière, et vous clerc de notaire, avec plus de cent mille livres de rentes!

— Je ne puis, je ne veux pas me résoudre à croire que cette grande fortune me soit acquise, mon cher patron; et, lors même que toutes les formalités judiciaires établiraient la mort probable de mon malheureux père, je conserverai toujours au fond du cœur une vague espérance de revoir celui que je regrette, que je regretterai toujours.

— Hélas! vous vous abusez, mon pauvre Louis.

— Je m'abuserai le plus longtemps possible, monsieur, et, tant que durera cette illusion, je ne me croirai pas libre de disposer des biens de mon père, si ce n'est dans la limite que je vous indique.

— L'on ne saurait, mon cher Louis, agir avec une plus parfaite, une plus honorable réserve; mais quel emploi ferez-vous de l'excédant de ces grands biens?

— Je ne prendrai à ce sujet aucune résolution, monsieur, tant que je conserverai la moindre espérance de retrouver mon père. Veuillez donc demeurer dépositaire de ces richesses, et les gérer comme vous les avez gérées jusqu'ici.

— Je ne puis que vous louer, que vous admirer, mon cher Louis, répondit le notaire avec une émotion profonde. Votre conduite est d'ailleurs conforme à celle que vous avez toujours tenue... vous ne pouviez mieux honorer la mémoire de votre père qu'en agissant ainsi. Il sera fait comme vous le désirez : je resterai dépositaire de votre fortune, et cette somme en or restera ici intacte, sauf ce que vous prélèverez pour vos besoins. Je vais dès aujourd'hui dresser le contrat de pension viagère dont vous m'avez parlé.

— A ce sujet, mon cher patron, je dois entrer dans un détail qui peut-être vous semblera puéril, mais qui cependant a son côté pénible.

— Que voulez-vous dire ?

— La pauvre femme à qui je désire assurer cette pension a été si cruellement éprouvée par le malheur durant sa longue vie, que son caractère, généreux au fond, s'est aigri et est devenu farouche, défiant; la moindre promesse de bonheur serait vaine à ses yeux, si cette promesse ne s'appuyait sur une preuve palpable, matérielle... Aussi, pour convaincre cette infortunée de la réalité de la pension dont nous parlons, j'emporterai une quinzaine de mille francs en or; ils représenteront à peu près le capital de la rente viagère. C'est le seul moyen de convaincre cette pauvre femme de mes bonnes intentions pour elle.

— Rien de plus simple, mon cher Louis; prenez ce que vous désirez, et dès aujourd'hui l'acte sera dressé.

Louis, quittant le notaire, se rendit chez Mariette.

XV

Lorsque Louis Richard entra chez Mariette, la jeune ouvrière travaillait auprès du lit de sa marraine, qui semblait profondément endormie.

La pâleur du jeune homme, l'altération de ses traits, leur expression douloureuse, frappèrent la jeune fille, et elle s'écria en se levant et allant vivement à lui :

— Mon Dieu ! Louis, il vous est arrivé quelque chose, un malheur peut-être ?

— Un grand malheur, Mariette. Avez-vous entendu parler du terrible accident arrivé hier sur le chemin de fer de Versailles?

— Oh! oui, c'est affreux. On parle de je ne sais combien de victimes.

— Je n'en puis presque plus douter, mon père est au nombre de ces victimes.

Mariette, par un mouvement plus rapide que la pensée, se jeta en sanglotant au cou de Louis, et il sentit les larmes de la jeune fille inonder ses joues.

Longtemps les deux jeunes gens restèrent ainsi enlacés sans prononcer une parole. Louis rompit le premier ce douloureux silence.

— Mariette, vous savez dans quels termes je vous ai toujours parlé de mon père, c'est vous dire mon désespoir.

— Oh! c'est un grand malheur, Louis!

— A ce chagrin, il n'est pour moi qu'une consolation au monde, c'est votre amour, Mariette, et de cet amour je viens vous demander une nouvelle preuve,

— Parlez, ordonnez, mon cœur est à vous.

— Il faut nous marier dans le plus bref délai possible.

— Ah! Louis, pouviez-vous douter un moment de mon consentement? Est-ce donc là cette preuve d'amour que vous me demandiez? dit la jeune fille.

Mais bientôt et comme par réflexion, elle ajouta tristement :

— Cependant, nous marier avant la fin de votre deuil, qui commence aujourd'hui, est-ce possible?

— Je viens vous supplier, Mariette, de ne pas vous arrêter à ce scrupule, si respectable qu'il paraisse.

— Moi... je ferai ce que vous voudrez.

— Écoutez, Mariette; longtemps, bien longtemps encore, mon cœur sera brisé par les regrets. Le véritable deuil est celui de l'âme, et chez moi il ne dépassera que trop le terme de convention fixé pour le deuil apparent. J'ai la conscience d'honorer autant qu'il est en moi la mémoire de mon père. C'est pour cela, Mariette, que je crois pouvoir ne pas me conformer à un usage de pure convenance. Ah! croyez-moi, un mariage contracté sous l'impression douloureuse de la perte que j'ai faite aura un caractère encore plus solennel, encore plus sacré, que si nous nous mariions dans d'autres circonstances.

— Vous avez peut-être raison, Louis; mais cependant l'usage!

— Franchement, Mariette, parce que vous serez ma femme, parce que vous pleurerez mon père avec moi, parce que vous porterez son deuil, parce qu'un lien presque filial vous rattachera désormais à sa mémoire vénérée, sera-t-il moins pieusement regretté par nous? Et puis enfin, Mariette, dans l'accablement où je suis, vivre longtemps seul, isolé de vous, me serait impossible... Tenez... je mourrais de chagrin.

— Je ne suis qu'une pauvre ouvrière, ignorante des usages du monde, je ne peux que vous dire ce que je sens, Louis. Tout à l'heure votre offre de nous marier sitôt m'avait par réflexion paru blesser ce que vous appelez les convenances; mais les raisons que vous me donnez me font partager votre avis. Peut-être ai-je tort; peut être le désir d'être à vous, de faire ce qui vous plaît m'influence-t-il? Je ne sais, Louis, mais à cette heure je n'éprouverais ni regret ni remords à nous marier le plus tôt possible. Et pourtant il me semble que j'ai le cœur aussi susceptible qu'un autre.

— Oui, et plus ingrat qu'un autre! s'écria soudain madame Lacombe de sa voix aigre en se dressant sur son séant.

Puis, voyant la surprise se peindre sur les traits de sa filleule et de Louis, elle ajouta d'un ton sardonique :

— C'est ça, on croyait la vieille endormie! et l'on ne se gênait pas de parler de noce. Mais j'ai tout entendu, moi.

— Et il n'y avait rien que vous ne pussiez entendre, madame, reprit Louis gravement. Mariette et moi n'avons pas à rétracter une seule de nos paroles.

— Pardi!... je le crois bien... vous ne pensez qu'à vous... Vous n'avez pas d'autre idée en tête que ce damné mariage... Quant à moi, on y pense... comme si j'étais ma bière... Aussi je ne veux pas que...

— Permettez-moi de vous interrompre, madame, dit Louis, et de vous prouver que je n'ai pas oublié dans ma promesse...

Ce disant, il prit un petit coffret de bois qu'il avait en entrant déposé sur la table, le posa sur le lit de madame Lacombe, et lui dit, en lui remettant une clef :

— Veuillez ouvrir ce coffret, madame, ce qu'il contient vous appartient.

Madame Lacombe prit la clef d'un air défiant, ouvrit le coffret, jeta les yeux sur son contenu, et s'écria, éblouie, stupéfiée :

— Ah ! mon Dieu ! ah ! grand Dieu !

Ce premier moment de stupeur passé, la malade renversa le coffret sur son lit, et bientôt elle eut devant elle un monceau de quadruples d'or étincelants.

Madame Lacombe ne pouvait en croire ses yeux; elle regardait les doublons, les maniait, les faisait tinter, en murmurant d'une voix entrecoupée, palpitante :

— Oh ! que d'or ! que d'or ! Et c'est du bel et bon or, pour sûr ? il ne sonne pas faux ? Mon Dieu ! les belles pièces ! On dirait des pièces de cent sous en or. Quelle grosse somme ça doit faire !

Et elle ajouta avec un soupir :

— Il y aurait pourtant là dedans le repos et l'aisance de la vie à deux pauvres femmes comme moi et Mariette !

— Il y a là, madame, reprit Louis, quinze mille francs environ... Ils sont à vous.

— A moi ! s'écria la malade. Comment ! à moi ?...

Puis elle secoua la tête d'un air incrédule et reprit aigrement :

— C'est ça, moquez-vous de la vieille. Laissez-moi donc tranquille ! Je vous demande un peu pourquoi cet or serait à moi ?

— Parce que cet or, reprit affectueusement Louis, doit servir à vous assurer une pension de douze cents francs, soit qu'après le mariage de Mariette vous veuillez vivre seule, soit que vous préfériez rester auprès de nous ; car dès demain notre contrat sera signé, en même temps que le contrat de votre rente, et cet acte, vous le recevrez en échange de cet or. J'ai tenu à vous l'apporter afin de vous convaincre de la sincérité de mes promesses. Maintenant, madame, puisque vous nous avez écoutés, vous savez les raisons qui me font supplier Mariette de hâter notre mariage. Votre sort est, vous le voyez, désormais parfaitement assuré. Trouvez-vous encore quelque empêchement à mon union avec Mariette, pour qui vous serez toujours une seconde mère ? Dites-le-nous, je vous en supplie, madame. Tout ce qui dépendra d'elle et de moi pour vous contenter, nous le ferons. Notre bonheur serait incomplet s'il vous manquait quelque chose. Allons, madame, courage ! oubliez vos longues souffrances en pensant à une position plus heureuse.

A ces bonnes paroles de Louis prononcées d'une voix émue et pénétrante, madame Lacombe ne répondit rien d'abord; puis elle mit soudain sa main sur ses yeux et se renversa sur son traversin en poussant un soupir douloureux.

Louis et Mariette se regardèrent interdits; la jeune fille, s'agenouillant au chevet de la malade, reprit :

— Marraine, qu'avez-vous?

Mais, ne recevant pas de réponse, Mariette, se penchant davantage, vit des larmes ruisseler à travers les doigts de la malade, et s'écria, sans dissimuler sa surprise :

— O mon Dieu! Louis, ma marraine pleure! Depuis dix ans, c'est la première fois!

— Madame, dit vivement le jeune homme en se penchant vers madame Lacombe, au nom du ciel! répondez; qu'avez-vous?

— J'ai l'air d'une mendiante; j'ai l'air de ne penser qu'à l'argent... et j'ai honte, reprit la malheureuse créature en sanglotant et en continuant de cacher son visage, qui, de livide, devint pourpre de confusion. Oui, oui, vous croyez que je ne veux rien faire que pour de l'argent; vous croyez que je vous vends Mariette pour le mariage... comme je l'aurais vendue pour la débauche, si j'avais été une mauvaise femme!

— Marraine! s'écria Mariette en embrassant la malade avec effusion, ne dites pas cela. Pouvez-vous croire que Louis et moi nous ayons pensé à vous humilier en vous apportant cet argent? Louis a fait ce que vous lui avez demandé, voilà tout.

— Je le sais bien; mais que veux-tu, petite? c'est la peur de mourir dans la rue! la peur de te voir, par ce mariage, plus malheureuse encore que tu l'es, qui m'a fait demander cette rente. Je disais cela, moi, par manière de parler; je sais bien que je n'ai pas le droit d'en avoir, des rentes! mais, si l'on se figurait ce que c'est que la crainte de se voir, comme tant d'autres, sur le pavé, à mon âge, et infirme! C'est égal, j'ai demandé trop, j'ai eu tort. Qu'est-ce qu'il me faut? Un matelas dans un coin, un morceau à manger, et surtout que Mariette ne me laisse pas toute seule. Je suis si habituée à la voir aller et venir autour de moi avec sa douce petite figure! Si elle n'était plus là, je me croirais dans la nuit de la bière... Et puis il n'y a qu'elle au monde qui puisse être bonne pour une vieille infirme comme moi... Je ne désire pas autre chose que de rester avec Mariette; mais me voir jeter ce tas d'or à la figure, eh bien, oui, ça m'a ébloui une minute; mais ça m'a tant humiliée, là, au fin fond du cœur, que j'en ai pleuré, que j'en pleure, ajouta-t-elle en essuyant ses yeux du revers de sa main. On a beau n'être qu'un ver de terre, on a son amour-propre aussi. Et pourtant, quand ce mauvais homme de l'autre jour est venu m'offrir de l'or pour que je lui vende Mariette, ça aurait dû m'humilier encore plus qu'aujourd'hui. Eh bien, non! ce que c'est que de nous! ça m'a rendue furieuse, voilà tout. Mais cette fois-ci, oh! c'est bien différent! je pleure, et, tu es là pour le dire, petite, il y a peut-être dix ans que ça ne m'est arrivé. Dame! voyez-vous, le fiel ça ronge le cœur, mais *ça ne se pleure pas*.

— Ah! pleurez, pleurez, marraine; ces pleurs-là font du bien!

— Allons, ma bonne madame Lacombe, ayez confiance dans l'avenir, reprit Louis de plus en plus attendri. Mariette ne vous quittera jamais; nous ne vivrons pas dans le luxe, mais dans une modeste aisance; Mariette continuera de vous aimer comme sa mère, et moi, je vous aimerai comme un bon fils.

La malade, après quelques instants de silence, reprit en tâchant de lire au plus profond du cœur des jeunes gens :

— C'est pour de bon ce que vous me dites? Vous me prendrez avec vous... bien vrai?

A cette nouvelle preuve de l'invincible défiance de cette infortunée, défiance, hélas! légitimée par l'acharnement du malheur, Louis et Mariette échangèrent un regard de compassion; la jeune ouvrière prit la main de la malade et lui dit de sa voix la plus tendre, la plus touchante :

— Oui, marraine, nous vous garderons avec nous; nous vous soignerons, ainsi que notre mère; vous verrez comme nous vous rendrons heureuse... vrai... oh! bien vrai!

— Vrai!... ajouta Louis avec expansion; bien vrai, bonne mère!

La voix, l'accent, la physionomie de Louis et de Mariette eussent convaincu le scepticisme en personne; mais, hélas! une créance absolue, complète, à un bonheur inespéré ne pouvait pénétrer, attendrir aussi brusquement cette pauvre âme depuis si longtemps corrodée par la souffrance. La malade répondit donc en soupirant et en tâchant de cacher son doute involontaire, de crainte d'affliger les deux jeunes gens :

— Je vous crois, mes enfants. Oui, je crois que M. Louis a de l'argent, je crois que vous avez tous les deux de la bonne amitié pour moi... Mais, dame! vous savez, au nouveau tout est beau! En commençant on a comme ça bien de la bonne volonté, et puis plus tard... ça change! Enfin nous verrons. Et d'ailleurs je serais gênante peut-être pour vous. De nouveaux mariés, ça aime à être seuls, et une vieille sempiternelle comme moi, ça déparerait votre gentil ménage; vous craindrez que je vous bougonne; vous vous lasserez de moi... Enfin, qui vivra verra.

Mariette, pénétrant la pensée de la pauvre vieille, lui dit avec un accent de douloureux reproche :

— Ah! marraine, vous doutez encore de nous! pourtant...

— Faut me pardonner, mes enfants, c'est plus fort que moi, répondit la malheureuse en sanglotant. Puis, souriant d'un air navré, elle reprit : Ça vaut peut-être mieux pour moi que je doute, car, si après cinquante ans de peine et de misères j'allais tout d'un coup croire au bonheur, ça me rendrait peut-être folle.

Et elle ajouta avec un accent d'inexprimable amertume :

— Ma foi! ça ne m'étonnerait pas... j'ai toujours eu tant de chance, moi!

XVI

Cinq ans s'étaient écoulés depuis les événements que nous avons racontés.

La scène suivante se passait dans la soirée du 12 mai 18**, anniversaire du sinistre arrivé le 12 mai 18** sur le chemin de fer de Versailles.

Il était environ neuf heures et demie du soir : une jeune femme de vingt-cinq à vingt-six ans, très-brune, d'une taille remplie d'élégance, d'une figure aussi agréable que distinguée, et d'une physionomie à la fois spirituelle et décidée, achevait une éblouissante toilette de bal; deux de ses femmes l'assistaient : l'une venait d'agrafer au cou de cette séduisante personne une étincelante *rivière* de diamants gros comme des noisettes, tandis que l'autre femme de chambre posait sur les beaux cheveux noirs de sa maîtresse un magnifique diadème dont les diamants égalaient en grosseur ceux du collier. Ajoutons enfin que le corsage en pointe de la robe de pou-de-soie vert tendre, garnie de dentelles magnifiques et de nœuds de satin rose, que portait la jeune femme, étincelait de merveilleuses pierreries.

Le choix de ces diamants n'avait sans doute prévalu qu'après réflexion, car sur un meuble on voyait plusieurs écrins renfermant des parures complètes et non moins splendides; deux d'entre elles, l'une en rubis énormes, l'autre en perles fines, d'un *orient* et d'une grosseur extraordinaires, eussent fait l'admiration d'un joaillier.

L'une des deux femmes de chambre, beaucoup plus âgée que sa compagne, semblait, grâce à ses longs services, jouir d'une sorte de familiarité auprès de sa maîtresse, qui, ainsi qu'elle, était Russe; la seconde femme, jeune Française n'entendant pas le russe, assista donc sans le comprendre à l'entretien suivant, qui eut lieu entre madame la comtesse Zomaloff et sa camériste de confiance, mademoiselle Katinka :

— Madame trouve-t-elle son diadème bien placé ainsi?

— Oui... assez bien, répondit la comtesse.

Et, jetant un dernier regard sur la glace, elle ajouta en se levant :

— Où est mon bouquet?

— Le voici, madame.

Mais madame Zomaloff, se reculant, s'écria :

— Ah! mon Dieu! qu'est-ce que cet affreux bouquet jauni, ridé fané?

— C'est M. le duc qui l'a envoyé tantôt pour madame la comtesse.

— Je reconnais là son bon goût, dit madame Zomaloff en haussant les épaules. Et elle ajouta d'un air moqueur : C'est, je le parierais, un bouquet de *hasard;* quelque amant qui, rompant hier matin avec sa maîtresse, n'aura pas envoyé chercher le soir le bouquet commandé. Il n'y a que M. de Riancourt au monde pour découvrir de pareils bons marchés!

— Ah! madame, croyez-vous que M. le duc lésine à ce point?... Il est si riche!

— Raison de plus!

Quelqu'un frappant à la porte d'une pièce qui précédait le salon de toilette, la femme de chambre française disparut un moment et revint dire :

— M. le duc de Riancourt est arrivé; il est aux ordres de madame la comtesse.

— Qu'il m'attende! répondit madame Zomaloff. La princesse est sans doute au salon?

— Oui, madame la comtesse.

— C'est bien. Tiens, Katinka, agrafe ce bracelet, reprit la jeune femme en tendant son bras charmant à sa camériste. Mais quelle heure est-il donc?

Et, comme Katinka allait lui répondre, madame Zomaloff ajouta en souriant d'un air moqueur :

— Après tout, qu'ai-je besoin de te faire cette question? le duc vient d'arriver, neuf heures et demie doivent...

Le tintement d'une demie qui sonnait en ce moment à la pendule de la cheminée interrompit la comtesse. Elle reprit en riant aux éclats :

— Quand je te le disais, Katinka : c'est une véritable horloge pour l'exactitude que M. de Riancourt.

— Madame, cela vous prouve son empressement, son amour.

— Je lui préférerais un amour un peu plus déréglé. Ces gens à la minute, qui adorent à heure fixe, me paraissent avoir une montre à la place du cœur. Donne-moi un flacon... non, pas celui-ci, un autre; oui, celui-ci. Maintenant je suis presque fâchée d'être complétement habillée et de ne pas avoir à faire attendre plus longtemps ce pauvre duc pour le récompenser de son impitoyable exactitude.

— Mon Dieu! madame, comme vous êtes désobligeante pour lui! Alors pourquoi l'épousez-vous?

— Ah! pourquoi? répondit la comtesse d'un air distrait en donnant un dernier coup d'œil à son miroir, pourquoi j'épouse M. de Riancourt? Tu es plus curieuse que moi, Katinka; est-ce qu'on sait jamais pourquoi l'on se remarie?

— La raison de ce mariage paraît pourtant fort simple à tout le monde : M. le duc, sans avoir certainement, comme madame la comtesse, des mines d'or en Crimée, des mines d'argent dans les monts Ourals, des...

— Katinka, trêve sur mes richesses.

— Enfin, madame, M. le duc, sans avoir comme vous des biens immenses, est un des plus riches et des plus grands seigneurs de France; il est jeune, sa figure est agréable; il n'a pas, comme tant d'autres jeunes gens, mené une conduite dissipée débauchée; il est très-religieux, il est très...

— Il est, si tu le veux, digne de porter une couronne de fleurs d'oranger le jour de notre mariage, droit que moi je n'aurai pas; mais fais-moi grâce du reste de ses vertus; il me semble entendre ma tante me vanter son favori.

— En effet, madame la princesse fait grand cas de M. le duc, et elle n'est pas la seule qui...

— Donne-moi un manteau : les soirées sont encore fraîches.

— Madame a-t-elle pensé aux commandes qu'elle a à faire pour le 20 de ce mois?

— Quelles commandes?

— Madame oublie donc que son mariage a lieu d'aujourd'hui en huit?

— Comment! d'aujourd'hui en huit?... Déjà!

— Certainement, madame: vous l'avez fixé au 20 mai, et nous sommes le 12.

— Allons, si j'ai dit le 20, il faudra bien que ce soit le 20... Donne-moi mes éventails.

Et, tout en choisissant un délicieux éventail, véritable *Watteau*, parmi une collection de petits chefs-d'œuvre en ce genre, la comtesse ajouta :

— Comme c'est singulier pourtant! On a la plus grande existence, on est jeune, on est libre, on abhorre la contrainte, et l'on n'a rien de plus pressé que de se donner de nouveau un maître!

— Un maître! M. le duc! lui si doux, si bénin! Vous ferez de lui tout ce que vous voudrez, madame.

— Je n'en ferai jamais un homme charmant, et pourtant je l'épouse. Ah! ma tante, ma tante, vous me conseillez peut-être une grande sottise! dit la comtesse moitié souriante, moitié pensive, en regardant machinalement un *colin-maillard* de petits Amours par *Watteau*, que représentait son *éventail*.

— Eh! mon Dieu, ajouta-t-elle, tel a été mon mariage: un véritable colin-maillard, un choix à l'aveuglette parmi des hommes du monde qui ne valaient guère mieux les uns que les autres; tous à peu près égaux en richesse et en naissance, mais tous si médiocres, si effacés, si nuls, qu'il n'y avait guère à s'inquiéter du choix. Voilà le motif de ma préférence pour M. de Rlancourt, Katinka; et puis enfin le veuvage a ses inconvénients, je le sais; mais le mariage n'en a-t-il pas aussi de bien grands? Bah ! il vaut mieux encore se marier ; l'on n'a plus du moins l'ennui de se dire : Que ferai-je?

Et, ce disant, la comtesse Zomaloff se rendit au salon, où elle trouva sa tante et le duc de Riancourt.

La princesse Wileska, tante de madame Zomaloff, était une grande femme du meilleur air, portant ses cheveux blancs légèrement poudrés.

Le duc de Riancourt, petit homme de trente ans environ, au cou un peu tors, à la mine béate, onctueuse, à l'œil oblique, aux cheveux longs et plats, séparés par une raie située presque au milieu du front, avait l'air singulièrement sournois et cafard; tous ses mouvements, calculés, réglés, compassés, annonçaient un grand empire sur soi-même. Lorsque madame Zomaloff entra, il alla vers elle, la salua profondément, et porta près de ses lèvres, avec une respectueuse courtoisie, la jolie main que la comtesse lui tendit familièrement; puis il se redressa, resta un moment ébloui et s'écria:

— Ah! madame la comtesse, je ne vous avais pas encore vu tous vos diamants! je ne crois pas qu'il y ait au monde des diamants pareils. Ah ! qu'ils sont beaux [illegible] mon Dieu ! qu'ils sont donc beaux !

— Vraiment, mon cher [illegible]ac? dit madame Zomaloff en feignant de minauder. Ah! vous me [illegible]ndez confuse... pour le joaillier qui a vendu ces pierreries; il [illegible]t impossible d'être plus galant que vous l'êtes... pour lui; et, puis[illegible]e ses colliers et ses diadèmes vous causent une si tendre émotion, v[illegible]s inspirent de si gracieux compliments, de si ingénieuses flatteries, j[illegible] puis vous dire en confidence le nom charmant de ce trop séduisan[illegible]apidaire... Il se nomme *Ézéchiel Rabotautencraff*, de Francfort.

Pendant que M. de Ria[illegible]ourt, d'abord un peu étourdi de la railleuse réponse de madame Zomaloff, cherchait une réponse, la tante de la jeune femme lui adressa un regard de reproche et dit au duc, en souriant d'un air forcé:

— Voyez un peu, mon cher duc, comme cette méchante Fœdora se plaît à vous tourmenter. C'est ainsi que l'on cache toujours l'affection que l'on a pour les gens...

— Je vous avouerai humblement, ma chère princesse, reprit M. de Riancourt afin de réparer sa maladresse, je vous avouerai que, ébloui de ces magnifiques pierreries, je n'ai pu tout d'abord rendre hommage à la grâce de celle qui les portait. Mais... mais... ne peut-on être ébloui par le soleil en regardant une fleur charmante?

— Je trouve si galante, si juste, cette comparaison de coup de soleil et de fleurs, répondit la malicieuse jeune femme, que je serais tentée de croire que ce même coup de soleil dont vous parlez aura outrageusement flétri ces pauvres fleurs, ajouta-t-elle en riant comme une folle et montrant à M. de Riancourt le bouquet fané qu'il lui avait envoyé.

Le béat personnage rougit jusqu'aux oreilles et ne sut que répondre; la princesse fronça les sourcils d'un air impatient et fâché, tandis que la comtesse Zomaloff, parfaitement indifférente à ces divers ressentiments, dit au duc en se dirigeant vers la porte :

— Donnez votre bras à ma tante, mon cher monsieur de Riancourt. J'ai promis à l'ambassadrice de Sardaigne d'arriver chez elle de très-bonne heure; elle doit me présenter à l'une de ses parentes, et vous savez qu'il nous faut d'abord aller visiter dans tous ses détails ce merveilleux hôtel, ce palais enchanté où l'on nous attend. Visite fort bizarre à pareille heure de la soirée, il est vrai; mais j'avoue mon faible, ma passion pour le bizarre. C'est chose si rare et si charmante que l'originalité!

Et la jeune femme, précédant sa tante et M. de Riancourt, descendit légèrement l'escalier d'un des plus confortables hôtels garnis de la rue de Rivoli, car la belle étrangère n'avait pas encore de maison à Paris et cherchait un hôtel à acquérir.

Le duc conduisait ce soir-là les deux femmes dans sa voiture; familiarité concevable, les bans de son mariage avec madame Zomaloff étant depuis longtemps publiés.

Après quelques instants d'attente sous le péristyle de l'hôtel, la comtesse et sa tante virent s'avancer péniblement sous la voûte un énorme landau jaune, traîné par deux maigres chevaux fouaillés à tour de bras par un cocher à trogne rouge et à petit carrick bleu.

Le valet de pied de M. de Riancourt ouvrit la portière de cette lourde machine.

La jeune veuve, regardant le duc avec surprise, lui dit :

— Mais... ce n'est pas là votre voiture?

— Je vous demande pardon, madame.

— Et qu'est donc devenue cette berline bleue attelée d'assez jolis chevaux gris que vous aviez mise à nos ordres hier matin?

— Je puis vous avouer ce petit détail de *ménage*, au point où nous en sommes, ma chère comtesse, répondit le duc avec un touchant abandon. Afin de ne pas fatiguer mes chevaux gris, qui m'ont coûté, ma foi! fort cher, je loue une voiture de remise pour la soirée. Il y a encore économie à ce marché, car ainsi on ne risque pas la nuit un attelage de prix.

— Et vous avez parfaitement raison, mon cher duc, se hâta de dire la princesse, qui, à la physionomie de sa nièce, redoutait un nouveau sarcasme. Aussi se hâta-t-elle de monter dans le fabuleux landau en s'appuyant sur le bras de M. de Riancourt. Celui-ci offrait sa main à la jeune veuve pour l'aider à monter à son tour, lorsque, s'arrêtant un instant, le bout de son petit soulier de satin blanc posé sur la dernière feuille du marchepied, la moqueuse dit à la princesse le plus sérieusement du monde et d'un air d'appréhension :

— Ma tante, je vous en supplie, regardez donc bien partout dans cette voiture.

— Pourquoi donc cela, ma chère? demanda naïvement la princesse. A quoi bon cette précaution?

— C'est que j'ai peur qu'il soit resté dans un coin obscur de cette espèce de coche quelque maigre miss rousse ou quelque gros marchand de la Cité, car c'est particulièrement dans ces sortes d'équipages que ces dignes insulaires se promènent tout le jour en famille; j'aurais donc une peur horrible de trouver là dedans quelqu'un oublié par mégarde.

Et la jeune veuve, se remettant à rire comme une folle, monta dans le landau, pendant que la princesse lui disait à mi-voix d'un air peiné :

— En vérité, Fœdora, je ne vous comprends pas. Vous êtes d'une incroyable causticité envers M. de Riancourt... A quoi pensez-vous donc?

— A le corriger de ses maladresses, de ses impertinentes lésineries. Puis-je mieux lui témoigner mon intérêt?

A ce moment, le duc monta et prit sa place sur le devant de la voiture. Il paraissait endurer très-chrétiennement les railleries de cette jeune femme qui avait de si beaux diamants et possédait toutes sortes de mines d'or et d'argent. Seulement, de temps à autre, au regard oblique qu'il jetait sur elle à la dérobée, à une certaine contraction de ses lèvres pincées, on devinait la sournoise et patiente rancune du dévot. Son valet de pied lui ayant demandé ses ordres, M. de Riancourt lui dit :

— A l'hôtel Saint-Ramon !

— Pardon, monsieur le duc, répondit le valet de pied ; mais je ne sais pas où est l'hôtel Saint-Ramon.

— Au bout du Cours-la-Reine, reprit M. de Riancourt, du côté du quartier Jean-Goujon.

— Monsieur le duc veut peut-être parler de ce grand hôtel où l'on travaille depuis plusieurs années?

— C'est cela même, allez.

Le valet de pied referma la portière, donna ses instructions au cocher, qui fouetta de nouveau ses maigres haridelles, et le landau se dirigea vers le Cours-la-Reine, chemin du merveilleux hôtel Saint-Ramon.

XVII

Le pesant landau de M. de Riancourt s'avançait si lentement, que, lorsqu'il arriva au commencement du *Cours-la-Reine*, un piéton, qui suivait le même chemin que la voiture, put marcher parallèlement à elle.

Ce piéton, pauvrement vêtu, ne semblait pourtant pas fort ingambe : il s'appuyait péniblement sur une canne ; sa longue barbe était blanche comme ses cheveux et ses sourcils épais, tandis que la couleur fortement bistrée de sa figure ridée, creusée par l'âge, lui donnait l'apparence d'un vieux mulâtre. Il marcha donc parallèlement au landau de M. de Riancourt jusque vers le milieu du *Cours-la-Reine* ; là, le landau fut obligé de prendre, comme on dit, la *file* des voitures qui se dirigeaient vers l'hôtel Saint-Ramon.

Le vieux mulâtre, devançant alors la voiture de M. de Riancourt, continua son chemin jusqu'à l'entrée d'une avenue étincelante de verres de couleur, et qu'une longue suite de voitures encombrait dans toute sa longueur.

Quoique le vieux mulâtre parût profondément absorbé, il ne put s'empêcher de remarquer, auprès de la grille qui servait d'entrée à cette allée éblouissante de lumière, un assez grand rassemblement. Alors il s'arrêta, et, s'adressant à l'un des curieux :

— Monsieur, pourriez-vous me dire ce que l'on regarde là?

— On regarde les voitures qui se rendent à l'ouverture du fameux hôtel *Saint-Ramon*, répondit le curieux.

— *Saint-Ramon!* reprit le vieillard d'un air surpris et comme se parlant à lui-même. Cela est étrange!

Et il ajouta :

— Qu'est-ce que c'est que l'hôtel *Saint-Ramon*, monsieur?

— Ma foi! on dit que c'est au moins la huitième merveille du monde. Voilà près de cinq ans qu'on y travaille; on dit que c'est aujourd'hui que l'on y pend la crémaillère.

— Et... à qui appartient cet hôtel, monsieur?

— A un jeune homme riche à millions, qui, dit-on, a fait là dedans des folies.

— Et quel est le nom de ce millionnaire?

— Je crois que c'est *Saint-Harem* ou *Saint-Herem*...

— Plus de doute, murmura le vieillard. Mais alors pourquoi donner à cet hôtel le nom de Saint-Ramon?

Et il parut de nouveau s'absorber dans de tristes pensées. Il en fut distrait par le curieux auquel il s'était d'abord adressé, et qui dit :

— Voilà, par exemple, quelque chose de bien singulier.

— Quoi donc, monsieur? reprit le vieux mulâtre avec distraction. Qu'est-ce qui vous paraît singulier?

— Un marquis millionnaire, ça ne devrait connaître que des gens à équipage, et voyez : à part trois ou quatre voitures bourgeoises, la file n'est composée que de fiacres et de cabriolets *milords*...

— En effet, c'est fort singulier, répondit le vieillard. Et, après un silence d'un instant, il reprit : Auriez-vous la bonté de me dire quelle heure il est, monsieur?

— Dix heures et demie viennent de sonner.

— Merci, monsieur, répondit le vieux mulâtre en se rapprochant de la grille. Dix heures et demie, se dit-il; je ne dois être à Chaillot qu'à minuit. J'ai le temps de tâcher de découvrir ce mystère. Combien cette rencontre est étrange, mon Dieu!

Et, après une légère hésitation, le vieillard passa le seuil de la grille, se glissa dans l'obscurité d'une contre-allée d'ormes séculaires qui longeait l'avenue principale, s'achemina vers l'hôtel, et, malgré sa préoccupation, il ne put s'empêcher de remarquer l'immense quantité de fleurs qui s'étageaient en gradins de chaque côté de l'allée du milieu, et dont les mille nuances étaient vivement éclairées par une incroyable profusion d'ifs, de girandoles et de vases simulés en verres de couleur.

Cette avenue d'un aspect féerique aboutissait à un vaste hémicycle pareillement illuminé, au delà duquel s'élevait l'hôtel *Saint-Ramon*, véritable palais, qui, par la richesse à la fois grandiose et charmante de son architecture, rappelait le plus beau temps de la Renaissance.

Le vieillard traversa l'hémicycle et arriva au pied d'un immense perron conduisant au péristyle. A travers les portes de glace qui fermaient cette espèce d'antichambre dans sa longueur, il aperçut une haie de grands valets de pied poudrés, vêtus de magnifiques livrées. De minute en minute, les fiacres s'arrêtaient au bas du péristyle et y déposaient des hommes, des femmes, des jeunes filles, dont la mise extrêmement simple semblait en complet désaccord avec les splendeurs de ce palais magique.

Le vieux mulâtre, poussé par une invincible curiosité, suivit plusieurs de ces nouveaux-venus, et, ainsi confondu parmi les invités, il arriva comme eux jusque sous le péristyle. Là deux grands suisses, portant la hallebarde et le baudrier aux couleurs des livrées, ouvraient à tous les survenants les deux ventaux d'une immense porte en glace, et à chacune de ces entrées ces suisses faisaient résonner les dalles de marbre sous les coups répétés de la crosse de leur hallebarde. Toujours confondu avec le groupe d'invités, le vieillard traversa une double haie de valets de pied, à livrée bleu clair, galonnée d'argent sur toutes les coutures, droits, impassibles comme des soldats en bataille, et arriva dans le salon d'attente. Là se tenaient les valets de chambre et les maîtres d'hôtel; habit bleu clair à la française liséré de blanc, culotte de soie noire et bas de soie blancs, telle était la tenue de ces gens d'office; et tous, ainsi que les gens de livrée, témoignaient de leur déférence respectueuse pour les invités, dont la mise modeste semblait au vieillard si discordante avec le luxe princier de la demeure où ils étaient reçus. De ce salon il passa dans une galerie de musique destinée aux concerts; elle aboutissait à un immense salon circulaire à vaste coupole, formant pour ainsi dire le rond-point de trois autres galeries, dont l'une servait de salle de bal, l'autre de salle de souper, et la dernière de salle de jeu; ces quatre galeries (en y comprenant la salle de concert) communiquaient entre elles par de larges allées, pavées de riches mosaïques, plantées d'arbres exotiques et recouvertes d'un dôme vitré comme un jardin d'hiver.

Il faut renoncer à décrire la splendeur, l'élégance, la noblesse grandiose et le somptueux ameublement de ces vastes pièces, étincelantes de peintures et de dorures, éblouissantes de lumières, de cristaux et de fleurs, répétées à l'infini par des glaces énormes; nous insisterons seulement sur une magnificence rare de nos jours, et qui donnait à cette demeure un caractère monumental, royal. Le salon et les quatre galeries étaient, selon la destination de chaque pièce, ornés de peintures et de sculptures allégoriques qui eussent fait le renom des plus beaux palais connus. Les plus illustres artistes de ce temps-ci avaient concouru à cette œuvre superbe; le pinceau magistral d'Ingres, de Delacroix, de Scheffer, de Paul Delaroche, illustrait cet hôtel, et des noms moins célèbres alors, mais qui appartenaient à l'avenir, tels que Couture, Gérôme, etc., etc., avaient été devinés dans leur gloire future par l'opulent et intelligent créateur de ce palais. Mentionnons seulement, en parlant d'objets d'art, un buffet dressé dans la galerie destinée au souper. Sur ce buffet l'on voyait une merveilleuse argenterie dont les grandes pièces eussent été dignes du siècle de Benvenuto; candélabres, aiguières, bassins à glace, coupes à fruits, corbeilles à fleurs, surtouts, girandoles, tout était admirable et aurait fait l'ornement d'un musée par la rare pureté de la forme et par le fini précieux des moindres ciselures.

Un mot encore à propos d'une assez bizarre particularité du grand salon circulaire.

Au-dessus d'une gigantesque cheminée de marbre blanc, véritable monument dû au mâle génie de David (d'Angers), notre Michel-Ange, des figures allégoriques en ronde-bosse, représentant les arts et l'industrie, soutenaient un large cadre ovale et doré, incrusté dans l'entablement de la cheminée. Ce cadre contenait une peinture que l'on aurait pu attribuer à Velasquez. C'était le portrait d'un homme pâle, à la figure rude et austère, aux joues creuses, aux orbites profonds, au front dégarni; une sorte de robe brune, tenant le milieu entre la robe de chambre et la robe de moine, donnait à cette figure l'imposant caractère de ces portraits de saints ou de martyrs si nombreux dans l'école espagnole; apparence complétée d'ailleurs par une auréole d'or qui, étincelant sur le fond sombre de la toile, semblait jeter ses reflets sur cette figure austère et pensive. Enfin on lisait ces mots tracés en lettres gothiques dans un cartouche formé par les rinceaux de la bordure :

SAINT RAMON.

Le vieux mulâtre, ayant suivi le flot de la foule, arriva en face de cette cheminée.

A la vue du portrait, il resta frappé de stupeur; son émotion fut si vive, qu'une larme brilla dans ses yeux, et il ne put s'empêcher de murmurer tout bas :

— Pauvre ami! c'est lui, c'est bien lui! Puis il se dit : Mais pourquoi ce mot *saint* ajouté à son nom? Pourquoi cette auréole d'or autour de son front? Pourquoi cette apparence mystique? Et puis enfin quelle fête étrange! Vêtu pauvrement comme je le suis, inconnu du maître de la maison, l'on m'a laissé entrer ici.

A ce moment, un maître d'hôtel, porteur d'un plateau de vermeil chargé de glaces et de fruits confits, s'arrêta devant le vieillard, et lui offrit respectueusement des rafraîchissements qu'il refusa; il cherchait, mais en vain, à deviner quelle pouvait être la condition des invités qui l'entouraient; les hommes, presque tous modestement, mais proprement vêtus, ceux-ci d'habits, ceux-là de redingotes, d'autres de blouses neuves, avaient un maintien discret, réservé, parlaient bas entre eux, semblaient ravis d'assister à cette fête; et cependant, loin de paraître émerveillés des richesses accumulées dans ce palais, on eût dit qu'ils se trouvaient là fort à l'aise. et, comme on dit vulgairement, *en pays de connaissance*.

Les femmes et les jeunes filles, dont un grand nombre étaient fort jolies, avaient l'air plus dépaysées; timides et pleines de modestie, elles admiraient ingénument ces splendeurs, échangeant à voix basse leurs observations, les jeunes filles, toutes coiffées en cheveux, portaient généralement des robes blanches d'une étoffe peu coûteuse, mais éblouissante de fraîcheur.

Le vieillard, de plus en plus désireux de pénétrer ce mystère singulier, s'approcha d'un groupe de plusieurs personnes, hommes et femmes, qui, arrêtés devant la grande cheminée de marbre, s'entretenaient à demi-voix, en contemplant le portrait de SAINT RAMON.

Telle était une des conversations que le vieux mulâtre écoutait avec un intérêt croissant :

— Vois-tu ce portrait-là, ma petite Juliette? disait à sa jeune femme un homme de robuste stature et d'une figure avenante et ouverte. Ce digne homme a fièrement raison de s'appeler Saint-Ramon, va! Il y a au paradis des saints qui auprès de lui ne sont que des flâneurs, si l'on en juge par le bien qu'il a fait.

— Comment donc cela, Michel?

— Dame! grâce à ce brave saint-là, pendant près de cinq ans, moi, comme les autres camarades qui sont là, j'ai eu de l'ouvrage ici, ouvrage crânement payé, je m'en vante, parce que c'était du soigné, et que le bourgeois d'ici voulait que tout le monde fût content. Ce bonheur-là, ma petite Juliette, moi et les amis nous l'avons dû à ce brave homme dont voilà le portrait, à M. *Saint-Ramon* enfin! Grâce à lui, pendant tout ce temps-là, je n'ai pas eu un moment de chômage, et mon salaire a été assez fort pour que nous ayons pu bien vivre, nous et nos enfants, et mettre quelque chose à la caisse d'épargne.

— Mais, Michel, ce n'est pourtant pas ce digne monsieur, dont voilà le portrait, qui a commandé et si bien payé les travaux. C'est ce M. de Saint-Herem, qui a l'air si gai, si bon, si peu fier, et qui, en entrant tout à l'heure, nous a dit des choses bien avenantes.

— Sans doute, ma petite Juliette, c'est M. de Saint-Herem qui a commandé les travaux; mais, comme il nous le disait toujours en venant nous voir à la besogne : « Mes enfants, sans les richesses que j'ai héritées, je ne pourrais vous donner des travaux et vous payer largement comme de braves et intelligents ouvriers! Gardez donc toute votre reconnaissance pour la mémoire de celui-là seul qui m'a laissé tant d'argent; il a fait, lui, la chose la plus rude, il a thésaurisé sou sur sou en se privant de tout, tandis que moi, mes enfants, je n'ai que le plaisir de dépenser grandement ces trésors. Dépenser, c'est mon devoir. A quoi bon la richesse, sinon pour la prodiguer! Gardez donc le souvenir du bon vieux avare, bénissez son avarice; elle nous donne, à moi la jouissance de vous faire travailler à de belles et grandes choses, à vous de larges salaires bravement gagnés! »

— C'est égal, vois-tu, Michel, s'il faut rendre grâce à ce digne avare, il ne faut pas oublier non plus M. de Saint-Herem. Tant de gens riches ne dépensent rien, ou, s'ils nous occupent, combien ils lésinent sur le prix de notre travail, qu'ils nous font encore souvent attendre longtemps!

— Pardieu! je suis de ton avis, ma petite Juliette; vaut mieux avoir deux personnes à aimer qu'une seule, et la part de cœur que nous ferons à ce bon Saint-Ramon ne rognera pas celle de M. de Saint-Herem. Brave jeune homme! On peut dire que c'est une fameuse paire d'hommes que lui et son oncle!

Le vieux mulâtre avait écouté cet entretien avec autant d'intérêt que d'étonnement: il prêta l'oreille à d'autres conversations. Dans tous les groupes, il entendit un concert de louanges et de bénédictions en faveur de Saint-Ramon, le digne avare; partout aussi l'on vantait le noble cœur, la libéralité de M. de Saint-Herem.

— Est-ce un rêve? se disait le vieillard. Qui pourrait jamais croire que ces éloges, ces respects, s'adressent à la mémoire d'un avare, mémoire ordinairement honnie, vilipendée, exécrée! Et c'est un dissipateur, un prodigue, l'héritier de cet avare, qui le réhabilite ainsi! Encore une fois, est-ce un rêve? Puis, par quelle autre bizarrerie, ces artisans sont-ils conviés à cette fête d'inauguration?

Les étonnements du vieillard, loin de cesser, augmentèrent encore en remarquant un contraste assez singulier: parfois, quelques hommes, portant plusieurs décorations à leurs boutonnières et mis avec recherche, traversaient les salons, donnant le bras à des femmes remarquables par leur grande élégance; mais cette classe d'invités était très-peu nombreuse.

Florestan de Saint-Herem, plus beau, plus gai, plus brillant que jamais, semblait s'épanouir au milieu de cette atmosphère de luxe et de splendeur; il faisait à merveille les honneurs de cette fête, accueillant ses invités avec une bonne grâce, une courtoisie parfaites. En maître de maison qui sait vivre, il s'était placé à l'extrémité de la galerie à laquelle aboutissait le salon d'attente, et il n'entrait pas une femme ou une jeune fille à laquelle il n'adressât quelques paroles empreintes de cette affabilité gracieuse et cordiale qui, par sa sincérité, charme et met à l'aise les plus timides.

Florestan de Saint-Herem accomplissait ainsi les devoirs de la plus aimable hospitalité lorsqu'il vit entrer dans le premier salon la comtesse Zomaloff, la princesse Wileska et le duc de Riancourt.

XVIII

M. de Saint-Herem rencontrait pour la première fois de sa vie la comtesse Zomaloff et sa tante la princesse Wileska, mais il connaissait depuis longtemps M. de Riancourt; aussi, le voyant entrer dans le salon accompagné de deux femmes, Florestan alla vivement à sa rencontre.

— Mon cher Saint-Herem, lui dit M. de Riancourt, permettez-moi de vous présenter à madame la princesse Wileska et à madame la comtesse Zomaloff... Ces dames n'ont pas cru être indiscrètes en venant avec moi visiter votre hôtel et ses merveilles, selon l'invitation que vous m'avez faite hier.

— Mon cher duc, reprit Florestan, je suis très-heureux d'avoir l'honneur de recevoir ces dames, et je m'empresse de me mettre à leurs ordres pour leur montrer ce que vous voulez bien appeler les merveilles de cette maison.

— M. de Riancourt a raison de parler de merveilles, reprit madame Zomaloff, car, je vous l'avoue, monsieur, on est, en entrant ici, tellement ébloui, que l'on ne peut tout d'abord admirer en conscience.

— S'il faut tout vous dire, mon cher Saint-Herem, reprit M. de Riancourt, la visite de madame la comtesse Zomaloff est un peu intéressée; car je lui ai fait part de vos intentions au sujet de cet hôtel, et, comme je serai assez heureux pour avoir l'honneur de donner dans huit jours mon nom à madame la comtesse, vous sentez que je ne pouvais rien décider sans elle... puisque enfin je suis à peu près un mari.

— Franchement, madame, dès que M. de Riancourt anticipe ainsi sur son bonheur, dit gaiement Florestan à madame Zomaloff, ne trouvez-vous pas juste qu'il subisse toutes les conséquences de sa révélation? Or, comme un mari ne donne jamais le bras à sa femme, vous me ferez peut-être la grâce d'accepter le mien?

Saint-Herem s'épargnait par cette plaisanterie l'obligation d'offrir, selon les convenances, son bras à la princesse Wileska, qui lui semblait beaucoup moins agréable à accompagner que sa jeune et jolie nièce. Celle-ci accepta l'offre de Florestan et prit son bras, tandis que M. de Riancourt conduisait la princesse.

— J'ai beaucoup voyagé, monsieur, disait madame Zomaloff à Saint-Herem, et je n'ai jamais rien vu qui pût approcher... non pas de cette magnificence (le premier millionnaire venu peut acheter de la magnificence pour son argent), mais rien qui pût approcher du goût merveilleux qui a présidé à la construction de cet hôtel. C'est réellement un musée splendide. Permettez-moi, de grâce, d'admirer encore ces superbes peintures de ce plafond.

— Après l'admiration de l'œuvre doit venir la récompense de l'auteur, n'est-il pas vrai, madame? dit Florestan en souriant. Aussi dépend-il de vous de rendre très-heureux et très-fier le grand artiste qui a peint ce plafond.

Et Saint-Herem désigna à madame Zomaloff un des plus illustres maîtres de l'école moderne.

— Ah! mille fois merci, monsieur, de me procurer une pareille bonne fortune! dit la jeune femme en s'avançant avec Florestan au-devant de l'artiste.

— Mon ami, lui dit Saint-Herem, madame la comtesse Zomaloff désire vous dire toute son admiration pour votre œuvre.

— Et ce n'est pas seulement mon admiration que je vous exprime, monsieur, mais encore ma reconnaissance, dit gracieusement la jeune femme au grand peintre. Le noble plaisir que cause la vue d'un tel chef-d'œuvre est une dette que l'on contracte envers celui qui l'a créé.

— Si flatteur, si précieux que me soit cet éloge, répondit l'éminent artiste avec une modestie remplie de bon goût, afin de détourner le compliment qu'on lui adressait, cet éloge, je ne puis l'accepter qu'à demi... Mais souffrez que je me mette hors de cause, l'expression de ma pensée sera plus libre. Parlons, par exemple, des peintures de la galerie des concerts, que vous admirerez tout à l'heure. Elles sont dues à notre Raphaël. Ai-je besoin, madame, de vous nommer M. Ingres? Eh bien! cette œuvre monumentale, qui doit dans l'avenir fournir aux pieux pèlerins de l'art autant de sujets d'adoration que les plus belles fresques de Rome, de Pise ou de Florence, ce chef-d'œuvre, en un mot, n'existerait peut-être pas sans mon excellent ami Saint-Herem. N'est-ce pas lui qui a donné au Raphaël français le prétexte d'une de ses pages immortelles? Franchement, madame, par ce temps de gros luxe et de brutale magnificence financière, n'est-ce donc pas un phénomène de rencontrer un *Médicis*, comme au plus beau temps des républiques italiennes?

— Il est vrai, monsieur, reprit vivement la comtesse Zomaloff, et l'histoire a été juste en illustrant...

— Pardonnez-moi si je vous interromps, madame la comtesse, dit Saint-Herem en souriant; mais je suis non moins modeste que mon illustre ami: aussi, de crainte de laisser s'égarer votre admiration, je dois vous signaler le véritable Médicis, le voici.

Et Florestan indiqua du geste à madame Zamoloff le portrait de saint Ramon.

— Quelle figure austère et pensive! dit la jeune femme en examinant cette peinture avec autant de surprise que de curiosité. Puis, ayant vu au milieu du cartouche le nom de saint Ramon, elle ajouta en regardant Florestan avec un étonnement croissant:

— Saint Ramon?... Quel est ce saint?

— Un saint de ma façon, madame. C'est mon oncle, reprit gaiement Florestan. Quoique je ne sois pas encore pape, je me suis permis de canoniser un peu cet admirable homme en récompense du long martyre de sa vie et des miracles qu'il a faits après sa mort.

— Le long martyre de sa vie?... les miracles qu'il a faits après sa mort?... répéta madame Zomaloff en regardant Florestan comme si elle eût douté de ses paroles. Franchement, monsieur, c'est une plaisanterie...

— Pas du tout, madame... Mon oncle Ramon a enduré pendant sa longue vie des privations atroces, car il était d'une impitoyable et sublime avarice. Voilà pour son martyre. J'ai hérité de lui de biens considérables; ils ont enfanté ces prodiges de l'art que vous admirez, madame. Voilà pour ses miracles. J'ai divinisé son souvenir par reconnaissance. Voilà pour sa canonisation. Vous le voyez, c'est une véritable légende de la *Vie des saints*.

Madame Zomaloff, de plus en plus frappée de l'originalité de Saint-Herem, garda un moment de silence pendant lequel M. de Riancourt, qui s'était jusqu'alors tenu à quelque distance, s'approcha de Florestan et lui dit:

— Mon cher Florestan, j'ai, depuis notre arrivée, une question à vous adresser. Qu'est-ce donc que tous ces gens qui sont ici? J'ai bien reconnu, par-ci par-là, trois ou quatre grands peintres et un architecte renommé, donnant le bras à leurs femmes sans doute; mais les autres, qu'est-ce que c'est donc que ça? Moi et la princesse nous cherchons en vain le mot de l'énigme. Tout ce monde-là me paraît d'ailleurs tranquille et réservé. Ces petites jeunes personnes ont l'air modeste; il y en a même de fort gentilles; mais, encore une fois, qu'est-ce donc que cette société-là ?

Madame Zomaloff, rompant le silence qu'elle gardait depuis quelques instants, dit à Saint-Herem :

— Puisque M. de Riancourt a pris sur lui de vous adresser, monsieur, une question peut-être indiscrète, je vous avouerai que je partage sa curiosité.

— Vous avez sans doute remarqué, madame, dit Saint-Herem en souriant, que la plupart des personnes que j'ai réunies ce soir chez moi avec un plaisir extrême n'appartiennent pas à ce que notre petit monde aristocratique appelle le *grand* monde.

— Il est vrai, monsieur.

— Cependant, madame, tout à l'heure vous avez été heureuse, n'est-ce pas, de rencontrer ici le grand artiste auteur de la coupole que vous avez tant admirée ?

— En effet, monsieur, je vous ai dit le plaisir que me causait cette rencontre.

— Vous m'approuvez aussi, je pense, de l'avoir invité, ainsi que plusieurs de ses collègues, à l'inauguration de leur œuvre commune ?

— Il me semble que cette invitation devenait presque un devoir pour vous, monsieur.

— Eh bien, madame, ce devoir inspiré par la gratitude, j'ai voulu le remplir envers tous ceux qui ont concouru, de quelque manière que ce soit, à la construction de cet hôtel, depuis les grands artistes jusqu'aux plus humbles artisans. Tous sont ici avec leur famille, jouissant à bon droit des magnificences qu'ils ont créées. Voyons, madame, n'est-il pas juste que l'habile et obscur ouvrier qui a ciselé la coupe d'or puisse au moins une fois y tremper ses lèvres ?

— Comment ! s'écria M. de Riancourt stupéfait, il y aurait ici des menuisiers, des doreurs, des serruriers, des tapissiers, des charpentiers, des ébénistes, des maçons !... Quoi ! il y aurait jusqu'à des maçons ! Mais c'est inouï, exorbitant, incroyable!

— Mon cher duc, connaissez-vous les mœurs des abeilles?

— Fort peu.

— Ces mœurs-là, mon cher duc, sont des plus sauvages, des plus impertinentes; ces insolentes mouches (sous ce fabuleux prétexte qu'elles ont construit leurs alvéoles) n'ont-elles pas la prétention de les habiter? Bien plus, scandale énorme! elles parlent de leur droit au miel parfumé qu'elles ont élaboré pour l'hiver avec tant de peine et d'intelligence.

— Eh bien, mon cher, que concluez-vous de là?

— Je conclus de là qu'il faut, au moins par reconnaissance, donner aux pauvres et laborieuses abeilles humaines l'innocent plaisir d'habiter un jour l'alvéole dorée qu'elles ont bâtie pour nous, frelons oisifs, pour nous qui savourons le miel recueilli par autrui.

Madame Zomaloff avait un instant quitté le bras de Florestan. Elle le reprit, et, faisant quelques pas afin de laisser derrière elle sa tante et M. de Riancourt, elle dit à Saint-Herem avec émotion :

— Monsieur, votre idée est charmante, plus que cela, elle est d'une touchante délicatesse. Je ne m'étonne plus maintenant de l'expression de contentement que je remarquais sur les traits de tous vos invités. Oui, plus j'y songe, plus cette pensée me paraît généreuse et juste. Après tout, ainsi que vous le dites, c'est l'œuvre commune de ces laborieux artisans, et c'est honorer, dignifier le travail, que de lui donner une pareille fête. Aussi, monsieur, d'après votre manière élevée d'envisager les choses, cet hôtel doit être à vos yeux bien plus encore qu'une jouissance d'art et de luxe; à sa création se rattacheront toujours pour vous de précieux souvenirs.

— Certes, madame.

— Alors... monsieur...

— Achevez, madame.

— Il m'est impossible de comprendre comment...

— Vous hésitez, madame; de grâce, expliquez votre pensée.

— Monsieur, reprit madame Zomaloff avec embarras et après un moment de silence, M. de Riancourt ne vous a point laissé ignorer notre prochain mariage. Il y a deux jours, causant avec lui de l'assez grande difficulté de trouver un hôtel aussi vaste et aussi somptueux que je le désirais, M. de Riancourt crut se rappeler que, la veille, on lui avait assuré que vous consentiriez, peut-être, à vous défaire de cette habitation achevée d'hier.

— En effet, madame, M. de Riancourt m'a écrit pour me demander à visiter l'hôtel; je l'ai prié d'attendre jusqu'à aujourd'hui, lui disant que je donnais une fête, et qu'il pourrait ainsi beaucoup mieux juger de l'ensemble des appartements de réception... Mais je ne m'attendais pas, madame, à avoir l'honneur de vous recevoir.

— Monsieur, reprit la jeune femme avec une nouvelle hésitation, je me suis déjà permis de vous adresser plusieurs questions. Soyez donc indulgent encore une fois.

— L'indulgence m'a été jusqu'ici, madame, si agréable et si douce, que je vous remercie de me donner l'occasion de l'exercer encore Voyons, de quoi s'agit-il?

— Eh bien, monsieur, reprit résolûment madame Zomaloff, comment avez-vous le courage... ou... je vais dire un mot bien dur, ajouta-t-elle en souriant d'un air presque mélancolique, comment avez-vous l'ingratitude d'abandonner cette demeure que vous avez créée avec tant d'amour, cette demeure à laquelle se rattachent déjà pour vous tant de bons et généreux souvenirs?

— Mon Dieu! madame, répondit Saint-Herem de l'air le plus riant, le plus dégagé, comme s'il disait la chose la plus simple du monde, je vends cet hôtel parce que je suis ruiné, complétement ruiné. C'est aujourd'hui mon dernier jour de fortune, et vous m'avouerez, madame, que, grâce à votre présence ici, ce jour ne pouvait avoir un soir plus brillant et plus heureux.

XIX

Florestan de Saint-Herem avait prononcé ces mots : *Je suis ruiné!* avec tant de bonhomie et d'insouciance, que madame Zomaloff le regarda d'un air stupéfait; elle ne pouvait croire à ce qu'elle entendait. Aussi reprit-elle:

— Comment! monsieur, vous êtes...

— Ruiné! madame, complétement ruiné! Mon Dieu! mon compte est fort simple : il y a cinq ans, mon saint homme d'oncle m'a laissé cinq millions environ : je les ai dépensés; plus, à peu près dix-huit cent mille francs, que je dois; ils seront payés et au delà par la vente de cet hôtel, de son mobilier, argenterie, etc., et il me restera une centaine de mille francs, avec lesquels j'irai vivre dans quelque riante retraite de roi; je me ferai berger : contraste charmant, surtout en me rappelant mon existence passée. Quels rêves merveilleux, impossibles, changés en réalités pour moi, pour mes amis, pour mes maîtresses, que mon tourbillon doré emportait à ma suite! quelle renommée que la mienne! comme tout ce qui était beau, élégant, somptueux, recherché, venait se fondre dans mon orbite éblouissant! Croiriez-vous, madame, que ma réputation de libéralité était devenue européenne? Que dis-je! un lapidaire de Chandernagor ne m'a-t-il pas envoyé un sabre indien dont la poignée ruisselait de pierreries? A cette arme était joint ce joli billet d'un laconisme héroïque : « Le cimeterre a appartenu à Tippo-Saëb ; il doit appartenir à M. Saint-Herem. Cette arme vaut vingt-cinq mille francs, payables à la maison Rothschild, à Paris. Reçu vingt-cinq mille francs. » Oui, madame, c'était ainsi : les objets d'art les plus rares, les plus précieux, m'étaient naïvement adressés de tous les coins du monde; les plus beaux chevaux d'Angleterre venaient d'eux-mêmes se placer dans mes écuries; les vins les plus exquis du globe affluaient à ma cave, les plus illustres cuisiniers se disputaient la gloire de me servir, et le célèbre docteur Gasterini... le connaissez-vous, madame?

— Qui n'a pas entendu parler du plus fameux gourmand du monde connu?

— Eh bien, madame, ce grand homme a dit et proclamé qu'il avait aussi bien dîné chez moi que chez lui... et il n'accordait pas même cette louange à la table de M. de Talleyrand. Ah! madame, la belle vie, si complète, si grande! et les femmes! ah! les femmes!

— Monsieur...

— Ne craignez rien, madame, je ne vous parlerai des femmes que comme d'objets d'art. Mais, franchement, est-il de plus charmants prétextes à la magnificence? C'est si joli à parer, à orner, à entourer de tous les produits des arts! Le luxe n'est que l'accessoire de la femme. Aussi, madame, croyez-moi, j'ai la conscience de m'être généreusement, noblement, intelligemment ruiné. Je n'ai à me reprocher ni une sotte dépense ni une méchante action! C'est l'esprit rempli de souvenirs délicieux, le cœur plein de sérénité, que je vois s'envoler ma fortune.

L'accent de Saint-Herem était si sincère, la vérité de ses sentiments et de ses paroles se lisait en caractères si visibles sur sa loyale et charmante figure, que madame Zomaloff, convaincue de la réalité de ce qu'il disait, reprit :

— En vérité, monsieur, une pareille philosophie me confond! A l'heure de renoncer à une vie pareille, pas un mot d'amertume de votre part !

— De l'amertume, moi ! après tant de joies, tant de bonheurs savourés ! Ah ! madame, ce serait blasphémer.

— Ainsi vous abandonnerez sans un regret, sans un soupir, ce palais enchanté, et cela, au moment même où vous alliez en jouir ?

— Que voulez-vous, madame, je ne me croyais pas si avancé dans ma ruine ; il n'y a guère que huit jours que mon fripon d'intendant m'a montré mes comptes, et, vous le voyez, madame, je m'exécute franchement. Et d'ailleurs, en quittant ce palais créé avec tant d'amour, je suis comme le poëte qui a écrit le dernier vers de son poëme, comme le peintre qui a donné la dernière touche à son tableau, après quoi il leur reste l'impérissable gloire d'avoir créé un chef-d'œuvre. Il en est ainsi de moi, madame (excusez ma vanité d'artiste) : ce palais restera comme un monument d'art et de magnificence ; il sera toujours le temple du luxe, des fêtes, des plaisirs, et, que dis-je, madame ? voyez combien je suis prédestiné, combien je serais ingrat de me plaindre du sort ! C'est vous, madame, vous qui allez être la divinité de ce temple, car, n'est-ce pas, vous achèterez cette maison ? elle vous ira si bien !... ne laissez pas échapper cette occasion, car j'ignore si M. de Riancourt vous a dit cela, mais il sait que lord Wilmot me fait des offres très-pressantes. Or je serais désolé d'être forcé de traiter avec lui : il est si laid, et sa femme aussi, et ses cinq filles aussi !... Jugez un peu quelles divinités pour ce temple splendide, qui semble vraiment bâti pour vous ! Voyons, madame, gardez-le, pour l'amour de l'art, que vous appréciez si bien. Seulement, grâce pour mon digne oncle ! c'est une grande peinture magnifique, et, quoique le portrait et le nom de *Saint-Ramon* se trouvent répétés plusieurs fois en médaillons sculptés dans divers endroits de la façade de l'hôtel, je serais ravi de penser que, du haut de son monument de marbre situé au centre des salons de l'hôtel, ce brave oncle assistera pendant des siècles aux plaisirs dont il s'est privé durant sa vie !

L'entretien de la comtesse et de Saint-Herem fut interrompu par M. de Riancourt. On avait, en causant, fait le tour des appartements de réception. Le duc dit à Florestan :

— Mon cher, tout ceci est superbe et entendu à merveille. Mais dix-huit cent mille francs, mobilier et argenterie compris, bien entendu, c'est un prix exorbitant.

— Je suis complétement désintéressé dans la question, cher duc, reprit Florestan en souriant; ces dix-huit cent mille francs doivent appartenir à mes créanciers : aussi serai-je horriblement tenace pour les conditions; d'ailleurs, je vous l'ai dit, lord Wilmot m'offre cette somme et me presse d'accepter.

— Soit; mais vous ferez bien en ma faveur, mon cher, ce que vous refuseriez à lord Wilmot. Voyons, Saint-Herem, ne soyez pas inflexible, accordez-moi une diminution, et...

— Monsieur, dit la comtesse Zomaloff à Florestan en interrompant le duc, M. de Riancourt voudra bien me permettre d'aller sur ses brisées, car je prends cet hôtel aux conditions que vous avez proposées, monsieur; si cela vous convient, je vous donne ma parole et je vous demande la vôtre.

— Vive Dieu! madame, mon étoile ne m'abandonne jamais, dit Florestan en tendant cordialement la main à madame Zomaloff, c'est affaire conclue.

— Mais, madame... dit vivement M. de Riancourt, très-surpris et très-contrarié de la facilité de sa future femme, car il avait espéré obtenir de Saint-Herem une réduction de prix; mais, madame, permettez... il s'agit d'un immeuble d'un prix considérable! Il est impossible qu'aux termes où nous en sommes vous vous engagiez ainsi sans mon autorisation. De grâce! attendez que nous soyons mariés, et alors...

— Monsieur de Saint-Herem, vous avez ma parole, dit madame Zomaloff en interrompant le duc; je fais de cette acquisition une affaire personnelle; demain, si vous le permettez, mon intendant ira s'entendre avec le vôtre.

— C'est convenu, madame, dit Saint-Herem. Puis il ajouta gaiement, en s'adressant à M. de Riancourt : J'espère que vous ne m'en voudrez pas, mon cher duc; mais c'est votre faute; il fallait vous montrer vraiment grand seigneur, et ne pas marchander comme un banquier.

A ce moment, l'orchestre, qui avait cessé de se faire entendre pendant un quart d'heure, donna le signal d'une nouvelle contredanse.

— Pardon si je vous quitte, madame la comtesse, dit Saint-Herem à madame Zomaloff, mais j'ai invité pour cette contredanse la charmante fille d'un des meilleurs ouvriers qui aient travaillé à cet hôtel, ou plutôt, madame, à *votre* hôtel. Je suis heureux d'emporter du moins cette pensée en vous quittant.

Et Saint-Herem, saluant respectueusement madame Zomaloff, alla rejoindre une charmante jeune fille qu'il avait engagée, et le bal continua.

— Ma chère Fœdora, dit la princesse, qui avait remarqué avec une soucieuse impatience le long entretien de sa nièce et de Saint-Herem, il se fait tard, et vous avez promis à madame l'ambassadrice de Sardaigne d'arriver chez elle de bonne heure.

— Permettez-moi de vous le faire observer, madame, dit à son tour M. de Riancourt, en s'adresssant à sa *future*, vous avez été un peu trop vite en affaires. Saint-Herem est obligé de vendre cet hôtel pour payer ses dettes, et, avec un peu de persévérance, nous aurions pu obtenir un rabais de cinquante mille écus au moins, surtout si vous aviez insisté vous-même : il est de ces choses qu'il est si difficile de refuser à une jolie femme! ajouta M. de Riancourt avec le plus aimable sourire.

— Fœdora, à quoi pensez-vous donc, ma chère? reprit la princesse en touchant légèrement le bras de la jeune femme, qui, accoudée à une console dorée chargée de fleurs, rêvait profondément et n'avait pas entendu un seul mot de ce que sa tante et le duc lui avaient dit. Fœdora, reprit la princesse en attirant enfin l'attention de sa nièce, encore une fois, à quoi pensez-vous donc?

— Je pense à M. de Saint-Herem, dit la jeune femme en sortant comme à regret de sa rêverie. Tout ce qui s'est passé ici est tellement bizarre...

— Entre nous, comtesse, dit M. de Riancourt d'un air sentencieux, je crois que le désespoir de se voir ruiné aura détraqué le cerveau de ce pauvre Saint-Herem. Il faut être timbré pour imaginer une pareille fête. Inaugurer son hôtel par un bal d'artisans, cela sent le socialisme d'une lieue!

— Ce cher duc a raison, c'est d'un ridicule achevé, reprit la princesse. Quelle amusante nouvelle nous allons apporter ce soir à l'ambassade! Ce bal d'ouvriers fera merveille; on en rira fort! Mais, Fœdora, vous ne répondez rien... Qu'avez-vous donc?

— Je ne sais, dit la jeune femme : ce que j'éprouve est fort singulier.

— Vous avez besoin d'air, sans doute, ma chère comtesse, dit M. de Riancourt avec empressement; cela ne m'étonne point : cette agglomération de populaire est étouffante, et quoique les appartements soient très-vastes...

— Fœdora, dit la princesse avec une inquiétude croissante, est-ce que vous vous sentez indisposée?

— Non, certes, l'émotion que j'éprouve est au contraire remplie de douceur et de charme; aussi je ne sais en vérité, mon cher duc, comment exprimer...

— Comtesse, expliquez-vous de grâce, dit M. de Riancourt; peut-être la forte odeur de ces fleurs vous cause-t-elle un de ces malaises qui ont une sorte d'agrément?

— Non, ce n'est pas cela. J'hésite à tout vous dire; vous et ma tante, vous allez me trouver si étrange, si extravagante...

— Ah! comtesse, dit galamment M. de Riancourt, extravagante, vous!

— Fœdora, dit la princesse, expliquez-vous donc.

— Je le veux bien, mais vous allez être fort surpris, ajouta la jeune veuve d'un air confidentiel et coquet. Puis, se tournant vers M. de Riancourt, elle lui dit à mi-voix :

— Il me semble...

— Il vous semble, chère comtesse?

— Que...

— Achevez, de grâce!

— Que je meurs d'envie d'épouser M. de Saint-Herem.

— Madame! s'écria le duc stupéfait et devenant cramoisi; madame!

— Qu'y a-t-il donc, cher duc? demanda vivement la princesse. Comme vous êtes rouge!

— Madame la comtesse, reprit M. de Riancourt en souriant d'un air forcé, la plaisanterie est un peu... un peu vive, et...

— Allons, donnez-moi votre bras, mon cher duc, reprit madame Zomaloff de l'air le plus naturel du monde, et faites demander vos gens, car il est tard. Nous devrions être déjà à l'ambassade. C'est votre faute aussi : comment vous, l'exactitude en personne, ne m'avez-vous pas *sonné* onze heures depuis longtemps?

— Ah ! madame, je n'ai pas envie de rire ! dit le duc d'un ton sentimental et pénétré. Quel mal m'a fait votre cruelle plaisanterie de tout à l'heure ! J'en ai le cœur navré.

— Mon pauvre monsieur de Riancourt, je ne vous savais pas le cœur si vulnérable...

— Ah ! madame, ce soupçon m'afflige ; vous êtes bien injuste ; moi qui sacrifierais ma vie pour vous !

— Vraiment !

Pour unique réponse, le duc leva les yeux au ciel et poussa un long soupir.

— Allons, mon cher duc, reprit la jeune femme en souriant, si j'avais quelque chose à vous demander, ce ne serait pas un sacrifice si héroïque.

La voiture de M. de Riancourt étant arrivée au bas du perron, madame Zomaloff, sa tante et le duc, quittèrent l'hôtel Saint-Ramon.

Presque au même instant le vieux mulâtre abandonnait aussi cette opulente demeure, ébloui, confondu de ce qu'il venait de voir, d'entendre, et songeant toujours aux bénédictions dont le nom de saint Ramon était comblé par les invités de cette fête singulière.

Onze heures et demie sonnaient alors dans le lointain à l'église de Chaillot.

— Onze heures et demie ! se dit le vieillard ; j'ai le temps d'arriver pour minuit. Ah ! que vais-je apprendre ! quelle angoisse est la mienne !

Et le vieillard commença de gravir lentement les hauteurs qui, du bord de la Seine, s'étagent jusqu'à la rue de Chaillot

---

XX

Le vieux mulâtre s'était lentement acheminé vers les hauteurs de Chaillot ; il arriva bientôt dans la rue où s'élève l'église de ce faubourg pauvre et populeux.

Contre l'usage, cette église était éclairée cette nuit-là. A travers la grande porte ouverte, on voyait la nef et l'autel brillamment illuminés de cierges, quoique l'église fût encore vide ; quelque cérémonie imposante allait sans doute avoir lieu, car, bien que minuit dût bientôt sonner, l'on apercevait des lumières et des curieux aux fenêtres des maisons voisines de l'église, tandis que des groupes nombreux stationnaient sur le parvis. Le vieux mulâtre, s'approchant de l'un de ces rassemblements, prêta l'oreille et entendit ce qui suit :

— Ils ne peuvent maintenant beaucoup tarder.

— Non, car voilà bientôt minuit.

— C'est tout de même une drôle d'heure pour se marier.

— Ma foi ! quand on est si bien doté, l'on peut passer par là-dessus.

— Qui donc va se marier à cette heure, messieurs? demanda le vieux mulâtre ; quel est ce singulier mariage dont vous parlez?

— On voit, mon brave homme, que vous n'êtes pas du quartier?

— En effet, monsieur, je suis étranger.

— A la bonne heure! sans cela vous sauriez ce que c'est que le *mariage des six*, qui a lieu, depuis quatre ans, pendant la nuit du 11 au 12 mai.

« Du 11 au 12 mai, » se dit le vieillard en tressaillant, et il reprit :

— Mais, monsieur, pourquoi appelle-t-on ce mariage le *mariage des six?*

— Parce qu'il y a chaque année six jeunes filles mariées et bien dotées, ma foi ! chacune de dix mille francs !

— Dotées, et par qui?

— Par la volonté d'un digne homme, mort depuis cinq ans, et dont le nom est aussi populaire et aussi béni dans Chaillot que celui du *petit manteau bleu* dans Paris.

— Et, demanda le vieux mulâtre avec un léger tremblement dans la voix, comment s'appelait ce digne homme, au nom de qui l'on dote si généreusement de jeunes filles?

— Il se nomme le *père Richard*, monsieur, répondit avec un accent de déférence la personne que le vieillard interrogeait.

Celui-ci, contenant à peine son émotion croissante, reprit :

— Et pourquoi ce père Richard fait-il tant de bien après sa mort?

— Dame ! parce que c'était son idée, et qu'il a un brave fils, M. Louis Richard, qui exécute religieusement les dernières volontés de son père. Ah ! voilà un autre digne homme que M. Louis ! Tout le monde sait que lui, sa femme et son enfant, vivent tout au plus avec trois ou quatre mille francs par an, et pourtant il faut qu'ils aient hérité du père Richard une fameuse fortune pour doter chaque année six jeunes filles de dix mille francs chacune, sans compter les frais de l'école et de la *Maison du bon Dieu*, ou du père Richard, si vous aimez mieux.

— Pardonnez, monsieur, à la curiosité d'un étranger; mais vous parlez d'une maison appelée la Maison du bon Dieu, d'une école?

— Oui, l'école du père Richard. C'est madame Mariette qui la dirige.

— Madame Mariette? demanda le vieillard, qui est-elle?

— La femme de M. Louis Richard... Cette école est fondée pour vingt-cinq petits garçons et vingt-cinq petites filles qui y restent jusqu'à l'âge de douze ans, époque où ils entrent en apprentissage chez des maîtres choisis; les enfants sont nourris; on leur donne en outre un habillement pour l'hiver et un pour l'été; de plus ils reçoivent chacun dix sous par jour. De cette façon-là, les parents, au lieu de faire comme tant d'autres, qui, pressés par la misère, mettent trop tôt leurs enfants en apprentissage, sont intéressés à leur faire donner de l'instruction.

— Et c'est la femme de... de M. Louis Richard qui dirige cette école?

— Oui, monsieur; et elle dit qu'elle y prend d'autant plus de plaisir qu'elle était, avant son mariage, une pauvre ouvrière ne sachant ni lire ni écrire, et qu'elle a si cruellement souffert du manque d'éducation, qu'elle se trouve heureuse d'être à même d'empêcher les autres de souffrir ce qu'elle a souffert. Voilà, monsieur, ce que c'est que l'école du père Richard.

— Mais, monsieur, vous m'aviez aussi parlé d'une maison...

— Cette maison est fondée pour douze ouvrières infirmes ou hors d'état de travailler. C'est madame Lacombe qui la dirige.

— Qu'est-ce que c'est que madame Lacombe?

— La marraine de madame Mariette, une bonne et digne femme, qui a le poignet coupé : c'est la douceur, la patience, la bonté en personne... Que voulez-vous! elle doit s'y connaître en pauvres vieilles femmes infirmes! car elle dit à qui veut l'entendre qu'avant le mariage de sa filleule avec M. Louis toutes deux ne mangeaient pas tous les jours du pain à leur faim; mais tenez, mon brave homme, voilà les mariages; placez-vous devant moi, vous les verrez mieux défiler; nous pourrons ensuite entrer dans l'église.

En effet, le vieillard vit bientôt s'avancer une sorte de cortége, à la tête duquel marchaient Louis Richard donnant le bras à madame

Lacombe, puis Mariette tenant par la main un charmant petit garçon de quatre ans.

Madame Lacombe n'était plus reconnaissable : sa figure, autrefois si creuse, si maladive, était pleine, vermeille, et annonçait la santé; sa physionomie, jadis chagrine, sombre, presque farouche, exprimait alors la plus heureuse mansuétude; elle portait ses cheveux blancs en bandeaux sous un bonnet de dentelle, et un beau châle de cachemire français cachait à demi sa robe de soie.

Les traits de Louis Richard, qui donnait le bras à la marraine de Mariette, étaient empreints d'une félicité sérieuse et contenue. On voyait qu'il comprenait la grandeur des devoirs qu'il s'était imposés. Mariette, plus jolie que jamais, se distinguait par un air de gravité douce qui sied si bien aux jeunes mères : dans son légitime orgueil, elle avait toujours, malgré son mariage, conservé le modeste costume de sa première condition; fidèle au coquet petit bonnet de l'ouvrière, elle n'avait jamais voulu porter de chapeau; le *bon Dieu* l'en récompensait, car elle était ravissante de fraîcheur, de grâce et de beauté, sous son frais bavolet de dentelle à nœuds de rubans bleu-ciel. De temps à autre elle souriait avec un amour ineffable à son petit garçon, blond, rose et joli comme elle.

Après Louis, sa femme, son enfant et madame Lacombe, venaient, vêtues de blanc et couronnées de fleurs d'oranger, les six jeunes filles dotées cette année-là : elles donnaient le bras aux parents ou aux témoins de leurs fiancés; ceux-ci conduisaient les parents et les témoins de leurs promises; tous appartenaient à la classe des travailleurs. Derrière ce groupe s'avançaient les vingt-quatre ménages unis depuis quatre ans, puis les enfants de l'école du père Richard, puis enfin celles des vieilles femmes de la maison de refuge à qui leurs infirmités permettaient d'assister à cette touchante cérémonie.

Il fallut près d'un quart d'heure pour le défilé de ce cortége, qui prit enfin place dans l'église.

Le vieux mulâtre avait assisté muet et pensif à ce défilé, pendant qu'autour de lui les curieux disaient :

— C'est pourtant grâce au père Richard que ces jeunes filles laborieuses vont devenir de bonnes et heureuses ménagères.

— Et les mariées des autres années ont-elles l'air heureux! Et ce bonheur, à qui le doivent-elles? au père Richard!

— C'est vrai... toujours au père Richard!

— Et aussi à M. Louis, qui remplit si bien les intentions de son brave père.

— Sans doute : mais enfin toujours est-il que, sans la grosse fortune que le père Richard lui a laissée pour en faire un si bon usage, M. Louis n'aurait eu que sa bonne volonté.

— Et l'école du père Richard ! avez-vous vu les enfants, les petits garçons avec leurs bonnes blouses de drap, les petites filles avec leurs bonnes robes de mérinos ? Comme tous ont l'air content !

— Savez-vous qu'il ne manque pas plus de cinq ou six de ces pauvres vieilles infirmes qui, grâce au père Richard, trouvent au moins du pain et du repos pour leurs vieux jours ?

— Savez-vous une chose, mes amis ?

— Quoi donc ?

— C'est que voilà peut-être cent cinquante personnes qui passent devant nous, et qui, toutes, ont eu plus ou moins part aux bienfaits du père Richard.

— C'est vrai, et quand on songé que c'est la même chose depuis quatre ans, ça fait déjà six à sept cents personnes soutenues, instruites, aidées ou mariées grâce à ce digne homme.

— Sans compter que, pourvu que M. Louis vive encore pendant trente ans, je suppose, ça fera cinq ou six mille personnes qui, grâce au père Richard, auront eu la vie bonne et heureuse, au lieu de l'avoir eue mauvaise... et coupable peut-être : la misère perd tant de monde !

— Qu'est-ce que vous dites donc, cinq ou six mille personnes, mais ça ferait bien plus que cela !

— Comment ?

— Ces ménages que l'on dote chaque année, choisis parmi les plus pauvres et les plus honnêtes artisans, ces ménages auront des enfants ; ceux-ci d'abord participeront au bien-être de leurs familles ; ils seront bien élevés, et ils auront plus tard leur part du petit pécule grossi certainement par l'économie et le travail de leurs parents, car c'est facile de mettre de côté quand on s'établit avec quelque chose ; on n'est pas forcé de s'endetter pendant le chômage en mettant au mont-de-piété, qui nous ruine par les gros intérêts !

— C'est, ma foi, vrai ; en calculant ainsi, ça double, ça triple la somme des bienfaits du père Richard ; et, si l'on osait songer à une deuxième, à une troisième génération de bienfaiteurs, en multipliant, comme on dit, les obligés par eux-mêmes, ça deviendrait incalculable, le bien dont il aurait été la souche, ce digne et excellent homme!

— Et dire pourtant que le bien est si facile à faire, et qu'il y a tant de gens, du petit au grand, qui ne savent à quoi dépenser leur argent!

— C'est vrai... car enfin de l'argent, ça représente le bonheur de bien du monde, et avoir entre les mains beaucoup d'argent, c'est avoir le moyen de faire, si on le voulait, beaucoup d'heureux!

— Ah dame! c'est que les père et fils Richard ne sont pas très-communs, dit le dernier interlocuteur qui avait servi de cicerone au vieux mulâtre. Puis, voyant ce dernier laisser couler des larmes, il ajouta: Eh bien, mon brave homme, que diable avez-vous à pleurer ainsi?

— C'est... c'est l'émotion, dit le vieillard. Le bien que j'entends dire de ce... ce... père Richard et de son fils... la vue du cortége de gens si heureux... tout cela me cause une impression extraordinaire.

— Oh! mon digne homme! si telle est la cause de vos larmes, je ne vous plains pas, elles vous font honneur. Mais, tenez, puisque cela vous intéresse, entrons dans l'église, nous verrons la fin de la cérémonie, et après vous pourrez aller jusqu'à la Maison du bon Dieu car, cette nuit-ci, y entre qui veut.

— Je vous remercie de votre conseil, monsieur, et je le suivrai dit le vieux mulâtre en essuyant ses pleurs et en entrant dans l'église avec son cicerone.

La foule était si compacte, que le vieillard dut renoncer à arriver jusqu'aux premiers rangs des spectateurs qui se pressaient à l'entrée du chœur; mais un moment de réflexion le consola bientôt, et il revint se placer auprès du bénitier situé non loin de la porte de l'église

Pendant l'accomplissement de la cérémonie des mariages, à laquelle tous les assistants prirent part avec recueillement, la physionomie du mulâtre exprima une émotion profonde, étrange; il semblait plongé dans une sorte d'extase, comme si une révélation soudaine lui eût ouvert des horizons immenses, éblouissants, mais jusque-là voilés à sa vue; aussi, après un moment de méditation fervente, s'agenouilla-t-il, et, joignant les mains, il laissa tomber sur sa poitrine sa tête blanchie.

Dans l'église le silence était solennel; tout à coup la voix grave et sonore du prêtre qui officiait à l'autel fit entendre ces paroles, qu'il adressait aux nouveaux mariés :

« Et maintenant que votre union est consacrée par Dieu, jeunes époux, continuez la vie honnête et laborieuse qui vous a mérité le bonheur dont vous allez jouir; n'oubliez jamais que cette juste rémunération de votre dignité dans la pauvreté, de votre courage dans le travail, vous la devez à un homme doué de la plus tendre, de la plus juste affection pour ses frères; car, fidèle aux devoirs du vrai chrétien, il ne s'est pas regardé comme le maître, mais comme l'aumônier de ses richesses. Le Christ n'a-t-il pas dit : *Aimez-vous les uns les autres, et que ceux qui ont donnent à ceux qui n'ont pas?...* Aussi le Seigneur, en accordant au père Richard un fils digne de lui, a récompensé ce grand homme de bien, et, par son obéissance aux lois de l'évangélique fraternité, il a mérité que sa mémoire vécût parmi les hommes. Cette immortalité, votre reconnaissance la lui accordera; que son nom soit donc à jamais béni par vous, par vos enfants, par les enfants de vos enfants ; que vos cœurs conservent toujours comme le souvenir d'une rare vertu le nom vénéré du père Richard! »

Le murmure approbateur de la foule accueillit ces paroles et couvrit les sanglots étouffés du vieux mulâtre, qui, toujours agenouillé semblait éprouver un ressentiment ineffable.

La cérémonie était terminée.

Le bruit que firent les assistants en quittant leurs places, afin de sortir de l'église, rappela à lui le vieillard; il se releva précipitamment, et s'appuya au bénitier, car il se sentait défaillir.

Bientôt il vit du fond de l'église s'avancer de son côté Louis Richard, qui, donnant le bras à madame Lacombe, se dirigeait vers la porte de l'église.

Le vieillard trembla de tous ses membres, et, au moment où Louis Richard allait passer devant lui, il trempa ses doigts dans le bénitier, et, baissant à demi la tête, il offrit l'eau sainte d'une main tremblante à l'époux de Mariette.

— Merci, bon père, répondit affectueusement Louis en effleurant de ses doigts la main vacillante. Puis, remarquant la pauvreté des vêtements et la tête blanchie du *donneux* d'eau bénite, et voyant dans son offre une demande d'aumône, le jeune homme lui glissa dans la main une pièce de monnaie en lui disant avec bonté :

— Tenez, et priez Dieu pour le père Richard.

Le vieillard saisit avidement la pièce de monnaie, la porta à ses lèvres, et la baisa en fondant de nouveau en larmes.

Ce singulier incident ne fut pas aperçu de Louis Richard; il sortit de l'église ainsi que le cortége, et une grande partie des spectateurs se dirigea vers ce que l'on appelait à Chaillot la Maison du bon Dieu.

Le vieux mulâtre, brisé par une profonde émotion, s'appuya péniblement sur son bâton, et se dirigea aussi vers la Maison du bon Dieu.

XXI

La *Maison du bon Dieu* était bâtie sur les dernières hauteurs de Chaillot, dans une situation aussi riante que salubre; un grand et ombreux jardin entourait les bâtiments d'une élégante simplicité.

Cette nuit de mai était pleine de douceur et de sérénité; les parfums printaniers embaumaient l'air, de nombreux becs de gaz éclairaient la grande allée couverte qui conduisait au corps de logis principal, au devant duquel s'élevait un perron de quelques marches.

Le vieux mulâtre avait suivi le cortége; il le vit se ranger silencieusement en demi-cercle à l'entour du perron, car aucune salle n'aurait pu contenir l'affluence de la foule.

Bientôt Louis Richard, selon son habitude de chaque année, s'avança sur le perron et prononça d'une voix émue et chaleureuse les quelques paroles suivantes :

« Mes amis, il y a cette nuit cinq ans que je perdais le meilleur des pères; il périssait d'une mort affreuse lors du sinistre du chemin de fer de Versailles. Mon père, maître d'un patrimoine assez considérable, aurait pu vivre dans l'aisance et l'oisiveté : il a vécu pauvre et laborieux. Tandis qu'il renonçait ainsi à tout bien-être, gagnant par son travail le pain quotidien, sa parcimonie sublime accumulait lentement de grandes richesses, son abnégation les augmentait chaque année. Vint le jour prématuré de sa mort. J'eus à pleurer un des plus fervents amis de l'humanité, car, selon ses dernières volontés, j'ai consacré ses biens à l'accomplissement de trois saints et grands devoirs :

« Envers les enfants;

« Envers les jeunes filles;

« Envers les femmes que l'âge ou les infirmités rendaient incapables de travailler.

« Aux enfants pauvres si souvent privés d'une éducation tutélaire, mon père a voulu que l'instruction élémentaire et plus tard professionnelle fût assurée.

« Aux jeunes filles laborieuses et probes qu'un salaire insuffisant, la souffrance, la misère, n'exposent que trop fréquemment aux séductions du vice, mon père a voulu qu'une dot modeste fût assurée. Cette assistance, jointe aux fruits du travail de chaque ménage, lui permettra du moins de goûter dans toute leur douceur et leur pureté les saintes joies de la famille, joies souvent, hélas! ignorées au milieu des maux qu'enfante la pauvreté.

« Enfin, aux femmes âgées ou infirmes qui, après une longue vie de labeur, sont hors d'état de gagner leur subsistance, mon père a voulu assurer du moins le repos et le bien-être de leurs vieux jours.

« Ces dernières volontés de mon père, je les ai religieusement remplies dans la limite des moyens d'action qu'il m'a laissés. Sans doute, le bien qu'il dispense ainsi chaque année par mes mains est peu de chose, si l'on songe aux innombrables misères de l'humanité; mais celui-là *qui fait tout le bien qu'il peut faire*, ne partageât-il que son morceau de pain avec son frère affamé, celui-là agit comme il doit agir : il accomplit le devoir que l'humanité lui impose.

« Ce devoir est celui de tout homme de bien, et il doit employer tous ses efforts à se rapprocher de cet idéal par des actes. Ainsi a fait mon père. De sa généreuse pensée, je ne suis que l'écho, que l'agent. L'accomplissement de ce glorieux devoir remplirait ma vie d'une félicité sans mélange et sans borne, si je n'avais à pleurer la mort d'un père à jamais regretté. »

A peine Louis Richard avait-il prononcé ces dernières paroles, qu'un certain tumulte s'éleva au milieu de la foule dont le perron était entouré : le vieux mulâtre, succombant à son émotion, sentit ses forces lui manquer, et tomba sans mouvement dans les bras de ceux qui se trouvaient à côté de lui.

Louis Richard, instruit de la cause de cette subite agitation, accourut auprès du vieillard, et, afin de mieux s'assurer de son état et de pouvoir lui donner des soins plus prompts, il le fit transporter dans son appartement, situé au rez-de-chaussée; puis il pria les nouveaux époux de se rendre au souper destiné à les réunir aux *ménages* des années précédentes. Madame Lacombe et Mariette devaient, en l'absence momentanée de Louis Richard, le suppléer dans la présidence de ce repas servi dans le jardin sous une tente immense.

Le vieux mulâtre avait été transporté, toujours évanoui, dans le cabinet de Louis. Celui-ci, par un pieux respect pour la mémoire de son père, ne s'était pas séparé du pauvre mobilier de la chambre qu'ils avaient si longtemps habitée en commun : la table de bois noirci, la vieille commode, l'antique bahut, tout avait été gardé, ainsi que la couchette peinte en gris, sur laquelle on avait jeté une courtepointe, et qui servait de lit de repos à Louis Richard. C'est sur cette couche que le vieillard fut porté.

Une bougie allumée à la hâte éclairait faiblement cette pièce.

Louis, dès qu'il y entra, envoya un domestique à une petite pharmacie dépendante de la maison demander quelques spiritueux, et resta seul avec le vieux mulâtre. Ses épais cheveux blancs retombaient sur front; son inculte et longue barbe cachait presque entièrement ses traits. Louis prit sa main pour consulter son pouls.

A ce moment le vieillard fit un léger mouvement, et prononça quelques mots inintelligibles.

Le son de cette voix frappa cependant Louis : il tâcha de mieux distinguer les traits de celui qu'il secourait; mais la demi-obscurité de la chambre, et la longueur des cheveux et de la barbe du mulâtre rendirent infructueux cet examen.

Soudain son hôte releva languissamment la tête, regarda autour de lui, et, ses yeux s'étant arrêtés sur le dossier du lit peint en gris et contourné d'une façon particulière, il fit un mouvement de surprise; mais, lorsqu'il eut aperçu le bahut si reconnaissable par sa forme, il ne put retenir ces mots :

— Où suis-je? Est-ce un rêve?... Mon Dieu! mon Dieu!

L'accent de cette voix de plus en plus distincte frappa Louis de nouveau; il tressaillit légèrement; mais bientôt, secouant la tête et souriant avec amertume, il se dit tout bas :

— Hélas! les regrets nous causent souvent des illusions étranges.

S'adressant alors au vieillard d'un ton affectueux :

— Eh bien, comment vous trouvez-vous, bon père ?

A ces mots, le mulâtre, se dressant sur son séant, saisit vivement la main de Louis avant que celui-ci eût pu s'y opposer, et la couvrit de larmes et de baisers.

L'époux de Mariette, surpris, touché de ce mouvement d'effusion, reprit :

— Allons, calmez-vous, bon père. En vérité, je n'ai rien fait jusqu'ici qui puisse me mériter votre reconnaissance. Un jour, je serai peut-être plus heureux... Mais dites-moi, comment vous trouvez-vous ? Est-ce la fatigue, la faiblesse, qui ont causé votre évanouissement ?

Le vieillard resta muet, baissa la tête sur sa poitrine sans quitter la main de Louis, dont il semblait ne pouvoir se détacher ; il la serrait contre sa poitrine haletante dans une étreinte convulsive.

Le jeune homme, gagné par une émotion singulière et croissante, sentit les larmes lui venir aux yeux, et reprit :

— Bon père, écoutez-moi.

— Oh ! encore ! murmura le vieux mulâtre d'une voix étouffée, encore !...

— Comment ! que je vous dise encore *bon père ?*

— Oui, répondit le vieillard, qui tremblait de tous ses membres, oui ! oh ! encore !

— Eh bien, bon père...

Le jeune homme ne put achever.

Son hôte, incapable de se vaincre plus longtemps, se redressa et s'écria d'une voix vibrante de tendresse :

— Louis !!!

Ce nom, prononcé avec l'expression de toutes les forces de l'âme, ce mot seul était une foudroyante révélation..

Le jeune homme pâlit, se rejeta en arrière et resta pétrifié, les yeux fixes, hagards.

La commotion était trop violente, l'ébranlement moral trop profond, pour qu'il ne s'écoulât pas quelques instants avant que cette pensée : *Mon père n'est pas mort !* pût arriver jusqu'à l'entendement de Louis.

Ainsi la brusque transition d'une nuit profonde à l'éclat du soleil nous éblouit et nous rend momentanément aveugles.

Mais, lorsque Louis, remis de cette violente secousse, envisagea la réalité sans vertige, il se jeta sur le lit du vieillard, écarta d'une main convulsive ses longs cheveux blancs ; puis, parcourant d'un œil avide, radieux, enivré, les traits de son père enduits d'un bistre factice, il ne conserva plus aucun doute, et ne put que balbutier ces mots dans une sorte de délire filial : — Toi !... oh ! mon Dieu ! toi... mon père !

. . . .

Renonçons à peindre cette première explosion de tendresse qui jeta le père et le fils dans les bras l'un de l'autre.

Qui pourrait rendre ces étreintes, ces mots sans suite, ces cris, ces déchirements d'une joie trop aiguë, ces défaillances de l'esprit et du corps trop faible pour un pareil ravissement, mais bientôt suivies de ces élans passionnés qui emportent l'âme jusqu'aux dernières limites de la félicité ?

A ces emportements de bonheur succéda enfin un moment de calme.

Le père Richard dit à son fils :

— En deux mots, mon cher enfant, voici mon histoire : j'ai dormi pendant cinq ans ; il y a quarante-huit heures que je me suis complétement éveillé.

— Que dites-vous ?

— Je me trouvais avec le pauvre Ramon et sa fille dans un des waggons les plus maltraités lors de la catastrophe. Un hasard providentiel, encore inexplicable pour moi, m'a sauvé la vie, quoique j'aie eu la cuisse droite cassée et que l'épouvante m'ait rendu fou.

— Vous, mon père ?

— Oui, je suis devenu fou de terreur... j'ai complétement perdu la raison.

— Oh ! mon Dieu !

— Conduit loin du sinistre, chez un digne médecin, ma fracture guérie, j'ai été transporté dans un hospice d'aliénés à Versailles. Ma folie était inoffensive, je ne parlais que de mes trésors perdus. Pendant près de quatre ans mon insanité fut incurable ; mais, grâce aux soins des médecins, mon intelligence s'éclaircit peu à peu, lentement et par intermittence ; puis, ma guérison fit de nouveaux progrès, avança et devint enfin complète, assurée, car il y a deux jours, je te le répète, mon enfant, j'ai pu sortir de l'hospice. Te dire ce que j'ai éprouvé lorsque je me suis retrouvé en possession de toute raison, de tous mes souvenirs, me serait impossible. Je m'éveillai, te l'ai dit, d'un long et profond sommeil de cinq années. Ma première pensée, je te dois cet humiliant aveu, ma première pensée fut une pensée d'avare... Qu'étaient devenus mes biens? quel usage en avais-tu fait? Hier, lorsque les portes de l'hospice se sont ouvertes devant moi, j'ai couru chez mon notaire, ton ancien patron et mon ami... Sa stupeur, tu la comprends. Voici quelles ont été ses paroles: « La première idée de votre fils, lorsqu'il a partagé l'erreur commune au sujet de votre mort, a été de se considérer seulement comme dépositaire de vos richesses, de n'en disposer qu'à l'âge de trente-six ans, en distrayant seulement une faible somme destinée à son entretien et à celui de sa femme; mais, au bout de six mois, après une assez grave maladie, pensant que la mort pourrait le frapper avant qu'il eût accompli ce qu'il considérait comme un devoir sacré, votre fils a changé d'avis et m'a fait part de ses projets, auxquels j'ai adhéré de toute mon âme. » Mais ces projets, quels étaient-ils? ai-je demandé à ton ancien patron. « Ayez le courage d'attendre jusqu'à demain minuit, m'a-t-il répondu; rendez-vous alors à l'église de Chaillot: vous saurez tout, et vous remercierez Dieu de vous avoir donné un fils tel que le vôtre. » J'ai eu le courage d'attendre jusqu'à ce soir, mon cher Louis; ma longue barbe, mes cheveux tout blancs, me changeaient déjà beaucoup: j'ai bistré mes traits, afin de me défigurer tout à fait et de pouvoir ainsi m'approcher de toi sans être reconnu. Oh! tendre et noble enfant! ajouta le père Richard en pleurant d'attendrissement, si tu savais ce que j'ai vu, ce que j'ai entendu! Mon nom vénéré, adoré, grâce à la grandeur de ton âme et à une pieuse supercherie de ton amour filial! Si tu savais la révolution subite qui s'est opérée en moi! Oh! tiens, vois-tu, pendant un moment, j'ai éprouvé une sorte d'extase. Oui, pendant qu'en ma présence l'on bénissait ainsi ma mémoire, il m'a semblé que mon âme, dégagée de ses liens terrestres, planait dans le ciel comme planent sans doute les âmes des hommes de bien qui entendent encore ici-bas l'expression de l'amour et de la reconnaissance qu'ils ont laissés après eux. Hélas! cette illusion a été de courte durée. Je n'étais pour rien dans ces touchantes actions dont on me glorifiait.

— Que dites-vous, mon père!... Sans vous, sans votre persévérante épargne, comment donc aurais-je accompli le bien? Ne m'aviez-vous pas laissé un tout-puissant levier? Mon seul mérite a été de bien user de cette force immense concentrée par vous au prix de tant de sacrifices, de tant de privations. Maître de cette grande fortune que je n'avais pas gagnée par mon travail, j'ai compris les devoirs qu'elle m'imposait. L'horrible misère et l'ignorance dont ma femme bien-aimée avait souffert, les dangers auxquels cette ignorance et cette misère l'avaient exposée, la cruelle infirmité de sa marraine, tout a été un enseignement pour moi, et, ainsi que Mariette et madame Lacombe, nous avons voulu, autant qu'il serait en nous, épargner aux autres la peine dont nous avions tant souffert.

— Cher enfant !

— Cela n'est pas mon œuvre, mon père, c'est la vôtre. Jouissez de votre gloire, mon père; vous avez laborieusement semé, je n'ai fait que recueillir : la moisson vous appartient.

Soudain la porte du cabinet s'ouvrit brusquement. Florestan de Saint-Herem entra, se jeta dans les bras de Louis avec tant d'impétuosité, qu'il n'aperçut pas le père Richard, et s'écria :

— Embrasse-moi, Louis; réjouis-toi! tu es mon meilleur ami; à toi la première nouvelle. Je comptais te trouver ici : car ce n'est pas de cette année que je sais comment tu fêtes les anniversaires du 12 mai. Aussi je n'ai pas voulu perdre une minute pour venir t'apprendre que *saint Ramon* devient un bel et bon saint, car il vient de faire le plus incroyable des miracles...

— Que veux-tu dire?

— Il y a deux heures, j'étais complétement ruiné, ou peu s'en faut : maintenant je suis plus riche que je ne l'ai jamais été, et surtout que je ne le serai jamais ! Louis, des mines d'or, des mines d'argent, des diamants à remuer à la pelle, des richesses fabuleuses, une fortune qui se compte par dizaines de millions. Oh! saint Ramon! saint Ramon! que votre nom soit sanctifié! Combien j'ai eu raison de vous canoniser, car, vive Dieu! vous n'êtes pas ingrat!

— Florestan, de grâce, explique-toi.

— Il y a une heure, la fête que je donnais, tu le sais, à ces dignes artisans, touchait à sa fin. Un de mes gens me prévient qu'une femme venue en fiacre s'est fait conduire dans mon appartement et demande instamment à me parler; je monte chez moi : que vois-je? la comtesse Zomaloff, jeune et charmante veuve qui, dans huit jours, devait épouser le duc de Riancourt; cette nuit elle était venue visiter mon hôtel pour l'acquérir, elle l'avait acheté en effet. Stupéfait de la revoir, je reste un moment muet. Sais-tu ce qu'elle me dit du ton le plus naturel du monde ?

« Monsieur de Saint Herem, mille pardons de vous déranger, j'ai seulement deux mots à vous dire : je suis veuve, j'ai vingt-huit ans, je ne sais trop pourquoi j'avais promis à de Riancourt de l'épouser ; peut-être aurais-je accompli ce sot mariage si je ne vous avais pas rencontré. Votre cœur est généreux, votre âme élevée, la fête que vous avez donnée ce soir me le prouve ; votre esprit me séduit, votre caractère me charme, votre bonté me touche et votre personne me plaît. Quant à moi, la démarche que je fais en ce moment vous donne la mesure de ce que je suis, de ce que je vaux, en bien et en mal.

« Cette démarche étrange, inconvenante, extravagante peut-être... vous l'apprécierez : si votre jugement m'est favorable, je serai fière et heureuse de devenir madame de Saint-Herem, et d'habiter avec vous l'hôtel *Saint-Ramon* ; j'ai une fortune colossale, vous en disposerez comme vous l'entendrez, car je vous confie aveuglément mon avenir. J'attendrai donc votre décision. Bonsoir, monsieur de Saint-Herem. » A ces mots, mon cher Louis, la fée disparaît et me laisse dans un tel éblouissement de bonheur, que j'ai cru en perdre la tête.

— Florestan, lui dit Richard d'un air grave et affectueux, la confiance aveugle de cette jeune femme venue à toi avec tant de franchise et de confiance t'impose de grands devoirs.

— Je comprends, mon ami, répondit Saint-Herem avec un accent rempli de sincérité. J'ai pu dissiper les biens qui m'appartenaient et me ruiner ; mais me montrer ainsi prodigue d'une fortune qui n'est pas la mienne, ruiner une femme qui me confie si loyalement son avenir, ce serait une infamie !

. . . .

Environ un mois après ces divers événements, madame Zomaloff épousait Florestan de Saint-Herem.

Louis Richard, son père et Mariette assistaient à la cérémonie nuptiale.

Le père Richard, malgré sa *résurrection*, ne changea rien à l'usage que Louis avait fait jusqu'alors des biens paternels ; seulement le vieillard demanda instamment d'être l'ÉCONOME de la maison, et, en cette qualité, il y rendit de très-grands services.

Tous les ans, on célébrait doublement le 12 mai.

Louis, son père et Mariette, qui voyaient fréquemment monsieur et madame de Saint-Herem, assistaient à une fête magnifique donnée à l'hôtel Saint-Ramon le jour anniversaire de leur union ; mais, à minuit, Florestan et sa femme, qui s'adoraient, car ce mariage avait fini par devenir un mariage d'amour, allaient partager le dîner de l'un des *six* nouveaux ménages dans la *Maison du bon Dieu*.

FIN DE L'AVARICE

LA GOURMANDISE

LE DOCTEUR GASTERINI

I

Vers la fin du mois d'octobre 18.., l'entretien suivant avait lieu, dans le couvent de Sainte-Rosalie, entre la supérieure de cette maison, nommée sœur Prudence, et un certain abbé Ledoux, dont les lecteurs de ces récits se souviendront peut-être (1).

L'abbé venait d'entrer dans le parloir particulier de sœur Prudence, femme de cinquante ans environ, à la figure pâle et grave, à l'œil fin et pénétrant.

— Eh bien, cher abbé, dit-elle, quelles nouvelles de dom Diégo? Quand arrive-t-il?

— Le chanoine est arrivé, ma chère sœur.

— Avec sa nièce?

— Avec sa nièce.

— Dieu soit béni!... Maintenant, mon cher abbé, prions le ciel de favoriser nos projets.

— Sans doute, ma chère sœur, prions-le; mais surtout jouons serré, car la partie ne sera pas facile à gagner.

— Que dites-vous?

(1) Voir l'*Orgueil* (la duchesse).

— La vérité. Cette vérité, je l'ai seulement apprise ce matin, et la voici. Prêtez-moi, je vous prie, toute votre attention.

— Je vous écoute, mon cher frère.

— Du reste, afin de nous mieux accorder, et de voir bien clair dans nos affaires, établissons nettement l'état des choses. Il y a deux mois, le révérend père Benoît, attaché aux missions étrangères et actuellement à Cadix, m'écrivit pour me recommander très-particulièrement le seigneur dom Diégo, chanoine d'Alcantara. Il devait s'embarquer à Cadix pour la France avec sa nièce Dolorès Salcédo.

— Très-bien, mon cher frère.

— Le père Benoît ajoutait qu'il connaissait assez le caractère et les dispositions de la señora Dolorès Salcédo pour être certain qu'elle se déciderait facilement à prendre le voile; résolution qui aurait l'agrément de dom Diégo, son oncle.

— Et, comme elle doit être l'unique héritière du riche chanoine, la maison dans laquelle entrerait la señora Dolorès bénéficierait de la fortune qui un jour lui reviendra.

— C'est cela même, ma chère sœur. Aussi ai-je tout naturellement songé pour la señora Dolorès à notre maison de Sainte-Rosalie, et je vous ai parlé de ces projets.

— Je les ai adoptés, mon cher frère, car, ayant quelque pratique, quelque expérience des jeunes filles, je suis presque assurée de pouvoir, par la persuasion, sauvegarder cette colombe innocente des piéges d'un monde tentateur et corrompu, en la décidant à prendre le voile dans notre maison. C'est une œuvre doublement bonne à faire: sauver une jeune fille, et faire tourner au bien des pauvres des richesses dont l'emploi pourrait devenir mauvais dans d'autres mains; je ne pouvais hésiter.

— Sans doute; mais maintenant, ma chère sœur, l'inconvénient est que l'innocente colombe a un amoureux.

— Jésus! que dites-vous, mon frère? Quelle horreur! Mais alors nos projets...

— Aussi vous ai-je avertie qu'il nous fallait jouer serré.

— Et comment avez-vous été instruit de cette abomination, mon cher frère?

— Par le majordome de dom Diégo, un modeste serviteur qui doit me tenir au courant de tout ce qu'il saura sur le chanoine et sur sa nièce.

— Ces renseignements sont indispensables, mon frère, car ils nous mettront à même d'agir avec connaissance de cause et sécurité. Mais quelles notions vous a donnés le majordome sur ce malencontreux amour, mon cher frère?

— Voici comment les choses se sont passées. Le chanoine et sa nièce se sont embarqués à Cadix à bord d'un trois-mâts venant des Indes et en partance pour Bordeaux. Or, en vérité, il y a souvent des fatalités étranges!

— Quelles fatalités?

— D'abord le trois-mâts à bord duquel s'est embarqué le chanoine avait pour nom le *Gastronome*.

— En effet, singulier nom pour un vaisseau!

— Moins singulier qu'il ne le paraît d'abord, ma chère sœur; car ce navire, après avoir porté aux Indes des vins des meilleurs crus de Bordeaux et du Midi, des jambons de Bayonne, des langues fumées de Troyes, des pâtés d'Amiens et de Strasbourg, du thon et des olives de Marseille, des fromages de Suisse, des fruits confits de Touraine et de Montpellier, etc., etc., etc., revenait du cap de Bonne-Espérance avec un chargement de vins de Constance, de poivre, de kari, de cannelle, de gingembre, de clous de girofle, de thé, de salaisons de Hachar et autres comestibles des Indes. Il devait compléter son chargement en prenant à Cadix une grande quantité de vins d'Espagne, et ensuite retourner à Bordeaux.

— Bon Dieu! mon frère, que de vins! que de victuailles! c'est à faire frémir! Je comprends maintenant que ce vaisseau soit bien nommé le *Gastronome!*

— Et vous comprendrez tout à l'heure, ma sœur, pourquoi je vous parlais de fatalités étranges, et comment le chanoine dom Diégo devait préférer de s'embarquer plutôt sur le *Gastronome* que sur tout autre vaisseau, sans compter que la destination de Bordeaux devait extrêmement plaire au chanoine.

— De grâce, expliquez-vous, mon frère.

— Pour cela, je dois d'abord vous apprendre ce que j'ignorais moi-même avant d'avoir secrètement conféré avec le majordome du seigneur chanoine : c'est que celui-ci est d'une gourmandise inouïe, fabuleuse!

— Ah! mon frère, l'horrible péché!

— Horrible péché, soit; mais enfin n'en médisons pas trop, ma chère sœur, de ce péché; car c'est peut-être grâce à lui que nous pourrons arriver à nos louables fins et gagner la partie.

— Et comment cela, mon frère?

— Je vais vous le dire. Le chanoine est doué d'une gourmandise idéale. Toutes ses facultés, toutes ses pensées, sont concentrées sur une seule jouissance, la *table*, et il paraît qu'à Madrid et à Cadix sa table était véritablement merveilleuse, car je me rappelle maintenant que mon médecin, le *docteur* GASTERINI...

— Un abominable athée!... un Sardanapale! dit sœur Prudence en levant les mains au ciel et interrompant l'abbé Ledoux; je n'ai jamais compris pourquoi vous receviez des soins d'un tel mécréant.

— Je vous dirai cela quelque jour, ma chère sœur; mais, croyez-moi, je sais ce que je fais. Et d'ailleurs le docteur *Gasterini*, malgré son grand âge, est encore le premier médecin de Paris, comme il est encore le premier gourmand du monde... Car, ainsi que je vous le disais, ma sœur, je me rappelle maintenant l'avoir entendu parler de la table d'un chanoine espagnol, table qui, d'après une correspondance de Madrid reçue par le docteur, était, disait-on, vraiment remarquable. Alors j'étais loin de me douter qu'il s'agît de dom Diégo. C'est du reste un sot et pauvre homme, d'un esprit borné, accessible à toutes les ridicules superstitions méridionales. Aussi, d'après son majordome, serait-il très-facile de faire voir à ce gourmand chanoine le diable en chair et en os.

— Un moment, mon cher frère; cette sotte superstition ne me déplaît point du tout chez le chanoine.

— Ni à moi non plus, ma sœur; au contraire, elle m'agrée fort. Ce n'est pas tout, le chanoine, grâce à un fond de religion tel quel, ne s'abuse pas sur la vilenie de sa passion dominante. Il sait que la gourmandise est un des sept péchés capitaux, il croit que ce péché doit le conduire en enfer, et pourtant il n'a pas le courage de résister à son vice : il mange avec volupté. Seulement, lorsqu'il n'a plus faim, arrive l'heure des remords.

— Au lieu de remords, ce sont des indigestions qu'il devrait avoir, le malheureux! s'écria sœur Prudence. Cela du moins le corrigerait peut-être.

— Il est vrai, ma sœur; mais il n'en est pas ainsi. Néanmoins la vie du chanoine se passe à jouir et à regretter d'avoir joui; quelquefois même, ses remords et sa superstition aidant, il s'attend à quelque soudaine et terrible punition céleste; mais, lorsque l'appétit revient, avec lui revient l'oubli des remords, et il en a été longtemps ainsi pour le chanoine.

— Après tout, mon frère, je le trouve encore moins coupable que ces Sardanapales, comme votre docteur Gasterini, qui jouissent effrontément sans la moindre appréhension. Le chanoine a du moins conscience de son péché : c'est déjà quelque chose.

— Le caractère du chanoine ainsi posé, vous ne vous étonnerez donc plus que, se trouvant à Cadix, et apprenant qu'un navire, appelé le *Gastronome*, était en partance pour la France, dom Diégo ait saisi cette occasion de s'embarquer sur un vaisseau si heureusement nommé et de pouvoir, en arrivant à Bordeaux, acheter sur place quelques tonnes de vins des crus les plus précieux.

— Certes, je comprends cela, mon cher frère.

— Voici donc le seigneur dom Diégo embarqué avec sa nièce sur le trois-mâts le *Gastronome*. Il est impossible d'imaginer, m'a dit le majordome, la quantité de provisions, de denrées, de rafraîchissements de toutes sortes, dont le chanoine avait encombré le pont de ce vaisseau, encombrement défendu d'ailleurs par toutes les règles de la navigation; mais le commandant du bâtiment, un certain capitaine Horace, mécréant s'il en est, n'avait que trop de raisons d'oublier la discipline, et de tâcher de se rendre agréable au chanoine.

— Et ces raisons, mon frère?

— Frappé de la beauté de la nièce de dom Diégo, lorsque celui-ci était allé avec elle stipuler les conditions de son passage, ce misérable capitaine, devenant soudain épris de Dolorès Salcédo, et comptant profiter des facilités de la traversée, accorda tout ce que dom Diégo lui demanda, afin d'être certain de le voir s'embarquer à son bord avec sa nièce.

— Quelle scélératesse de la part de ce capitaine, mon frère!

— Heureusement le ciel l'en a puni, et cela peut nous sauver. Voici donc le chanoine et sa nièce embarqués à bord du *Gastronome*, encombré des provisions de bouche de dom Diégo. A peine à la sortie du port, une horrible tempête éclate, et la sûreté du navire exige que, pour plus de rapidité dans la manœuvre, on jette à la mer, non seulement toutes les victuailles du chanoine, mais encore les cages à volailles et les bestiaux embarqués pour la nourriture des passagers. Ce coup de vent, qui poussait d'ailleurs le navire du côté de

Bordeaux, dura si longtemps et avec une telle furie, que, pendant presque toute la traversée, il devint impossible de faire la cuisine à bord, et passagers, matelots, officiers, tous furent réduits à manger du biscuit sec et quelques salaisons.

— Ah! le malheureux chanoine! Lui si gourmand, que devint-il?

— Il devint furieux, ma sœur; car cette traversée lui a coûté son appétit.

— Ah! mon frère, le doigt de la Providence est là!

— En un mot, soit que la terreur de la tempête, soit que cette longue privation d'aliments recherchés, soit que cette détestable nourriture ait agi sur sa santé, le chanoine, depuis qu'il a débarqué du *Gastronome*, a complétement perdu l'appétit. Le peu qu'il mange pour se sustenter, m'a dit son majordome, lui semble insipide et amer, si bien accommodé que ce soit, et, de plus, la superstition lui fait voir dans la fatalité de ces circonstances une juste punition du ciel à l'endroit de sa gourmandise incurable. Or, comme le capitaine Horace est à ses yeux le principal instrument de la colère céleste, le chanoine a pris ce mécréant en horreur, ne pouvant oublier que ses victuailles, qui auraient si bien remplacé le biscuit sec et le lard, ont été impitoyablement jetées à la mer par ordre du capitaine. En vain celui-ci a maintes fois tâché de lui faire comprendre que le salut du navire avait dépendu de ce sacrifice et de plusieurs autres, dom Diégo est resté inflexible dans sa haine. Eh bien, ma chère sœur, croiriez-vous que, malgré cela, le capitaine, à son arrivée à Bordeaux, a eu l'audace de demander à dom Diégo la main de sa nièce Dolorès, se fondant sur ce que cette malheureuse jeune fille l'aimait, et qu'il était aimé d'elle? Vous sentez, ma sœur, que deux amoureux se soucient peu de la mauvaise chère ou des tempêtes; aussi ce mécréant avait-il fasciné, ensorcelé cette innocente. Ai-je besoin de vous dire l'indignation, la fureur de dom Diégo, à l'insolente demande du capitaine Horace, qu'il considère comme son mortel ennemi, comme le mauvais génie envoyé vers lui par le courroux céleste? Aussi le chanoine a-t-il notifié à Dolorès que, pour la punir d'avoir osé aimer un pareil scélérat, il la mettrait au couvent, dès son arrivée à Paris, et qu'elle y prendrait le voile.

— Mais jusqu'ici, mon frère, je ne vois que bonheur pour nos projets. Tout semble les seconder, au contraire.

— Oui, mais vous comptez, ma sœur, sans l'amour de Dolorès

et sans le caractère résolu de ce damné capitaine. Il est à Paris.

— Quelle audace!

— Il a suivi à cheval, relais par relais, la voiture du chanoine, courant ainsi de Bordeaux à Paris comme un courrier d'ambassade. Il faut en vérité que cet enragé ait une constitution de fer. Il s'arrêtait aux auberges où s'arrêtait dom Diégo, et, durant tout ce voyage, les œillades de Dolorès et du capitaine allaient leur train, malgré les défenses et les emportements de dom Diégo. Pouvait-il empêcher cette malheureuse affolée de regarder par la portière? Pouvait-il empêcher ce mécréant de chevaucher sur la grande route à côté de la voiture?

— Une pareille audace est incroyable, n'est-ce pas, mon frère?

— Aussi vous dis-je qu'il faut s'attendre à tout de la part d'un pareil forcené. Il n'est pas seul : un de ses matelots, véritable chenapan, l'a accompagné, chevauchant à sa suite, et se cramponnant sur le cheval comme un singe sur un âne, à ce que m'a dit le majordome. Mais il n'importe, ce matelot endiablé est capable de tout pour seconder son capitaine, auquel il est dévoué. Ce n'est pas tout encore. Vingt fois pendant la route, Dolorès a dit résolûment à son oncle qu'elle ne voulait pas se faire religieuse, qu'elle voulait épouser le capitaine Horace, et que celui-ci saurait bien, d'ailleurs, si on la contraignait, venir, lui et son matelot, la délivrer, dussent-ils mettre le feu au couvent.

— Quel bandit! s'écria sœur Prudence. Quel affreux scélérat!

— Voilà, chère sœur, où en étaient hier les choses à l'arrivée de dom Diégo dans un appartement que je lui avais retenu d'avance. Ce matin il m'a fait prier de passer chez lui; je l'ai trouvé fort abattu et couché; il m'a appris qu'une soudaine révolution s'était opérée dans l'esprit de sa nièce; qu'elle paraissait maintenant aussi soumise, aussi résignée qu'elle avait été d'abord indisciplinée; qu'enfin elle consentait à se rendre au couvent aujourd'hui même, si on l'exigeait.

— Mon frère, mon frère, ce changement est bien brusque et bien prompt.

— C'est aussi mon avis, ma sœur. Si je ne me trompe, ce revirement soudain cache quelque piége. Aussi vous ai-je dit qu'il fallait jouer très-serré. C'est déjà beaucoup, sans doute, que d'avoir cette malheureuse affolée entre nos mains; mais encore faut-il songer à l'ennemi, ce détestable capitaine Horace, qui, accompagné de son matelot, sera sans doute toujours à rôder autour de la maison comme le loup ravisseur dont parle l'Écriture.

— *Quærens quem devoret*, dit sœur Prudence, qui se piquait de latinité.

— Justement, ma sœur, cherchant quelqu'un à dévorer; mais heureusement à bon loup bon chien de garde, et nous avons ici des serviteurs courageux et intelligents. La plus grande surveillance sera établie au dedans et surtout au dehors. Nous saurons bientôt où demeure ce mécréant de capitaine; il ne fera pas un pas sans être suivi par un homme à nous; il faudra donc qu'il soit bien fin, bien audacieux pour tenter quelque chose.

— Cette surveillance me paraît aussi très-urgente, mon cher frère.

— Maintenant ma voiture est en bas, allons chez le chanoine, et dans une heure sa nièce sera ici.

— Pour n'en plus sortir, s'il plaît au ciel, mon frère, car il s'agit du bonheur éternel de cette pauvre folle.

. . . .

— Deux heures après cet entretien, la señora Dolorès Salcédo entrait en effet dans la maison de Sainte-Rosalie.

II

Peu de jours après l'entrée de la señora Dolorès Salcédo dans la maison de Sainte-Rosalie, et alors que le jour touchait à sa fin, deux hommes s'acheminaient lentement le long du boulevard de l'Hôpital, un des endroits les plus déserts de Paris.

Le plus jeune de ces deux personnages semblait avoir vingt-cinq à trente ans. Sa figure était ouverte et résolue, son teint hâlé, sa taille haute et robuste, sa démarche décidée, sa mise simple et d'une sévérité militaire.

Son compagnon, beaucoup plus petit, mais singulièrement trapu et carré, paraissait âgé de quarante-cinq ans environ, et offrait le type du matelot, type maintenant familier aux yeux des Parisiens. Un chapeau ciré, très-bas de forme, à larges bords, placé fort en arrière sur la grosse tête de ce personnage, découvrait son front orné de cinq ou six tire-bouchons ou *accroche-cœur* assez longs, tandis que le restant de sa chevelure était coupé très-ras. (Cette coiffure, dite à la *matelot*, avait, si nos souvenirs sont fidèles, beaucoup de succès vers 1825 parmi les équipages de ligne du port de Brest.)

Une chemise blanche à collet bleu liséré de rouge et rabattu sur ses larges épaules laissait voir le cou de taureau de notre matelot, dont la peau était tannée comme du parchemin couleur de brique. Une veste ronde en drap bleu, à boutons timbrés d'une ancre, et un large pantalon serré aux hanches par une ceinture de laine rouge, complétaient l'habillement de notre homme. Des favoris en collier, d'un brun nuancé de fauve, encadraient sa face carrée, à la fois débonnaire et décidée. Un observateur superficiel aurait pu croire la joue gauche du marin considérablement *fluxionnée;* mais, grâce à un examen plus attentif, on devinait qu'une *chique* énorme causait cette tuméfaction passagère. Ajoutons enfin que le matelot portait sur son dos un sac dont le contenu semblait assez volumineux.

Ces deux personnages venaient d'arriver devant de hautes murailles entourant un jardin. On distinguait à peine la cime des arbres, car la nuit était presque complétement venue.

Le jeune homme dit à son compagnon, en s'arrêtant comme pour s'orienter :

— Sans-Plume, écoute.

— Plaît-il, capitaine? dit l'homme à la chique, en répondant à ce singulier surnom.

— Je ne me trompe pas, c'est bien ici.

— Oui, capitaine, c'est dans les atterrages de ces deux gros arbres. Voilà l'endroit où la muraille est un peu avariée, je l'ai remarqué hier soir à la brune, quand nous avons ramassé la pierre et la lettre.

— C'est juste. Allons, leste, mon vieux gabier (1), dit le capitaine à son matelot, en lui désignant de l'œil un des gros arbres du boulevard dont plusieurs fortes branches surplombaient de beaucoup le mur du jardin. Haut, Sans-Plume! il faut voir, en attendant l'heure, comment nous pourrons *gréer* la chose

— Capitaine, il fait encore un brin de crépuscule, et puis j'aperçois là-bas un homme qui vient par ici.

(1) Matelot d'élite.

— Alors attendons. Cache d'abord ton sac derrière ce tronc d'arbre. Tu n'as rien oublié?

— Non, capitaine : tout mon grément est là dedans.

— Allons, viens, marchons. Cet homme approche; il ne faut pas avoir l'air de rester en panne devant ces murailles.

— C'est ça, capitaine, courons des bordées pour le désorienter.

Et les deux marins commencèrent, ainsi que l'avait dit Sans-Plume dans son langage pittoresque, à courir une bordée dans la contre-allée, après que le matelot eut repris, pour plus de prudence, le sac qu'il avait d'abord caché entre un des gros arbres du boulevard et de la muraille.

— Sans-Plume, dit le jeune homme tout en marchant, tu reconnaîtras bien l'endroit où le fiacre nous attend?

— Oui, capitaine. Mais dites donc, capitaine?

— Quoi?

— Cet homme a l'air de nous suivre.

— Bah!

— Et de nous espionner.

— Allons, Sans-Plume, tu es fou!

— Capitaine, mettons le cap à bâbord, et vous allez voir.

— Soit! dit le capitaine.

Et, suivi de son matelot, il quitta la contre-allée droite du boulevard, traversa la chaussée et prit la contre-allée gauche.

— Eh bien, capitaine, dit à demi-voix Sans-Plume, vous voyez, ce Lascars (1) navigue dans nos eaux.

— C'est vrai, nous sommes suivis.

— Ce n'est pas la première fois que ça m'arrive, dit Sans-Plume avec une nuance de fatuité, en cachant à demi sa bouche du revers de sa main, afin de lancer au loin le surcroît de suc salivaire produit par la mastication de son énorme chique. Un soir, au Sénégal, à Gorée, j'ai été suivi pendant une lieue, *beaupré sur poupe*, capitaine; arrivé dans un plant de cannes à sucre, j'ai...

— Diable! cet homme, décidément, nous suit! dit le capitaine en interrompant les indiscrètes confidences de son matelot. Cela m'inquiète!

— Capitaine, voulez-vous que je mette mon sac à bas et que je lui

(1) Matelot indien. Les marins emploient cette appellation en signe de dédain.

flanque du tabac, à ce Lascars, pour lui apprendre à nous louvoyer malgré nous?

— Beau moyen! Tiens-toi tranquille, et suis-moi.

Le capitaine et son matelot, traversant alors de nouveau la chaussée, regagnèrent la contre-allée de droite.

— Voyez-vous, capitaine, dit Sans-Plume, il a viré de bord comme nous.

— Laisse faire, et marquons le pas.

L'homme qui suivait les deux marins, grand et solide gaillard, en blouse bleue et en casquette, les dépassa alors quelque peu, puis s'arrêta, et se mit à contempler les étoiles, car la nuit était tout à fait venue.

Le capitaine, après quelques mots dits à voix basse à son matelot, qui resta derrière lui à demi caché par le tronc de l'un des gros arbres du boulevard, s'avança seul à l'encontre du fâcheux observateur, et lui dit :

— Camarade... il fait beau ce soir.

— Très-beau.

— Vous attendez quelqu'un ici?

— Oui.

— Moi aussi.

— Ah!

— Camarade, en avez-vous encore pour longtemps, vous?

— Pour trois heures au moins.

— Camarade, reprit le capitaine après un moment de silence, voulez-vous gagner le double de ce qu'on vous donne pour me suivre et m'espionner?

— Je ne sais pas ce que vous voulez dire; je ne vous suis pas, monsieur, je ne vous espionne pas.

— Si.

— Non.

— Finissons! je vous donne ce que vous voudrez pour que vous passiez votre chemin. Tenez... j'ai de l'or dans ma poche...

Et le capitaine, faisant tinter l'or dont le gousset de son gilet était rempli, ajouta :

— J'ai là vingt-cinq ou trente louis..

— Hein! dit le fâcheux d'un air singulièrement affriandé, vingt-cinq ou trente louis?...

A ce moment, une horloge lointaine sonna la demie de sept heures. Presque au même instant, un cri guttural, ressemblant à un appel ou à un signal, se fit entendre dans la direction qu'avait d'abord suivie l'homme en blouse pour rejoindre les deux marins. L'espion fit un mouvement comme s'il eût compris la signification de ce cri, et parut un instant indécis.

— Sept heures et demie, se dit le capitaine; ce gredin-là n'est pas seul.

Cette réflexion faite, il toussa.

A peine le capitaine avait-il toussé que l'espion se sentit vigoureusement saisi aux chevilles par quelqu'un qui s'était brusquement jeté entre ses jambes, et tomba à la renverse; mais en tombant il eut le temps de crier d'une voix sonore :

— Alerte, Jean! cours au...

Il ne put achever. Sans-Plume, après l'avoir jeté bas, s'était assis sans façon et pesait de tout son poids sur la poitrine de l'espion, et, le tenant rudement à la gorge, l'empêchait de parler.

— Diable! ne l'étrangle pas trop! dit le capitaine, qui, agenouillé, garrottait solidement, au moyen de son foulard, les deux jambes du curieux indiscret.

— Le sac, capitaine, dit Sans-Plume, tenant toujours l'espion à la gorge; le sac! il est assez grand pour lui envelopper la tête et les bras; nous le lui *souguerons* (1) ferme autour des reins, et il ne bougera pas plus qu'un rouleau de vieille voile.

Aussitôt dit, aussitôt fait. En quelques secondes le curieux, encoqueluchonné dans le sac jusqu'à mi-corps, et ayant les jambes attachées, se trouva hors d'état de faire un mouvement. Sans-Plume eut la courtoisie de pousser sa victime dans un de ces larges fossés verdoyants qui séparent les arbres, et l'on n'entendit plus de ce côté qu'une suite peu interrompue de beuglements étouffés.

— L'alerte va être donnée au couvent! Sept heures et demie sont sonnées, dit le capitaine à son matelot. Il faut tout risquer ou tout est perdu!

— En deux temps trois mouvements la chose est *parée* (2), capitaine, répondit Sans-Plume en courant, ainsi que son compagnon,

(1) Serrerons.
(2) Prête.

vers les grands arbres qui surplombaient la muraille près de laquelle ils s'étaient d'abord arrêtés.

III

Pendant que les événements précédents se passaient sur le boulevard et un peu avant que la demie de sept heures eût sonné, une autre scène avait lieu dans l'intérieur du jardin du couvent.

Sœur *Prudence*, la supérieure, et Dolorès Salcédo se promenaient dans le jardin, malgré l'heure assez avancée de la soirée.

Dolorès, fort brune et d'une figure charmante, réunissait en elle les rares et piquantes perfections de la beauté espagnole : cheveux d'un noir bleu, qui, dénoués, traînaient à terre; teint mat et doré par le soleil du Midi, grands yeux tour à tour pleins de feu ou de langueur humide, petite bouche aussi rouge qu'un bouton de fleur de grenadier trempée de rosée, taille fine et voluptueusement cambrée, mains effilées, jambe et pied andalous, c'est tout dire. Quant au *salero* (1) de sa tournure et de sa démarche, pour s'en faire une idée, il faudrait avoir vu onduler les basquines des belles señoras de Séville ou de Cadix, lorsque, jouant de la prunelle et de l'éventail, elles se promènent lentement, par un beau soir d'été, sur les carreaux de marbre des Alamédas.

Dolorès accompagnait sœur Prudence. Tout en marchant et en causant, les deux femmes s'étaient approchées de la muraille derrière laquelle le capitaine Horace et son matelot s'étaient d'abord arrêtés.

— Vous le voyez, ma chère fille, disait la supérieure à Dolorès, je vous accorde tout ce que vous désirez, et, quoique la règle de la maison interdise les promenades dans le jardin après la nuit tombée, j'ai consenti à ce que nous restions ici jusqu'à sept heures et demie, heure du souper, qui va bientôt sonner.

— Je vous remercie, madame, dit Dolorès avec un léger accent

(1) Le mot *salero*, employé par les Espagnols au sujet de la tournure des femmes, est presque intraduisible, et signifie piquant, agaçant.

espagnol, et d'une voix délicieusement timbrée, je le sens, cette promenade me fera du bien.

— Il faut m'appeler ma mère et non pas madame, ma chère fille, je vous l'ai déjà dit, c'est l'usage ici.

— Je m'y conformerai si je puis, madame.

— Encore !

— Il me sera difficile d'appeler ma mère, dit Dolorès avec un soupir, une personne qui n'est pas ma mère.

— Je suis votre mère spirituelle, ma chère fille ; votre mère en Dieu, comme vous êtes, comme vous serez ma fille en Dieu ; car vous ne nous quitterez plus, vous renoncerez aux joies trompeuses d'un monde pervers et corrompu; vous aurez ici un céleste avant-goût de la paix éternelle.

— Je commence à m'en apercevoir, madame.

— Vous vivrez dans la prière, le silence et le recueillement.

— Je n'ai pas d'autre désir, madame.

— Bien, bien, ma chère fille; car, après tout, que sacrifierez-vous ?

— Oh ! rien, absolument rien.

— J'aime cette réponse, ma chère fille ; en effet, ce n'est rien, moins que rien, que ces passions mondaines et mauvaises qui ne nous causent que des tourments et nous jettent dans une voie de perdition.

— Juste ciel ! cela fait frémir, rien que d'y songer, madame !

— Le Seigneur vous inspire en me répondant ainsi, ma chère fille, et je suis sûre que maintenant vous concevez à peine comment vous aviez pu aimer ce capitaine mécréant.

— C'est vrai, madame, j'avais été assez insensée pour rêver le bonheur et les joies de la famille, assez criminelle pour espérer de trouver cette félicité dans un amour partagé, et devenir, comme tant d'autres, une épouse dévouée, une tendre mère ; c'était, m'avez-vous dit, offenser le ciel. Je me repens de mes vœux impies, j'en comprends tout l'odieux ; il faut me pardonner, madame, d'avoir été scélérate et folle à ce point.

— Il ne faut rien exagérer, ma chère fille, dit sœur Prudence, frappée de l'accent légèrement ironique avec lequel Dolorès avait prononcé ces dernières paroles. Mais, ajouta-t-elle en remarquant la direction que prenait la jeune fille, à quoi bon retourner encore dans cette allée? Voici bientôt l'heure du souper; venez, ma chère fille, regagnons la maison.

— Oh! madame, ne sentez-vous pas cette odeur si douce du côté de ce bosquet?

— Ce sont, en effet, quelques touffes de réséda. Mais venez : il fait très-frais; je n'ai pas vos seize ans, moi, ma chère fille, et je crains de m'enrhumer.

— Un moment, de grâce! que je cueille quelques-unes de ces fleurs.

— Allons, il faut faire tout ce que vous voulez, ma chère fille; tenez, la nuit est assez claire pour que vous voyiez là, à dix pas, ces résédas; allez en cueillir quelques brins et revenez.

Dolorès, quittant le bras de la supérieure, se dirigea rapidement vers la touffe de fleurs.

A ce moment sept heures et demie sonnèrent.

— Sept heures et demie! murmura Dolorès en tressaillant et en prêtant l'oreille : il est là, il va venir!

— Ma chère fille, voici l'heure du souper, dit la supérieure en s'avançant au-devant de la nièce du chanoine. Tenez, entendez-vous la cloche? Vite, vite! venez; il nous faut au moins dix minutes pour regagner la maison, car nous sommes au fond du jardin.

— Me voici, madame, reprit la jeune fille en accourant au-devant de la supérieure, qui lui dit doucereusement :

— Oh! la petite folle!... elle court comme une biche effarée.

Soudain, Dolorès jeta un cri aigu et tomba sur les deux genoux.

— Grand Dieu! dit vivement sœur Prudence en se précipitant vers elle, qu'avez-vous, chère fille? pourquoi ce cri? pourquoi vous agenouiller ainsi?

— Ah! madame!

— Mais qu'est-ce donc?

— Quelle douleur!

— Où cela?

— Au pied, madame; je me serai donné une entorse. Oh! que je souffre, mon Dieu! que je souffre!

— Tâchez de vous relever, ma chère fille, dit la supérieure en s'approchant de Dolorès avec une vague défiance, car cette entorse lui paraissait singulière. Voici mon bras, appuyez-vous sur moi, venez.

— Oh! impossible, madame, je ne saurais faire un mouvement.

— Mais essayez, du moins.

— Je le veux bien.

Et la jeune fille fit mine de vouloir se tenir debout, mais elle retomba à genoux en poussant un cri aigu qui dut s'entendre de l'autre côté de la muraille du jardin.

Puis Dolorès reprit en gémissant :

— Vous le voyez, madame, il m'est impossible de bouger; je vous en prie, retournez à la maison dire que l'on vienne me chercher avec une chaise ou une litière. Oh! que je souffre! mon Dieu! que je souffre! Par pitié, madame, retournez donc vite à la maison; c'est si loin! je ne pourrai jamais me traîner jusque-là.

— Mademoiselle, s'écria la supérieure, je ne suis pas votre dupe! vous n'avez pas plus d'entorse que moi, c'est un abominable mensonge! Vous voulez, pour je ne sais quelle raison, m'éloigner et rester seule au jardin. Ah! vous me faites bien repentir de ma condescendance.

Le bruit léger de quelques petits cailloux tombant à travers les branchages des arbres attira l'attention de la supérieure et de Dolorès. Alors celle-ci, légère et radieuse, se releva d'un bond en s'écriant :

— Le voilà!

— Et de qui parlez-vous, malheureuse?

— Du capitaine Horace, madame, dit Dolorès en faisant une demi-révérence moqueuse. Il vient m'enlever.

— Quelle audace! Ah! vous croyez que malgré moi...

— Nous sommes au fond du jardin madame : criez, appelez, on ne vous entendra pas.

— Oh! l'horrible trahison! s'écria la supérieure. Mais c'est impossible! les hommes de ronde n'ont pas dû quitter le boulevard depuis la nuit tombée.

— Horatio! cria Dolorès d'une voix claire et argentine, mon Horatio!

— Effrontée! s'écria sœur Prudence désespérée en faisant quelques pas précipités pour saisir Dolorès par le bras. Mais l'Espagnole, leste comme une gazelle, fut en deux bonds hors de la portée de sœur Prudence, dont les membres roidis par l'âge se refusaient à tout exercice gymnastique ; aussi, déjà étouffée, s'écria-t-elle en joignant les mains :

— Oh ! ces misérables hommes de ronde ! ils n'auront pas veillé. Maintenant, je crierais, qu'on ne m'entendrait pas du couvent. Y courir, c'est la laisser seule, cette malheureuse ! Ah ! je comprends trop tard pourquoi ce serpent a ainsi prolongé notre promenade !

— Horatio ! cria encore une fois Dolorès en se tenant toujours à distance de la supérieure, mon cher Horatio !

—Affale (1) ! répondit une voix mâle et vibrante qui semblait venir du ciel.

Cette voix céleste n'était autre que celle du capitaine Horace, donnant le signal à son fidèle Sans-Plume d'*affaler* quelque chose.

La supérieure et Dolorès, malgré la diversité des émotions dont elles étaient agitées, levèrent simultanément les yeux en entendant le capitaine Horace.

Mais rappelons la disposition des lieux pour expliquer le prodige qui allait se manifester aux regards des recluses.

Deux des plus grosses branches des arbres du boulevard extérieur s'avançaient pour ainsi dire en potence au-dessus et au delà du chaperon de la muraille du couvent. La nuit était assez claire pour que Dolorès et la supérieure aperçussent bientôt lentement descendre, soutenu par des cordes, un hamac indien dans le fond duquel le capitaine Horace était étendu, tout en envoyant de la main une grêle de baisers à Dolorès.

Lorsque le hamac fut à deux pieds de terre, le capitaine cria d'une voix sonore :

— Stop !

Le hamac resta immobile. Le capitaine en sauta et dit à la jeune fille :

—Vite, nous n'avons pas un moment à perdre ! Chère Dolorès, montez dans ce hamac et n'ayez pas peur.

— Vous me tuerez plutôt, scélérat ! s'écria la supérieure en se jetant sur la jeune fille, qu'elle enlaça de ses bras en criant : Au secours ! au secours !

A ce moment, on vit au loin, tout au fond du jardin, des lumières aller et venir.

— Voilà du monde, enfin ! dit la supérieure en redoublant ses cris Au secours ! au secours !

— Voyons, madame, dit le capitaine, lâchez tout de suite Dolorès!

(1) Descends.

Et, employant à regret la force, il dégagea la jeune fille de l'étreinte obstinée de sœur Prudence, qu'il contint, tandis que Dolorès s'élançait dans le hamac. L'y voyant assise, le capitaine cria :

— Ohé ! hisse !

Et le hamac commença à s'enlever assez rapidement, tant était léger le poids de la jeune fille.

Sœur Prudence, furieuse et songeant que le secours qui lui arrivait viendrait trop tard peut-être, car en effet les lumières approchaient, mais étaient encore fort loin ; sœur Prudence redoubla ses cris et voulut se jeter sur le hamac pour le retenir, mais le capitaine mit familièrement le bras de la supérieure sous le sien, et ainsi paralysa tous ses mouvements, quoiqu'elle se débattît pour retirer son bras de cet étau.

— Dolorès, dit alors le capitaine à la jeune fille, qui opérait toujours son ascension, n'ayez pas peur, mon amour ! Lorsque vous serez arrivée aux grosses branches, cédez sans crainte au mouvement qui attirera le hamac en dehors du mur. Sans-Plume est de l'autre côté, qui veille à tout. Dites-lui, dès que vous serez à terre, de me jeter la corde à nœuds et de la bien tenir au dehors.

— Oui, mon Horatio, dit la voix de Dolorès déjà élevée de huit à dix pieds de terre. Soyez tranquille, notre amour double mon courage.

Et la rieuse, se penchant au dehors du hamac, ajouta gaiement :

— Bonsoir, sœur Prudence, bonsoir !

— Tu seras damnée, maudite ! s'écria la supérieure.

— Mais vous, misérable ! vous ne m'échapperez pas ! ajouta-t-elle en se cramponnant avec une colère convulsive et désespérée au bras du capitaine. On approche, vous serez pris.

Déjà, en effet, les lumières devenaient de plus en plus visibles, et l'on entendait au loin des cris voilés de gens qui appelaient :

— Sœur Prudence ! sœur Prudence !

L'arrivée de ce secours doubla les forces de la supérieure, toujours cramponnée au bras d'Horace ; elle commença d'embarrasser assez sérieusement le marin : il ne pouvait se résoudre à violenter cette femme âgée pour échapper à son étreinte. Cependant les lumières, les cris, s'approchaient de plus en plus, et Sans-Plume, occupé sans doute d'assurer la descente de Dolorès de l'autre côté du mur, n'avait pas encore jeté la corde à nœuds, seul moyen de fuite du marin.

Aussi, voulant à tout prix se débarrasser de la supérieure sans brutalité, le capitaine lui dit :

— Je vous en prie, madame, lâchez-moi.

— Non, scélérat ! Au secours ! au secours !

— Alors, pardonnez-moi, car vous m'y forcez : je vas me livrer avec vous à une valse infernale, à une polka échevelée !

— Une polka, moi !... vous oseriez ?

— Allons, madame, puisqu'il le faut absolument, et en mesure... sur l'air du *Tra, la, la*.

Et, joignant l'effet aux paroles, le joyeux marin passa le bras qu'il avait de libre autour de la taille osseuse de sœur Prudence, l'enleva, entonna son refrain, et commença de la faire pirouetter avec une rapidité si vertigineuse, qu'au bout de quelques secondes, étourdie, suffoquée, elle ne prononçait plus que des syllabes entrecoupées.

— Ah ! au... au... se... se... cours !... Ah ! mi... sé... ra... ble !... il m'essouffle !... Je n'en... puis... Au... se... cours !

Et, bientôt brisée par ce tournoiement rapide, sœur Prudence sentit ses jambes faiblir. Le capitaine la vit s'affaisser entre ses bras et n'eut que le temps de la déposer mollement sur le vert gazon, anéantie, sans voix et sans haleine.

— Ohé ! criait à ce moment Sans-Plume de l'autre côté de la muraille, en lançant par-dessus le chaperon une longue corde à nœuds.

— Diable, il est temps ! s'écria le capitaine en s'élançant après la corde, car les lumières et les gens qui les portaient n'étaient plus qu'à cinquante pas.

Les premiers arrivés, armés de fourches ou de fusils, entendirent les cris étouffés de la supérieure, qui, revenue un peu à elle, montrait du geste la muraille en murmurant :

— Là, il se sauve !...

Un des hommes armés d'un fusil, guidé par le geste de la supérieure, aperçut alors le capitaine, qui, grâce à son agilité de marin, avait presque atteint la crête de la muraille.

L'homme au fusil mit en joue, tira et manqua.

— A vous, à vous ! cria-t-il à un autre homme armé comme lui. Tirez... le voilà debout sur le chaperon du mur, pour gagner les branches d'arbre.

Un second coup de feu partit au moment où le capitaine Horace, à cheval sur une des branches saillantes en dedans du jardin, s'avançait vers le tronc de l'arbre, à l'aide duquel il devait descendre en dehors. A peine le coup de feu était-il tiré, qu'Horace fit un soubresaut, s'arrêta une seconde ; mais il disparut néanmoins au milieu de l'épaisseur des branches.

— Courez! courez en dehors! s'écria sœur Prudence d'une voix encore haletante ; il sera peut-être encore temps de les arrêter.

Les ordres de la supérieure furent exécutés; mais, lorsque l'on arriva sur le boulevard extérieur, Dolorès, le capitaine et Sans-Plume avaient disparu ; l'on ne trouva que le hamac abandonné à quelques pas de l'espion, qui, toujours enveloppé dans son sac, beuglait sourdement au fond de son fossé.

IV

Huit jours après l'enlèvement de Dolorès Salcédo par le capitaine Horace, l'abbé Ledoux, alité, recevait la visite de son médecin.

Le malade, couché dans un lit moelleux, au fond de l'alcôve d'un appartement confortable, avait toujours la figure grasse et fleurie; son triple menton descendait jusqu'au col d'une fine chemise de toile de Hollande, et l'éclat pourpré du teint du saint homme contrastait avec la blancheur immaculée de son bonnet de coton, ceint, à l'ancienne mode, d'un ruban orange. Malgré ces apparences de jubilante santé, l'abbé, la tête appuyée sur son oreiller d'un air dolent, poussait de temps en temps des gémissements plaintifs, tandis que sa main, courte et douillette, était abandonnée à son médecin, qui lui tâtait gravement le pouls.

Le docteur Gasterini (tel était le nom du médecin), quoiqu'il eût soixante-quinze ans passés, n'en paraissait pas soixante. D'une taille droite et élevée, sec et nerveux, le teint clair, les lèvres vermeilles, le docteur, lorsqu'il souriait de son air fin et goguenard, laissait apercevoir trente-deux dents d'une blancheur irréprochable, et qui semblaient réunir au poli de l'ivoire la dureté tranchante de l'acier ; une forêt de cheveux blancs, naturellement bouclés, encadrait l'amable et spirituelle figure du docteur ; vêtu toujours de noir avec une certaine coquetterie, il était resté fidèle à la tradition de la culotte courte de drap de soie, aux souliers à boucles d'or et aux bas de soie qui dessinaient sa jambe nerveuse.

Le docteur Gasterini tenait donc délicatement entre son pouce et son index (dont les ongles, roses et polis, eussent fait l'envie d'une jolie femme) le poignet de son client, qui attendait religieusement la décision de son médecin.

— Mon cher abbé, dit le docteur, vous n'êtes point du tout malade.

— Mais, docteur...

— Vous avez la peau souple, fraîche, et soixante-cinq pulsations à la minute ; il est impossible de se trouver dans des conditions de santé meilleure.

— Mais, encore une fois, docteur, je...

— Mais, encore une fois, l'abbé, vous n'êtes pas malade ! Je m'y connais, peut-être !

— Et je vous dis, moi, docteur, que je n'ai pas fermé l'œil de la nuit. Madame Siboulet, ma gouvernante, a été constamment sur pied ; elle m'a donné plusieurs fois des *gouttes* des bonnes sœurs.

— Peste !

— De la fleur d'oranger distillée au Sacré-Cœur.

— Diable.

— Oui, docteur, vous avez beau rire, et malheureusement ces remèdes ne m'ont apporté aucun soulagement. Je n'ai fait que me tourner et me retourner toute la nuit dans mon lit. Hélas ! hélas ! je ne me sens pas bien : j'éprouve une agitation, un malaise insupportables.

— Peut-être, mon cher abbé, avez-vous éprouvé hier soir quelque contrariété, quelque contradiction, et, comme vous êtes très-entêté, très-glorieux, très-rancuneux...

— Moi ?

— Vous.

— Docteur, je vous assure...

— Cette contrariété, dis-je, vous aura mis d'une humeur diabolique ; or je ne connais aucun remède contre les dépits rentrés. Quant à être malade, ou même indisposé, vous ne l'êtes pas le moins du monde, mon digne abbé.

— Mais, alors, pourquoi vous aurais-je prié de venir me voir ce matin?

— Vous devez le savoir mieux que moi, mon cher abbé; pourtant je me doute du motif détourné qui vous a fait désirer ma venue.

— C'est un peu fort!

— Non, pas très-fort, mon cher abbé, car nous sommes de vieilles connaissances, et je sais de vos tours.

— De mes tours, à moi!

— Vous en faites parfois d'excellents... Mais, pour en revenir à notre affaire, je crois, moi, que, sous prétexte d'une maladie qui n'existe pas, vous m'avez fait demander afin de savoir de moi directement, ou indirectement, quelque chose qui vous intéresse.

— Allons, docteur, c'est une mauvaise plaisanterie!

— Tenez, mon cher abbé, j'ai été dans ma jeunesse médecin du duc d'Otrante, quand il était ministre de la police. Il jouissait, comme vous, d'une parfaite santé; pourtant il ne se passait presque pas de jour qu'il n'exigeât ma visite. J'étais naïf alors, et, quoique bien lancé, j'avais encore besoin de protecteurs : aussi, bien que mes visites à l'Excellence de la police me parussent fort inutiles, je me rendais chaque jour assidûment chez lui, à l'heure de sa toilette, et nous causions. M. le duc avait l'inconvénient d'être fort interrogant, et, comme, par état, je me trouvais en rapport avec des personnes de toutes conditions, cette Excellence ingénue me faisait sur mes clients une foule de questions avec une bonhomie charmante; moi, j'y répondais dans toute la sincérité de mon âme. Un jour j'arrivai, comme je vous l'ai dit, chez le ministre, à la fin de sa toilette, au moment où un garçon perruquier, le drôle le plus malpropre que j'aie vu de ma vie, achevait de le raser.

« — Monsieur le duc, dis-je à Son Excellence lorsque le barbier fut parti, comment se fait-il qu'au lieu de vous faire raser par un de vos valets de chambre, vous préfériez les services d'affreux garçons barbiers dont je vous vois pour ainsi dire changer chaque quinzaine?

« — Mon cher, me répondit le duc d'un ton confidentiel, vous n'imaginez pas ce que l'on apprend sur toutes sortes de gens et de choses lorsqu'on sait faire bavarder ces garçons-là! » Cet aveu était-il une distraction, une étourderie de ce grand homme de police, ou bien me croyait-il assez niais pour ne pas comprendre la portée de ses paroles? Je l'ignore; tout ce que je sais, c'est que cet aveu m'éclaira sur le véritable but que se proposait Son Excellence en me faisant ainsi bonnement causer tous les matins. Aussi désormais je répondis avec beaucoup de circonspection aux questions du fin ministre, qui mettait si bien en pratique cette maxime transcendante : « Les meilleurs espions sont ceux qui le sont sans le savoir. »

— L'anecdote est piquante, comme toutes celles que vous racontez si bien, mon cher docteur, répondit l'abbé avec un dépit caché ; mais je vous jure que votre allusion est complétement fausse, et que, hélas! je suis bien malade.

— Encore une quarantaine d'années d'une maladie pareille, et vous deviendrez centenaire, mon cher abbé, dit le docteur en se levant et se préparant à sortir.

— Oh! quel homme! quel homme! s'écria l'abbé. Mais écoutez-moi donc, docteur! vous êtes donc un cœur de bronze? on n'abandonne pas ainsi un pauvre malade! accordez-moi cinq minutes!

— Soit; causons si vous le voulez, mon cher abbé : j'ai un quart d'heure à votre disposition; vous êtes homme d'esprit, je ne puis mieux employer la durée de cette visite.

— Ah! docteur, vous êtes féroce!

— Si vous voulez un médecin plus complaisant, adressez-vous à quelques-uns de mes confrères : vous les trouverez fort empressés de donner leurs soins au célèbre prédicateur l'abbé Ledoux, le directeur le plus à la mode du faubourg Saint-Germain; car, malgré la République ou à cause de la République, il y a plus que jamais un faubourg Saint-Germain, et, sous tous les régimes possibles, c'est une fière protection que celle de l'abbé Ledoux.

— Non, docteur, non, je ne veux pas d'autre médecin que vous, terrible homme que vous êtes! Et voyez quelle est la confiance que vous m'inspirez! il me semble que déjà votre seule présence me fait du bien, me calme.

— Ce pauvre cher abbé, quelle confiance! c'est touchant; cela prouve bien qu'il n'y a que la foi qui sauve.

— Ne parlez pas de la foi, dit l'abbé avec un courroux plaisamment affecté; taisez-vous, païen, matérialiste, athée, républicain! car vous l'êtes, vous l'avez toujours été, quand même!

— Oh! oh! l'abbé, voilà de bien gros mots!

— Vous les méritez, vilain homme; vous serez damné, entendez-vous? archidamné!

— Dieu le veuille, pour que nous nous retrouvions un jour, mon pauvre abbé.

— Moi, damné?

— Eh! eh!

— Est-ce que je m'abandonne, moi, ainsi que vous, à la brutalité de tous mes appétits? Allez, vous n'êtes qu'un Sardanapale!

— Flatteur!... mais c'est votre manière. Vous reprochez à un vieux Lovelace les énormités dont il voudrait pouvoir encore se rendre coupable, et pourtant vous savez qu'il n'en est rien; mais c'est égal, vos reproches le ravissent, le rendent tout gaillard : alors il avoue délicieusement toutes sortes de péchés dont il est, hélas! incapable, le pauvre homme, et vous avez l'air de donner ainsi un dernier prétexte à sa défaillante fatuité.

— Fi! fi! docteur, le serpent n'avait pas plus de malignité que vous!

— A l'ambitieux décrépit, à l'homme d'État impuissant, vous reprochez non moins furieusement ses ténébreuses menées pour bouleverser le monde politique, l'Europe peut-être! Aussi avec quelle onction le pauvre homme savoure vos reproches! Tout le monde le fuyait comme une peste lorsqu'il ouvrait la bouche pour rabâcher sa politique : pour lui donc quelle bonne fortune de pouvoir vous dévoiler longuement ses projets machiavéliques à l'endroit des destinées de l'Europe, et de trouver ainsi un patient auditeur des insanités de sa vieillesse!

— Oui, oui, plaisantez, raillez, scélérat de docteur! vous voulez vous étourdir en médisant des autres.

— Voyons, l'abbé, faisons un examen de conscience. Nos rôles seront intervertis; c'est moi, le médecin du corps, qui vais vous demander, à vous, le médecin de l'âme, une consultation.

— Et vous en auriez fièrement besoin, de cette consultation!

— Que me reprochez-vous, l'abbé?

— D'abord, vous êtes gourmand comme Vitellius, Lucullus, le prince de Soubise, Talleyrand, d'Aigrefeuille, Cambacérès et Brillat-Savarin tous ensemble.

— Toujours flatteur! Vous me reprochez ma seule haute et grande qualité.

— Ah çà, docteur, avec vos sornettes, me prenez-vous pour une huître ?

— Vous prendre pour une huître ! voyez-vous le glorieux ! Malheureusement je ne puis faire cette comparaison si avantageuse pour vous, l'abbé : ce serait une hérésie, un anachronisme ; les huîtres vertes (les autres ne sont point censées exister), les huîtres donc ne donnent le droit de parler d'elles que vers la mi-novembre, et nous n'y sommes point.

— Ceci, docteur, peut être très-spirituel, mais ne me convainc pas du tout que la gourmandise puisse jamais être, ni chez vous ni chez personne, une qualité.

— Je vous en convaincrai.

— Vous?

— Moi, mon cher abbé.

— C'est un peu fort! Et comment?

— Accordez-moi votre soirée du 20 novembre, et je vous prouverai que...

Mais, s'interrompant, le docteur ajouta :

— Ah çà, mon cher abbé, qu'avez-vous donc à regarder sans cesse du côté de cette porte?

Le saint homme, pris ainsi à l'improviste, rougit jusqu'aux oreilles, car plusieurs fois il avait écouté le docteur avec distraction, en tournant les yeux du côté de la porte avec impatience, et comme si une personne attendue n'arrivait pas ; pourtant, ce premier mouvement de surprise passé, l'abbé ne se déconcerta pas et reprit :

— De quelle porte voulez-vous donc parler, docteur? Je ne sais ce que vous voulez dire.

— Je veux dire que vous regardez fréquemment de ce côté, comme si vous comptiez sur quelque heureuse apparition.

— Il n'y a que vous au monde, cher docteur, pour avoir des idées semblables. J'étais tout entier à votre sophistique mais spirituelle conversation.

— Ah! l'abbé! l'abbé! vous me comblez!

— Vous voulez, en un mot, docteur, me prouver que la gourmandise est une passion noble, sublime, n'est-ce pas?

— Sublime, l'abbé, c'est le mot. Sublime sinon par elle-même, du moins par les conséquences qu'elle peut avoir, surtout dans l'intérêt de l'agriculture et du commerce.

— Allons, docteur, c'est un paradoxe ; cela se soutient comme autre chose.

— Ce n'est pas un paradoxe, c'est un fait, oui, un fait ; et, s'il vous est positivement, mathématiquement, pratiquement, économiquement démontré, qu'aurez-vous à répondre? Douterez-vous encore?

— Je douterai, ou plutôt je croirai moins que jamais cette abomination.

— Comment! malgré l'évidence, l'abbé?

— A cause de l'évidence, si tant est que cette évidence puisse jamais exister; car c'est justement au moyen de ces prétendues évidences, de ces perfides apparences, que le mauvais esprit nous tend les piéges les plus dangereux.

— Allons, l'abbé, que diable! je ne suis point un séminariste que vous préparez à prendre le rabat. Vous êtes un homme d'esprit et de savoir. Quand je vous parle raison, parlez-moi raison et non pas du diable et de ses cornes!

— Mais, païen, idolâtre que vous êtes, vous ignorez donc que la gourmandise est peut-être le plus abominable des sept péchés capitaux, hein?

— D'abord, l'abbé, je vous prie de ne pas calomnier comme cela les *sept péchés capitaux*, et d'en parler avec la déférence qui leur est due dans beaucoup de cas; je les ai toujours profondément vénérés en général et en particulier.

— Allons, bien! ce n'est plus seulement la gourmandise qu'il glorifie! voilà maintenant qu'il pousse le paradoxe jusqu'à vouloir glorifier les sept péchés capitaux!

— Oui, cher abbé, tous les sept, à les considérer d'un certain point de vue.

— C'est de la monomanie!

— Voulez-vous être convaincu, l'abbé?

— De quoi?

— De l'excellence possible, de l'existence conditionnelle, de l'excellence philosophique et mondaine des sept péchés capitaux?

— En vérité, docteur, vous me prenez pour un enfant!

— Donnez-moi votre soirée du 20 novembre, vous serez convaincu.

— Ah çà, docteur, toujours le 20 novembre?

— C'est pour moi une date fatidique, et, de plus, le jour anniversaire de ma naissance, mon cher abbé. Ainsi donc donnez-moi votre soirée ce jour-là, et vous ne serez pas fâché d'être venu.

— Va donc pour le 20 novembre, si ma santé toutefois...

— Vous le permet, bien entendu, mon cher abbé; mais mon expérience me dit que vous pourrez, ce jour-là, vous traîner jusque chez moi.

— Quel homme! C'est qu'il est capable de me donner un échantillon complet, dans sa seule et damnée personne, des sept péchés capitaux!

A ce moment, une porte s'ouvrit.

C'est sur cette porte que, plus d'une fois, les regards de l'abbé Ledoux s'étaient tournés avec une secrète et croissante impatience pendant son entretien avec le docteur.

V

La gouvernante de l'abbé, étant entrée da. 's chambre, remit une lettre à son maître, et, échangeant avec lui un gard d'intelligence, elle dit :

— C'est très-pressé, monsieur l'abbé.

— Vous permettez, cher docteur? dit le saint homme avant de décacheter la lettre qu'il tenait entre ses mains.

— A votre aise, mon cher abbé, répondit le docteur en se levant, je vous laisse.

— De grâce! un mot seulement, un mot! s'écria l'abbé, qui semblait vivement désirer que le docteur ne partît pas sitôt; donnez-moi le temps de jeter les yeux sur cette lettre, et je suis à vous.

— Mais, l'abbé, nous n'avons rien de plus à nous dire. J'ai une consultation pressée, voici l'heure, et...

— Je vous en conjure, docteur, reprit l'abbé tout en décachetant et parcourant des yeux la lettre qu'il venait de recevoir, au nom du ciel, accordez-moi seulement cinq minutes, pas davantage.

Surpris de cette insistance assez singulière de la part de l'abbé, le docteur hésitait à sortir, lorsque son malade, s'interrompant de lire, s'écria en levant les yeux au ciel :

— Ah! mon Dieu! mon Dieu!

— Qu'y a-t-il?

— Ah! mon pauvre docteur!

— Achevez!

— Ah! docteur, c'est la Providence qui vous envoie?

— La Providence!

— Oui, car je me trouve peut-être à même de vous rendre un grand service, mon bon docteur!

Le médecin parut quelque peu douter de la bonne volonté de l'abbé Ledoux, et n'accueillit pas ses paroles sans une secrète défiance.

— Voyons, mon cher abbé, reprit-il, quel service pouvez-vous me rendre?

— Vous m'avez quelquefois parlé des nombreux enfants de votre sœur, que vous avez élevés (malgré vos défauts, vilain homme!) avec une tendresse toute paternelle, après la mort précoce de leurs parents.

— Ensuite, l'abbé? dit le docteur, qui, de ce moment, attaci un regard attentif et pénétrant sur le saint homme, ensuite?...

— J'ignorais complétement que l'un de vos neveux servît dans la marine et fût capitaine au long cours. Il s'appelle, n'est-ce pas, Horace Brémont?

Au nom d'Horace, le docteur tressaillit imperceptiblement; son regard sembla vouloir lire au plus profond du cœur de l'abbé, et il répondit froidement :

— En effet, j'ai un neveu capitaine de marine, et il se nomme Horace.

— Et il est maintenant à Paris?

— Ou ailleurs, l'abbé.

— Pour Dieu, mon cher docteur, parlons sérieusement; le temps est précieux : voici ce que l'on m'écrit; écoutez, et vous jugerez de l'importance de cette lettre :

« Monsieur l'abbé,

« Je sais que vous êtes fort lié avec le célèbre docteur Gasterini; vous pouvez lui rendre un grand service : son neveu, le capitaine Horace, est compromis dans une affaire des plus fâcheuses; quoiqu'il soit parvenu jusqu'ici à se cacher, l'on a découvert sa retraite, et peut-être au moment où je vous écris s'est-on emparé de sa personne. »

L'abbé s'interrompit alors et regarda attentivement le docteur Celui-ci resta impassible.

Surpris de cette indifférence, l'abbé lui dit d'un ton pénétré :

— Ah ! mon pauvre docteur, quel cruel chagrin pour vous ! Mais ce malheureux capitaine, qu'a-t-il donc fait?

— Je n'en sais rien, l'abbé. Continuez

Évidemment le saint homme attendait un autre effet de la lecture de sa lettre. Cependant, sans se déconcerter, il continua :

— « Peut-être à l'heure qu'il est s'est-on déjà emparé de sa personne, reprit-il en appuyant sur ces mots et en poursuivant sa lecture.

« Mais il reste une chance de sauver ce jeune homme, plus inconsidéré que coupable : il faudrait, au reçu de cette lettre, envoyer à l'instant quelqu'un chez le docteur Gasterini.»

Et, s'interrompant de nouveau, l'abbé ajouta :

— Quand je vous le disais, docteur : c'est la Providence qui vous a envoyé ici.

— Elle n'en fait jamais d'autres à mon égard, reprit froidement le docteur. Allez toujours, l'abbé.

— « Il faudrait, au reçu de cette lettre, envoyer à l'instant quelqu'un chez le docteur Gasterini, reprit l'abbé de plus en plus surpris de l'impassibilité du médecin, afin de le prévenir du malheur qui menace son neveu. Le docteur chargerait aussitôt une personne de confiance d'aller, sans perdre une minute, avertir le capitaine Horace de quitter sa retraite. Peut-être ainsi pourrait-on devancer les gens de justice chargés d'arrêter cet infortuné. »

— Je n'ai pas besoin de vous en dire davantage, mon cher docteur, ajouta précipitamment l'abbé en jetant la lettre sur son lit ; une minute de retard peut tout perdre. Courez vite, sauvez ce malheureux jeune homme. Eh bien, vous ne bougez pas! vous ne me répondez rien ! A quoi pensez-vous donc, mon pauvre docteur! Pourquo me regarder de cet air singulier ? N'avez-vous donc pas entendu ce que l'on m'écrit? Et c'est souligné encore! « *Il faut aller à l'instant, sans perdre une minute, avertir le capitaine Horace de quitter sa retraite.* » En vérité, docteur, je ne vous comprends pas.

— Et moi, je vous comprends parfaitement, mon cher abbé, dit le docteur avec un calme sardonique. Mais, d'honneur, cet expédient n'est vraiment pas à la hauteur de vos inventions accoutumées : vous avez fait mieux que cela, l'abbé, beaucoup mieux.

— Un expédient ! mes inventions ! reprit l'abbé feignant l'ébahissement, Ah çà, docteur, vous ne parlez pas sérieusement ?

— Vous avez oublié, cher abbé, qu'un vieux renard comme moi évente de loin les piéges ?

— Des piéges ! quels piéges ?

— Voyons, l'abbé, regardez-moi bien en face, si vous pouvez.

— Docteur, répondit l'abbé sans pouvoir cacher son violent dépit, libre à vous de railler, libre à vous de laisser le temps s'écouler et de perdre l'occasion de sauver votre neveu. La chose vous regarde ; je vous ai averti en ami. Maintenant arrangez-vous, je m'en lave les mains !

— Ainsi donc, mon cher abbé, vous étiez, vous êtes du complot de ces béates personnes qui voulaient faire de Dolorès Salcédo une religieuse, afin d'accaparer les biens qu'elle doit hériter un jour de son oncle le chanoine ?

— Dolorès Salcédo ! son oncle le chanoine ! En vérité, docteur, je ne sais point du tout ce que voulez dire.

— Ah ! ah ! l'abbé, vous êtes de ce pieux complot ! C'est bon à savoir ; il est toujours utile de connaître ses adversaires, surtout lorsqu'ils sont aussi habiles que vous l'êtes, cher abbé !

— Mais, encore une fois, docteur, je vous jure...

— Tenez, l'abbé, jouons cartes sur table. Vous m'avez fait demander chez vous ce matin, afin que la touchante épître que vous venez de me lire et que vous aviez préparée vous arrivât en ma présence.

— Docteur ! s'écria l'abbé, c'est pousser la méfiance, le soupçon, à un point qui devient... qui devient, permettez-moi de vous le dire...

— Je vous le permets.

— Eh bien, qui devient outrageant au dernier point, docteur ! Ah ! vraiment, ajouta l'abbé avec amertume, j'étais loin de m'attendre à voir récompenser de la sorte mon empressement à vous rendre service.

— Parbleu ! je le sais bien, mon pauvre abbé, vous espériez un tout autre résultat de votre ingénieux stratagème.

— Docteur, c'en est trop !

— Non, l'abbé, non, ce n'en est pas assez; écoutez-moi donc encore. Voici ce que vous espériez, dis-je, de votre ingénieux stratagème : épouvanté du danger que courait mon neveu, je vous remerciais avec effusion du moyen que vous m'offriez pour le sauver, et je partais comme un trait pour aller avertir ce pauvre garçon de quitter sa retraite.

— C'est ainsi, en effet, que tout autre eût agi à votre place, docteur; mais vous vous gardez bien d'agir si raisonnablement. Tenez, vous êtes, en vérité, frappé de vertige et d'aveuglement.

— Hélas! l'abbé, c'est la punition de mes péchés qui commence... Mais revenons à l'effet de votre ingénieux stratagème. Selon votre espoir, je partais donc comme un trait pour aller, selon vous, sauver mon neveu. Ma voiture était en bas, j'y montais; je me faisais conduire rapidement à la mystérieuse retraite du capitaine Horace.

— Eh! sans doute, docteur, voilà ce que vous auriez dû faire depuis longtemps.

— Or savez-vous ce qui serait arrivé, mon pauvre abbé?

— Vous sauviez votre neveu!

— Je le perdais, je le trahissais, je le livrais, et voici comment : je parie qu'à l'heure où je vous parle il y a, non loin d'ici, dans cette rue, et bien en vue de cette maison, un cabriolet attelé d'un vigoureux cheval, et, hasard étrange (si vous ne donnez pas contre-ordre)! ce cabriolet va se mettre à suivre ma voiture partout où elle ira.

L'abbé devint écarlate, mais reprit :

— Je ne sais pas de quel cabriolet vous voulez parler, docteur.

— En d'autres termes, mon cher abbé, on a jusqu'ici vainement cherché les traces de mon neveu. Pour découvrir sa retraite, l'on m'a fait sans doute tout aussi vainement suivre; or l'on espérait, par la brusque annonce du prétendu danger qu'il courait, me pousser à aller à l'instant avertir le capitaine. Votre émissaire d'en bas eût alors suivi ma voiture, de sorte que, sans le savoir, j'aurais livré moi-même le secret de la retraite de mon neveu. Encore une fois, l'abbé, pour tout autre que vous, le moyen 'était pas mal inventé : mais vous avez habitué vos admirateurs, et permettez-moi de m'inscrire parmi eux, à des conceptions plus hautes et plus hardies. Espévons donc qu'une autre fois vous vous montrerez plus digne de vous-même. Au revoir et sans rancune, mon cher abbé, car je compte toujours sur vous pour notre bonne soirée du 20 novembre. Je viendrai d'ailleurs vous rappeler votre tout aimable promesse. Au revoir donc, mon pauvre et cher abbé. Allons, n'ayez point l'air si dépité, si décontenancé ; consolez-vous bravement de ce petit échec en vous rappelant vos triomphes passés.

Et le docteur Gasterini quitta l'abbé Ledoux après ce persiflage.

— Tu chantes victoire, vieux serpent ! s'écria l'abbé pourpre de courroux et montrant le poing à la porte par laquelle le docteur était sorti. Tu es bien orgueilleux ! et tu ne sais pas que, ce matin même, nous avons déjà repris Dolorès Salcédo ; mais ton misérable neveu ne nous échappera pas, car, heureusement, je suis aussi roué que toi, infernal docteur ! et, comme tu le dis, j'ai plus d'un tour dans mon sac !

Le docteur, objet de ce monologue en manière d'imprécation, avait caché l'inquiétude que lui causait la découverte qu'il venait de faire ; il savait l'abbé Ledoux capable de prendre une revanche éclatante. Aussi, en descendant de la maison du saint homme, le docteur, avant de remonter dans sa voiture, regarda de côté et d'autre dans la rue. Ainsi qu'il s'y attendait, il vit, à vingt pas de là, un cabriolet de régie arrêté ; dans ce cabriolet se tenait un gros homme à redingote brune. S'avançant alors à pied jusqu'à ce cabriolet, le docteur dit à demi-voix au gros homme d'un air confidentiel :

— Mon ami, vous êtes posté là, n'est-ce pas, pour suivre cette voiture verte à deux chevaux qui est là-bas, arrêtée devant la porte du n° 17 ?

— Monsieur, dit le gros homme en hésitant, je ne sais qui vous êtes et pourquoi vous...

— Chut ! mon ami, reprit le docteur d'un ton plein de mystère ; je quitte l'abbé Ledoux ; l'ordre de marche est changé, l'abbé vous attend à l'instant pour vous donner de nouveaux ordres ; vite, allez, allez !

Le gros homme, rassuré par les détails que lui donna le docteur, n'hésita plus, descendit de son cabriolet et se rendit en hâte chez l'abbé Ledoux. Lorsque le docteur eut vu la porte cochère refermée sur l'émissaire de l'abbé, bien certain dès lors de n'être pas suivi, il se fit conduire en hâte au faubourg Poissonnière ; car, s'il ne craignait rien pour son neveu, il éprouvait vaguement d'autres inquiétudes depuis qu'il savait l'abbé Ledoux mêlé dans cette intrigue.

La voiture du docteur venait d'entrer dans une des rues les moins fréquentées du faubourg Poissonnière, non loin de la barrière du même nom, lorsqu'à quelque distance il aperçut un assez grand rassemblement formé en face d'une maison de modeste apparence. Le docteur fit aussitôt arrêter sa voiture, en descendit, alla se mêler aux groupes, et dit à une des personnes dont ils étaient composés :

— Qu'y a-t-il donc là, monsieur ?

— Il paraît, monsieur, que c'est une colombe égarée que l'on ramène au colombier.

— Une colombe !

— Ou, si vous l'aimez mieux, une jeune fille qui s'était sauvée d'un couvent. Le commissaire de police est arrivé avec ses agents et un très-gros homme en redingote violette qui avait l'air d'un curé. Il s'est fait ouvrir la maison. La fugitive y a été trouvée, puis emmenée dans un fiacre avec le gros homme en redingote violette. Je n'ai jamais vu un citoyen orné d'un pareil ventre.

Le docteur Gasterini n'en entendit pas davantage, se fit jour à travers les groupes, et alla sonner impérieusement à la porte de la petite maison dont on parlait. Une jeune servante, encore pâle d'émotion, vint lui ouvrir.

— Où est madame Dupont ? dit vivement le médecin.

— Chez elle, monsieur. Ah ! si vous saviez !

Le docteur ne répondit rien, traversa deux pièces, et entra dans une chambre à coucher où se trouvait une femme âgée, d'une figure vénérable et pleine de douceur.

— Ah ! monsieur le docteur, s'écria madame Dupont en fondant en larmes, quel malheur ! quel scandale ! pauvre jeune fille !

— Je suis désolé, ma pauvre madame Dupont, que le service que vous m'avez rendu ait eu pour vous des suites si désagréables.

— Oh ! ne croyez pas que ce soit cela qui m'afflige, monsieur le docteur ! je vous dois plus que ma vie, puisque je vous dois la vie de mon fils ; aussi je ne pense pas à me plaindre, quant à moi, d'un désagrément passager ; je vous connais trop, d'ailleurs, pour élever le moindre doute sur les intentions qui vous ont fait me demander de donner momentanément asile à cette jeune fille.

— A cette heure, ma chère madame Dupont, je puis et je dois tout vous dire. Voici l'histoire en deux mots : j'ai un neveu, une tête folle, mais le plus brave garçon du monde ; il est capitaine de marine ; dans son dernier voyage de Cadix à Bordeaux, il a pris comme passagers un chanoine espagnol et sa nièce ; mon neveu est devenu amoureux fou de la nièce ; mais, par suite d'événements trop longs et trop ridicules à vous raconter, le chanoine ayant pris mon neveu en aversion, il lui a signifié qu'il n'épouserait jamais Dolorès ; la résistance a exaspéré ces deux amoureux ; mon diable de neveu a suivi le chanoine à Paris, a découvert le couvent où avait été mise la jeune fille, s'est mis en correspondance avec elle, et il l'a enlevée. Horace (c'est son nom) est un honnête garçon ; l'enlèvement accompli, il m'a amené Dolorès et m'a tout avoué. En attendant son mariage, il m'a supplié de placer cette jeune fille dans une maison convenable ; car, pour mille raisons, il m'était impossible de garder cette enfant chez moi, après un tel éclat. Alors j'ai songé à vous, ma bonne madame Dupont.

— Ah ! monsieur, j'étais bien certaine que vous ne pouviez qu'agir noblement, comme toujours ; et d'ailleurs, pendant le peu de temps qu'elle est restée près de moi, mademoiselle Dolorès m'a si vivement intéressée, que je m'étais déjà attachée à elle ; aussi jugez de mon chagrin lorsque ce matin...

— Le commissaire de police s'est fait ouvrir cette maison ; je sais cela. Et le chanoine dom Diégo l'accompagnait.

— Oui, monsieur ; il était furieux ; il s'est écrié qu'il connaissait la loi française ; que cela ne se passerait pas ainsi ; qu'il y avait *rapt d'une mineure*, et que l'on cherchait de tous côtés le ravisseur.

— C'est à quoi je m'attendais ; aussi avais-je exigé de mon neveu, non-seulement qu'il ne revît pas Dolorès avant que tout fût arrangé, mais qu'il se tînt caché, afin de se soustraire à des poursuites que j'espérais apaiser. Maintenant je ne sais si je pourrai y parvenir ; le cas est fort grave. Je l'avais dit à Horace ; mais le mal était fait, et, je l'avoue, j'ai reculé devant la pensée de remettre moi-même cette pauvre Dolorès entre les mains du chanoine, espèce de brute superstitieuse et gloutonne dont il n'y a rien à espérer.

— Ah ! monsieur le docteur, je connais maintenant assez mademoiselle Dolorès pour être certaine qu'elle serait morte de chagrin, qu'elle en mourra peut-être, si on la laisse au couvent. Aussi croyez,

Monsieur, que, dans la scène de ce matin, ce qui m'a le plus affligée a été, non le scandale dont ma pauvre maison a été le théâtre, mais la pensée du triste avenir qui est peut-être réservé à cette malheureuse enfant. Et maintenant que je sais tout, monsieur le docteur, je suis doublement inquiète en songeant aux graves conséquences que cet enlèvement peut aussi avoir pour votre neveu.

— Ces craintes, je les partage plus vivement encore, ma chère madame Dupont. D'après une découverte que j'ai faite ce matin, je tremble qu'une plainte ait déjà été déposée contre Horace; si elle ne l'a pas été, elle le sera peut-être aujourd'hui ; car, maintenant que Dolorès est retombée au pouvoir de son oncle, s'il peut parvenir à faire arrêter mon neveu, son amour pour Dolorès ne sera plus à craindre. Ah ! cette arrestation serait affreuse ! la loi est inflexible : mon neveu s'est introduit, la nuit, dans un couvent, et a enlevé une mineure; il est passible d'une peine infamante, et pour lui ce serait la mort !

— Grand Dieu !

— Et ses frères et ses sœurs qui l'aiment tant ! Quel deuil pour moi ! pour notre famille ! ajouta le vieillard avec abattement.

— Mais, monsieur, il doit y avoir quelque chose à faire pour tâcher au moins d'arrêter les poursuites.

— Tenez, ma chère madame Dupont, reprit le docteur douloureusement ému, ma tête se perd quand je songe aux terribles conséquences qui peuvent résulter de ce coup de tête de jeune homme !

— Mais que faire, monsieur le docteur ? que faire ?

— Eh ! le sais-je moi-même, ma pauvre madame Dupont ? Je vais réfléchir à la meilleure marche à suivre; mais j'ai affaire à si forte partie, que je n'ose espérer le succès.

Et le docteur Gasterini quitta le faubourg Poissonnière dans une inexprimable anxiété.

VI

Le lendemain du jour où Dolorès Salcédo avait été reconduite au couvent, la scène suivante se passait chez le chanoine dom Diégo, qui logeait dans un appartement très-confortable, retenu d'avance pour lui par l'abbé Ledoux.

Il était onze heures du matin.

Dom Diégo, étendu dans un large et profond fauteuil, semblait assailli de ténébreuses pensées. C'était un gros homme de cinquante ans environ, d'une obésité énorme; ses joues, grasses et tremblotantes, se confondaient avec son menton à quadruple étage; sa peau, légèrement bistrée, comme celle des méridionaux, était mate, flasque, et annonçait la mollesse de cette masse inerte. Ses traits ne devaient cependant point manquer d'une certaine bonhomie lorsqu'ils n'étaient pas sous l'impression d'une idée chagrine; sa large bouche, dont la lèvre inférieure, très-épaisse, était un peu pendante, dénotait surtout la sensualité. Les yeux demi-clos sous ses gros sourcils gris, les mains croisées sur son ventre de *Falstaff*, qui dessinait sa vaste rotondité sous une robe de chambre violette, le chanoine soupirait de temps à autre d'un ton dolent et abattu.

— Plus d'appétit, hélas! plus d'appétit! murmurait-il. Trop de secousses m'ont bouleversé. Mon estomac, si vaillant, si régulier d'habitude, est détraqué comme une montre déréglée. Ce matin, au déjeuner, ordinairement mon plus franc repas, j'ai à peine mangé; tout me semblait fade ou amer. Que sera-ce donc à dîner, Jésus! que sera-ce donc à dîner! un repas que je fais toujours presque sans faim, pour ne prendre, pour ne savourer que la fine fleur des meilleures choses! Ah! maudit et damné soit cet infernal capitaine Horace! L'horrible régime auquel j'ai été soumis à son bord pendant cette longue traversée a commencé à me faire perdre l'appétit; mon estomac s'est courroucé, s'est révolté contre ces exécrables salaisons, contre ces abominables légumes secs. Aussi, depuis cette injure faite à la délicatesse de ses habitudes, mon estomac me boude, hélas! comme si c'était ma faute; il me garde rancune, il me punit, il fait le fier devant les meilleurs mets.

Puis, après un long silence, le chanoine reprit d'un air effrayé :

— Mais qui sait si le doigt de la Providence n'est pas là? A cette heure que je n'ai point la moindre faim, je reconnais que je m'abandonne à un péché aussi détestable... que délectable. Hélas! la *gourmandise!* Peut-être la Providence a-t-elle voulu me punir en envoyant sur ma route ce misérable capitaine Horace. Ah! le scélérat, quel mal il m'a fait! Et ce n'était pas assez : il enlève ma nièce; il me jette dans de nouvelles tribulations; il bouleverse ma vie, mon repos, moi qui ne demande qu'à manger avec recueillement et tranquillité! Oh! brigand de capitaine! je me vengerai! Mais, quelle que soit ma vengeance, double traître! je ne te rendrai jamais la vingtième partie du mal que je te dois! Car, enfin, voilà près de deux mois que j'ai perdu l'appétit, et, quand je vivrais cent ans, ces deux mois d'abstinence forcée, je ne les rattraperai jamais!

Ce douloureux monologue fut interrompu par l'entrée du majordome du chanoine, vieux serviteur à cheveux gris.

— Eh bien, Pablo, lui dit dom Diégo, tu viens du couvent?

— Oui, seigneur.

— Et mon indigne nièce?

— Seigneur, elle est dans une sorte de délire, elle a une fièvre ardente; tantôt elle appelle le capitaine Horace avec des cris déchirants, tantôt elle invoque la mort en sanglotant; je vous assure, seigneur, que c'est à fendre le cœur.

Dom Diégo, malgré son égoïste sensualité, parut d'abord touché des paroles de son majordome; mais bientôt il s'écria :

— Tant mieux! Dolorès n'a que ce qu'elle mérite; ça lui apprendra à s'amouracher du plus détestable des hommes. Elle restera au couvent, elle y prendra le voile. Mon excellent ami et compère, l'abbé Ledoux, a parfaitement raison; par cet échantillon des frasques de ma nièce, je juge de ce qui m'attendrait plus tard si je la gardais près de moi : alertes, algarades perpétuelles, jusqu'à ce que je l'eusse enfin mariée, bien ou mal. Or donc, pour couper court à tout ceci, la señora Dolorès prendra le voile et fera son salut: mes biens enrichiront un jour la maison où l'on priera pour le repos de mon âme, et je serai débarrassé de ma diablesse de nièce, trois avantages pour un.

— Pourtant, seigneur, si l'état de la señora empire...

— Pas un mot de plus, Pablo! s'écria le chanoine, craignant de s'apitoyer malgré lui sur le sort de sa nièce, pas un mot de plus. N'ai-je pas, hélas! assez de mes chagrins personnels, sans venir encore m'agacer, m'irriter par des contradictions?

— Pardon, seigneur, pardon, alors je vous parlerai d'autre chose.

— De quoi?

— Il y a dans l'antichambre un homme qui désire vous parler

— Qu'est-ce que cet homme?

— Un homme vieux et bien vêtu.

— Et qu'est-ce qu'il veut, cet homme?

— Vous entretenir, seigneur, d'une affaire très-importante. Il a apporté avec lui une grande caisse qu'un commissionnaire a montée ici; elle paraît fort lourde.

— Et qu'est-ce que c'est que cette caisse, Pablo?

— Je ne sais, seigneur.

— Et le nom de cet homme?

— Oh! un nom bien étrange.

— Lequel?

— Appétit, seigneur.

— Comment! cet homme s'appelle monsieur Appétit?

— Oui, seigneur.

— Tu auras mal entendu.

— Non, seigneur; je lui ai fait répéter deux fois son nom : il s'appelle bien Appétit.

— Hélas! hélas! voilà un nom cruellement ironique, murmura le chanoine avec amertume. Il n'importe! pour la rareté du nom, fais entrer cet homme.

Un instant après, l'homme annoncé par le majordome entra, salua respectueusement dom Diégo, et lui dit :

— C'est au seigneur dom Diégo que j'ai l'honneur de parler?

— Oui, monsieur. Que me voulez-vous?

— D'abord, seigneur, vous payer le tribut de ma profonde admiration; puis vous offrir mes services.

— Mais, monsieur, quel est votre nom?

— Appétit, seigneur.

— Écrivez-vous donc votre nom comme s'écrit *appétit*, envie, besoin de manger?

— Oui, seigneur; cependant je dois vous avouer que ce n'est pas mon nom, mais mon surnom.

— Pour mériter un tel surnom, vous devez être furieusement bien doué par la nature, monsieur Appétit; vous devez jouir d'une fringale éternelle, dit le chanoine avec un soupir d'envie et de regret.

— Au contraire, je mange fort peu, seigneur, comme presque tous ceux qui ont la mission sacrée de faire manger les autres.

— Comment! quelle est donc votre profession?

— Cuisinier, seigneur, pour avoir l'honneur de vous servir, si je pouvais mériter cette félicité.

Le chanoine secoua mélancoliquement la tête, et cacha son visage entre ses mains; il sentait toutes ses douleurs se réveiller à la proposition du seigneur Appétit. Celui-ci poursuivit :

— Mon second maître, lord Wilmot, dont la débilité d'estomac était si extrême, que, depuis près d'une année, il mangeait sans goût et sans plaisir, a littéralement dévoré dès le premier jour que j'ai eu l'honneur de le servir. Aussi, par gratitude, milord m'a-t-il donné le surnom d'*Appétit*, que j'ai toujours conservé depuis.

Le chanoine regarda plus attentivement son interlocuteur, et reprit :

— Ah! vous êtes cuisinier? Mais, dites-moi, vous m'avez parlé de me payer le tribut de votre admiration et de m'offrir vos services D'où me connaissez-vous donc?

— Vous avez, seigneur, pendant votre séjour à Madrid, souvent dîné chez M. l'ambassadeur de France.

— Oh! oui, c'était mon bon temps alors, répondit dom Diégo avec abattement : j'ai rendu justice éclatante à la table de M. l'ambassadeur de France, et j'ai proclamé que je ne connaissais pas de meilleur praticien que le chef de ses cuisines.

— Aussi cet illustre praticien, avec qui, seigneur, je suis en correspondance, afin de nous tenir mutuellement au courant des progrès de la science, m'a-t-il écrit pour me dire sa joie d'avoir été si dignement apprécié par un connaisseur tel que vous, seigneur; j'ai noté votre nom, et hier, apprenant par hasard que vous cherchiez un cuisinier, je suis venu pour avoir l'honneur de vous offrir mes services.

— Et de chez qui sortez-vous, mon ami?

— Depuis dix ans, seigneur, je ne travaille plus que pour moi, c'est-à-dire *pour l'art*; j'ai une fortune modeste, mais suffisante : aussi n'est-ce pas l'intérêt qui m'amène auprès de vous, seigneur.

— Mais pourquoi vous présenter plutôt chez moi que chez tout autre?

— Parce que, libre de choisir, je consulte mes convenances; car je suis très-jaloux, seigneur, horriblement jaloux.

— Jaloux! et de quoi?

— De la fidélité de mon maître.

— Comment! de la fidélité de votre maître?

— Oui, seigneur; et je suis certain que vous me serez fidèle, car vous vivez seul, sans famille, et, par état autant que par caractère, vous n'avez pas, comme tant d'autres, toutes sortes de penchants qui se gênent ou se contrarient toujours; en homme sérieux et convaincu, vous n'avez qu'une passion, mais profonde, absolue, la *gourmandise*. Eh bien, cette passion, je m'offre, seigneur, à la satisfaire comme de votre vie vous ne l'avez satisfaite.

— Vous parlez d'or, mon cher ami; mais savez-vous que, pour soutenir un pareil langage, il faut posséder un grand talent, un immense talent?

— Ce grand, cet immense talent, je l'ai, seigneur.

— L'aveu n'est pas modeste.

— Il est sincère, et vous le savez, seigneur, on puise une légitime assurance dans la conscience de sa force.

— J'aime cette noble fierté, mon cher ami, et, si vos actes répondent à vos paroles, vous êtes un phénix!

— Seigneur, mettez-moi à l'essai aujourd'hui, sur l'heure...

— Aujourd'hui, sur l'heure! s'écria le chanoine en haussant les épaules. Vous ne savez donc pas que, depuis deux mois à jamais maudits, je suis dans un état déplorable! que je n'ai goût à rien! que ce matin j'ai laissé intact un excellent déjeuner que l'on m'a fait venir de chez Chevet, chez qui je me fournis en attendant que j'aie monté ma cuisine! Ah! si vous n'aviez les dehors d'un honnête homme, je croirais que vous venez insulter à ma misère! Me proposer de me faire la cuisine, lorsque je n'ai pas la moindre faim!

— Seigneur, je me nomme *Appétit*.

— Mais je vous répète, mon cher ami, qu'il y a une heure à peine j'ai rebuté sur d'excellentes choses.

— Tant mieux, je ne pouvais me présenter à vous, seigneur, dans une conjoncture plus favorable; mon triomphe sera plus grand.

— Écoutez, mon cher ami, je ne puis vous dire si c'est l'influence de votre nom ou la manière savante et élevée dont vous parlez de votre art qui me donne malgré moi confiance en vous; mais j'éprouve, je ne dirai pas la velléité de manger, car je vous mettrais au défi de me faire avaler une aile d'ortolan; mais enfin j'éprouve à vous entendre raisonner cuisine un plaisir qui me fait espérer que peut-être, plus tard, si jamais l'appétit me revenait, je...

— Seigneur, pardonnez-moi si je vous interromps; vous avez ici une cuisine?

— Certes, et toute montée! C'est là que l'on fait un instant voir le feu à ce que l'on m'apporte tout confectionné de chez Chevet, mais, hélas! bien inutilement.

— Voulez-vous, seigneur, m'accorder une demi-heure?

— Pourquoi faire?

— Un déjeuner pour vous, seigneur.

— Avec quoi?

— J'ai apporté ce qu'il me faut.

— Mais à quoi bon ce déjeuner, mon cher ami? Allez, croyez-moi, ne compromettez pas un talent auquel je me plais à croire, en l'engageant dans une entreprise impossible, folle.

— Seigneur, m'accordez-vous une demi-heure?

— Mais, encore une fois, à quoi bon?

— A vous faire faire un excellent déjeuner, seigneur, qui vous prédisposera à un dîner meilleur encore.

— C'est de la folie, vous dis-je; vous êtes insensé.

— Essayez toujours, seigneur; que risquez-vous?

— Allons donc! il faudrait que vous fussiez magicien.

— Je le suis peut-être bien, seigneur, répondit le cuisinier avec un sourire étrange.

— Eh bien, portez donc la peine de votre orgueil par trop superbe aussi! s'écria dom Diégo en sonnant violemment. Si vous êtes tout à l'heure accablé d'humiliation, si vous êtes forcé d'avouer l'impuissance de votre art, c'est vous seul qui l'aurez voulu. Prenez garde! prenez garde!

— Vous mangerez, seigneur, répondit l'artiste d'un ton doctoral; oui, vous mangerez, et beaucoup, et délicieusement.

Au moment où le cuisinier prononçait ces outrecuidantes paroles, le majordome, appelé par le coup de sonnette, entra.

— Pablo, lui dit le chanoine, ouvre la cuisine à monsieur, et mets-moi un couvert. Il faut que justice soit faite!

— Mais, seigneur, ce matin...

— Fais ce que je te dis; conduis monsieur à la cuisine, et, s'il a besoin de quelqu'un pour l'aider, qu'on l'aide.

— Je n'ai besoin de personne, seigneur; j'ai l'habitude de travailler seul dans mon laboratoire. Je vous demanderai même la permission de m'enfermer.

— Tout ce que vous voudrez, mon cher; mais que je sois à jamais damné pour mes péchés, si j'avale une bouchée de ce que vous allez me servir! Je me sens bien peut-être, et il y a véritablement de l'outrecuidance à vous...

— Il est onze heures et demie, seigneur, dit le cuisinier en interrompant dom Diégo avec majesté; à midi sonnant, vous déjeunerez!

Et l'artiste sortit, accompagné du majordome.

VII

Après la disparition du seigneur Appétit, cet étrange cuisinier qui offrait ses services avec une si superbe assurance, le chanoine, resté seul, se dit en se levant péniblement de son fauteuil et marchant çà et là avec une sorte d'agitation :

— L'orgueilleux aplomb de ce cuisinier me confond et m'impose malgré moi. Mais, s'il croit avoir affaire à un novice en gastronomie, il est dans l'erreur; je le lui ferai bien voir! Allons, que je suis fou de m'inquiéter ainsi! Est-il une puissance humaine capable de me donner, dans cinq minutes, cette faim qui me fait défaut depuis deux mois? Ah! maudit capitaine Horace! que je vais avoir de plaisir à te faire mettre sous les verrous! à penser que tu n'auras pour toute nourriture que la nauséabonde pâtée des prisonniers, arrosée d'un verre de vin bleu, âpre au gosier comme une râpe, acide comme du vinaigre tourné! Mais, bah! ce scélérat, habitué sans doute aux fréquentes privations des gens de mer, est capable de rester indifférent à ce martyre et de conserver son insolent appétit, tandis que moi... Ah! si ce cuisinier ne mentait pas! Mais non, non, comme tous les Français, c'est un vantard, un orgueilleux. Et pourtant son assurance me semble consciencieuse. Il a d'ailleurs dans le regard, dans la physionomie, quelque chose de dominateur. Au fait, quel est cet homme? d'où vient-il? puis-je me fier à sa sincérité? Je me rappelle maintenant que, lorsque je lui parlais de l'impossibilité de ranimer mon appétit, il m'a répondu d'un air étrange : « Seigneur, je suis peut-être magicien. » S'il existe des magiciens, ce sont des fils du mauvais esprit, et Dieu me garde d'en jamais rencontrer! Il faudrait donc que cet homme fût réellement magicien pour me faire manger. Hélas! je suis un grand pécheur! Satan prend toutes les formes, et si... Oh! non, non! à cette seule pensée je frissonne! Écartons de si funestes préoccupations!

Puis, après un moment de silence et regardant sa pendule, le chanoine ajouta :

— Voici bientôt midi... Malgré moi, plus l'heure fatale approche, plus mon anxiété redouble. J'éprouve une émotion singulière; je puis m'avouer cela à moi-même : j'ai presque peur. Il me semble qu'à cette heure cet homme se livre à une incantation mystérieuse, qu'il machine quelque chose de surhumain; car ressusciter un mort ou ressusciter mon appétit, ce serait accomplir le même prodige. Et cet homme étonnant s'est fait fort de l'accomplir, ce prodige! Et, s'il l'accomplissait, il me faudrait donc reconnaître son pouvoir surnaturel?... Allons, allons, j'ai honte de cette faiblesse. C'est égal, je préfère ne pas rester seul; car plus l'heure approche, et plus je me sens inquiet. Sonnons Pablo. (*Et il sonna.*) Oui, le silence de cette demeure, la pensée que cet homme singulier est là, dans cette cuisine souterraine, courbé sur ses fourneaux embrasés, comme quelque mauvais esprit occupé de maléfices, tout cela me cause une impression extraordinaire. Ah çà, Pablo ne m'entend donc pas! s'écria le chanoine, dont l'inquiétude augmentait.

Et il sonna de nouveau violemment.

Pablo ne parut pas.

— Qu'est-ce que cela signifie? murmura dom Diégo en jetant autour de lui des regards effarés. Pablo ne vient pas! Quel effrayant et morne silence! Oh! il se passe ici quelque chose d'extraordinaire! Je n'ose faire un pas!

Et, prêtant l'oreille, le chanoine ajouta :

— Quel est ce bruit sourd? Cela n'a rien d'humain. On approche! on vient! Ah! je n'ai pas une goutte de sang dans les veines!

A ce moment, la porte s'ouvrit si violemment, que le chanoine poussa un cri et cacha sa figure entre ses mains en balbutiant :

— *Vade... re... retro... Sa... Satanas!*

Ce n'était pourtant point *Satanas*, mais Pablo le majordome, qui, n'ayant pas répondu aux deux premiers appels de la sonnette de son maître, avait précipitamment accouru et ainsi causé ce bruit que l'imagination superstitieuse du chanoine transformait en un bruit mystérieux et surhumain.

Le majordome, frappé de l'attitude du chanoine, lui dit en s'approchant :

— Ah! mon Dieu! qu'avez-vous, seigneur?

A la voix de Pablo, dom Diégo abaissa ses grosses mains, dont il couvrait son visage, et laissa voir à son serviteur des traits encore frissonnants d'épouvante.

— Seigneur, seigneur, que s'est-il donc passé? s'écria le majordome.

— Rien, mon pauvre Pablo : une idée folle dont je rougis à cette heure. Mais pourquoi as-tu tant tardé à venir?

— Seigneur, ce n'est pas ma faute.

— Comment cela?

— J'avais voulu, seigneur, par curiosité, entrer dans la cuisine pour voir à l'œuvre ce fameux cuisinier.

— Eh bien, Pablo?

— Après que je l'ai eu aidé à transporter son coffre, cet homme étonnant m'a prié de sortir de la cuisine, où il voulait, disait-il, être absolument seul.

— Ah! Pablo, comme il s'entoure de mystère!

— J'ai obéi, seigneur, mais je n'ai pu résister au désir de rester en dehors, à la porte.

— Pour écouter?

— Non, seigneur, pour flairer, pour sentir.

— Eh bien, Pablo?

— Ah! seigneur! ah! seigneur!

— Achève!

— Peu à peu, il s'est épandu à travers la porte une odeur si agréable, si agaçante, si provocante, qu'il m'a été impossible de m'en aller; j'eusse été cloué à cette porte, que je ne serais pas resté plus immobile : j'étais étourdi, fasciné!

— Vraiment, Pablo?

— Vous le savez, seigneur, vous m'avez abandonné l'excellent déjeuner que l'on vous a apporté ce matin.

— Hélas! oui.

— Ce déjeuner, je l'ai mangé, seigneur.

— Heureux Pablo !

— Eh bien, seigneur, cette odeur que je dis était si appétissante, que je me suis senti tout à coup possédé d'une faim furieuse, et, sans quitter la porte, j'ai pris sur une des tablettes de l'office un gros morceau de pain sec.

— Et tu l'as mangé, Pablo ?

— Je l'ai dévoré, seigneur !

— Sec ?

— Sec, répondit le majordome en inclinant la tête.

— Sec ! s'écria le chanoine en levant les mains et les yeux au ciel. C'est un prodige ! Il a déjeuné comme un ogre il y a une heure, et il vient de se bourrer de pain sec !

— Oui, seigneur ; et ce pain sec, seulement assaisonné de cette succulente odeur, m'a paru le plus délicieux des mets.

A ce moment, midi sonna.

— Midi ! s'écria le majordome. Ce cuisinier merveilleux m'a recommandé de vous servir, seigneur, à midi précis. Le couvert est tout préparé sur une petite table ; je vais l'apporter.

— Va, Pablo, dit le chanoine d'un air recueilli, ma destinée va s'accomplir !... Le prodige, s'il y a prodige, va s'opérer... s'il doit s'opérer ; car, je le jure, malgré tout ce que tu viens de me conter, je n'ai pas le moindre appétit ; j'ai l'estomac pesant, la bouche pâteuse. Va, Pablo, j'attends.

Il y avait une résignation pleine de doute, de curiosité, d'angoisse et de vague espérance dans l'accent avec lequel dom Diégo exclama ce mot : « J'attends ! »

Bientôt le majordome reparut.

Il marchait d'un air solennel, portant sur un plateau un petit réchaud d'argent de la grandeur d'une assiette, surmonté de sa cloche.

A côté de ce plat, on voyait un petit flacon de cristal rempli d'un liquide limpide et couleur de topaze brûlée.

Pablo, tout en s'avançant, approchait parfois son long nez de la cloche comme pour aspirer les miasmes appétissants qui pouvaient s'échapper ; enfin, il plaça sur la table le petit réchaud, le flacon et un petit billet

— Pablo, demanda le chanoine en indiquant du geste le réchaud surmonté de sa cloche, qu'est-ce que cette argenterie?

— Elle appartient à M. Appétit, seigneur; sous cette cloche est une assiette à double fond, remplie d'eau bouillante, car il faut surtout, dit ce grand homme, manger brûlant.

— Et ce flacon, Pablo?

— Son emploi est indiqué sur ce billet, seigneur, qui vous annonce les mets que vous allez manger.

— Voyons ce billet, dit le chanoine, et il lut :

— « Œufs de pintade frits à la graisse de caille, relevés d'un coulis d'écrevisses.

« N. B. — Manger brûlant, ne faire qu'une bouchée de chaque œuf, après l'avoir bien humecté de coulis.

« Mastiquer *pianissimo*.

« Boire, après chaque œuf, deux doigts de ce vin de Madère de 1807, qui a fait cinq fois la traversée de *Rio-Janeiro à Calcutta* (1).

« Boire ce vin avec recueillement.

« Il m'est impossible de ne pas prendre la liberté d'accompagner chaque mets que je vais avoir l'honneur de servir au seigneur dom Diégo d'un flacon de vin approprié au caractère particulier du mets susdit. »

— Quel homme! s'écria le majordome avec une expression d'admiration profonde; quel homme! il pense à tout.

Le chanoine, dont l'agitation allait croissant, souleva la cloche d'argent d'une main tremblante et émue.

Soudain une émanation délicieuse s'épandit dans l'atmosphère; Pablo joignit les mains, dilata démesurément ses larges narines et regarda d'un œil avide.

Au milieu de l'assiette d'argent et à demi baignés d'un coulis onctueux et velouté, d'une belle nuance vermeille, le majordome vit quatre tout petits œufs ronds, mollets, et semblant frémir encore dans leur friture fumante et dorée.

Le chanoine, frappé comme son majordome de la délicieuse senteur de ce mets, le mangeait littéralement du regard, et, pour la première fois depuis deux mois, une soudaine velléité d'appétit cha-

(1) Il est inutile de dire que certains vins se bonifient extraordinairement par les voyages de long cours.

tonilla son palais. Néanmoins il doutait encore, croyant à la trompeuse illusion d'une fausse faim. Cependant il prit dans une cuiller un des petits œufs bien imprégnés de coulis, et l'enfourna dans sa large bouche.

— *Mastiquez pianissimo*, seigneur! s'écria Pablo, qui suivait chaque mouvement de son maître avec de grands battements de cœur. Mastiquez lentement, a dit le magicien, et buvez ensuite de ceci, suivant l'ordonnance.

Et Pablo versa deux doigts du vin de Madère de 1807 dans un verre mince comme une pelure d'oignon, et le présenta à dom Diégo.

O miracle! ô merveille! ô prodige! le second mouvement de mastication pianissimo était à peine accompli, que le chanoine renversait doucement sa tête en arrière, puis, fermant à demi les yeux dans une sorte d'extase, il croisa sur sa poitrine ses deux mains, dont l'une tenait encore la cuiller dont il venait de se servir.

— Eh bien, seigneur? dit vivement Pablo en présentant à son maître les deux doigts de vin de Madère, eh bien?

Le chanoine ne répondit pas, prit le verre avec empressement et le porta à ses lèvres.

— Et, surtout, buvez *avec recueillement*, seigneur! s'écria Pablo, scrupuleux observateur de l'ordonnance du cuisinier.

Le chanoine but, en effet, avec recueillement, fit ensuite claper sa langue contre son palais, et, si cela se peut dire, s'écouta pendant un instant savourer le bouquet du vin qui se confondait merveilleusement avec le délicieux arrière-goût du mets qu'il venait de déguster; puis, toujours sans répondre aux interrogations de Pablo, le chanoine mangea pianissimo les trois derniers œufs de pintade avec une délectation pensive et croissante, vida le petit flacon de vin de Madère, et, faut-il avouer cette énorme incongruité? il sauça si scrupuleusement de son pain le coulis d'écrevisses dont étaient baignés les œufs, que le fond de l'assiette d'argent brilla bientôt d'un lustre immaculé.

S'adressant alors pour la première fois à son majordome, dom Diégo s'écria d'une voix attendrie, pendant que quelques larmes brillaient même dans ses yeux :

— Ah! Pablo!

— Qu'y a-t-il, seigneur? Cette émotion...

— Pablo, je ne sais qui a dit que les grandes joies avaient quelque chose de mélancolique; ce quelqu'un-là ne se trompait pas, car l'infirmité de notre nature nous fait souvent fléchir sous le poids des plus grands bonheurs. Ainsi, depuis deux mois, voici la première fois qu'à bien dire je mange, et que je mange comme je n'ai jamais mangé de ma vie! Non, non! car aucune langue humaine, vois-tu, mon pauvre Pablo, ne peut exprimer la finesse, la délicatesse exquise de ce mets, si simple en apparence, *des œufs de pintades frits dans de la graisse de caille, arrosés d'un coulis d'écrevisses*. Non, vois-tu! à mesure que je les savourais, je sentais mon appétit renaître, et, à présent, j'ai beaucoup plus faim qu'avant d'avoir mangé. Et ce vin, Pablo, ce vin! comme c'est fondu, hein?

— Hélas! seigneur, dit le majordome d'un air piteux, je ne sais point le goût de ce vin, mais je me plais à vous croire.

— Oh! oui, crois-moi, mon pauvre Pablo, c'est à la fois sec et velouté; que te dirai-je? un nectar! et, si tu savais, Pablo, comme la saveur de ce nectar se marie admirablement au parfum du coulis d'écrevisses! C'est idéal, Pablo, idéal! te dis-je; aussi je devrais être rayonnant, fou de joie, en retrouvant ainsi mon appétit perdu... Eh bien, non, je me sens pris d'un attendrissement ineffable; enfin, je pleure comme un enfant! Pablo, tu le vois, je pleure, j'ai faim!

Un coup de sonnette retentit.

— Qu'est-ce que cela, Pablo?

— C'est lui, seigneur.

— Qui?

— Le grand homme! il nous sonne.

— Lui?

— Oui, seigneur, répondit Pablo en enlevant l'assiette. Il affirme que ceux qui mangent doivent être à la sonnette de ceux qui font manger, car ceux-ci savent seuls l'heure, la minute, l'instant où chaque mets doit être servi, dégusté, pour ne pas perdre un atome de sa valeur.

— C'est très-profond, ce qu'il dit là! il a raison. Cours donc, Pablo.... Mon Dieu! voilà qu'il sonne encore! Pourvu qu'il ne se formalise point... Va vite, vite!

Le majordome courut; et, avouons cette autre énormité, le malheureux, poussé par une dévorante curiosité, osa lécher avec une avidité désespérée l'assiette qu'il remportait, quoique le chanoine l'eût laissée nette et brillante.

On s'imagine avec quelle impatience de plus en plus vive et croissante le chanoine attendit les différents mets, toujours inconnus à l'avance, dont se composa son déjeuner.

Chaque service était accompagné d'une *ordonnance*, comme disait Pablo, et d'un nouveau flacon de vin tiré sans doute de la cave de ce singulier cuisinier.

La collection de ces bulletins culinaires donnera une idée des délices variées que goûta dom Diégo.

Après la note qui annonçait les œufs de pintade, se déroula successivement le *menu* suivant, dans l'ordre où nous le présentons :

« Truite du lac de Genève au beurre de Montpellier, frappé de glace.

« Envelopper hermétiquement chaque bouchée de ce poisson exquis dans une couche de cet assaisonnement de haut goût.

« Mastiquer *allegro*.

« Boire deux verres de ce vin de Bordeaux (*Sauterne* 1834) ; il a fait trois fois la traversée de l'Inde.

« Ce vin veut être *médité*. »

— Un peintre ou un poëte eût fait de cette *truite au beurre de Montpellier*, frappé de glace, un portrait enchanteur, avait dit le chanoine à Pablo. Vois-la, cette charmante petite truite, à la chair couleur de rose, à la tête nacrée, voluptueusement couchée sur ce lit d'un vert éclatant, composé de beurre frais et d'huile vierge, congelés par la glace, auxquels l'estragon, la ciboulette, le persil, le cresson de fontaine, ont donné cette gaie couleur d'émeraude ! Et quel parfum ! Comme la fraîcheur de cet assaisonnement contraste délicieusement avec le haut goût des épices qui le relèvent ! Et ce vin de Sauterne ! quelle ambroisie *si bien appropriée*, comme dit ce grand homme de cuisine, *au caractère* de cette truite divine qui me donne un appétit croissant !

Après la truite vint un autre mets accompagné de ce bulletin :

« Filets de *grouse* (1) aux truffes blanches du Piémont (émincées crues).

« Enchâsser chaque bouchée de grouse entre deux rouelles de

(1) *Grouse*, grosse perdrix d'Écosse infiniment supérieure à la bartavelle et aux gélinottes.

truffe, et bien humecter le tout avec la sauce à la Périgueux (truffes noires), servie ci-joint.

« Mastiquer *forte*, vu la crudité des truffes blanches.

« Boire deux verres de ce vin de *Château-Margaux* 1834. (Il a aussi fait le voyage des Indes.)

« Ce vin ne se révèle dans toute sa majesté qu'*au déboire*. »

Ces filets de *grouse*, loin de l'apaiser, excitèrent jusqu'à la fringale l'appétit toujours croissant du chanoine ; et, sans le profond respect que lui inspiraient les ordres du *grand homme de cuisine*, il eût envoyé Pablo devancer le coup de sonnette et chercher un nouveau prodige culinaire.

Enfin ce coup de sonnette se fit entendre.

Le majordome revint bientôt avec cette note, qu'accompagnait un autre mets :

« *Râles de genêts* rôtis sur une croûte *à la Sardanapale*.

« Ne manger que les cuisses et le croupion des râles ; ne pas couper la cuisse, la prendre par la patte qui la termine, la saupoudrer légèrement de sel, trancher net au-dessus de la patte, et tout broyer, chair et os.

« Mastiquer *largo* et *fortissime;* manger presque simultanément une bouchée de la rôtie brûlante, enduite d'un condiment onctueux dû à la combinaison de foies et de cervelles de bécasse, de foies gras de Strasbourg, de moelle de chevreuil, anchois pilés, épices de haut goût, etc.

« Boire deux verres de *clos Vougeot* de 1817.

« Verser ce vin avec émotion, le boire *avec religion*. »

Après ce rôti, digne de Lucullus ou de Trimalcyon, et savouré par le chanoine avec idolâtrie et une faim inassouvie, le majordome reparut avec deux entremets que le menu signalait ainsi :

« *Morilles* aux fines herbes et à l'essence de jambon ; laisser fondre et dissoudre dans la bouche ce champignon divin.

« Mastiquer *pianissimo*.

« Boire un verre de vin de *Côte-Rôtie* 1829 et un verre de johannisberg de 1729 (provenant de la grand tonne municipale des bourgmestres de Heidelberg.

« Aucune recommandation à faire à l'endroit du vin de Côte-Rôtie; vin est fier, impérieux, *il s'impose.*

« A l'égard du vieux johannisberg de cent quarante ans, l'aborder ec la vénération qu'inspire un centenaire, le boire avec componcn.

« Deux entremets sucrés.

« Bouchées à la duchesse, à la gelée d'ananas.

« Mastiquer *amoroso*.

« Boire deux ou trois verres de ce vin de Champagne frappé de glace (Sillery sec, année de la comète).

« Dessert :

« Fromage de Brie de la ferme d'Estouville, près Meaux.

« Cette maison a eu, pendant quarante ans, l'honneur de servir la bouche de M. le prince de Talleyrand, qui proclamait le fromage de Brie le *roi des fromages* (seule royauté à laquelle ce grand diplomate soit resté fidèle jusqu'à sa mort).

« Boire un verre ou deux de vin de *Porto* tiré d'une barrique retrouvée sous les décombres du grand tremblement de terre de Lisbonne.

« Bénir la Providence de ce miraculeux sauvetage, et vider pieusement son verre.

« *N. B.* Jamais de fruits le matin : ils réfrigèrent, chargent et obèrent l'estomac aux dépens du repos du soir; se rincer simplement la bouche avec un verre de crème des Barbades de *madame Amphoux* (1780), et faire une légère sieste en rêvant au dîner. »

Il est inutile de dire que toutes ces prescriptions du cuisinier furent suivies de point en point par le chanoine, dont l'appétit, chose prodigieuse, avait semblé augmenter à mesure qu'il était alimenté; enfin, après avoir savouré jusqu'à la dernière goutte son verre de liqueur des îles, dom Diégo, l'oreille écarlate, l'œil doucement voilé, la joue colorée, commença de ressentir la tiède moiteur et la légère torpeur d'une heureuse et facile digestion; alors, se laissant aller dans son fauteuil avec un accablement délicieux, il dit à son majordome :

— Si je ne sentais sourdre une faim de tigre, qui ne fera que trop tôt explosion, je me croirais dans le paradis. Aussi, Pablo, va me chercher ce grand homme de cuisine, ce véritable magicien;

dis-lui qu'il vienne jouir de son ouvrage; dis-lui qu'il vienne juger de la béatitude ineffable où il m'a plongé; dis-lui surtout, Pablo, que si je ne vais pas moi-même lui témoigner mon admiration, ma reconnaissance, c'est que...

Le chanoine s'interrompit à la vue de l'artiste culinaire, qui entra brusquement dans le salon et s'arrêta en face de Diégo en attachant sur lui un regard étrange.

VIII

A la vue du cuisinier, qui portait, selon la coutume de sa profession, une veste blanche et un bonnet de coton (l'ancienne et haute école classique des Laguipierre, des Morel, des Carême est restée fidèle au bonnet de coton; la jeune école romantique se coiffe de la toque de percaline blanche), le chanoine dom Diégo se leva péniblement de son fauteuil, fit deux pas vers l'artiste culinaire en lui tendant les mains, et s'écria d'une voix profondément émue :

— Soyez le bienvenu, mon sauveur, mon ami, mon cher ami! Oui, je suis fier de vous donner ce titre; vous l'avez mérité, car je vous dois l'appétit; et l'appétit, c'est le bonheur, c'est la vie!

Le cuisinier ne parut pas extrêmement sensible au titre amical dont l'honorait le chanoine : il resta silencieux, les bras croisés sur sa poitrine, le regard attaché sur dom Diégo; mais celui-ci, dans le feu de sa reconnaissance gastronomique, ne remarqua pas le sourire sardonique, nous dirions presque satanique, qui errait sur les lèvres du grand homme de cuisine, et poursuivit ainsi l'expression de sa reconnaissance :

— Mon ami, ajouta-t-il, de ce jour vous êtes à moi; vos conditions seront les miennes. Je suis riche, la bonne chère est ma seule passion : aussi pour vous je serai non pas un maître, mais un admirateur. Jamais, mon cher ami, jamais vous n'aurez été mieux apprécié. Vous me l'avez dit vous-même, vous ne travaillez que pour l'art, et vous le prouvez, car, je le déclare hautement, vous êtes le plus grand homme de cuisine qu'il y ait au monde! Le prodige que vous avez opéré aujourd'hui, non-seulement en me rendant l'appétit, mais en le redoublant à mesure que je savourais vos chefs-d'œuvre (puisque à cette heure je serais capable de déjeuner encore); ce prodige, ai-je dit, vous met à mes yeux hors ligne. Nous ne nous quitterons donc plus, mon cher ami; tout ce que vous me demanderez, je vous l'accorderai; vous prendrez autant d'aides, de subalternes que vous voudrez; je désire vous épargner toute fatigue; votre santé m'est trop précieuse pour la compromettre, car désormais, je le sens là, et dom Diégo mit sa grosse main sur son estomac, désormais je ne saurais vivre que par vous, mon cher ami, et...

— Ainsi, dit le cuisinier en interrompant le chanoine et souriant d'un air sarcastique, ainsi vous avez bien déjeuné, seigneur chanoine?

— Si j'ai bien déjeuné, mon cher ami! mais dites donc que je vous dois une jouissance d'une heure un quart! une jouissance ineffable et sans autre intermittence que les temps d'arrêt de votre service! et encore ces intermittences étaient remplies de charmes! Partagé entre le souvenir et l'espérance, n'attendais-je pas de nouveaux plaisirs avec une insatiable appétence? Vous me demandez si j'ai bien déjeuné! Pablo vous dira que j'ai pleuré d'attendrissement! Voilà ma réponse.

— Je me suis permis, seigneur, de vous envoyer quelques *accompagnements* de vins, car de bons mets sans bons vins, c'est une belle femme sans esprit; or, ces vins, les avez-vous, seigneur, trouvés potables?

— Potables!... Grand Dieu! quel blasphème! D'inestimables échantillons de tous les nectars connus... potables!... Des vins dont l'on ne payerait pas la valeur en les échangeant bouteille pour bouteille contre de l'or liquide... potables! Allons, mon cher ami, votre modestie est exagérée, de même que vous sembliez tout à l'heure exagérer votre immense talent. Mais, je le reconnais, l'on vanterait votre génie jusqu'à l'hyperbole, que l'on resterait toujours au-dessous de la vérité.

— J'ai encore beaucoup de vins de cette qualité, dit froidement le cuisinier; depuis vingt-cinq ans je travaille à me monter une petite cave passable.

— Mais cette cave passable, mon cher ami, a dû vous coûter des millions?

— Elle ne m'a rien coûté, monseigneur.

— Rien!

— Ce sont autant de dons, faits à mon humble mérite.

— Je ne m'en étonne point, mon cher ami; mais cette cave qui rendrait un roi jaloux, que comptez-vous en faire? Ah! si vous vouliez me la céder en tout ou en partie, je ne reculerais devant aucun sacrifice; car, ainsi que vous venez de le dire avec profondeur, de bons mets sans bons vins, c'est une belle femme sans esprit. Or ces vins accompagnent si admirablement vos... productions... que je...

Le cuisinier interrompit dom Diégo par un ricanement ironique.

— Vous riez, mon ami? dit le chanoine fort surpris; vous riez?

— Oui, seigneur, je ris.

— Et de quoi, mon ami?

— De votre reconnaissance envers moi, seigneur chanoine.

— Mon ami, je ne vous comprends pas.

— Ah! seigneur dom Diégo! vous croyez que votre bon ange (et je me figure le voir gros et joufflu, habillé comme moi en cuisinier et portant des ailes de faisan au dos de sa robe blanche); oh! vous croyez, dis-je, seigneur chanoine, que votre bon ange m'a envoyé vers vous!

— Mon cher ami, dit dom Diégo, ouvrant des yeux énormes et se sentant très-inquiété par l'air de plus en plus sardonique du cuisinier, mon cher ami, de grâce, expliquez-vous plus clairement!

— Seigneur chanoine, ce jour sera pour vous un jour fatal.

— Grand Dieu! que dites-vous?

— Seigneur chanoine! reprit le cuisinier, toujours les bras croisés, le regard fixe, l'air menaçant.

Et il fit un pas vers dom Diégo, qui recula d'autant avec une angoisse croissante.

— Seigneur chanoine, regardez-moi bien.

— Je... je... vous... regarde, mon bon ami, balbutia dom Diégo; mais...

— Seigneur chanoine, ma figure vous poursuivra partout, pendant votre sommeil et pendant vos veilles! Vous me verrez là, toujours là, devant vous, avec mon bonnet de coton et ma veste blanche, comme une apparition fantastique et terrible.

— Ah! mon Dieu! c'est fait de moi, murmura le chanoine épouvanté. Mes pressentiments ne me trompaient pas; cet appétit était trop miraculeux; ces mets, ces vins, trop surhumains, pour qu'il n'y ait pas là-dessous quelque mystère effrayant, quelque magie infernale.

Dans cette occurrence si critique pour lui, le chanoine vit heureusement entrer son majordome.

— Seigneur, dit Pablo, l'homme de loi vient d'arriver; vous savez, l'homme de loi qui...

— Pablo, reste là! s'écria dom Diégo en saisissant son majordome par le bras et l'attirant auprès de lui; ne me quitte pas...

— Mon Dieu! seigneur, qu'avez-vous? dit Pablo, vous semblez effrayé...

— Ah! Pablo, si tu savais... dit dom Diégo d'une voix basse et lamentable, sans oser tourner les yeux du côté du cuisinier.

— Seigneur, reprit Pablo, je vous disais que l'homme de loi était arrivé.

— Quel homme de loi, Pablo?

— Celui qui doit venir rédiger, selon les formes, votre demande de poursuites contre le capitaine Horace, comme coupable d'enlèvement de la señora Dolorès.

— Pablo, je suis dans l'impossibilité de m'occuper d'affaires... Je n'ai plus la tête à moi... je crois rêver... Ah! si tu savais ce qui arrive!... ce cuisinier... oh! mes pressentiments...

— Alors, seigneur, je vais faire retirer l'homme de loi.

— Non! s'écria le chanoine; non, car c'est ce misérable capitaine Horace qui est la cause de tous mes maux. S'il ne m'avait pas fait perdre l'appétit, j'aurais eu déjeuné ce matin, lorsque ce tentateur en veste blanche s'est introduit ici, et je n'aurais pas été victime de ses maléfices... Non, ajouta dom Diégo avec un redoublement de colère, dis à l'homme de loi d'attendre; il écrira mes plaintes tout à l'heure; mais il faut auparavant que je sorte de l'effrayante perplexité où je me trouve, ajouta-t-il en jetant un regard effaré sur le cuisinier, toujours silencieux et formidable. Il faut que je sache, ajouta le chanoine, ce que veut de moi cet être mystérieux qui m'épouvante, dis à l'homme de loi d'entrer dans mon cabinet, et ne me quitte pas.

Le majordome alla dire quelques mots en dehors de la porte à l'homme de loi, qui se trouvait dans la pièce voisine; et le chanoine, le majordome et le cuisinier restèrent seuls.

Dom Diégo, se sentant plus fort de la présence de Pablo, tâcha de prendre quelque assurance, et dit à l'homme à la veste blanche, qui conservait toujours son air impassible et sardonique :

— Voyons, mon bon ami, parlons sérieusement. Il n'est ici question ni de bons ni de mauvais anges, mais d'un homme d'un immense talent (c'est vous dont je parle), que je voudrais m'attacher à quelque prix que ce fût... Il s'agit encore d'une cave divine, pour l'acquisition de laquelle aucun sacrifice ne me coûtera. Je vous parle dans toute la sincérité de mon âme, mon cher et bon ami; répondez-moi de même.

Puis le chanoine dit à voix basse à son majordome :

— Pablo, reste toujours entre lui et moi.

— Je vais donc vous parler en toute sincérité, seigneur chanoine, reprit le cuisinier; et d'abord, je vous le répète, je serai la désolation, le désespoir de votre vie...

— Vous !...

— Moi.

— Pablo, tu l'entends. Que lui ai-je donc fait, mon Dieu! murmura dom Diégo; à qui en a-t-il?

— Rappelez-vous bien mes paroles, seigneur chanoine. Auprès du repas incomparable que je vous ai servi, les meilleurs mets vous sembleront insipides, les meilleurs vins amers; et votre appétit, un moment éveillé par ma puissance, s'anéantira de nouveau dès que je ne serai plus là pour le ressusciter.

— Mais, mon ami, s'écria le chanoine, vous pensez donc à me...

— L'homme au bonnet de coton et à la veste blanche interrompit de nouveau le chanoine et s'écria :

— En vous souvenant des délices que je vous ai fait goûter un moment, seigneur chanoine, vous serez comme ces anges déchus qui ne se rappellent les joies célestes du paradis que pour les regretter au milieu des lamentations et des grincements de dents.

— Mon bon ami, de grâce, un mot!

— Vous grincerez des dents, chanoine! s'écria le cuisinier d'une voix formidable qui retentit au fond de l'âme de dom Diégo comme le bruit de la trompette du jugement dernier; vous serez comme une âme... non, vous n'avez pas d'âme : vous serez comme un estomac en peine, allant, venant, flairant, effleurant tous les mets les plus recherchés que l'on vous pourra servir, et vous écriant avec des gémissements terribles en vous souvenant du déjeuner de ce matin : « Hélas ! hélas ! mon appétit a passé comme une ombre ; ces mets exquis, je ne les goûterai plus ! Hélas ! hélas ! » Alors, dans votre désespoir, vous maigrirez, m'entendez-vous, chanoine ! vous maigrirez.

— Grand Dieu ! Pablo ! Le malheureux ! que dit-il ?

— Jusqu'à présent, malgré votre perte d'appétit, vous avez encore vécu sur votre graisse, comme les marmottes pendant l'hiver ; mais désormais vous subirez la double et terrible atteinte de la perte de l'appétit et des regrets désespérés que je vous laisserai. Aussi vous dis-je : Vous maigrirez, chanoine ; oui, vos joues s'affaisseront, votre triple menton fondra comme la cire au soleil ; ce ventre énorme s'aplatira comme une outre dégonflée ; ce teint, qui d'aujourd'hui refleurissait, s'étiolera, jaunira sous vos larmes, et vous deviendrez maigre, décharné, livide comme un anachorète vivant de racines et d'eau claire... Entendez-vous, chanoine ?

— Pablo, murmura dom Diégo en s'appuyant sur son majordome et fermant les yeux, soutiens-moi... je me sens frappé à mort... Il me semble que je vois apparaître mon propre spectre... tel que vient de le pourtraire ce démon ! Oui, Pablo, je me vois maigre, décharné, livide !... O mon Dieu ! c'est affreux... c'est horrible !... C'est une punition divine de mon péché de gourmandise.

— Seigneur, rassurez-vous, dit le majordome.

Et, s'adressant au cuisinier avec un mélange de crainte et de courroux :

— Pouvez-vous prendre à tâche d'accabler un excellent et vénérable homme comme le seigneur don Diégo !

— Et maintenant, reprit impitoyablement le cuisinier, adieu, chanoine... et pour toujours adieu !

— Adieu ! pour toujours adieu ! s'écria dom Diégo avec un violent soubresaut, et comme s'il eût reçu une commotion électrique. Comment ! il serait vrai ?... vous m'abandonneriez à jamais ! Oh ! non, non, je devine tout maintenant : en me faisant sentir les regrets que me causerait votre perte, vous voulez mettre vos services à un plus haut prix. Eh bien, parlez... que vous faut-il ?

— Ah ! ah ! ah ! ah ! fit l'homme au bonnet de coton et à la veste blanche avec un éclat de rire méphistophélique et en se dirigeant lentement vers la porte.

— Non, non, s'écria le chanoine les mains jointes, non, vous ne m'abandonnerez pas ainsi!... ce serait atroce... ce serait sauvage... ce serait laisser un infortuné voyageur au milieu d'un désert brûlant, après lui avoir fait entrevoir les délices d'une oasis pleine d'ombre et de fraîcheur.

— Vous avez dû, dans votre temps, être un grand prédicateur, chanoine, dit l'homme à la veste blanche en continuant de se diriger vers la porte.

— Grâce! grâce! s'écria dom Diégo d'une voix éplorée en fondant en larmes. Eh bien, ce n'est plus à l'artiste, au cuisinier de génie que je m'adresse, c'est à l'homme; c'est mon semblable que je supplie à genoux (et m'y voilà) de ne pas laisser un de ses frères dans une désolation incurable!

— Oui, et me voilà aussi à vos genoux, seigneur cuisinier! s'écria le digne majordome, entraîné par l'émotion de son maître, en se mettant à genoux comme lui; c'est une pauvre créature bien humble qui joint sa prière à celle du seigneur dom Diégo; hélas! ne l'abandonnez pas, il en mourra!

— Oui, reprit le cuisinier avec un redoublement d'éclat de rire satanique, il en mourra, et il mourra maigre!

Ce dernier sarcasme changea le désespoir de dom Diégo en fureur; il se releva prestement, malgré son obésité, et se précipita sur l'homme en bonnet de coton en s'écriant :

— A moi, Pablo!... le monstre ne fera plus la cuisine pour personne! sa mort seule pourra me délivrer de son infernale obsession!

— Seigneur, s'écria le majordome, moins exalté que son maître, seigneur, que faites-vous? la douleur vous égare!

Heureusement l'homme à la veste blanche, au premier mouvement agressif de dom Diégo, s'était reculé de deux pas en se mettant sur la défensive au moyen de son grand couteau de cuisine, qu'il brandissait d'une main, tandis que de l'autre il montrait une lardoire aiguë.

A la vue du formidable tranchelard et de la lardoire effilée comme une dague, la meurtrière exaspération du chanoine se dissipa; mais ces émotions violentes, le bouillonnement de son sang, le trouble de sa digestion, lui causèrent une telle révolution, qu'il chancela et tomba sans connaissance entre les bras du majordome, qui, trop faible pour soutenir une pareille masse, s'affaissa lui-même sous le poids de son maître en criant de toutes ses forces :

— Au secours! au secours!

Alors l'homme à la veste blanche disparut en poussant un dernier et retentissant éclat de rire qui eût fait honneur à Satan et qui terrifia le majordome.

IX

Plusieurs jours s'étaient écoulés depuis que le chanoine dom Diégo avait été impitoyablement abandonné par l'étrange et inimitable cuisinier dont nous avons parlé.

La scène suivante se passait chez l'abbé Ledoux entre lui et le chanoine.

Les menaçantes prédictions du « grand homme de cuisine » commençaient à se réaliser. Dom Diégo, pâle, abattu, le teint jauni par l'abstinence, car tout mets lui avait paru fade, nauséabond, depuis ce merveilleux déjeuner auquel il rêvait sans cesse; dom Diégo n'était presque plus reconnaissable : son ventre énorme avait déjà perdu de sa rotondité. Le pauvre homme, dont l'attitude et la physionomie trahissaient un abattement profond, répondait à peine, et d'un ton dolent, aux questions de l'abbé Ledoux. Celui-ci allait et venait avec agitation dans son salon, s'adressant au chanoine d'une voix rude et fâchée :

— En vérité, vous n'avez pas la moindre énergie, dom Diégo, lui disait-il; vous êtes d'une apathie désespérante.

— Cela vous est bien facile à dire, murmura le chanoine d'une voix lamentable. Je voudrais bien vous voir à ma place... Hélas!

— Allons donc! C'est honteux!

— Accablez-moi, l'abbé, maudissez-moi; mais que voulez-vous? depuis que ce maudit m'a si atrocement abandonné, je ne vis plus, je ne mange plus, je ne dors plus! Ah! il me l'avait bien dit : « Mon souvenir et ma figure vous poursuivront partout, chanoine! » Et, en effet, je pense toujours à ces œufs de pintade, à cette truite, à cette rôtie à la Sardanapale! et lui, je le vois toujours et partout avec sa veste blanche et son bonnet de coton : c'est comme une hallucination! Cette nuit encore, cédant à un sommeil fiévreux, agité, j'ai rêvé de ce démon!

— De mieux en mieux, chanoine !

— Quel cauchemar ! Jésus, mon Dieu ! quel horrible cauchemar ! Il m'avait servi un de ces petits plats exquis, divins, que seul il a le génie de produire... Et il me disait de son air sardonique : *Mangez donc, chanoine, mangez donc !* C'était, je me rappelle, je la vois encore, une *canne pétière* (1), *sauce à l'orange*... J'avais un appétit dévorant, je prenais ma fourchette et mon couteau pour découper cette trop adorable *canne pétière*... Je découpais, j'enlevais les filets, dorés en dessus, rosés en dedans, et marbrés d'une graisse si fine, si délicate ! Mille gouttelettes d'un jus vermeil apparaissaient sur la chair comme autant de gouttes d'une rosée succulente, tant ce gibier était rôti à point. Je l'arrosais de plusieurs cuillerées d'une sauce à l'orange dont le fumet chatouillait toutes les papilles de mon palais, épanouies d'avance... Je prenais au bout de ma fourchette un de ces filets, véritable *bouchée de roi*... J'ouvrais la bouche... Soudain un ricanement féroce de mon bourreau retentissait, et, horreur ! je n'avais plus au bout de ma fourchette qu'un gros morceau de lard rance, jaune, gluant, infect. « Mangez donc, chanoine ! me répétait ce maudit de sa voix stridente, mangez donc ! » Et, malgré moi, malgré mon épouvantable répugnance, je mangeais ! Oui, l'abbé, je mangeais cet affreux lard. Tenez, quand j'y pense, pouah ! c'était horrible !... Et je m'éveillai en fondant en larmes... Avant-hier, autre rêve odieux ! il s'agissait de foies de lotte en caisse... et...

— Allez au diable, chanoine ! s'écria l'abbé, qui s'était déjà contraint à grand'peine pendant le récit du cauchemar gastronomique de dom Diégo, vous feriez damner un saint, avec vos sornettes !

— Des sornettes ! s'écria le chanoine désespéré. Comment ! voilà huit jours que je n'ai pu avaler que quelques cuillerées de chocolat, tant je suis écœuré, affadi... Comment ! j'ai eu la conscience d'aller passer deux heures assis dans les *musées* de *Chevet* et de *Bontoux*, espérant que peut-être la vue de leurs rares collections de comestibles exciterait en moi une velléité d'appétit... Et rien, rien ! Non ! le souvenir de ce déjeuner céleste était là, toujours là, écrasant tout, annihilant tout par la seule puissance de son souvenir chéri ! Ah ! l'abbé, l'abbé ! je n'ai jamais aimé ; mais depuis trois jours je comprends tout ce qu'il y a d'exclusif dans l'amour ; je comprends qu'un

(1) Gibier rare, d'une délicatesse exquise. Il y en a quelques *passages* en France.

homme passionnément amoureux reste indifférent à la vue des plus belles créatures du monde, ne songeant, hélas ! trois fois hélas ! qu'à l'objet adoré qu'il regrette.

— Mais, chanoine, s'écria l'abbé en considérant dom Diégo avec inquiétude, savez-vous que cela tourne au délire, à la folie ?

— Eh ! mon Dieu ! je le sais bien, l'abbé, ma tête se perd. Ce séducteur maudit a emporté avec lui ma vie et ma pensée. Dans la rue, je dévisage tous les passants, tant je suis possédé de l'espoir de le rencontrer. Grand Dieu ! si ce bonheur m'arrivait ! Oh ! il ne serait pas insensible à mes larmes, à mes prières ! « Cruel, perfide, lui dirais-je, regarde-moi ! Vois sur mes traits la marque de mes souffrances ! Seras-tu sans pitié ? Non ! non ! Grâce ! grâce ! »

Et le chanoine, se renversant dans son fauteuil, cacha sa figure dans ses mains et éclata en sanglots.

— Mon Dieu ! mon Dieu ! que je suis malheureux ! s'écria le chanoine.

— Quelle double brute ! il en deviendra fou s'il ne l'est déjà, se dit l'abbé. Je ne m'en plaindrais pas ; car, sa folie constatée, il ne sortirait pas de notre maison, et, somme toute, sa nièce ou lui, peu importe.

L'abbé s'approcha alors du chanoine avec componction, et lui dit doucement :

— Allons, mon frère, soyez raisonnable, calmez-vous ; peut-être faut-il voir dans ce qui vous arrive une punition du ciel.

— Je le pense comme vous, l'abbé. Ce tentateur sortait de l'enfer. Il n'est pas donné à une créature humaine de faire ainsi la cuisine. Ah ! l'abbé, il faut que je sois un grand pécheur, car ma punition est terrible.

— Vous vous êtes, en effet, adonné sans frein, sans mesure, à l'un des plus immondes des *péchés capitaux*, à la *gourmandise*, mon cher frère, et, je vous le répète, le ciel vous punit, comme c'est son habitude, par où vous avez péché.

— Pourtant, après tout, quel est mon crime ? J'ai simplement usé des dons admirables du Créateur ; car, enfin, ce n'est pas moi qui, pour les savourer, ai créé tout exprès les faisans, les ortolans, les foies gras, les truites saumonées, les truffes, les huîtres, les homards, les vins de...

— Mon frère ! mon frère ! s'écria l'abbé en interrompant cette appétillante énumération; mon frère, vos paroles sentent le matérialisme, le panthéisme, l'hérésie! Vous n'êtes pas dans un état d'esprit assez calme pour m'entendre réfuter comme il convient ces systèmes impies, abominables, qui mènent droit au paganisme. Mais il y a un fait, c'est que vous souffrez, mon frère; vous souffrez cruellement; eh bien, c'est à nous de baiser vos plaies, mon tendre frère; c'est à nous d'y répandre le miel et le baume.

A ces mots, le chanoine fit une grimace involontaire, car, dans sa monomanie gastronomique, cette idée de *miel* et de *baume* lui semblait singulièrement *fadasse* et sans aucun ragoût.

L'abbé continua :

— Voyons, cher frère, remontons à la cause de tous vos maux.

— Hélas! l'abbé, c'est la perte de mon appétit.

— Soit, mon frère; et qui a causé la perte de votre appétit?

— Ce misérable! s'écria le chanoine courroucé : cet infâme capitaine Horace!

— Il est vrai... Eh bien, je vous prêcherai toujours la maxime du pardon des injures, mon cher frère; mais aussi je vous recommanderai toujours une inexorable sévérité contre les sacriléges.

— Quels sacriléges, l'abbé?

— Le capitaine Horace et un de ses matelots n'ont-ils pas osé franchir les murs sacrés du couvent où vous aviez renfermé votre nièce? N'ont-ils pas eu l'audace d'enlever cette malheureuse, qu'heureusement nous avons reprise? Cette énormité, en d'autres temps, eût motivé le feu séculier, mais elle sera punie un jour par le feu éternel.

— Et il n'aura que ce qu'il mérite, ce scélérat de capitaine! s'écria dom Diégo d'un air féroce; oui, il cuira, il rissôlera à petit feu pendant l'éternité dans la daubière de Satan, où il sera humecté avec un coulis de plomb fondu, après avoir été lardé avec du fer rouge. Telle sera sa punition, je l'espère bien!

— Soit! mais en attendant cette expiation éternelle, pourquoi ne pas le punir ici-bas? pourquoi avez-vous eu la coupable faiblesse de renoncer à votre demande de poursuite contre ce mécréant? Je ne veux certes point vous rappeler que cet homme est la cause première de ce que vous appelez tous vos maux, c'est-à-dire la perte de cet appétit.

— C'est vrai; ah! c'est un grand criminel!

— Alors, mon frère, comment, encore une fois, avez-vous été assez faible, pour renoncer à vos poursuites contre lui? Vous ne me répondez pas; vous semblez embarrassé.

— C'est que...

— C'est que?

— Hélas! l'abbé, vous allez me gronder, me sermonner encore.

— Enfin expliquez-vous, mon frère.

— Que vous dirai-je? c'est sa faute; car, depuis qu'il a disparu toutes mes pensées viennent de lui et retournent à lui.

— Qui, lui?

— Cet ange ou ce démon.

— Quel ange? quel démon?

— Le cuisinier.

— Encore!

— Toujours!

— Allons, dit l'abbé en haussant les épaules, du moins expliquez-vous, mon frère.

— Eh bien, l'abbé, sachez donc que, le surlendemain du jour fatal où j'avais déjeuné comme je ne déjeunerai plus jamais, hélas! au plus fort de mon désespoir je reçus un billet mystérieux.

— Et ce billet, que contenait-il, mon frère?

— Le voici.

— Vous l'avez gardé?

— Il est peut-être de son écriture chérie, murmura le chanoine avec une navrante mélancolie.

Et il remit le billet à l'abbé Ledoux, qui lut ce qui suit :

« Seigneur chanoine,

« Il te reste peut-être un moyen de me revoir un jour.

« Tu connais maintenant les délices dont je peux te combler.

« Tu connais aussi les terribles tourments que te fait endurer mon absence.

« Avant-hier, n'ayant pas encore ressenti ces tourments dans toutes leurs angoisses, tu aurais pu te refuser à ce que j'attends de toi.

« Aujourd'hui que tes souffrances passées te seront garant de tes peines à venir, écoute-moi.

« Ces souffrances, tu peux les faire cesser.

« Il faut, pour cela, m'accorder trois choses.

« Je te demanderai aujourd'hui la première.

« Dans huit jours la seconde.

« Dans quinze jours la troisième.

« Je proportionne ainsi l'importance de mes demandes à la progression de tes tourments, car, plus tu souffriras, plus tu me regretteras et plus tu te montreras docile.

« Ma première demande, la voici :

« Remets au porteur de ce billet ton désistement de toute poursuite contre le capitaine Horace.

« Donne-moi par cet acte une preuve de ton désir de me satisfaire, et alors tu pourras espérer de retrouver :

« APPÉTIT. »

X

Lorsque l'abbé Ledoux eut achevé la lecture du billet, il réfléchit un moment en silence, pendant que le chanoine, répétant les derniers mots de la lettre, disait amèrement :

— Et tu pourras espérer de retrouver Appétit. Quelle sauvage ironie dans cet impitoyable calembour !

— Cela est singulier, dit l'abbé tout pensif. Et le porteur de cette lettre, l'avez-vous vu, dom Diégo?

— Si je l'ai vu ! Pouvais-je perdre cette occasion de parler de lui?

— Eh bien?

— Eh bien, j'avais l'air de parler hébreu à cet animal ! A mes questions les plus pressantes il répondait d'un air stupide; je n'ai pu même tirer de lui le nom ou l'adresse de la personne qui m'avait envoyé ce billet.

— Ainsi, chanoine, c'est pour obéir à ce que vous enjoignait cette lettre que vous avez renoncé à vos poursuites contre ce renégat de capitaine Horace?

— Oui, car un moment j'ai espéré, par ma déférence aux désirs de celui qui tient ma vie entre ses mains, amollir son cœur de roche; mais, hélas ! cette concession ne l'a pas touché.

— Quels rapports peuvent donc exister entre ce maudit cuisinier t le capitaine Horace? se dit l'abbé Ledoux en réfléchissant encore. Cela cache quelque manége.

Puis, après un nouveau silence, il ajouta :

— Dom Diégo, écoutez-moi ; je ne vous dirai pas de renoncer à l'espoir d'avoir un jour à votre service ce cuisinier que vous prisez tant; je n'insisterai pas sur les dangers dont est menacé votre salut par suite de votre abominable gourmandise : vous êtes en ce moment dans un tel état de surexcitation, que vous ne comprendriez pas.

— Je le crains, l'abbé.

— Moi, j'en suis sûr, chanoine; j'agirai donc avec vous ainsi que l'on agit, permettez-moi de vous le dire, avec les monomanes. Je me mettrai, quant à présent, à votre point de vue, si extraordinaire qu'il soit. Aussi vous dirai-je que vous avez justement fait tout le contraire de ce qu'il fallait faire pour dominer cet homme qui, ainsi que vous le dites, dispose de votre sort.

— Expliquez-vous, mon cher abbé.

— D'après tout ce que vous m'avez confié, évidemment ce cuisinier n'a nul besoin de place; instruit de votre goût favori, il n'a cherché qu'un prétexte pour s'introduire chez vous; sa connivence avec le capitaine Horace ne vous prouve-t-elle pas que leur plan était arrêté d'avance, et qu'ils comptaient se servir de votre gourmandise pour avoir, comme on dit, barre sur vous?

— Grand Dieu ! s'écria dom Diégo, c'est un trait de lumière !

— Avouez-vous maintenant votre aveuglement?

— Quelle trame infernale ! quel atroce machiavélisme ! murmura le chanoine avec effroi.

Et il ajouta avec un découragement plein d'amertume et de misanthropie :

— Tant de dissimulation ! tant de perfidie jointe à un si beau génie ! O humanité ! humanité !

— Je poursuis, reprit l'abbé. Vous vous êtes déjà privé, par votre insigne faiblesse, de l'un des trois moyens d'action que vous aviez sur ce « grand homme de cuisine ; » car, ainsi qu'il a l'effronterie de vous en prévenir, il a encore deux choses à exiger de vous, et il compte assez sur votre facilité déplorable pour être certain de les obtenir. Or, une fois ce but atteint, il se moquera de vous et vous ne le reverrez plus.

— L'abbé, c'est impossible!

— Comment?

— Je vous dis, l'abbé, qu'une pareille trahison est impossible. Il ne faut pas non plus croire que les hommes sont des bêtes féroces, des monstres!

— Je crois, chanoine, répondit l'abbé en haussant les épaules, je crois qu'un cuisinier qui vous donne bénévolement des vins à un ou deux louis la bouteille...

— Allons donc! s'écria dom Diégo. Ni un, ni deux, ni dix louis ne les payeraient, ces vins-là! C'est du nectar, l'abbé! c'est de l'ambroisie, vous dis-je!

— Raison de plus, chanoine; un cuisinier qui vous prodigue une ambroisie si coûteuse n'a pas besoin de se mettre à vos gages, j'imagine?

— Je ne lui ai pas seulement offert des gages, je lui ai offert aussi mon amitié, l'abbé, à ce perfide. Je lui ai dit : « Ami, je ne serai pas votre maître, je serai votre admirateur. »

— Vous voyez qu'il se soucie aussi peu de votre amitié que de votre admiration.

— Ah! ce serait un grand ingrat!

— Soit; mais, si vous voulez, à votre tour, mettre cet ingrat dans votre dépendance, il ne vous reste qu'un moyen.

— Le mettre dans ma dépendance! Oh! l'abbé, si vous opériez ce miracle! mais non, non, vous êtes sans pitié, vous vous jouez de ma crédulité!

— Le miracle est bien simple : refusez-vous absolument à tout ce que cet homme exigera, car, s'il n'a pas besoin de votre amitié ou de votre admiration, il a évidemment grand besoin, par exemple, de votre désistement à l'endroit de vos poursuites contre le capitaine Horace. Refusez donc. Alors vous tiendrez votre homme. Je ne sais pour combien de temps vous le tiendrez; mais enfin vous le tiendrez. Nous verrons ensuite à prolonger votre domination. Je suis, vous le voyez, homme de bon conseil.

— L'abbé, vous m'ouvrez les yeux, vous avez raison, c'est en me refusant à ses désirs que je l'obligerai de revenir à moi.

— En convenez-vous, enfin?

— J'étais aveugle, inepte! Mais que voulez-vous, l'abbé? le désespoir, l'inanition! L'estomac réagit si terriblement sur le cerveau!

Ah! pourquoi ai-je eu la faiblesse de signer ce désistement de poursuites!

— Il est temps encore de revenir sur cette mesure.

— Vous croyez, l'abbé?

— J'en suis certain, je connais des personnes très-influentes dans la magistrature.

— Quelle chance, l'abbé, quelle chance!

— Nous avons des amis partout. Or voici ce qu'il faut faire : vous allez sur l'heure formuler une plainte en bonne forme; nous irons la déposer immédiatement au parquet du procureur du roi. Nous lui dirons que l'autre jour, étant très-souffrant, n'ayant presque pas la tête à vous, vous aviez signé votre désistement; mais que, songeant à la grandeur du crime sacrilége du capitaine Horace, vous croiriez manquer à votre double caractère de chanoine et de tuteur en ne livrant pas le ravisseur à toute la rigueur des lois. Commencez par cet acte de vigueur, et vous verrez bientôt arriver à vous, humble et soumis à vos volontés, cet insolent qui vous dicte ses ordres.

— Abbé! cher abbé! vous me sauvez la vie!

— Attendez, ce n'est pas tout. Ce mystérieux inconnu, qui s'intéresse tant au capitaine Horace, doit s'intéresser aussi à son mariage avec votre nièce. Évidemment cette intrigue aboutit là; car, tenez, je gagerais cent contre un que l'une des deux choses que cet impertinent se réservait de vous demander, c'était votre consentement à ce mariage.

— Quelle profondeur de scélératesse! s'écria le chanoine. Quelle machination diabolique! Il n'y a plus à en douter, l'abbé : tel était le plan de ce malheureux-là. Oh! si je pouvais le dominer à mon tour!

— Le moyen est fort simple, et d'ailleurs, en tout état de cause, d'après les ramifications de cette ténébreuse intrigue dont votre nièce est le but, il y aurait de graves dangers à la laisser à Paris, et, quelque parti que vous preniez à son égard...

— Elle entrera au couvent! s'écria le chanoine; cela m'arrange sous tous les rapports; elle m'a déjà causé assez de tracas, assez de soucis; je n'aime point du tout à jouer le rôle de tuteur de comédie.

— Votre nièce entrera donc au couvent; mais la laisser

c'est la laisser exposée aux machinations des amis du capit

race, et vous savez quelle est leur audace. Peut-être serait-elle enlevée une seconde fois. Jugez quels nouveaux ennuis pour vous!

— Mais où l'envoyer, cette damnée fille?

— Qu'elle parte pour Lyon aujourd'hui même; nous avons dans cette ville une excellente maison : une fois qu'on y est entré, impossible d'en sortir ou de communiquer avec le dehors. Voici donc ce que nous allons faire : d'abord nous rendre à l'instant au Palais de Justice; là je trouverai un personnage influent qui me recommandera au procureur du roi, entre les mains de qui vous déposerez votre plainte; ensuite nous courons au couvent; il y a toujours sous les remises, pour les cas imprévus, une voiture de voyage toute prête; une de nos chères sœurs et un homme sûr et résolu accompagneront votre nièce; vous lui signifiez vos ordres : dans deux heures elle est sur la route de Lyon, et, avant la fin de la journée, le capitaine Horace est coffré, car, croyant votre plainte retirée, il a dû sortir de la retraite où nous n'avions pu d'abord le découvrir; une fois ce mécréant arrêté et votre nièce hors de Paris, vous verrez accourir chez vous le seigneur Appétit, et, avec un peu d'adresse (je vous aiderai, s'il le faut), vous le tiendrez à merci et userez de lui comme vous le voudrez.

— Cher abbé, vous êtes mon sauveur! s'écria le chanoine en se levant, le visage rayonnant d'espérance; vous êtes un homme supérieur; le père Benoît me l'avait bien dit à Cadix. Partons! partons; je m'abandonne aveuglément à vos conseils; tout me dit qu'ils sont excellents, et qu'ils mettront à jamais en ma puissance celui-là qui est à la fois pour moi un ange et un démon.

— Partons donc, mon cher *dom Diégo*, dit l'abbé en prenant son chapeau à la hâte et en entraînant le chanoine.

Au moment où l'abbé ouvrait la porte du salon, il se trouva face à face avec le docteur Gasterini, qui entrait familièrement chez le saint homme sans être annoncé.

L'abbé allait adresser la parole au docteur lorsqu'à un grand cri poussé par le chanoine il se retourna brusquement, et vit dom Diégo pâle, immobile, le regard fixe, les mains jointes; ses traits exprimaient à la fois la stupeur, le doute, l'angoisse et l'espérance. Enfin, s'adressant à l'abbé, qui ne comprenait rien à cette émotion subite, le chanoine, désignant le docteur du geste, balbutia d'une voix mal assurée :

— C'est... c'est... lui... le... le...

Mais dom Diégo ne put en dire davantage, et, brisé par l'émotion, il s'assit pesamment dans un fauteuil, pâlit, ferma les yeux et tomba en faiblesse.

— Diable! le chanoine ici! se dit le docteur Gasterini. Maudite rencontre!

L'abbé Ledoux, à l'aspect de dom Diégo tombant en faiblesse, tableau peu touchant, s'écria en s'adressant au docteur :

— Mais, en vérité, je crois que le chanoine se trouve mal! Qu'a-t-il donc? Vous arrivez à propos, mon cher docteur : tenez, voici des sels; je vais les lui faire respirer.

A peine le flacon eut-il été placé sous les larges narines du chanoine, qu'il éternua violemment avec une sorte de mugissement caverneux; puis, sortant de son anéantissement passager et revenant tout à fait à lui, mais n'ayant pas encore la force de se lever, il tourna vers le docteur ses regards languissants, tout noyés de larmes, et lui dit avec un accent qui voulait être courroucé, mais qui n'était que tendre :

— Ah! cruel!

— Cruel! reprit l'abbé stupéfait, et pourquoi appelez-vous le docteur cruel, dom Diégo?

— Oui, reprit le médecin revenu parfaitement calme et souriant, quelle cruauté avez-vous à me reprocher, monsieur?

— Tu me le demandes, ingrat! murmura le chanoine, tu me le demandes!

— Comment! vous tutoyez le docteur? dit l'abbé, vous le traitez d'ingrat?

— Le docteur? dit le chanoine, quel docteur?

— Mais mon ami, auquel vous parlez, dit l'abbé, mon ami que voilà, le docteur Gasterini.

— Lui! s'écria le chanoine en se levant soudain; je vous dis que c'est mon tentateur, mon séducteur!

— Au diable! il le voit partout! dit impatiemment l'abbé. Je vous répète que monsieur est le docteur Gasterini, mon ami.

— Et moi je vous répète, l'abbé, s'écria dom Diégo, que monsieur est le grand homme de cuisine dont je vous ai parlé!

— Docteur, dit vivement l'abbé, au nom du ciel! expliquez ce quiproquo.

— Il n'y a pas de quiproquo du tout, mon cher abbé.

— Comment?

— Le seigneur chanoine dit vrai, répondit le docteur Gasterini; avant-hier, j'ai eu le plaisir de faire la cuisine chez lui; car, pour avoir l'honneur de se dire gourmand, il faut savoir pratiquer soi-même la science culinaire.

XI

L'abbé, frappé de stupeur, regardait le docteur Gasterini, ne pouvant croire à ce qu'il entendait; enfin il s'écria :

— Comment! docteur, vous avez fait la cuisine chez le seigneur dom Diégo? vous! vous!

— Oui, moi, mon cher abbé.

— Un docteur! reprit à son tour le chanoine ébahi, un médecin!

— Oui, monsieur le chanoine, répondit M. Gasterini, je suis médecin, ce qui ne m'empêche pas, dis-je, de faire passablement la cuisine.

— Passablement! s'écria le chanoine, dites donc divinement! Mais que signifie...

— Je comprends tout! reprit l'abbé Ledoux après être resté un moment silencieux et pensif, la trame était habilement ourdie.

— Que comprenez-vous, l'abbé? de quelle trame parlez-vous? reprit le chanoine, qui, son premier étonnement passé, commençait aussi à trouver fort étrange qu'un médecin fût un cuisinier si extraordinaire; de grâce, expliquez-vous, l'abbé!

— Savez-vous, dom Diégo, reprit l'abbé avec un sourire amer et courroucé, savez-vous qui est M. le docteur Gasterini?

— Mais... répondit le chanoine en balbutiant et en s'essuyant le front, car il faisait des efforts surhumains pour pénétrer ce mystère, tout ceci se complique... si étrangement... que...

— M. le docteur Gasterini, s'écria l'abbé, est l'oncle du capitaine Horace!

— Il serait vrai! dit le chanoine stupéfait, l'oncle du capitaine Horace!

— Comprenez-vous maintenant, dom Diégo, le tour diabolique que le docteur vous a joué? Comprenez-vous qu'il a mis en action votre déplorable gourmandise, afin d'avoir prise sur vous et de vous amener d'abord à renoncer à vos poursuites contre son neveu le capitaine Horace, et ensuite à vous amener aussi à consentir sans doute au mariage du capitaine avec votre nièce? Comprenez-vous enfin jusqu'à quel point vous avez été trahi, dupé? Voyez-vous la profondeur de l'abîme où vous avez failli tomber?

— Jésus, mon Dieu! ce grand homme de cuisine est docteur! Il est l'oncle du capitaine Horace! murmurait le chanoine étourdi de cette révélation. Ce n'est pas un véritable cuisinier! O illusion des illusions!

Le docteur restait muet et imperturbable.

— Hein! avez-vous été assez dupe? reprit l'abbé, avez-vous joué un rôle assez ridicule, assez honteux? et croyez-vous maintenant que l'illustre docteur Gasterini, l'un des princes de la science, qui a cinquante mille livres de rente, ira se mettre cuisinier à vos gages? Avais-je tort de vous dire que l'on se moquait cruellement de vous?

Chacune des paroles de l'abbé exaspérait la colère, la douleur, le désespoir du malheureux chanoine. Cette dernière observation surtout : « *Croyez-vous que le célèbre docteur Gasterini ira se mettre à vos gages?* » portait un coup mortel aux dernières illusions que dom Diégo aurait pu conserver. Aussi, s'adressant au docteur, il lui dit avec une rage à peine contenue :

— Ah! monsieur, monsieur, vous vous souviendrez du mal que vous m'avez fait! J'en mourrai peut-être, mais je me vengerai, sinon sur vous, du moins sur votre scélérat de neveu et sur mon indigne nièce, qui doit être aussi de cet abominable complot!

— Bien, courage, dom Diégo! cette vengeance si légitime ne se fera pas attendre, reprit l'abbé Ledoux.

Et s'adressant au médecin avec ironie :

— Ah! docteur, docteur, vous êtes sans doute un homme très-fin, très-habile; mais vous le savez, les meilleurs joueurs perdent souvent les plus belles parties; vous perdrez celle-ci.

— Peut-être, dit le docteur en souriant, qui sait?

— Venez, mon cher abbé, venez! s'écria le chanoine pâle et exaspéré, venez chez le procureur du roi, et ensuite nous hâterons le départ de ma nièce.

Et se retournant vers le docteur :

— Employer des armes si perfides, si déloyales! abuser avec cet odieux machiavélisme d'un homme confiant et inoffensif! Moi qui ai mangé les yeux fermés! moi qui me délectais au bord de l'abîme! Ah! monsieur, c'est abominable! mais je me vengerai!

— Et cela à l'instant, dit l'abbé. Allons, suivez-moi, dom Diégo. Mille pardons, cher docteur, de vous quitter si brusquement; mais, vous concevez, les moments sont précieux.

Le chanoine, bouillant de fureur, se disposait à suivre l'abbé lorsque le docteur Gasterini dit d'une voix calme:

— Monsieur le chanoine, un mot, s'il vous plaît.

— Si vous l'écoutez, vous êtes perdu, dom Diégo! s'écria l'abbé en entraînant le chanoine; le malin esprit n'est pas plus insidieux que cet infernal docteur. Jugez-en d'après le tour qu'il vous a joué! Venez, venez!

— Monsieur le chanoine, dit le docteur en saisissant dom Diégo par la manche droite, tandis que l'abbé, qui tenait le digne homme par la manche gauche, s'efforçait de se faire suivre par lui, monsieur le chanoine, reprit le docteur, un seul mot, de grâce!

— Non! non! dit l'abbé, fuyons, dom Diégo, fuyons ce serpent tentateur!

Et l'abbé continuait d'attirer le chanoine par sa manche gauche.

— Un seul mot, reprit le médecin, et vous verrez combien ce cher abbé vous abuse à mon endroit.

Et le docteur ne lâchait point la manche droite du chanoine.

— L'abbé Ledoux m'abuse à votre endroit? c'est par trop fort! s'écria dom Diégo. Comment, monsieur, vous osez...

— Je vais vous prouver ce que j'avance, monsieur le chanoine, dit vivement le docteur en sentant dom Diégo faire un imperceptible mouvement pour se rapprocher de lui.

L'abbé, redoutant la faiblesse du chanoine, l'attira violemment à lui en s'écriant:

— Rappelez-vous, malheureux, que notre mère Ève s'est perdue pour avoir prêté l'oreille à la première parole de Satan! Je vous adjure, je vous ordonne de me suivre à l'instant. Si vous mollissez, malheureux, prenez garde! Une seconde de plus, et c'est fait de vous. Partons! partons!

— Oui, oui, vous êtes mon sauveur, arrachez-moi d'ici, balbutia le chanoine en se dégageant de l'étreinte du docteur; malgré moi, je subissais déjà je ne sais quelle influence diabolique à l'aspect de ce démon : je me rappelais ces œufs de pintade au coulis d'écrevisses, cette truite au beurre de Montpellier glacé, cette céleste rôtie à la *Sardanapale*, et déjà une funeste espérance... Fuyons, l'abbé, il est temps, fuyons!

— Monsieur le chanoine, dit le médecin avec anxiété en s'attachant de toutes ses forces au bras de dom Diégo, écoutez-moi, de grâce!

— *Vade retro, Satanas!* s'écria dom Diégo avec horreur en s'échappant des mains du docteur.

Et, entraîné par l'abbé Ledoux, il touchait au seuil de la porte lorsque le médecin s'écria :

— Je vous ferai la cuisine tant que vous le voudrez et tant que je vivrai, dom Diégo! Accordez-moi cinq minutes, et je prouve ce que j'avance. Cinq minutes... Que risquez-vous?

A ces mots magiques : « Je vous ferai la cuisine tant que vous voudrez! » le chanoine parut cloué au seuil de la porte et n'en bougea plus, malgré les efforts de l'abbé, trop faible pour lutter contre la force d'inertie du gros homme.

— Mais vous êtes donc stupide! s'écria l'abbé hors de lui, vous êtes donc fou à lier!

— Accordez-moi cinq minutes, dom Diégo, reprit le docteur, et si je ne vous convaincs pas de la réalité de mes promesses, donnez alors un libre cours à votre vengeance. Encore une fois, que risquez-vous? Je ne vous demande que cinq pauvres minutes.

— En effet, dit le chanoine en se tournant vers l'abbé, que risquerai-je?

— Allez! vous ne risquez plus rien! s'écria l'abbé, poussé à bout par la faiblesse du chanoine; de ce moment, vous êtes perdu, bafoué. Allez, allez, jetez-vous bien vite dans la gueule du monstre, double et épaisse brute que vous êtes!

Ces mots maladroitement échappés au courroux de l'abbé blessèrent au vif l'amour-propre de dom Diégo; il reprit d'un air piqué :

— Je ne serai pas du moins assez brute, monsieur l'abbé, pour hésiter entre la perte de cinq minutes et la ruine de mes espérances, si faibles qu'elles soient.

— A votre aise, dom Diégo, reprit l'abbé en se rongeant les ongles de colère; vous êtes une bonne et grasse dupe à exploiter. Tenez, j'ai honte d'avoir eu pitié de vous.

— Pas si dupe, monsieur l'abbé, pas si dupe! dit le chanoine d'un ton capable; vous allez bien vous en apercevoir, et monsieur le docteur aussi, car il va sans doute s'expliquer.

— Oh! à l'instant, s'empressa de répondre le docteur, à l'instant, monsieur le chanoine, et très-clairement, très-catégoriquement.

— Voyons! dit dom Diégo en gonflant ses joues d'un air important. Vous sentez, monsieur, que j'ai maintenant de puissantes raisons pour ne point me payer de chimères; car, ainsi que l'a dit monsieur l'abbé, je serais une grasse et bonne dupe si, après tant d'avertissements, je me laissais abuser par vous.

— Oh! certes, dit l'abbé dans son profond dépit, vous êtes un fier homme, chanoine, et bien capable de lutter contre ce fils de Belzébuth.

— Ceci s'adresse à moi, cher abbé, dit le docteur en redoublant de courtoisie sardonique. Êtes-vous ingrat! je venais vous rappeler que vous m'aviez promis de venir dîner aujourd'hui chez moi. Permettez, monsieur le chanoine : cela n'est pas du tout étranger à notre sujet. Vous allez voir.

— Oui, monsieur le docteur, dit l'abbé, je vous avais fait cette promesse; mais...

— Vous la tiendrez, je n'en doute pas, et je vous rappellerai même que cette invitation est venue de ma part à la suite d'une petite discussion relative aux sept péchés capitaux. Encore une fois, monsieur le chanoine, je suis dans la question, vous allez le reconnaître tout à l'heure.

— Il est vrai, monsieur le docteur, reprit l'abbé avec un sourire contraint, je flétrissais, comme ils méritent de l'être, les sept péchés capitaux, causes de damnation éternelle pour les malheureux qui s'adonnent à ces abominables vices, et, dans votre rage de paradoxes, vous avez osé soutenir que...

— Que les sept péchés capitaux ont du bon, à un certain point de vue, dans une certaine mesure, et que la gourmandise, en son particulier, peut être une admirable passion.

— La gourmandise! s'écria le chanoine ébahi, la gourmandise admirable!

— Admirable, monsieur le chanoine, reprit le docteur, et cela aux yeux des hommes les plus sages, les plus sincèrement religieux.

— La gourmandise! répéta le chanoine, qui avait écouté le médecin avec une stupeur croissante, la gourmandise!

— C'est mieux encore, monsieur le chanoine, dit solennellement le docteur; car, pour ceux qui sont à même de la pratiquer, elle devient un impérieux devoir d'humanité.

— Un devoir d'humanité! répéta dom Diégo.

— Et surtout une question de haute civilisation et de grande politique, monsieur le chanoine, ajouta le docteur d'un air si sérieux, si sincèrement convaincu, qu'il imposa au chanoine, lequel s'écria :

— Tenez, monsieur le docteur, si vous pouviez seulement me démontrer que...

— Mais vous ne voyez donc pas que M. le docteur se moque de vous? dit l'abbé en haussant les épaules. Ah! je vous le disais bien, malheureux dom Diégo, vous êtes perdu, à jamais perdu, dès que vous consentez seulement à écouter de pareilles sottises.

— Monsieur le chanoine, se hâta d'ajouter le docteur, résumons-nous, non par des raisonnements qui, je l'avoue, peuvent de ma part vous paraître spécieux, mais par des faits, par des actes, par des preuves, par des chiffres. Vous êtes à la fois gourmand et superstitieux; vous n'avez pas la force de résister à l'appétence des bonnes choses; puis, votre gourmandise satisfaite, vous avez peur d'avoir commis une grande faute, ce qui gâte parfois pour vous le plaisir de la bonne chère, et nuit surtout au calme et à la régularité dans vos digestions. Est-ce vrai?

— C'est vrai, répondit humblement le chanoine, dominé, fasciné par la parole du docteur, c'est trop vrai!

— Eh bien, monsieur le chanoine, je veux, je vous le répète, non par des raisonnements, si logiques qu'ils soient, mais par des faits visibles, palpables, par des chiffres, vous convaincre : 1° qu'en étant gourmand vous accomplissez une mission hautement philanthropique, civilisatrice et politique; 2° que je puis et pourrai vous faire manger et boire, quand vous le voudrez, d'une manière encore plus exquise que l'autre jour.

— Et moi, je vous dis, s'écria l'abbé, stupéfait de l'assurance du docteur, je vous dis que si vous prouvez par des faits, par des chiffres, comme vous le prétendez, qu'être gourmand, c'est accomplir une mission d'humanité ou de haute civilisation et de grande politique, je vous jure d'être l'adepte de cette philosophie, si absurde, si inaccusée qu'elle paraisse.

— Et si vous me prouvez, monsieur le docteur, que vous pouvez me rouvrir, et pour toujours, les portes de ce paradis culinaire que vous m'avez entr'ouvertes avant-hier, s'écria le chanoine palpitant d'une espérance involontaire, si vous me prouvez que j'accomplis un devoir social en me livrant à la gourmandise, vous pourrez disposer de moi : je serai votre séide, votre esclave, votre chose!

— C'est convenu, monsieur le chanoine ; c'est convenu, l'abbé ; vous allez être satisfaits. Partons.

— Partir! dit le chanoine, et où cela, monsieur le docteur?

— Chez moi, seigneur dom Diégo.

— Chez vous? dit l'abbé d'un air méfiant, chez vous?

— Ma voiture est en bas, reprit le médecin; dans un quart d'heure nous serons arrivés.

— Mais, monsieur le docteur, reprit le chanoine, pourquoi aller chez vous? qu'y ferons-nous?

— Chez moi seulement, monsieur le chanoine, vous pourrez trouver les preuves palpables, visibles, de ce que j'avance, car je venais rappeler au cher abbé que c'était aujourd'hui le 20 novembre, le jour de la séance à laquelle je l'avais invité. Mais l'heure avance; partons, messieurs, partons.

— Je ne sais si je rêve ou si je veille, dit dom Diégo, mais je me jette dans le gouffre les yeux fermés.

— Il faut, cher docteur, ajouta l'abbé, que vous soyez le diable en personne, car mon esprit, ma raison, se révoltent contre vos paradoxes; je ne crois pas un mot de vos promesses, et il m'est impossible de résister à la curiosité de vous accompagner.

Le chanoine et l'abbé suivirent le docteur, montèrent avec lui dans sa voiture, et arrivèrent bientôt tous les trois à la maison qu'il occupait.

XII

Le docteur Gasterini habitait une charmante maison dans le faubourg du Roule ; il arriva bientôt, en compagnie du chanoine et de l'abbé Ledoux,

— En attendant l'heure du dîner, dit le docteur à ses hôtes, voulez-vous que nous fassions un tour de jardin? cela me fournira l'occasion de vous présenter les huit enfants de ma pauvre sœur, mes neveux et mes nièces, que j'ai élevés et bien placés dans le monde, le tout par *pure gourmandise*. Vous voyez, monsieur le chanoine, que nous sommes dans notre sujet.

— Comment! monsieur le docteur, reprit le chanoine, vous avez élevé cette nombreuse famille par gourmandise?

— Vous ne voyez pas que le docteur continue à se moquer de nous ! dit l'abbé en haussant les épaules; c'est par trop fort aussi!

— Je vous donne ma parole d'honneur d'honnête homme, reprit le docteur Gasterini, et je vais vous prouver d'ailleurs dans un instant par des faits que, si je n'avais pas été le plus gourmand des hommes, je n'aurais pas su créer à chacun de mes neveux ou nièces l'excellente position qu'ils exploitent en braves gens laborieux, honnêtes, intelligents, et qui concourent, chacun dans sa sphère, à la prospérité du pays.

— Ainsi voilà des gens qui concourent à la prospérité du pays, dit le chanoine en regardant l'abbé Ledoux avec ébahissement, et cela, grâce à la gourmandise de monsieur le docteur!

— Non, s'écria l'abbé; ce qui me confond, c'est d'entendre soutenir de pareils paradoxes jusqu'au dernier moment... et...

Mais, s'interrompant soudain, il ajouta en regardant avec surprise à quelques pas devant lui :

— Qu'est-ce donc que ce bâtiment, docteur? on dirait des boutiques.

— C'est mon orangerie, répondit le docteur, et aujourd'hui, ainsi que tous les ans à pareille époque (jour anniversaire de ma naissance), on installe ici des boutiques.

— Comment ! dit l'abbé, des boutiques, et pourquoi faire?

— Mais, parbleu! pour y vendre, mon cher abbé.

— Y vendre, quoi et à qui?

— Quant à ce qu'on vend, vous allez le voir; quant aux acheteurs, ils se composent de tous mes clients, qui viennent ce soir passer ici la soirée.

— En vérité, docteur, je ne vous comprends pas.

— Vous savez, mon cher abbé, que depuis longtemps on organise souvent des boutiques tenues par les plus jolies femmes de Paris.

— Ah! très-bien, reprit l'abbé, et le produit de la vente est pour les pauvres.

— C'est cela même : le produit de la vente de ce soir est destiné aux pauvres de mon arrondissement.

— Et par qui ces boutiques sont-elles tenues? demanda le chanoine.

— Par les huit enfants de ma sœur, seigneur dom Diégo; ils vendent là, dans le but charitable que je vous ai dit, les produits de leur industrie. Mais venez, messieurs, entrons; j'aurai l'honneur de vous présenter successivement mes neveux et mes nièces.

Et le docteur Gasterini introduisit ses hôtes dans une vaste orangerie. L'on y voyait en effet huit boutiques. Les caisses vertes d'un grand nombre d'orangers gigantesques formaient l'entourage et les séparations de ces boutiques, de sorte que chacune d'elles avait pour plafond un dôme de feuillage.

— Ah! monsieur le docteur! s'écria le chanoine en s'arrêtant devant la première boutique avec admiration, c'est magnifique!.. de ma vie je n'ai rien vu de pareil!... C'est magique!

— Le fait est, reprit l'abbé, que c'est un coup d'œil... unique!

Voici ce qui causait la juste admiration des hôtes du docteur Gasterini.

Les caisses d'oranger formant l'enceinte de cette première boutique étaient ornées de feuillages et de fleurs; sur des gradins de bois rustique, couvert de mousse, on voyait disposés, avec un goût parfait, une collection de fruits, de légumes et de primeurs d'une beauté rare; des ananas d'un jaune d'or à couronne verte surmontaient d'immenses corbeilles de raisins de toutes nuances, depuis le frankental d'un noir pourpré jusqu'au thomery transparent et vermeil. Des pyramides de poires et de pommes des espèces les plus recherchées, d'une grosseur monstrueuse et diaprées des plus riantes couleurs, avaient pour faîtes des régimes de bananes, aussi dorées que si le soleil des tropiques les eût mûries. Plus loin des figuiers nains en pots et couverts de figues violettes dominaient une rare collection de melons d'automne, de courges du Brésil et d'énormes patates violettes et blanches. Plus loin de petites corbeilles de jonc étaient remplies de fraises de serre chaude, rouges et parfumées, contrastant avec des champignons rosés et des truffes énormes d'un noir d'ébène, obtenues sur couche par la nouvelle culture. Puis enfin venaient les rares primeurs de cette époque de l'année : asperges vertes et laitues panachées.

Au milieu de ces merveilles du règne végétal, qu'elle achevait de grouper d'une manière pittoresque et charmante, on voyait une belle jeune femme élégamment vêtue à la mode des paysannes des environs de Paris.

— Je vous présente une de mes nièces, dit le docteur à ses hôtes, Juliette Dumont, cultivatrice de primeurs, de fruits de pleine terre et de serre chaude, à Montreuil-sous-Bois.

Et, s'adressant à la jeune femme, le docteur ajouta :

— Mon enfant, dis donc à ces messieurs combien toi et ton mari vous employez de jardiniers à vos cultures.

— Mais, mon bon oncle, nous employons toujours au moins une vingtaine d'hommes.

— Et leur salaire, mon enfant ?

— D'après vos conseils, mon bon oncle, nous leur donnons, en outre des cinquante sous de fixe, une part dans nos bénéfices, afin de les intéresser comme nous à ce que nos cultures soient aussi soignées que possible. Nous nous trouvons le mieux du monde de cet arrangement; car nos jardiniers, ayant avantage comme nous à la prospérité de notre établissement, travaillent avec grand zèle. Aussi, cette année, leur part dans les bénéfices de la maison a porté leur journée à près de cinq francs.

— Et le mouvement général de vos affaires, de combien est-il à peu près par an, mon enfant?

— Mon bon oncle, grâce à nos pépinières des plus belles espèces d'arbres à fruits, nous faisons, par an, pour quatre-vingt à cent mille francs d'affaires.

— Autant que cela? dit l'abbé.

— Oui, monsieur, répondit la jeune femme, et il y a bien des maisons aux environs de Paris et en province qui sont encore plus fortes que la nôtre.

Le chanoine, absorbé par la contemplation de ces fruits si dorés, si parfumés, de ces champignons, de ces truffes, de ces rares primeurs, ne prêtait qu'une attention distraite à la partie *économique* de l'entretien, et il ne céda qu'à regret à l'invitation du docteur, qui lui dit :

— Passons à un autre spécimen de l'industrie de ma famille, monsieur le chanoine, car chacun aujourd'hui pare de son mieux sa marchandise ; aussi dites-moi si ce gaillard-là n'est pas un véritable artiste.

En disant ces mots, le docteur Gasterini désignait à ses hôtes la seconde boutique.

Que l'on se figure, au milieu d'une logette tapissée d'algues, de joncs et de varechs, trois grandes tables de marbre blanc superposées les unes aux autres à un pied d'intervalle et diminuant progressivement de grandeur, ainsi que les vasques d'une fontaine. Sur ces dalles, recouvertes d'herbes marines, on voyait un échantillon des coquillages, des crustacés et des poissons de mer les plus délicats.

Sur la première tablette, c'était une sorte de haute rocaille, composée de clovisses, de bigorneaux, d'huîtres de Marennes, d'Ostende et de Cancale, engraissées à grands frais dans les parcs. A la base de ce rocher, des langoustes, des homards, des crevettes, des crabes, presque tous vivants sous leur humide carapace, se mouvaient lentement.

Sur la seconde tablette, frangée de longues algues d'un vert glauque, se trouvaient les poissons d'une dimension moyenne et d'un goût exquis : sardines argentées, royans d'un bleu d'outre-mer mêlé de nacre, grondis d'un rose vif, barbues au dos de neige et au ventre rose, etc.

Enfin, sur la dernière et la plus large des vasques de marbre, gisaient çà et là de véritables monstres marins, des turbots énormes, des saumons gigantesques, des esturgeons formidables, des thons prodigieux.

Un jeune homme au teint hâlé, à la figure ouverte et avenante, qui rappelait les traits du capitaine Horace, souriait complaisamment à cette magnifique exhibition de marée.

— Messieurs, je vous présente mon neveu Thomas, patron de pêche à Étretat, dit le docteur Gasterini à ses hôtes, et vous voyez que ses filets ne ramènent pas que du sable!...

— Je n'ai vu de ma vie plus admirable, plus appétissante marée! s'écria dom Diégo avec enthousiasme; ce serait à la manger crue!

— Mon garçon, dit le docteur Gasterini à son neveu, ces messieurs désireraient savoir combien de matelots, vous autres patrons pêcheurs, vous employez par chaque bateau.

— Chaque bateau emploie huit à dix hommes et un mousse, répondit le patron Thomas; vous voyez, mon cher oncle, que ça fait un fier personnel, quand on songe au nombre de bateaux pêcheurs de toutes les côtes de France, depuis Bayonne jusqu'à Dunkerque, et depuis Perpignan jusqu'à Cannes!

— Et quel salaire ont tes hommes, mon garçon? dit le docteur.

— Nous autres, mon bon oncle, nous achetons filets et bateaux à frais communs, nous partageons le produit de la pêche, et, quand l'un de nous est emporté par un coup de mer, sa veuve ou ses enfants succèdent à la part du père; en un mot, nous vivons en association, tous pour chacun, chacun pour tous; et je vous jure que, lorsqu'il s'agit de jeter nos seines ou de les retirer, de crocher dans une voile ou de haler sur une manœuvre, il n'y a pas de fainéant, tous y vont de tout cœur.

— Bien, mon brave garçon, dit le docteur. Ce que c'est pourtant, monsieur le chanoine, ajouta-t-il en se tournant vers dom Diégo, ce que c'est pourtant que de déguster en vrai gourmand des *escalopes de saumon* aux *truffes* ou des *filets de sole à la vénitienne!* On favorise une des plus nobles industries du pays, et l'on pousse à l'amélioration de notre marine nationale. Que cette pensée, seigneur chanoine, vous rende l'*esturgeon* léger... lorsque vous le mangerez bien braisé dans son jus, largement piqué de jambon de Bayonne, avec une sauce d'huîtres au vin de Madère!

A ces paroles, dom Diégo ouvrit machinalement sa large bouche, la referma bientôt en passant sa langue sur ses lèvres avec un soupir de convoitise.

L'abbé Ledoux, trop fin et trop sensé pour ne pas comprendre la pensée du docteur, éprouvait un dépit croissant, et ne disait mot. Le médecin feignit de ne pas s'apercevoir de la contrariété de son hôte.

Prenant dom Diégo par le bras, il lui dit, en l'amenant devant la troisième boutique :

— Franchement, monsieur le chanoine, avez-vous jamais vu quelque chose de plus coquet, de plus élégant ?

— Jamais ! oh ! jamais ! s'écria dom Diégo en joignant les mains d'admiration, et pourtant les *confiterias* de mon pays passent pour être les premières du monde !

Rien en effet de plus coquet, de plus élégant que cette troisième boutique, où l'on voyait dans des coupes ou sur des plateaux de porcelaine tout ce que la friandise la plus raffinée peut imaginer en confitures, conserves, bonbons, etc. Tantôt le sucre cristallisé entourait de ses étincelants stalactites les plus beaux fruits ; tantôt il formait des pyramides de toutes formes, et se diaprait des couleurs les plus vives, rose avec les pastilles à la rose, vert avec les pistaches glacées, jaune avec les *fondantes* au citron ; plus loin, des oranges, des limons, des cédrats, semblaient couverts d'une neige sucrée. Ailleurs, les transparentes gelées de pommes de Rouen et de groseille de Bar brillaient de l'éclat prismatique du rubis et de la topaze. Plus loin, de larges dalles de nougat de Marseille, blanc comme de la crème fraîche, servaient de socle à des colonnettes de chocolat de Bayonne et de pâte d'abricot de Montpellier. C'étaient, enfin, des boîtes de fruits confits de Touraine, aussi frais que s'ils venaient d'être cueillis, et, par la vivacité de leurs couleurs, ressemblant à ces mosaïques florentines en pierres fines qui figurent des fruits en relief.

Une nièce du docteur Gasterini, jeune et jolie personne, présidait à cette friande exhibition et accueillit son oncle par le plus aimable sourire.

— Je vous présente, messieurs, ma nièce Augustine, une des premières confiseuses de Paris, dit le docteur à ses hôtes, une véritable artiste qui sculpte et peint avec le sucre, et dont les chefs-d'œuvre sont littéralement *à croquer ;* mais cet échantillon de son savoir-faire n'est rien : c'est dans la quinzaine du jour de l'an que son magasin de la rue Vivienne sera véritablement splendide, et je suis sûr qu'elle ménage des surprises aux curieux.

— Certainement, mon bon oncle, reprit en souriant la jolie confiseuse, nous aurons les bonbons les plus nouveaux, les boîtes les plus riches, les corbeilles les plus galantes, les sacs les plus coquets. Rien que pour tous ces accessoires, nous avons un atelier où nous employons trente ouvrières, sans compter, bien entendu, toutes les personnes occupées dans notre laboratoire.

— Qu'avez-vous donc, mon cher abbé, dit le docteur au saint homme; vous semblez tout soucieux. Est-ce que cela vous contrarie de voir que de la *gourmandise* dépendent toutes sortes d'industries et de productions qui comptent pour beaucoup dans le mouvement commercial de la France? Ah! parbleu, vous n'êtes pas au bout.

— Bien! bien! répondit l'abbé d'un air contraint, je vous vois venir, vilain homme; mais j'aurai réponse à tout. Allez, allez, je ne dis mot, mais je n'en pense pas moins.

— Je suis à vos ordres pour la discussion, mon cher abbé; mais, en attendant, vous le voyez, monsieur le chanoine, ajouta le docteur en se tournant vers dom Diégo, vous devez être déjà un peu convaincu que vous pouvez sans regret savourer les fruits les plus rares, les poissons les plus exquis et les sucreries les plus recherchées. Bien plus, ainsi que je vous le disais tantôt, comme vous êtes riche, cette consommation de friandises est pour vous un devoir social impérieux; car enfin il faut bien que vous vous rendiez bon à quelque chose en consommant largement, splendidement, afin d'activer et de rémunérer la production.

— Et je me sens, dans ma spécialité, à la hauteur de cette noble et patriotique mission! s'écria le chanoine avec enthousiasme. Vous me donnez la conscience de mes devoirs, monsieur le docteur.

— Je n'attendais pas moins de la grandeur de votre âme, seigneur dom Diégo, reprit le médecin; mais un jour viendra où cette douce mission de consommateur que vous acceptez avec un si superbe désintéressement sera plus largement répartie, et de cela nous causerons une autre fois, seigneur chanoine; mais, avant de passer à la boutique suivante, je dois vous demander d'avance votre indulgence pour mon pauvre neveu Léonard, qui préside à l'exhibition que vous allez voir.

— Pourquoi mon indulgence, monsieur le docteur?

— C'est que, voyez-vous, mon neveu Édouard exerce un métier un peu hasardeux; mais là où est le penchant il faut qu'on penche. Ce diable de garçon a été élevé quasi comme un sauvage. Mis en nourrice chez une paysanne qui habitait sur la lisière de la forêt de *Sénart*, il a été longtemps si chétif, que j'ai dû le laisser habiter la campagne jusqu'à l'âge de douze ans. Le mari de la paysanne était un fieffé braconnier, et mon neveu avait la protubérance de la chasse aussi marquée qu'un limier de vénerie. Jugez de ce que devint sa passion cynégétique, élevé sous la tutelle d'un pareil père nourricier! A l'âge de six ans, Léonard, tout malingre qu'il était, passait la journée dans les bois, tendant des collets aux lapins, aux levrauts et aux faisans. Comme un petit homme, à dix ans, il inaugurait son premier affût par la mort d'un superbe brocart(1), tué au clair de lune, par une belle nuit d'hiver. Moi, j'ignorais alors tout cela. Aussi, lorsque Léonard eut douze ans, il me parut suffisamment renforcé; je le repris auprès de moi et le mis en pension. Trois jours après, il escaladait les murs et retournait à la forêt de Sénart. En un mot, seigneur dom Diégo, rien n'a pu vaincre la passion diabolique de ce garçon à l'endroit de la chasse. Et, ma foi! j'avoue que je me rendis un peu complice de mon neveu en lui faisant un jour cadeau de l'un de ces fusils de *Lefaucheux*, cet arquebusier de génie dont les armes sont si commodes, si parfaites, qu'elles feraient de vous, cher abbé, un tireur aussi consommé que mon neveu. Il n'est pas le seul d'ailleurs. Des milliers de familles vivent de même du superflu giboyeux des riches propriétaires, qui chassent, non par besoin, mais seulement par divertissement. Ainsi, seigneur chanoine, en savourant un gigot de chevreuil mariné, un salmis de perdreau ou une cuisse de faisan rôti (je ne vous fais pas l'injure de vous croire capable de préférer l'aile), dites-vous bien que vous aidez à vivre à une foule de pauvres ménages.

XIII

Le docteur, ayant ainsi fait l'éloge de la chasse, s'avança vers la boutique de son neveu, et du geste montra au chanoine et à l'abbé le plus admirable spécimen cynégétique que l'on puisse imaginer.

Les gardes-chasses anglais, grands maîtres dans l'art de grouper le gibier et de composer ainsi des tableaux réels de nature morte, eussent reconnu la supériorité de Léonard.

(1) Chevreuil.

Que l'on se figure un tronc d'arbre noueux et branchu, haut de six à sept pieds, perpendiculairement dressé au milieu de cette boutique ; au pied de ce tronc d'arbre étaient groupés, sur un lit de fougère d'un vert éclatant, un jeune sanglier, un magnifique daim daguet (1) en pleine venaison, et deux beaux chevreuils. Ces animaux, couchés en rond, la tête sur l'épaule, comme s'ils eussent reposé dans leur *fort* (2) au fond des grands bois, garnissaient ainsi le pied de l'arbre; de flexibles lians de lierre garni de ses feuilles suspendaient aux branches inférieures du tronc d'arbre, disposé à peu près en ifs, des lièvres, de lapins de garenne, alternés avec des oies sauvages d'un gris cendré; des halbrands à la tête verte et à la penne frangée de blanc; des faisans à l'orbite écarlate, au cou bleu changeant et à la plume brillante comme du cuivre bruni; des outardes argentées, oiseau de passage assez rare dans nos climats; çà et là des branches de houx aux baies pourprées, des rameaux de bruyère à fleurs roses, s'entremêlaient gracieusement avec le gibier ainsi étagé; venaient ensuite des groupes de bécasses, de perdreaux gris, de bartavelles rouges, de pluviers dorés, de poules d'eau d'un noir d'ébène, au bec jaune; aux derniers branchages était suspendu un gibier plus menu et plus délicat encore : cailles, grives, becs-figues et râles de genêts (ces rois de la plaine); enfin, tout au faîte de l'arbre, un magnifique coq de bruyère, sans doute égaré des montagnes des Ardennes, semblait ouvrir ses larges ailes d'un brun glacé de bleu et planer sur cette giboyeuse hécatombe.

Léonard, svelte et agile garçon, à l'œil un peu fauve, mais à la physionomie franche et résolue, contemplait amoureusement son œuvre et y donnait, pour ainsi dire, une dernière touche, faisant çà et là contraster le rouge d'une bartavelle avec un vert rameau de genévrier, ou le noir d'ébène d'une poule d'eau avec le rose vif d'une branche de bruyère.

— J'ai instruit ces messieurs de ton affreux métier, mauvais garçon, dit en souriant le docteur Gasterini à son neveu Léonard; M. le chanoine et M. l'abbé voudront bien prier pour le salut de ton âme.

— Oh! oh! mon bon oncle, reprit joyeusement Léonard, j'aime mieux qu'ils prient pour le bon tirer des deux premières *balles ma-*

(1) Daim de deux ans.
(2) Demeure où les fauves restent cachés pendant le jour.

riées (1) que de mon affût j'enverrai à quelque bonne et grasse bête de compagnie (2) dont je vous offrirai la hure et les filets, mon bon oncle.

— Hélas! hélas! il est incorrigible! dit le docteur Gasterini, et malheureusement, seigneur chanoine, vous n'avez pas d'idée du fumet de haut goût dont sont doués une hure congrûment farcie et les filets mignons d'un sanglier d'un an, sautés à la Saint-Hubert! Ah! monsieur le chanoine, quelle succulence! On a bien raison de placer ce mets divin sous l'invocation du saint patron de la vénerie. Mais passons, dit le docteur en précédant dom Diégo, ébloui, fasciné par cette exhibition de gibier si nouvelle pour lui, car ces richesses cynégétiques sont inconnues en Espagne.

— Oh! combien est grande la nature dans ces créations! disait le chanoine; quelle miraculeuse échelle de goût et de succulence, depuis le gros et monstrueux sanglier jusqu'au bec-figue, cet oiselet exquis! Gloire, gloire à toi! éternelle reconnaissance à toi! ajouta-t-il en manière d'oraison jaculatoire.

— Bravo! dom Diégo! s'écria le docteur, vous voici dans le vrai.

— Le voici dans le matérialisme, dans le paganisme, dans le panthéisme le plus grossier, dit l'intraitable abbé. Vous le damnez, docteur, vous perdez son âme!

— Encore un peu de patience, mon cher abbé, reprit le docteur en faisant un pas vers une autre boutique. Tout à l'heure, malgré vos dénégations, vous serez convaincu que je dis vrai en préconisant l'excellence de la gourmandise; ou plutôt vous pensez comme moi, mais vous trouvez opportun de nier l'évidence. Maintenant, monsieur le chanoine, vous allez voir ici surtout en quoi cette gourmandise, que nous adorons vous et moi, est une des causes d'un des plus grands progrès de l'agriculture, la seule et véritable base de la prospérité du pays. Et, sur ce, je vous présenterai mon neveu Mathurin, herbager aux prés-salés, qui nourrissent les seuls bestiaux dignes du gourmand, et qui lui donnent ces inestimables gigots, ces côtelettes souveraines, ces filets de bœuf merveilleux que l'Angleterre même nous envie. Je vous présenterai aussi la femme de mon neveu Mathurin, native du Mans, et de cette illustre école d'engraissage qui pro-

(1) Deux balles liées ensemble; elles rendent le tir plus certain.
(2) Sanglier d'un an accompli.

duit ces poulardes et ces chapons, une des gloires et des richesses de la France.

La boutique du fermier Mathurin, sans doute moins coquette, moins brillante, moins pittoresque que les autres, avait, en revanche, un caractère de simplicité majestueuse.

Sur de grandes claies d'osier, couvertes de branches de thym, de sauge, de romarin, d'estragon, et autres herbes fortement aromatiques, s'étalaient, avec un aplomb herculéen, des *rosbifs* monstrueux, des *aloyaux* fabuleux, des *longes* de veau merveilleuses, et de ces *gigots* et de ces *côtelettes* nonpareils qui emplissent les cent bouches de la Renommée de la saveur incomparable des bestiaux des *prés-salés*.

Quoique crue, cette admirable chair, entourée de plantes à odeurs pénétrantes, était si fine, si courte, et d'un rose t. vif, sa graisse mate était d'une blancheur si fraîche, si délicate, que dom Diégo jetait sur ces spécimens de l'industrie bovine et ovine des regards carnivores. De son côté, la fermière Mathurine présidait à une exhibition non moins remarquable. On admirait, à demi enfouie dans des touffes de cresson de fontaine, une collection de poulardes, de chapons, de coqs d'Inde vierges et de poulets à la reine, dits tardillons, tous si dodus, si potelés, si ronds, et d'une peau si satinée, que plus d'une jolie femme l'eût enviée.

— Oh! qu'elles sont jolies! qu'elles sont ravissantes! balbutia le chanoine ; oh! c'est à en perdre la tête!

— Ah! monsieur le chanoine, reprit le docteur, que direz-vous donc lorsque l'intéressante pâleur de ces poulardes sera dorée aux feux du tourne-broche! lorsque, distendue à se rompre par les truffes qui apparaîtront bleuâtres sous la finesse de son épiderme, cette peau satinée deviendra vermeille, et qu'elle épandra les pleurs d'un jus empourpré, bientôt moiré par la lente distillation de cette graisse, presque aussi exquise que la graisse de caille!

— Assez, docteur! s'écria le chanoine exaspéré, assez, de grâce! ou, bravant le scandale, je me jette sur l'une de ces adorables poulardes, sans le moindre respect pour leur crudité!

— Calmez-vous, seigneur dom Diégo, dit le docteur en souriant ; l'heure du dîner approche, et vous pourrez alors rendre vos hommages à deux des sœurs de ces adorables.

S'adressant alors à son neveu Mathurin, le docteur ajouta :

— Ces messieurs trouvent remarquables les produits de tes herbages et de ta ferme, mon garçon.

— Ces messieurs sont bien honnêtes, mon cher oncle, répondit Mathurin. Dame! aussi, c'est du bétail de choix et d'amateurs! Je ne crains ni Anglais ni Ardennois pour la saveur de mes bœufs, de mes veaux et de mes moutons de prés-salés, qui font mon petit amour-propre et ma fortune. Car, voyez-vous, messieurs, le dernier mot de l'agriculture, c'est de *faire de la viande*, comme nous disons. Le bétail produit le fumier, le fumier l'engrais, l'engrais la fertilité de la terre, et la fertilité de la terre vous donne bon affanage et bon pacage pour le bétail. Tout ça se tient et s'enchaîne; et plus le bétail est *fin-gras*, plus il est bon à gourmand, selon le proverbe de chez nous; mieux il se vend, meilleur est son fumier, et conséquemment meilleure est la culture. C'est comme les volailles à Mathurine; sans doute, ça coûte bien de la peine, ça emploie bien du monde à la ferme; car vous ne croiriez peut-être pas, messieurs, que, pour engraisser un de ces chapons ou une de ces poulardes à la mode mancelle, il faut lui ouvrir le bec et l'empâter quinze ou vingt fois par jour dans sa mue, avec des boulettes de farine d'orge et de lait, et cela pendant trois mois! Mais aussi c'est un fameux produit, car un chapon nous rapporte plus que ne rapporte ailleurs un mouton ou un veau chétif. Mais il faut de grands soins. Aussi, d'après le conseil de ce cher oncle, bon conseil s'il en est, tous les ans, à la Noël, voilà, messieurs, ce que nous faisons à la ferme : le soir, au retour des bestiaux, les deux premiers bœufs qui entrent à l'étable, qu'ils soient les plus beaux ou les moins beaux du troupeau (peu importe, le hasard décide), sont mis de côté; il en est de même des six premiers veaux, des six premiers moutons qui rentrent à l'étable; ensuite on ouvre les mues des volailles, et les premiers douze chapons, les premères douze poulardes, les douze premiers coqs vierges qui sortent des mues, sont ainsi mis de côté.

— A quoi bon? demanda l'abbé. Que deviennent ces animaux ainsi désignés par le sort?

— On en fait un lot, monsieur, et il est vendu au profit du personnel de la ferme. Ce bénéfice s'ajoute à leurs gages fixes. Vous comprenez, messieurs, qu'ainsi tout mon monde a intérêt à ce que bétail et volailles soient, indistinctement, soignés le mieux possible, puisque le hasard seul désigne le *lot d'encouragement*, comme nous l'appelons. Qu'arrive-t-il de là, messieurs? c'est que troupeau et volailles deviennent presque autant la chose de mes gens que la mienne, car plus le lot se compose de beaux produits, plus il se vend cher et plus mon monde bénéficie. Eh bien, messieurs, croiriez-vous que, grâce au zèle, aux soins, à l'activité que donne à mes gens de ferme l'espoir de ce bénéfice, je gagne encore plus que je ne leur abandonne, parce que, encore une fois, notre intérêt à tous est commun, de sorte que, en rendant la condition de ces braves gens beaucoup meilleure, j'y trouve mon avantage.

— La morale de ceci, seigneur chanoine, dit le docteur en souriant, est qu'il faut manger le plus possible d'excellents aloyaux, de tendres côtelettes de prés-salés, et se livrer avec le même dévouement à une consommation effrénée de poulardes, de chapons et de coqs d'Inde vierges, afin d'activer l'intéressante industrie mancelle.

— Je tâcherai, monsieur le docteur, dit gravement le chanoine, d'être à la hauteur de mes devoirs.

— Et ils sont plus nombreux que vous ne le pensez, seigneur dom Diégo, car il dépend aussi de vous que le pauvre monde soit mieux vêtu et mieux chaussé, ce à quoi vous pouvez particulièrement concourir en mangeant force grenadins de veaux à la Samaritaine, force biftecks au beurre d'anchois, force langues de mouton à la d'Uxelle.

— Ah çà, monsieur le docteur, dit le chanoine, vous plaisantez!

— Vous vous en apercevez un peu bien tard, dom Diégo, dit l'abbé.

— Je parle très-sérieusement, reprit le docteur, et je vais vous le prouver, seigneur dom Diégo. Avec quoi se font les souliers?

— Avec du cuir, monsieur le docteur.

— Et qui produit ce cuir? Ne sont-ce pas les bœufs, les moutons, les veaux? Il est donc évident que plus l'on consomme de bétail, plus le prix du cuir diminue, et plus les bonnes et saines chaussures deviennent accessibles aux pauvres gens qui ne portent que des sabots.

— C'est vrai, dit le chanoine d'un air cogitatif, c'est pourtant vrai!

— Maintenant, reprit le docteur, et les bons vêtements de laine, et les bons bas de laine, de quoi sont-ils tissés? de la toison des moutons! Or donc, plus l'on consomme de moutons, plus la laine devient bon marché.

— Ah! monsieur le docteur, s'écria le chanoine emporté par un élan de vaillante philanthropie, c'est à regretter de ne pouvoir faire dix repas par jour! Oui, oui, c'est à se crever d'indigestion pour le plus grand bonheur de ses semblables.

— Ah! seigneur dom Diégo, répondit le docteur d'un ton pénétré, tel est peut-être le glorieux martyre qui vous attend!

— Et je le subirai avec joie, avec orgueil! s'écria le chanoine enthousiasmé; il est doux de mourir pour l'humanité!

L'abbé Ledoux ne pouvait plus en douter, dom Diégo lui échappait; aussi manifestait-il son dépit par de dédaigneux haussements d'épaules et par des roulements d'yeux courroucés.

— Oh! mon Dieu! monsieur le docteur, dit soudain le chanoine en dilatant à plusieurs reprises ses larges narines, quelle est donc cette appétissante odeur que je sens là?

— C'est le spécimen de l'industrie de mon neveu Michel, monsieur le chanoine; elle sort à peine du four; voyez comme c'est doré, comme c'est friand!

Et le docteur Gasterini désigna du geste au chanoine les plus merveilleux échantillons de pâtisserie et de petits-fours que l'on puisse imaginer : pâtés formidables au gibier, au poisson ou à la volaille; bouchées aux queues d'écrevisses, tourtes aux fruits, tartelettes aux confitures et aux crèmes de toutes sortes, brioches fumantes, meringues à la gelée d'ananas, viennoises pralinées, nougats montés en forme de rochers supportant des temples de sucre candi; sultanes élégantes, dont le dôme en sucre filé, pareil à un filigrane d'argent, laisse apercevoir un bassin de massepains à la vanille rempli de crème à la rose, crème fouettée aussi légère que de l'écume. Passons sous silence d'autres merveilleuses friandises qu'il serait trop long d'énumérer, et que le chanoine dom Diégo contemplait avec une muette admiration.

— L'heure du dîner approche, et il faut que j'aille bientôt à mes fourneaux donner la dernière touche à certains mets que je fais ébaucher par mes élèves, dit le docteur Gasterini à son hôte. Aussi, pour vous prouver l'importance de cette branche d'industrie si appétissante, je me bornerai à une seule question.

Et, s'adressant à son neveu Michel :

— Mon garçon, dis à monsieur combien tu as payé le fonds de pâtisserie que tu exploites rue de la Paix.

— Vous le savez bien, mon cher oncle, répondit Michel en souriant affectueusement au docteur Gasterini, puisque vous m'avez avancé l'argent nécessaire à cette acquisition.

— Ma foi! mon garçon, comme tu m'as intégralement remboursé depuis longtemps, j'ai oublié ce chiffre. Voyons, c'était...

— Deux cent mille francs, mon cher oncle. Et j'ai fait une excellente affaire. Du reste, la maison est bonne; car mon prédécesseur a gagné dans ce commerce vingt mille livres de rentes en dix ans.

— Vingt mille livres de rentes! s'écria dom Diégo avec stupéfaction, vingt mille livres de rentes!

— Voilà pourtant, monsieur le chanoine, comment l'on crée des capitaux en mangeant des *pâtés chauds* à la financière ou des babas aux pistaches. Maintenant, voulez-vous voir quelque chose de véritablement grandiose? car il s'agit, cette fois, d'une industrie qui touche, non-seulement aux intérêts de presque toutes les contrées de la France, mais qui s'étend jusque dans une grande partie de l'Europe et de l'Orient, c'est-à-dire en Allemagne, en Italie, en Grèce, en Espagne, en Portugal! Une industrie qui met en circulation des capitaux énormes, qui occupe des populations entières, et dont les produits de premier choix atteignent parfois à des prix fabuleux; une industrie, enfin, qui est surtout à la gourmandise ce que l'âme est au corps, l'esprit à la matière! Tenez, seigneur dom Diégo, regardez et vénérez, car ici les plus jeunes sont déjà bien vieux.

Aussitôt le chanoine ôta par instinct son chapeau, et courba respectueusement la tête.

— Je vous présente mon neveu Théodore, commissionnaire en vins fins français et étrangers, dit le docteur au chanoine.

Dans cette boutique, rien de brillant ni de chatoyant : de simples étagères de bois chargées de bouteilles poudreuses, et, au-dessus de chaque étagère des écriteaux en lettres rouges sur fond noir, où l'on lisait ces mots, d'un laconisme significatif :

FRANCE.

« Chambertin (comète). — Clos-Vougeot-1813. — Volney (comète). — Nuits-1820. — Pomard-1834. — Châblis-1834. — Pouilly (comète). — Château-Margot-1818. — Haut-Brion-1820. — Château-Laffitte-1834.

— Sauterne-1811. — Grave (comète). — Roussillon-1800. — Tavel-1802. — Cahors-1793. — Lunel-1814. — Frontignan (comète). — Rivesaltes-1831. — Aï mousseux-1820. — Aï rose-1831. — Sillery sec (comète). — Eau-de-vie de Cognac-1737. — Anisette de Bordeaux-1804. — Ratafia de Louvres-1807.

ALLEMAGNE.

« Johannisberg-1779. — Rudesteimer-1747. — Hocheimer-1760. — Tokai-1797. — Vermouth-1801. — Vin de Hongrie-1785. — Kirchen-wasser de la forêt Noire-1801.

HOLLANDE.

« Anisette-1821. — Curaçao rouge-1805. — Curaçao blanc-1820. — Genièvre-1799.

ITALIE.

« Lacryma-Christi-1803. — Imola-1810.

GRÈCE.

« Chypre-1801. — Samos-1815.

ÎLES IONIENNES.

« Marasquin de Zara.

ESPAGNE.

« Val de Peñas-1812. — Xérès sec-1809. — Xérès doux-1810. — Escatelle-1824. — Tintilla de Rota-1823. — Malaga-1799.

PORTUGAL.

« Po-1778.

ÎLE DE MADÈRE.

« Madère-1810, ayant fait trois fois le voyage de l'Inde.

CAP DE BONNE-ESPÉRANCE.

« Vins rouge, blanc, paille, 1826. »

Pendant que dom Diégo contemplait dans un profond recueillement, le docteur Gasterini dit à son neveu :

— Mon garçon, as-tu un souvenir précis du prix auquel s'est élevée la vente de quelques caves renommées ?

— Oui, mon cher oncle, répondit Michel. Il y a eu la cave du duc de Sussex, à Londres, qui a été vendue deux cent quatre-vingt mille francs; la cave de M. Laffitte a été, je crois, vendue à Paris près de cent mille francs; celle de M. Lagillière, aussi à Paris, cent soixante mille francs.

— Eh bien, seigneur dom Diégo, dit le docteur Gasterini à son hôte, qu'en pensez-vous? Croyez-vous que ce soit là une abomination, comme l'affirme cet espiègle d'abbé Ledoux, qui nous observe sournoisement? Croyez-vous, dis-je, qu'elle soit digne en soi d'anathème, cette passion qui, entre autres, favorise une industrie de cette immense importance? Songez aux frais de main d'œuvre, de transport, de conservation, que de pareilles caves ont dû coûter! Que de gens ont vécu des capitaux qu'elles représentaient!

— Je pense, s'écria le chanoine, je pense que j'étais un aveugle, un insensé de ne pas avoir compris jusqu'ici l'immense portée industrielle, politique et sociale de ce que je faisais en mangeant et en buvant avec recherche. Je pense que maintenant la conscience d'accomplir une mission d'intérêt public, en me livrant à une gourmandise effrénée, sera pour mon appétit un délicieux apéritif; et cet apéritif, à qui le dois-je, si ce n'est à vous, docteur? O noble penseur! ô grand philosophe!...

— C'est la gastrolâtrie poussée jusqu'à l'insanité! dit l'abbé Ledoux; c'est du néo-paganisme

— Seigneur Diégo, reprit le docteur, nous parlerons de la reconnaissance que vous croyez me devoir lorsque nous aurons jeté un coup d'œil sur cette dernière boutique. Il s'agit ici d'une industrie qui l'emporte sur toutes celles dont nous venons de parler, par sa haute importance. La question est grave, car elle a trait à l'influence de la gourmandise sur l'équilibre de l'Europe.

— L'équilibre de l'Europe! dit le chanoine de plus en plus abasourdi. La gourmandise a quelque chose à voir dans l'équilibre de l'Europe!

— Allez, allez, dom Diégo! dit l'abbé Ledoux en haussant les épaules, si vous écoutez ce tentateur, il vous prouvera des choses bien plus surprenantes encore.

— Je vais, en attendant, mon cher abbé, prouver au seigneur dom Diégo et à vous-même que je n'avance rien que de rigoureusement vrai. Et d'abord vous m'avouerez, n'est-ce pas, que la puissance de la marine militaire d'une nation comme la France pèse d'un grand poids dans la balance des destinées de l'Europe?

— Certes ! dit le chanoine.

— Ensuite ? dit l'abbé.

— Or, poursuivit le docteur, vous m'accorderez que, selon que cette marine militaire s'augmente ou s'affaiblit, l'influence maritime de la France perd ou gagne dans la même proportion ?

— Évidemment, dit le chanoine.

— Concluez donc ! s'écria l'abbé ; c'est là que je vous attends.

— Je conclus donc, mon cher abbé, que plus la gourmandise fera de progrès, que plus elle deviendra accessible au grand nombre, plus la marine militaire de la France gagnera en force, en influence ; et cela, seigneur dom Diégo, je vais vous le démontrer en vous priant seulement de lire cet écriteau.

En effet, au-dessus de cette dernière boutique, la seule qui ne fût pas occupée par un neveu ou par une nièce du docteur Gasterini, on lisait ces mots :

DENRÉES COLONIALES.

— Denrées coloniales ! répéta tout haut le chanoine en regardant le médecin d'un air interrogatif, tandis que l'abbé, plus pénétrant, se mordait les lèvres de dépit.

— Ai-je besoin de vous dire, seigneur chanoine, poursuivit le docteur, que sans colonies nous n'aurions pas de marine marchande, et sans marine marchande point de marine de guerre, puisque celle-ci se recrute parmi les matelots de commerce ? Eh bien, si les gourmands ne consommaient pas toutes ces excellentes choses dont vous voyez ici des échantillons, sucre, café, vanille, girofle, cannelle, gingembre, riz, pistaches, muscade, poivre de Cayenne, liqueur des îles, hachars des Indes, etc., etc., que deviendraient, je vous le demande, nos colonies, c'est-à-dire notre puissance maritime ?

— Je suis ébloui ! s'écria le chanoine ; j'ai le vertige ! à chaque pas je me sens grandir de cent coudées.

— Et vous avez parbleu raison, seigneur dom Diégo, dit le docteur ; car enfin, lorsqu'après avoir dégusté au dessert un fromage glacé à la vanille, auquel a succédé un verre de vin de Constance ou du Cap, vous savourez une tasse de café, en suite de quoi vous concluez par un ou deux petits verres de liqueur des îles à la cannelle ou au girofle, eh bien, vous poussez héroïquement à la grandeur maritime de la France, vous faites dans votre sphère autant pour la marine que le matelot ou que le capitaine, et, à propos de capitaine, seigneur chanoine, ajouta tristement le docteur, je vous ferai observer que, seule parmi toutes les autres, cette boutique est vide, car le capitaine du navire qui a amené des Indes et des colonies toutes ces friandes denrées n'ose se montrer, étant sous le coup de votre vengeance. C'est vous nommer mon pauvre neveu le capitaine Horace, seigneur chanoine. Seul il manque aujourd'hui à cette fête de famille.

— Ah ! serpent maudit ! murmura l'abbé Ledoux, comme il arrive tortueusement à son but ! comme il a su enlacer cette misérable brute de dom Diégo !

Au nom du capitaine Horace, le chanoine avait tressailli et était resté un moment silencieux et pensif.

XIV

Le chanoine dom Diégo, après être resté un moment silencieux, tendit au docteur Gasterini sa grosse main tremblante d'émotion, et lui dit :

— Monsieur le docteur, le capitaine Horace m'avait fait pendant deux mois perdre l'appétit ; vous me l'avez rendu, je l'espère, pour toute ma vie, et bien plus, selon votre promesse, vous m'avez prouvé, non par des raisonnements spécieux, mais par des faits, par des chiffres, que le gourmand, ainsi que vous le disiez avec tant de profondeur, que le gourmand accomplit une haute mission sociale civilisatrice et politique ; vous m'avez donc ainsi délivré de cruels remords en me donnant conscience de la noble tâche que la gourmandise me donnait à remplir ; et à ce devoir sacré je ne faillirai pas, monsieur le docteur. Aussi, gloire à vous, reconnaissance à vous, et je crois m'acquitter bien modestement en vous déclarant que, non-seulement je ne déposerai aucune plainte contre le capitaine Horace, mais que je lui accorde de grand cœur la main de ma nièce.

— Quand je vous le disais, chanoine, reprit l'abbé, j'étais bien sûr qu'une fois qu'il vous tiendrait entre ses griffes, ce diabolique docteur ferait de vous ce qu'il voudrait! Où sont maintenant vos belles résolutions de ce matin?

— L'abbé, reprit dom Diégo d'un ton capable, je ne suis pas un enfant; je saurai rester à la hauteur du rôle que monsieur le docteur m'a tracé.

Et, s'adressant à ce dernier, il ajouta :

— Vous allez, monsieur, me donner ce qu'il faut pour écrire; une personne sûre prendra ma lettre, montera dans votre voiture et ira à l'instant chercher ma nièce au couvent et la ramènera ici.

— Seigneur dom Diégo, reprit le docteur, vous assurez le bonheur de nos deux enfants, la joie de mes vieux jours, et conséquemment votre félicité gastronomique, car je tiendrai ma parole : je vous ferai dîner tous les jours mieux encore que je ne vous ai fait déjeuner l'autre matin. Un pavillon de cette maison sera désormais à votre disposition; vous me ferez l'honneur de manger à ma table, et vous voyez que, d'après les professions que j'ai choisies pour mes neveux et pour mes nièces (avec une *gourmande* et friande préméditation, ainsi que je vous le disais), mon garde-manger, mon office et ma cave seront toujours merveilleusement approvisionnés. Je vieillis, j'ai besoin d'un bâton de vieillesse : Horace et sa femme ne me quitteront plus; je leur confierai le dépôt de mes traditions culinaires, afin qu'elles se transmettent de génération en génération; nous vivrons tous ensemble, et nous passerons ainsi tour à tour de la pratique à la philosophie de la gourmandise, monsieur le chanoine.

— Docteur, je mets le pied sur le seuil du paradis! s'écria le chanoine. Ah! la Providence est miséricordieuse, car elle va combler de faveurs un pauvre pécheur tel que moi.

— Hérésie! impiété! blasphème! s'écria l'abbé Ledoux; vous serez damné! archi-damné, chanoine! ni plus ni moins que votre tentateur.

— Voyons, cher abbé, reprit le docteur, pas de ces espiègleries-là! Avouez donc tout de suite que je vous ai convaincu par mes raisonnements.

— Moi, je suis convaincu!

— Certainement; car je vous défie, vous et tous vos pareils, passés, présents et futurs, de sortir de ce dilemme.

— Voyons le dilemme.

— Si la gourmandise est une monstruosité, la frugalité poussée à ses dernières limites doit être une vertu.

— Certes, répondit l'abbé.

— Ainsi, mon cher abbé, plus on est frugal, selon vous, plus l'on est méritant?

— Évidemment, docteur.

— Ainsi celui qui vivrait de racines crues et boirait de l'eau en vue de se macérer serait le type et le prototype de l'homme vertueux?

— Et qui en douterait? Vous trouvez ce type céleste chez les anachorètes.

— A merveille, l'abbé. Maintenant, d'après vos idées de prosélytisme, vous devez forcément désirer que tous vos frères se rapprochent le plus possible de ce type de perfection idéale : *un homme habitant une caverne et vivant de racines?* Le beau idéal de votre société religieuse serait donc une société d'*habiteurs* de cavernes et de mangeurs de racines, s'administrant par passe-temps une rude discipline?

— Plût à Dieu qu'il en fût ainsi ! reprit vaillamment l'abbé; il y aurait autant de justes que d'hommes sur la terre.

— D'abord, cela rendrait le calendrier un peu nombreux, mon cher abbé; et ensuite cela aurait le petit inconvénient de détruire tout d'un coup ces nombreuses industries dont nous venons d'admirer les spécimens. Sans compter l'industrie des tisserands qui trament les nappes, des orfèvres qui ciselient l'argenterie, des porcelainiers qui fabriquent les porcelaines, des verriers qui fabriquent les cristaux, des peintres, des doreurs qui embellissent les salles à manger, des tapissiers, etc., etc. C'est-à-dire que la société, en se rapprochant de votre idéal, anéantirait les trois quarts des industries les plus florissantes, ce qui serait, en d'autres termes, revenir à l'état sauvage.

— Mieux vaut faire son salut dans l'état sauvage, reprit opiniâtrément l'abbé Ledoux, que de mériter les peines éternelles en s'adonnant aux délices d'une civilisation corrompue et corruptrice.

— Voilà un sublime désintéressement. Mais alors pourquoi laissez-vous généreusement aux autres ces durs renoncements, ces cruelles privations, leur abandonnant votre part de paradis, et vous contentant modestement de vivre douillettement ici-bas. couchant sous l'édredon, buvant frais, mangeant chaud? Allons, parlons sérieusement, et avouez que c'est un véritable outrage, un véritable blasphème contre les munificences de la création que de ne pas glorifier les milliers d'appétissantes bonnes choses qu'elle offre à la satisfaction de la créature.

— Voilà bien ces païens, ces matérialistes, ces philosophes! s'écria l'abbé Ledoux; ils ne peuvent pas admettre ce qu'ils ne comprennent pas dans leur orgueil infernal.

— Oui, *Credo quia absurdum*. Cet axiome est vieux comme le monde, mon cher abbé; mais il n'empêche pas le monde de marcher au rebours de vos théories de renoncement et de privation. Dieu merci! le monde aspire incessamment au bien-être. Croyez-moi, il ne s'agit pas de réduire tous les hommes à manger des racines et à boire de l'eau; il faut arriver au contraire à ce que le plus grand nombre possible mange au moins de bonnes viandes, de bonnes volailles, de beaux fruits, de beau pain de pur froment, et boive du vin vieux. La nature, dans sa sagesse infinie, a fait l'homme insatiable dans les besoins de son corps, dans les aspirations de son intelligence; et, si l'on songe aux merveilles de toutes sortes que l'homme a seulement créées pour plaire aux *cinq sens* dont elle l'a pourvu dans sa munificence, on reste frappé d'admiration. C'est donc obéir à ses lois imprescriptibles que de pousser avec ardeur, par la consommation, au travail et au bien-être de tous, ainsi que je le disais au chanoine, et de faire, chacun dans sa sphère, autant de bien que possible, afin de jouir sans trop de remords, car... Mais voici bientôt six heures; venez chez moi, seigneur chanoine, afin d'écrire la lettre qui doit mander ici votre charmante nièce. J'irai donner ensuite un dernier coup d'œil à mon laboratoire, que j'ai confié aux soins de mes deux premiers élèves. Le cher abbé voudra bien m'attendre au salon, car je tiens à remplir mon programme et à lui prouver, par des faits économiques, non pas seulement l'excellence de la gourmandise, mais aussi de toutes ces autres passions qu'il appelle des *péchés capitaux*.

— Allons, nous verrons jusqu'où vous pousserez votre sacrilége paradoxe, dit imperturbablement l'abbé Ledoux. Du reste, toutes les monstruosités sont curieuses à observer. Mais, docteur, docteur, il y a trois siècles... quel magnifique auto-da-fé l'on eût fait de vous!

— Mauvais rôti, mon cher abbé! Cela ne vaut pas mieux que le produit de cette chasse qu'au beau temps du fanatisme vous faisiez aux protestants dans les montagnes des Cévennes. Mauvais gibier, l'abbé. Ainsi donc, à tout à l'heure, mes chers hôtes, dit le docteur en s'éloignant.

Le chanoine ayant écrit à la supérieure du couvent, un homme de confiance du docteur Gasterini partit en voiture pour aller querir la señora Dolorès Salcédo, et prévenir en même temps le capitaine Horace et son fidèle Sans-Plume qu'ils pouvaient sortir de leur cachette.

Une demi-heure après le départ de cet émissaire, le chanoine, l'abbé, ainsi que les neveux et nièces de M. Gasterini et plusieurs autres convives, étaient réunis dans le salon du docteur.

XV

Dolorès et Horace ne tardèrent pas à arriver à peu de distance l'un de l'autre chez le docteur Gasterini. Nous laissons le lecteur s'imaginer la joie des deux amants et l'expression de leur tendre reconnaissance pour le docteur et pour le chanoine. Le profond attendrissement de ce dernier, la conscience d'assurer à jamais la félicité de sa nièce, se manifestèrent chez lui par une faim de tigre; aussi murmura-t-il d'une voix lamentable à l'oreille du docteur Gasterini :

— Hélas! hélas! les autres convives n'arrivent donc point, cher docteur? Il y a des gens d'un affreux égoïsme!

— Mes convives ne peuvent maintenant beaucoup tarder, mon cher chanoine; il est six heures et demie, et l'on sait qu'à sept heures sonnant je me mets impitoyablement à table.

En effet, les derniers invités du docteur ne se firent pas longtemps attendre, et un valet de chambre annonça successivement les noms suivants :

— *Monsieur le duc et madame la duchesse de Senneterre-Maillefort!*

— L'ORGUEIL, dit tout bas le docteur au chanoine et à l'abbé, qui fit une laide grimace en se souvenant de la mésaventure de son protégé, M. de Macreuse, à l'endroit de mademoiselle de Beaumesnil, la riche héritière.

Combien vous êtes aimable, madame la duchesse, d'avoir bien voulu vous rendre à mon invitation ! dit le docteur à Herminie, qu'il alla recevoir et dont il baisa respectueusement la main. S'il faut tout dire, madame, je comptais pour vous décider sur ce cher *orgueil* que M. de Maillefort, M. de Senneterre et moi, nous admirons tant chez vous.

— Et comment cela, mon bon docteur? dit affectueusement Gérald de Senneterre. Je sais bien que je dois à l'*orgueil* de ma femme le bonheur de ma vie, mais...

— Notre cher docteur a raison, reprit Herminie en souriant; je suis très-orgueilleuse de l'amitié qu'il veut bien avoir pour nous, et je saisis toutes les occasions de lui témoigner combien je suis sensible à son attachement, sans parler de notre éternelle reconnaissance pour les soins si dévoués qu'il a eus pour mon fils et pour la fille d'Ernestine. Je n'ai pas besoin de vous dire, mon bon docteur, les regrets qu'elle éprouve de n'être pas ici ce soir ; mais son état de grossesse avancée la retient chez elle, et le cher Olivier, non plus que son oncle et M. de Maillefort, ne quittent pas d'une minute notre intéressante malade.

— Il n'y a rien de tel que les vieux marins, les marquis duellistes et les anciens soldats d'Afrique pour être d'excellentes gardes-malades, soit dit sans déprécier la terrible madame Barbançon, répondit gaiement le docteur. Seulement, madame la duchesse, vous me permettrez de n'être pas du tout de votre avis sur la manière dont tout à l'heure vous avez interprété mes paroles; je voulais vous dire que votre propension pour l'*orgueil* m'assurait d'avance que vous encourageriez chez moi cet adorable péché en me rendant fier de vous posséder dans ma pauvre maison.

— Et moi, cher docteur, dit en riant Gérald de Senneterre, je déclare que vous encouragez furieusement en nous le friand péché de *gourmandise*, car, lorsqu'on a dîné une fois chez vous, l'on devient gourmand à perpétuité.

L'entretien du docteur, d'Herminie et de Gérald (entretien auquel le chanoine avait prêté l'oreille) fut interrompu par la voix du valet de chambre, qui annonça :

— *Monsieur Yvon Kloarek!*

— La COLÈRE, dit tout bas le docteur au chanoine en s'avançant au-devant de l'ancien corsaire, qui, malgré son grand âge, était encore vert et alerte.

— Vivent les chemins de fer! car j'arrive à l'instant du Havre, mon vieux camarade, pour assister à l'anniversaire de ta naissance, dit cordialement Yvon au docteur en lui serrant les mains; et, pour venir ici, j'ai laissé *Sabine*, *Sabinon* et *Sabinette*, ce sont les noms que le quasi centenaire *Segoffin*, mon ancien maître canonnier, a donnés à ma petite-fille et à mon arrière-petite-fille, car je suis bisaïeul, tu sais cela.

— Parbleu! mon vieux camarade, et j'espère bien que tu ne t'arrêteras pas là!

— Ah çà, mon gendre Onésime, à qui tu as rendu la vue, il y a quelque trente ans, m'a chargé, comme toujours, de le rappeler à ton souvenir. Et me voilà!

— Pouvais-tu manquer à une de nos réunions annuelles, mon brave Yvon? Je me serais mis dans une de ces superbes colères dont tu étais autrefois possédé.

S'interrompant alors, et s'adressant au chanoine et à l'abbé, le docteur leur présenta Yvon en leur disant :

— Le capitaine Cloarek, un de nos plus anciens et de nos plus illustres corsaires, le fameux héros du brick le *Tison d'Enfer*, qui a fait des siennes à la fin de l'Empire.

— Ah! monsieur le capitaine, dit le chanoine, en 1812, j'étais à Gibraltar, et j'ai eu l'honneur de vous entendre bien souvent maudire, vous et votre bâtiment corsaire, par les Anglais.

— Et savez-vous, mon cher chanoine, à quel admirable péché le capitaine Cloarek doit sa gloire et les services qu'il a rendus à la France dans les victorieuses croisières qu'il a faites contre les Anglais? Je vais vous le dire, et mon vieil ami ne me démentira pas. Gloire, succès, richesse, il doit tout à la *colère*.

— A la colère? s'écria l'abbé.

— A la colère! dit le chanoine.

— La vérité est, messieurs, reprit modestement Cloarek, que le peu que j'ai fait pour mon pays, je le dois à mon naturel incroyablement *colère*.

— *Monsieur et madame Michel!* annonça le valet de chambre.

— La Paresse, dit le docteur au chanoine et à l'abbé en s'approchant de Florence et de son mari (son véritable mari, car le cousin Michel avait épousé madame de Lucenay depuis la mort de M. de Lucenay, victime d'une ascension qu'il avait tentée au Chimboraçao en compagnie de Valentine).

Ah! madame, dit le docteur Gasterini en allant galamment baiser la main de Florence, combien je vous sais gré de vous être arrachée à vos douces habitudes de *paresse* pour vous donner la peine de venir chez moi avant votre départ pour votre chère retraite de Provence!

— Comment, mon bon docteur! reprit en riant la jeune femme, Oubliez-vous donc que les paresseux sont capables de tout?

— Même de faire l'incroyable effort de venir dîner chez un de leurs meilleurs amis, ajouta Michel en serrant la main du docteur.

— Et quand je pense, reprit Gasterini, quand je pense qu'il y a quelques années j'ai été consulté afin de faire savoir si je pouvais vous guérir de cet incurable péché de *paresse!* Heureusement l'insuffisance de la science, et surtout mon profond respect pour les dons du Créateur, m'ont empêché d'attenter à l'ineffable nonchalance dont vous étiez douée.

Et, désignant du regard à Florence l'abbé Ledoux, le docteur ajouta :

— Tenez, madame, monsieur l'abbé Ledoux, que j'ai l'honneur de vous présenter, me considère, à l'heure qu'il est, environ comme un païen, comme un affreux idolâtre. Soyez assez bonne pour me réhabiliter dans son esprit en affirmant à ce saint homme que vous et votre mari avez puisé dans la plus profonde, la plus invincible paresse, une activité sans bornes, une énergie inconcevable, grâce auxquelles vous vous êtes assuré tous deux la plus honorable indépendance.

— Pour l'honneur de la paresse, monsieur l'abbé, répondit Florence en riant, je suis obligée de faire violence à ma modestie et à celle de mon mari, et d'avouer que ce cher docteur dit la vérité.

— *Monsieur Richard!* annonça le valet de chambre.

— L'Avarice, dit tout bas le docteur au chanoine et à l'abbé pendant que le père de Louis Richard, l'heureux époux de Mariette, s'avançait vers le docteur.

— Est-ce que ce M. Richard, dit à demi-voix l'abbé à M. Gasterini, serait le fondateur de ces écoles, de ces maisons de retraite établies à Chaillot, et si admirablement organisées?

— C'est lui-même, répondit le docteur en tendant la main au vieillard et lui disant : — Arrivez donc, bonhomme Richard ; M. l'abbé me parlait de vous.

— De moi, cher docteur?

— Ou, si vous le préférez, de vos merveilleuses fondations de Chaillot.

— Ah ! docteur, dit le vieillard, il faut rendre à César ce qui appartient à César : mon fils seul est l'auteur de ces fondations charitables.

— Voyons, mon bon et excellent monsieur Richard, reprit le docteur, si vous n'aviez pas été un *avare* aussi complet que votre ami *Ramon*, votre digne fils aurait-il pu faire bénir partout votre nom, comme il l'a fait?

— Quant à cela, docteur, c'est la pure vérité ; aussi je vous avoue qu'il n'est point de jour où, à ce point de vue, je ne remercie Dieu de m'avoir fait naître le plus avaricieux des hommes.

— Et l'ami de votre fils, reprit le docteur, le *marquis de Saint-Hérem*, comment va-t-il?

— Il est venu nous voir hier avec sa femme. C'est la perle des ménages. Il nous a invités à aller visiter le château qu'il vient de faire construire dans la vallée de Chevreuse. On dit que son palais de Paris n'est rien auprès de ces nouvelles splendeurs. Il paraît que depuis trois ans il y a là quinze cents ouvriers occupés, sans parler des terrassements du parc, qui seuls ont employé les bras de trois ou quatre villages ; et, comme le marquis paye magnifiquement, vous concevez quel bien-être cela a répandu dans les environs de son château.

— Or donc, mon cher bonhomme Richard, vous m'avouerez que si l'oncle du marquis n'avait pas été de la même avarice que vous, ce généreux garçon n'aurait pu donner du travail à tant de familles.

— C'est vrai, mon cher docteur ; aussi, sous le nom de *saint Ramon*, comme le marquis a baptisé ironiquement son oncle, la mémoire de ce fameux avare est-elle bénie de tous.

— C'est inconcevable, l'abbé, disait le chanoine, le docteur avait donc raison? Je suis confondu de ce que j'entends, de ce que je vois. Nous allons donc dîner avec les *sept péchés capitaux* ?

— *Monsieur Henri David!* dit le valet de chambre.

A ce nom, la physionomie du docteur devint grave; il alla audevant de David, lui prit les deux mains avec effusion et dit :

— Pardon d'avoir tant insisté au sujet de cette invitation, mon cher David, mais j'ai promis à mon excellent ami et élève le docteur Dufour, qui vous a recommandé à moi, de tâcher de vous distraire pendant votre court séjour à Paris.

— Et de ces distractions je sens le besoin, je vous assure, monsieur. Là-bas notre vie est si calme, si régulière, que les heures passent presque inaperçues; mais ici, perdu dans cette bruyante et grande ville à laquelle je suis devenu tout à fait étranger, j'éprouve des accès de tristesse mortelle, et je vous remercie mille fois de m'avoir ménagé une si aimable distraction.

Henri David parlait ainsi au docteur lorsque sept heures sonnèrent.

Le chanoine poussa un profond soupir de satisfaction en voyant un maître d'hôtel ouvrir les deux battants de la porte de la salle à manger.

CONCLUSION

Au moment même où tous les convives du docteur se dirigeaient vers la salle à manger, un valet de chambre annonça :

— *Madame la marquise de Miranda!*

— La LUXURE, dit tout bas le docteur à l'abbé. Je craignais qu'elle ne nous manquât.

Puis, allant offrir son bras à *Madeleine*, plus belle, plus séduisante que jamais, le docteur lui dit en la conduisant dans la salle à manger :

— Je commençais à désespérer de la bonne fortune que vous m'aviez promise, madame la marquise. Écoutez donc! à mon âge, le bonheur de vous revoir ici, savez-vous que cela vaut presque un rendez-vous? Ah! si j'avais seulement cinquante ans de moins!

— Je vous prendrais pour mon cavalier, mon cher docteur, dit la marquise en riant comme une folle. Ainsi c'est convenu, nous avons été ensemble du dernier mieux il y a cinquante ans.

Nous n'entreprendrons pas d'énumérer les merveilles de la salle à manger du docteur; nous nous bornerons à citer le menu de ce dîner, menu que chaque convive, grâce à une délicate prévoyance, trouva sur la serviette, entre deux douzaines d'huîtres, l'une d'Ostende, l'autre de Marennes. Ce menu était écrit sur blanc vélin, et encadré dans une petite bordure formée par des rameaux de feuilles d'argent ciselées et émaillées de vert. Chaque invité savait ainsi la somme d'appétit qu'il devait tenir en réserve pour tel ou tel mets de prédilection. Ajoutons seulement que la grandeur de la table et de la salle à manger était telle, qu'au lieu de ces chaises incommodes et pressées qui vous forcent de manger, comme on dit, *les coudes au corps*, chaque convive, assis dans un large et excellent fauteuil, les pieds sur un moelleux tapis, avait toute la latitude nécessaire pour les évolutions de sa fourchette et de son couteau.

Voici le menu que le chanoine prit d'une main tremblante d'émotion et lut religieusement :

MENU DU DINER

Quatre potages.

« Le potage à la Condé.
« La bisque d'écrevisses au blanc de volaille.
« Le potage au kouskoussou.
« Le potage de santé au consommé.

Quatre relevés de poisson.

« La hure d'esturgeon à la Godard.
« Les tronçons d'anguille à l'italienne.
« Le saumon à la Chambord.
« Le turbot à la hollandaise.

Quatre assiettes volantes.

« De croquettes à la royale.
« De bouchées aux queues d'écrevisse.
« De laitance de carpes à la Orly.
« De petits pâtés à la reine.

Quatre grosses pièces.

« Le quartier de sanglier mariné.
« La pièce de bœuf (des prés-salés) à la cuiller.
« Le quartier de veau à la Monglas.
« Le rosbif de quartier de mouton (des prés-salés).

Seize entrées.

« Les escalopes de chevreuil à l'espagnole.
« Les filets d'agneau à la Toulouse.
« Les aiguillettes de canetons à l'orange.
« Le pain de levraut à la gelée.
« Les papillotes de becfigues à la d'Uxelle.
« Le vol-au-vent à la Nesle.
« La timbale de macaroni à la parisienne.
« Le pâté chaud d'ortolans.
« Les filets de poularde (du Mans) en suprême.
« Les bécasses à la financière.
« Les croustades de caille au gratin.
« Les côtelettes de lapereau à la maréchale.
« Les hatelettes de ris de veau.
« Les boudins de perdreaux à la Richelieu.
« Les caisses de foie gras à la provençale.
« Les filets de pluviers à la lyonnaise.

Intermède.

« Punch à la romaine.

Quatre pièces de rôt.

« Les faisans piqués et truffés.
« Les gelinottes bardées.
« La dinde truffée du Périgord.
« Le coq de bruyère.

Seize entremets.

« Les cardons à la moelle.
« Les fonds d'artichaut à la napolitaine.
« Les champignons grillés.

« Les truffes du Périgord au vin de Champagne.
« Les truffes blanches du Piémont à l'huile vierge.
« Le céleri à la française.
« Le buisson de homards cuits au vin de Madère.
« Le buisson de crevettes au kari de l'Inde.
« Les laitues à l'essence de jambon.
« Les pointes d'asperges en petits pois.

Deux grosses pièces.

« La sultane à la crème rose.
« Le temple de Croque-en-bouche à la pistache.

—

« Les marrons d'abricot glacés.
« La gelée d'ananas garnie de fruits.
« Le fromage bavarois (glacé) aux framboises.
« La gelée de marasquin fouettée.
« La crème française au café noir.
« Les bouchées de fraises. »

Après la lecture de ce menu, le chanoine, emporté par l'enthousiasme, et oubliant, il faut l'avouer, les convenances, se leva, prit d'une main son couteau, de l'autre sa fourchette, et, allongeant les bras, il dit d'une voix solennelle :

— Docteur, je mangerai de tout, je le jure!

. . . .

Et le chanoine, en effet, mangea de tout.

Et il resta sur son appétit!

Inutile de dire que les vins exquis, dont le chanoine avait déjà pu, par de nombreux spécimens, apprécier l'ambroisie, circulèrent à profusion.

Au dessert, le docteur Gasterini se leva, tenant à la main un petit verre de vin de Constance frappé de glace, et dit :

— Mesdames, je vais porter un toast infernal, un toast aussi diabolique que si nous banquetions ici joyeusement entre damnés au plus profond de la salle à manger du royaume de Satan.

— Oh! oh! cher et aimable docteur, dit-on tout d'une voix, quel est donc ce toast infernal?

— Aux *Sept péchés capitaux!* dit le docteur. Et maintenant, mesdames, permettez-moi de vous exposer la pensée qui m'inspire ce toast; j'ai promis à M. l'abbé Ledoux, qui a le bonheur d'être placé auprès de madame la marquise de Miranda, j'ai promis, dis-je, à M. l'abbé Ledoux, homme d'esprit, d'expérience et de savoir, mais incrédule, de lui prouver par des faits, par des actes, l'excellence que peuvent avoir, dans certains cas et dans une certaine mesure, ces goûts, ces propensions, ces instincts, ces passions qu'on appelle les sept péchés capitaux. Tout le problème est de les régler sagement et d'en tirer le meilleur parti possible. Or, comme madame la duchesse de Senneterre-Maillefort, madame Florence Michel et madame la marquise de Miranda veulent bien depuis longtemps m'honorer de leur amitié; comme MM. Richard, Yvon Kloarek et Henri David sont de mes anciens et meilleurs amis, j'ai espéré que, pour le triomphe des idées saines, mes aimables convives me feraient la grâce de m'aider à réhabiliter ces péchés capitaux que leurs excès, dus à l'absence de toute bonne direction, ont fait condamner absolument, et à convertir ce pauvre abbé à leur utilité possible. Il ne pèche que par ignorance et par obstination, c'est vrai; mais il n'en blasphème pas moins ces admirables moyens d'action, de bonheur et de richesse, dont l'inépuisable munificence du Créateur a doué la créature. Or, comme rien n'est plus charmant qu'une causerie au dessert entre gens d'esprit, je supplie donc, dans l'intérêt de notre infortuné frère l'abbé Ledoux, je supplie donc les représentants de ces divers péchés de nous dire tout ce qu'ils leur doivent ou tout ce qu'ils leur ont dû de félicité pour eux ou pour autrui.

La proposition du docteur Gasterini, accueillie à l'unanimité, fut réalisée avec une bonne grâce parfaite et un joyeux entrain. Henri David seul, qui parla l'avant-dernier, intéressa vivement les convives en retraçant les prodiges de dévouement et de générosité que l'Envie avait inspirés à Frédéric Bastien, et fit couler quelques douces larmes en racontant la mort de ce noble enfant et celle de son angélique mère. Heureusement le récit de la Luxure termina le dîner, et la sémillante marquise fit beaucoup rire la compagnie lorsque, parlant de son aventure avec l'archiduc (dont elle n'avait point partagé la flamme), elle dit qu'il était plus facile d'amener un légat à courir la mascarade en cavalier pandour que de faire comprendre à un archiduc autrichien que l'homme est né pour la liberté. Du reste, la marquise annonça qu'elle combinait un plan de campagne contre le vieux *Radetzki*, et s'engagea formellement à le transformer en *carbonaro* et à faire de lui l'un des chefs de l'affranchissement de l'Italie.

— Et cette neige, chère et belle marquise? lui dit tout bas le docteur après ce récit, cette armure de glace qui vous rend si méprisante au pauvre monde que vous incendiez, elle ne s'est donc point encore fondue à tant de feux?

— Non, mon bon docteur, répondit tout bas la marquise avec un sourire légèrement mélancolique, le souvenir de mon blond archange, mon idéal et unique amour, se conserve ainsi toujours frais et pur au fond de mon cœur comme une fleur sous la neige.

— Et j'avais des remords! s'écria le chanoine dans le paroxysme des délices de la digestion, j'étais assez mécréant pour avoir des remords à l'endroit de ma gourmandise!

— Loin de laisser des remords, un excellent dîner donne au contraire, même aux cœurs les plus égoïstes, une singulière propension à la charité, reprit le docteur; et, si je ne craignais d'être frappé d'anathème par notre espiègle et cher abbé Ledoux, j'ajouterais qu'au point de vue de la charité la *gourmandise* pourrait avoir les plus heureux résultats.

— Allons, soit! reprit l'abbé en haussant les épaules, tout en *sirotant* un petit verre d'exquise crème de cannelle de *madame Amphoux* (1788). Vous nous avez déjà tant dit d'énormités, cher docteur, qu'une de plus ou de moins...

— Il s'agit, non de chimères, non d'utopies, mais d'un fait palpable, pratique, réalisable, demain, aujourd'hui, reprit le docteur; d'un fait qui peut verser chaque jour dans les bureaux de bienfaisance de Paris des sommes considérables. Est-ce une énormité?

— Parlez, cher docteur, dirent les convives tout d'une voix. Parlez, nous vous écoutons.

— Voici ce dont il s'agit, reprit le médecin, et je regrette que la pensée que j'ai eue ne me soit pas venue plus tôt. Il y a trois jours, je me trouvais sur les boulevards vers les six heures du soir. Surpris par une horrible averse, je me réfugie dans un café, chez un des restaurateurs les plus en vogue de Paris. Je ne dîne jamais hors de chez moi; mais, pour me donner une contenance et satisfaire mes goûts d'observation, je me fais servir quelques mets auxquels je ne touche point, et, en attendant la fin de la pluie, je m'amuse à observer les dîneurs. Il y aurait un livre et un curieux livre à écrire sur les nuances de mœurs, de caractère et de condition sociale et autres qui se révèlent invinciblement à l'heure solennelle du dîner. Mais telle n'est pas la question. Je faisais seulement cette remarque, à savoir que tel dîneur, qui s'était attablé, l'air indifférent, soucieux, rogue ou morose, semblait, à mesure qu'il dînait et en raison du choix et de l'excellence des mets, céder à une sorte de béatitude, d'épanouissement intérieur qui se reflétait et rayonnait sur sa physionomie, miroir fidèle de son âme. Placé près de l'une des fenêtres de la maison, je suivais de l'œil mes dîneurs à la sortie du café, au dehors se tenait un enfant hâve, déguenillé, tremblant sous cette froide pluie d'automne. Eh bien, mes amis, je le dis à la louange des gourmands, presque aucun de ceux qui avaient le mieux dîné ne refusa son aumône à la pauvre petite créature si frissonnante et affamée. Or, sans médire de mon prochain, je me demande si, à jeun, ces gens-là se seraient sentis aussi charitables, et j'affirmerais presque que le pauvre petit mendiant avait, à leur entrée au cabaret, essuyé un dur refus de la plupart de ceux-là mêmes qui en sortant se montraient libéraux pour lui.

— Ce païen ne va-t-il pas nous dire que la charité peut naître de la gourmandise ! s'écria l'abbé Ledoux.

— Il faudrait, pour vous répondre victorieusement, cher abbé, entrer dans une discussion physiologique au sujet de l'influence du physique sur le moral, reprit le docteur. Je vous dirai donc tout simplement ceci : Vous avez, n'est-ce pas, des troncs pour les pauvres à la porte de vos églises ? Personne plus que moi n'affectionne et ne respecte la charité des fidèles qui déposent au parvis des lieux saints leur modeste ou riche offrande ; mais pourquoi ne pas en placer aussi dans ces brillants cafés où les heureux du jour viennent satisfaire leurs goûts raffinés ? pourquoi, dis-je, ne pas y placer un tronc de même genre, dans un endroit bien apparent, avec cette simple, hélas ! et trop significative inscription : POUR CEUX QUI ONT FAIM !

— Le docteur a raison ! crièrent les convives ; l'idée est excellente, tout grand établissement produirait chaque jour une belle recette.

— Et les petits établissements aussi, reprit le docteur. Ah ! croyez-moi, mes amis, celui qui a fait un modeste repas ressent, autant que l'opulent gastronome, cette sorte de compassion rétrospective qui naît d'un besoin ou d'un plaisir satisfait, lorsque l'on songe à ceux qui sont privés de la satisfaction de ce plaisir ou de ce besoin. Or donc je me résume : si tous les propriétaires de restaurants et de cafés suivaient mon conseil, ils s'entendraient avec les membres des bureaux de bienfaisance, et exposeraient, en un lieu apparent, leurs troncs avec ces mots ou tels autres : *Pour ceux qui ont faim!* J'en suis convaincu, soit charité, soit orgueil, soit respect humain, vous verriez pleuvoir dans ces troncs d'abondantes aumônes. Et puis, enfin, l'homme le plus égoïste, qui a dépensé un louis ou plus à son dîner, éprouve, malgré lui, un ressentiment pénible et une sorte de déboire amer à l'aspect de ceux qui souffrent. Une généreuse aumône l'absoudrait à ses propres yeux; et, au point de vue hygiénique, cher chanoine, ce petit acte de charité lui rendrait vraiment la digestion délicieuse.

— Docteur, je m'avoue vaincu! s'écria l'abbé Ledoux; je bois, sinon aux *Sept péchés capitaux* en général, du moins, en particulier, à la *gourmandise*.

FIN DE LA GOURMANDISE

Bordeaux. — Impr. G. GOUNOUILHOU, rue Guiraude, 9-11

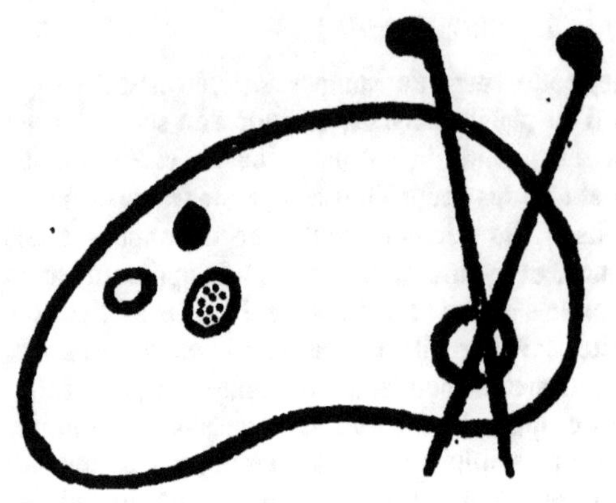